D1722165

P. G. Wodehouse

Monty im Glück

Roman

Aus dem Englischen von Thomas Schlachter

Edition Epoca

Titel der englischen Originalausgabe:
»The Luck of the Bodkins«
Englische Erstausgabe 1935
© Copyright by The Trustees of the Wodehouse Estate
Deutsche Erstübersetzung

Die Übersetzung wurde freundlicherweise gefördert
aus Mitteln der Max Geilinger-Stiftung, Zürich.

Die Drucklegung erfolgt mit freundlicher Unterstützung der
»Gesellschaft zur Förderung gehobener englischer
Unterhaltungsliteratur, insbesondere der Werke von P. G. Wodehouse«.

1. Auflage, August 2005
© Copyright by Edition Epoca AG Zürich
Alle deutschsprachigen Rechte vorbehalten

Konzept: Tatiana Wagenbach-Stephan, Zürich
Umschlag: Monique Stadler-Schaad, Winterthur
Satz: Satzbüro Barbara Herrmann, Freiburg i. Brsg.
Druck und Bindung: fgb · freiburger graphische betriebe
ISBN 3-905513-38-2

1. Kapitel

In die Miene des jungen Mannes auf der Terrasse des Hôtel Magnifique in Cannes hatte sich ein Ausdruck verstohlener Scham geschlichen, jener unsichere, zerknirschte Ausdruck, der ahnen läßt, daß ein Engländer gleich französisch sprechen wird. Bevor Monty Bodkin an die Riviera gereist war, hatte ihm Gertrude Butterwick unter vielem anderen eingeschärft, im Urlaub doch unbedingt sein Französisch zu pflegen, und Gertrudes Wort war Gesetz. Deshalb sagte er nun, obschon er wußte, wie furchtbar ihn das in der Nase kitzeln würde:

»Äh, garçon.«

»M'sieur?«

»Äh, garçon, esker-vous avez un spot de l'encre et une pièce de papier – note-papier, vous savez – et une enveloppe et une plume?«

»Bien, m'sieur.«

Die Strapaze war allzugroß. Monty verfiel wieder in seine Muttersprache.

»Ich möchte einen Brief schreiben«, sagte er. Und da er, wie alle Liebenden, stark dazu neigte, seine amouröse Verzückung mit der Umwelt zu teilen, hätte er wohl noch hinzugefügt: »... an das bezauberndste Wesen auf dem weiten Erdenrund«, wäre der Kellner nicht schon wie ein Apportierhund davongesprungen, um nach wenigen Augenblicken mit dem Gewünschten zurückzukehren.

»V'là, sir! Zere you are, sir«, sagte der Kellner. Er war mit einer jungen Pariserin verlobt, die ihn ermahnt hatte, an der Riviera doch unbedingt sein Englisch zu pflegen. »Eenk – pin – pipper – enveloppe – and a liddle bit of bloddin-pipper.«

»Oh, merci«, sagte der ob solcher Tüchtigkeit hocherfreute Monty. »Thanks. Right ho.«

»Right ho, m'sieur«, antwortete der Kellner.

Als Monty wieder allein war, machte er sich unverzüglich daran, das Papier auf dem Tisch auszubreiten, zur Feder zu greifen und diese ins Tintenfaß zu tauchen. So weit, so gut. Doch wie so oft, wenn er sich anschickte, seiner Geliebten zu schreiben, trat nun eine dramatische Pause ein. Er hielt inne und fragte sich, womit er beginnen solle.

Sein mangelndes Geschick als Korrespondent ärgerte ihn immer wieder. Er vergötterte Gertrude Butterwick, wie noch kein Mann eine Frau vergöttert hat. In enger Tuchfühlung mit ihr – seinen Arm um ihre Taille geschlungen, ihren Kopf gegen seine Schulter geschmiegt – vermochte er seiner Liebe stets wortreich und treffend Ausdruck zu verleihen. Galt es hingegen, das Zeug auf Papier zu bannen, geriet er immer furchtbar ins Schwitzen. Er beneidete Männer wie Gertrudes Cousin Ambrose Tennyson. Ambrose verfaßte Romane, und ein solcher Brief wäre für ihn ein Klacks gewesen. Wahrscheinlich hätte Ambrose Tennyson inzwischen seine acht Blätter vollgeschrieben gehabt und sich bereits ans Ablecken des Umschlags gemacht.

Doch eines stand fest: Unter allen Umständen und auf Biegen und Brechen mußte er an diesem Tag irgend etwas in den Briefkasten werfen. Abgesehen von den Ansichtskarten war seit seinem letzten Schreiben an Gertrude eine geschlagene Woche verstrichen; damals hatte er ihr einen Schnappschuß seiner Wenigkeit im Badeanzug vor dem Eden-Roc geschickt. Und Mädchen, soviel war ihm klar, nehmen es mit solchen Dingen sehr genau.

Nachdem er eine Weile auf dem Federhalter herumgekaut und seine Umgebung nach Anregungen abgesucht hatte, beschloß er, als Einstieg eine Landschaftsbeschreibung zu wählen.

Hôtel Magnifique,
Cannes,
Frankreich, am Vormittag

Gutes altes Haus,
ich verfasse diese Zeilen auf der Terrasse vor meinem Hotel. Das Wetter ist herrlich. Das Meer ist blau …

Er hielt inne, denn offensichtlich hatte er danebengegriffen. Er zerriß das Blatt und begann von vorn:

Hôtel Magnifique,
Cannes,
Frankreich, am Vormittag

Mein süßes Schnuckelhäschen,

ich verfasse diese Zeilen auf der Terrasse vor meinem Hotel. Das Wetter ist herrlich – ach, wie sehne ich Dich herbei, denn Du fehlst mir furchtbar, und ich finde es ganz scheußlich, daß Du bei meiner Rückkehr schon nach Amerika abgedampft sein wirst und ich Dich eine Ewigkeit nicht mehr sehen werde. Keine Ahnung, wie ich das durchstehen soll.

Diese Terrasse geht auf die Esplanade hinaus. Croisette, so nennt man die hier – frag mich nicht, warum. Idiotisch, aber so ist es nun mal. Das Meer ist blau. Der Sand ist gelb. Die eine oder andere Jacht kurvt in der Gegend rum. Zu meiner Linken gibt's zwei, drei Inseln, zu meiner Rechten ein paar Berge.

Abermals hielt er inne. Mehr gab die Landschaft beim besten Willen nicht her. Wenn er in diesem Ton fortfuhr, konnte er ihr gleich einen broschierten Reiseführer schicken. Gefordert war die menschliche Note – jener Klatsch und Tratsch, der von den Mädchen so geschätzt wird. Erneut schaute er sich um, und erneut fand er Anregung.

Ein dicker Mann war soeben in Begleitung einer schlanken jungen Dame auf die Terrasse getreten. Monty kannte diesen dicken Mann aus Fotos und Artikeln, und eine derartige Persönlichkeit war in jedem Brief für einen eigenen Absatz gut. Es handelte sich um Ivor Llewellyn aus Hollywood, Generaldirektor der Superba-Llewellyn Motion Picture Corporation.

Monty schrieb weiter:

Um diese Tageszeit sieht man kaum Leute hier, da die meisten am Morgen Tennis spielen oder zum Schwimmen nach Antibes gehen. Jetzt allerdings ist ein Bursche am Horizont aufgetaucht, von dem Du vielleicht schon gehört hast – Ivor Llewellyn, der Filmheini.

Und solltest Du noch nie von ihm gehört haben, dann hast Du immerhin schon etliche Filme aus seinem Studio gesehen. Der Streifen, den wir uns an meinem Abschiedsabend in London angeguckt haben, war von ihm, dieser, wie hieß er noch gleich – tja, jetzt ist mir der Titel entfallen, aber es kamen Gangster drin vor, und Lotus Blossom spielte das Mädchen, das in den jungen Reporter verliebt war.

Er hockt jetzt an einem Tisch ganz in meiner Nähe und unterhält sich mit einer Frauensperson.

Monty hielt erneut inne. Als er das Geschriebene durchlas, fragte er sich, ob es wirklich das Wahre sei. Klatschgeschichten mochten ja schön und gut sein, aber war es ratsam, auf diese Weise in der Vergangenheit herumzustochern? Die Erwähnung von Lotus Blossom … ihm fiel wieder ein, daß in der geschilderten Episode sein unverhohlenes Schwärmen für Miss Blossom bei Gertrude recht scheele Blicke ausgelöst hatte, so daß es später im Ritz zweier Tassen Tees und eines Tellers feinen Backwerks bedurft hatte, um ihre Gunst zurückzuerlangen.

Mit einem leisen Seufzer schrieb er den Brief noch einmal, wobei er die Landschaft drin und die menschliche Note draußen ließ. Nun fiel ihm ein, daß es nicht nur lobenswert wäre, sondern bestimmt auch glänzend ankäme, wenn er ein paar Worte über ihren Vater verlöre. Er mochte ihren Vater nicht, ja hielt ihn sogar für einen verbohrten alten Stinkstiefel, doch manchmal empfiehlt es sich, solche Ressentiments hintanzustellen.

Während ich hier in der herrlichen Sonne sitze, wandern meine Gedanken zu Deinem liebwerten Papa. Wie geht es ihm denn? (Sag ihm bitte, daß ich mich nach seinem Befinden erkundigt habe.) Hoffentlich hat er nicht zu starke Schmerzen wegen seiner …

Monty lehnte sich zurück, die Stirn in nachdenkliche Falten gelegt. Er hatte sich in eine Sackgasse manövriert und wünschte sich, Getrudes liebwerten Papa unerwähnt gelassen zu haben, denn bei dem Zipperlein, unter dem Mr. Butterwick litt, handelte es sich um jene schmerzhafte und leidige Krankheit namens Arthritis, deren korrekte Schreibweise ihm vollkommen schleierhaft war.

Wäre Monty Bodkin ein Wortkünstler wie Ambrose Tennyson, der Cousin seiner Geliebten, gewesen, dann hätte er der schlichten Feststellung, wonach sich Ivor Llewellyn mit einer Dame unterhalte, wahrscheinlich das Adjektiv »ernsthaft« beigefügt, wenn nicht sogar einen Nachsatz wie »… nach meinem Dafürhalten über Dinge von allerhöchstem Gewicht, denn es kann selbst dem trübsten Auge nicht entgehen, daß der Mann zutiefst aufgewühlt ist«.

Und damit hätte er auch gar nicht falschgelegen. Der Filmmogul war tatsächlich über alle Maßen erregt. Als er so dasaß und mit seiner Schwägerin Mabel debattierte, furchte sich seine Stirn, seine Augen traten vor, und jedes seiner drei Kinne versuchte die anderen an Agilität zu übertrumpfen. Außerdem schossen und wirbelten seine Hände so ungestüm herum, daß er einem pummeligen Pfadfinder glich, der einem in weiter Ferne stehenden Kameraden allerlei Wissenswertes zu signalisieren versucht.

Mr. Llewellyn hatte seine Schwägerin Mabel noch nie gemocht – er glaubte sie sogar noch weniger zu mögen als seinen Schwager George, obwohl er jederzeit zugegeben hätte, daß es sich hierbei um ein Kopf-an-Kopf-Rennen handelte –, doch nie zuvor war sie ihm so gegen den Strich gegangen wie jetzt. Der Abscheu in seinem Blick hätte selbst dann nicht heftiger ausfallen können, wenn sie eine ausländische Filmdiva gewesen wäre, die gerade eine höhere Gage forderte.

»Was!?«

Nichts hatte ihn auf den Schock vorbereitet. Als ihm am Vortag ein Telegramm seiner Gattin Grayce aus Paris zugegangen war, in dem die Ankunft ihrer Schwester Mabel mit dem *Train Bleu* für den folgenden Morgen angekündigt wurde, hatte er zwar mit Verärgerung reagiert und dies auch ausgedrückt, indem er ein- oder zweimal ächzte, doch welch böses Verhängnis tatsächlich drohte, war ihm entgangen. Nachdem er lautstark kundgetan hatte, daß er einen Teufel tun und sie am

Bahnhof abholen werde, hatte er die Sache praktisch aus seinem Kopf verbannt, so belanglos erschienen ihm die Ortsveränderungen seiner Schwägerin.

Selbst als er Mabel vorhin in der Hotelhalle gesehen und von ihr aufgefordert worden war, sich zwecks Erörterung einer dringenden Angelegenheit an einen ruhigen Ort zu begeben, hatte er nichts Böses geahnt, sondern bloß angenommen, sie werde ihn um Geld anpumpen und er werde ihr antworten, daß sie keins kriege.

Und erst als sie die Bombe platzen ließ – wozu sie sich unbeschwert das in den Augen der meisten Menschen, wenn auch nicht in denen ihres Schwagers, überaus reizende Näschen puderte –, wurde dem armen Kerl die Verzwicktheit seiner Lage richtig bewußt.

»Hör zu, Ikey«, sagte Mabel Spence so sorglos, als plauderte sie über das Wetter oder erörterte das blaue Meer und den gelben Sand, welche es Monty Bodkin so angetan hatten, »du mußt für uns eine Kleinigkeit erledigen. Grayce hat in Paris ein prima Perlenkollier gekauft, das du nächste Woche, wenn du mit dem Schiff heimdampfst, für sie mitnehmen und durch den Zoll schmuggeln sollst.«

»Was!?«

»Du hast mich schon verstanden.«

Ivor Llewellyns Kinnlade bewegte sich langsam nach unten, als suchte sie Zuflucht in dem Mehrfachkinn. Seine Brauen hoben sich. Die Augen darunter wurden größer und schienen ganz aus den Höhlen treten zu wollen. Als Generaldirektor der Superba-Llewellyn Motion Picture Corporation beschäftigte er zahlreiche talentierte und ausdrucksstarke Schauspieler, doch keiner von ihnen hätte mit solcher Akkuratesse nacktes Entsetzen mimen können.

»Was, ich?«

»Ja, du.«

»Wie bitte, ich soll Kolliers durch den New Yorker Zoll schmuggeln?«

»Ja.«

Und genau in diesem Moment hatte sich Ivor Llewellyn wie ein Pfadfinder aufzuführen begonnen – was man ihm schlecht verdenken kann, hat doch jeder Mensch seine ureigensten Phobien. Manche erzittern vor Steuerprüfern, andere vor Verkehrspolizisten. Ivor Llewellyn hatte schon immer gewaltige Manschetten vor Zollbeamten gehabt. Ihn graute vor dem Blick ihrer Fischaugen. Ihn gruselte, wenn sie ihn Kaugummi kauend musterten. Und zeigten sie mit dem Daumen stumm auf seinen Überseekoffer, dann öffnete er ihn, als befände sich eine Leiche darin.

»Ohne mich! Die spinnt doch!«

»Warum?«

»Na, wenn die nicht spinnt! Weiß Grayce denn nicht, daß jeder Pariser Spitzbube, der einer Amerikanerin Schmuck andreht, in ihrer Heimat die Zollfritzen benachrichtigt, welche ihrer Ankunft mit gezücktem Schlachtbeil entgegenfiebern?«

»Gerade deshalb sollst du ihn ja für sie mitnehmen. Dir wird man keine Beachtung schenken.«

»Pah! Und ob man mir Beachtung schenken wird. Ich soll mich also beim Schmuggeln erwischen lassen, wie? Ich soll ins Kittchen wandern, was?«

Mabel Spence legte ihre Puderquaste hin.

»Du wanderst schon nicht ins Kittchen. Jedenfalls nicht«, sagte sie in jenem ziemlich ehrenrührigen Ton, der in Mr. Llewellyn schon oft den Wunsch genährt hatte, ihr einen Ziegelstein über die Rübe zu hauen, »weil du Grayce' Kollier geschmuggelt hast. Die Sache ist doch kinderleicht.«

»Ach ja?«

»Logisch. Ist bereits alles eingefädelt. Grayce hat George brieflich angewiesen, dich am Hafen abzuholen.«

»Na prima«, sagte Mr. Llewellyn. »Na toll, das hat mir gerade noch gefehlt.«

»Wenn du von der Laufplanke trittst, wird er dir einen Klaps auf die Schulter geben.«

Mr. Llewellyn zuckte zusammen.

»Wer, George?«

»Ja.«

»Dein Bruder George?«

»Ja.«

»Wenn er das wagen sollte, holt er sich aber eine blutige Nase«, erwiderte Mr. Llewellyn.

Mabel Spence nahm den Faden wieder auf, wobei sie erneut den schwer verdaulichen Ton eines Kindermädchens anschlug, das einem stumpfsinnigen Knaben gut zuredet.

»Sei nicht albern, Ikey. Hör zu. Wenn ich in Cherbourg das Kollier an Bord bringe, werde ich es in deinen Hut einnähen. Wenn du in New York an Land gehst, wirst du diesen Hut auf dem Kopf haben. Wenn George dir einen Klaps auf die Schulter gibt, wird der Hut runterfallen. George wird sich danach bücken, worauf auch sein Hut runterfällt. Dann gibt er dir seinen Hut und nimmt deinen und spaziert vom Dock. Die Sache ist vollkommen gefahrlos.«

Die Augen der meisten Männer hätten gefunkelt vor Erregung angesichts des gerissenen Plans, den diese Frau eben vorgelegt hatte, doch Ivor Llewellyn war ein Mann, dessen Augen selbst unter günstigsten Bedingungen kaum je funkelten. Sie waren trüb und glasig gewesen, bevor seine Schwägerin gesprochen hatte, und sie waren auch jetzt trüb und glasig. Falls sich überhaupt etwas in ihnen abzeichnete, dann ungläubiges Staunen.

»Wie bitte, du willst deinem Bruder George ein Kollier in die Pfoten geben, das ... *wieviel* wert ist?«

»Rund fünfzigtausend Dollar.«

»Und George soll also mit einem Fünfzigtausend-Dollar-Kollier im Hut vom Dock spazieren? George?« fragte Mr. Llewellyn so, als glaubte er, sich verhört zu haben. »Ich würde deinem Bruder George nicht mal die Sparbüchse eines kleinen Kindes anvertrauen.«

Mabel Spence machte sich keine Illusionen über ihre Blutsverwandtschaft. Das Argument ihres Gegenübers leuchtete ein. Ein äußerst stichhaltiges Argument. Trotzdem zeigte sie sich unbeeindruckt.

»George wird Grayce' Kollier schon nicht stehlen.«

»Ach, und warum nicht?«

»Er kennt Grayce.«

Mr. Llewellyn konnte die Schlüssigkeit dieser Beweisführung nicht in Abrede stellen. Seine Gattin war während ihrer Laufbahn als Stummfilmaktrice eine der legendärsten Pantherfrauen gewesen. Niemand, der sie je in der Paraderolle der Apachin Mimi in *Nacht über Paris* gesehen oder auch bloß miterlebt hatte, wie sie im eigenen Haushalt eine Köchin feuerte, konnte sich auch nur eine Sekunde vormachen, sie sei das ideale Opfer eines Perlenkollierdiebs.

»Grayce würde ihm die Haut abziehen.«

Ein feines Ohr hätte hier vielleicht den sehnsüchtigen Seufzer herausgehört, der über Mr. Llewellyns Lippen kam. Ihm behagte die Vorstellung ungemein, daß jemand seinem Schwager George die Haut abziehen könnte. Seine Gefühle gingen in eine ganz ähnliche Richtung, seit seine Frau ihn gezwungen hatte, jenes Bürschchen für tausend Dollar pro Woche als Produktionsexperten der Superba-Llewellyn zu engagieren.

»Da könntest du recht haben«, sagte er. »Aber die Sache gefällt mir trotzdem nicht. Sie gefällt mir ganz und gar nicht, verdammt! Viel zu riskant. Woher willst du wissen, daß nichts schiefgeht? Diese Zollfritzen haben ihre Spitzel überall, und wenn ich mit dem Kollier an Land gehe, kommt mir wahrscheinlich …«

Der Satz blieb unvollendet, denn in diesem Moment ertönte hinter ihm ein zaghaftes Hüsteln, worauf sich eine Stimme vernehmen ließ:

»Verzeihung, wissen Sie zufällig, wie man ›Arthritis‹ schreibt?«

Monty hatte sich nicht sofort dafür entschieden, Mr. Llewellyn um Mithilfe bei der Bewältigung des ihn beschäftigenden Orthographieproblems zu bitten. Möglicherweise ließ ihn sein ausgeprägtes Taktgefühl davor zurückschrecken, wildfremde Menschen zu belästigen; möglicherweise war dafür aber auch seine instinktive Angst verantwortlich, einen Filmmogul mit Rechtschreibfragen auf dem falschen Fuß zu erwischen. Wie auch immer – zuerst hatte er seinen Freund, den Kellner, konsultiert, was sich jedoch als Schuß in den Ofen erwies. Nachdem dieser die Existenz eines solchen Wortes zunächst rundweg bestritten hatte, stieß er plötzlich einen Schrei aus, schlug sich an die Stirn und rief laut:

»Ah! L'arthrite!«

Welchem Ausruf eine völlig hirnverbrannte Ansprache folgte:

»Comme ça, m'sieur. Like zis, boy. Wit' a arr, wit' a err, wit' a tay, wit' a edsch, wit' a err, wit' a ee, wit' a tay, wit' a ay. V'là! Arthrite.«

Worauf ihn Monty, der nicht in Stimmung war für solcherlei Späße, höchst ungehalten fortgescheucht und sich daran gemacht hatte, ein Gegengutachten einzuholen.

Die Reaktion seiner neuen Zuhörerschaft auf diese kleine Anfrage erstaunte ihn doch sehr, ja er war schlechterdings konsterniert. Zwar kannte er Mr. Llewellyn nicht persönlich und war sich durchaus bewußt, daß es manchen Leuten mißfällt, von Fremden angesprochen zu werden. Trotzdem überraschte ihn der schiere Ekel im Blick des anderen, als sich dieser nach ihm umwandte. So etwas passierte ihm zum erstenmal, seit sein Onkel Percy, ein passionierter Sammler von antikem Porzellan, vor Jahren in den Salon gekommen war, als er gerade eine Mingvase auf dem Kinn balanciert hatte.

Gott sei Dank reagierte die Dame etwas gelassener. Monty mochte ihr Äußeres. Eine zierliche, gepflegte Brünette mit hübschen grauen Augen.

»Wie«, fragte sie nach, »war das noch gleich?«

»Ich möchte ›Arthritis‹ schreiben.«

»Nur zu, nur zu!« sagte Mabel Spence gönnerhaft.

»Aber ich kann's nicht.«

»Ach so. Tja, falls der New Deal nix dran geändert hat, müßte sich das immer noch A-r-t-h-r-i-t-i-s schreiben.«

»Hätten Sie etwas dagegen, wenn ich mir das notiere?«

»Es wäre mir sogar lieber.«

»...-i-t-i-s. Schön. Danke«, sagte Monty herzlich. »Wärmsten Dank. Hab' ich's mir doch gedacht. Diese Knalltüte von einem Kellner hat mich auf den Arm nehmen wollen. So ein Quatsch, wit' a arr, wit' a tay, wit' a ee, also wirklich! Selbst ich habe gewußt, daß kein E drin vorkommt. Danke. Innigsten Dank.«

»Keine Ursache. Interessieren Sie sich noch für andere Wörter? Bei Bedarf könnte ich mit ›Parallelogramm‹ und ›Metempsychose‹ dienen, während der olle Ikey bei allen Wörtern unter zwei Silben ein absolutes As ist. Nein? Wie Sie meinen.«

Mit gütigem Blick sah sie ihn über die Terrasse entschwinden, doch als sie sich ihrem Schwager zuwandte, mußte sie feststellen, daß der offensichtlich schlimmste Seelenqualen durchmachte. Seine Augen quollen weiter denn je vor, und er wischte sich mit einem Taschentuch übers Gesicht.

»Stimmt was nicht?« erkundigte sie sich.

Mr. Llewellyn hatte es die Sprache verschlagen. Als er sie wiederfand, entpuppte sich diese als ebenso klipp wie klar.

»Hör mal!« sprach er heiser. »Die Chose ist abgeblasen!«

»Welche Chose denn?«

»Die Kollier-Chose. Ich lasse hübsch die Finger davon.«

»Ikey, sei kein Frosch!«

»Sag du ruhig: ›Ikey, sei kein Frosch!‹ Dieser Kerl hat genau gehört, was wir geredet haben.«

»Kann ich mir nicht vorstellen.«

»Ich schon.«

»Na und?«

Mr. Llewellyn schnaubte, wenn auch so leise, als schwebte Montys drohender Schatten noch immer über ihm. Er war ganz aufgewühlt.

»*Na und?* Hast du meine Bemerkungen über diese Zollfritzen, die ihre Spitzel überall haben, schon vergessen? Der Knilch da ist einer davon.«

»Jetzt halt die Luft an!«

»Wirklich hilfreich, mir zu sagen, ich solle die Luft anhalten!«

»Stimmt, solch leeren Hoffnungen sollte man sich nicht hingeben.«

»Du findest dich wohl besonders schlau, wie?« fragte Mr. Llewellyn pikiert.

»Ich bin's sogar.«

»Aber doch nicht so schlau, um einen Schimmer davon zu haben, wie diese Zollfritzen arbeiten. Genau in einem Hotel wie dem hier würden sie einen Spitzel plazieren.«

»Warum?«

»Warum? Weil sie wissen, daß früher oder später irgendein kreuzdämliches Frauenzimmer in die Welt posaunt, wie man Kolliers schmuggelt.«

»Die Posaune war doch wohl eher dein Part.«

»Keineswegs.«

»Ist ja auch egal. Was tut das schon zur Sache? Jedenfalls war dieser Bursche kein Zollspitzel.«

»Und ob er das war.«

»Er hat aber nicht wie einer ausgesehen.«

»Dann glaubst du in deiner Vernageltheit also tatsächlich, daß ein Spitzel wie ein Spitzel aussieht? Verdammt noch mal, als allererstes sorgt so einer doch dafür, daß er *nicht* wie ein Spitzel aussieht. Nachts bleibt er auf und lernt fleißig. Wenn der Bursche kein Spitzel war, weshalb hätte er uns dann belauschen sollen? Warum war er hier?«

»Er wollte erfahren, wie man ›Arthritis‹ schreibt.«

»Pah!«

»Mußt du unbedingt ›pah‹ sagen?«

»Warum sollte ich nicht ›pah‹ sagen?« fragte Mr. Llewellyn mit sichtlichem Ingrimm. »Wozu sollte irgendwer – und das um zwölf Uhr mittags im sommerlichen Südfrankreich – ›Arthritis‹ schreiben wollen? Er hat gemerkt, daß wir ihn entdeckt haben, und da hat er eben gesagt, was ihm gerade in den Sinn kam. Tja, damit wäre die Sache für mich erledigt. Wenn Grayce noch immer glaubt, ich schenke ihrem Kollier auch nur einen flüchtigen Blick, hat sie sich geschnitten. Ich würde mich mit dem Ding nicht mal für 'ne Million abgeben.«

Er lehnte sich zurück und schnaufte schwer. Seine Schwägerin taxierte ihn kritisch. Mabel Spence war von Beruf Osteopathin und hatte unter den Stars von Beverly Hills viele Kunden, weswegen ihre Ansichten über körperliche Fitneß recht streng waren.

»Ikey«, sagte sie, »dein Problem besteht doch einfach darin, daß du nicht in Form bist. Du futterst zuviel, weshalb du zu schwer bist, weshalb du nervös wirst. Am liebsten würde ich dich auf der Stelle behandeln.«

Mr. Llewellyn erwachte aus seiner Trance.

»Rühr mich nicht an!« sagte er warnend. »Als ich mich damals aus reiner Schwäche von Grayce breitschlagen ließ, mich in deine Hände zu begeben, hast du mir fast das Genick gebrochen. Was ich futtere oder nicht futtere, kann dir doch egal sein …«

»Es gibt nicht viel, was du nicht futterst.«

»… und auch ob ich behandelt werden möchte oder nicht, kann dir egal sein. Hör mir lieber zu. Meine Rolle in dieser Szene ist gestrichen. Ich fasse das Kollier nicht an.«

Mabel erhob sich. Eine Fortführung der Diskussion erschien ihr fruchtlos.

»Tja«, sagte sie, »du mußt es selber wissen. Für mich ist das gehupft wie gesprungen. Grayce hat mich bloß gebeten, dich zu informieren, was hiermit geschehen ist. Du hast die Wahl, weißt du doch selbst am besten, wie du zu ihr stehst. Ich sage nur, daß ich in Cherbourg mit dem Ding an Bord gehen werde und Grayce sehr dafür ist, daß du es durchschleust. Sie hält es offenbar für reine Geldverschwendung, dem amerikanischen Staat was hinzublättern, denn dieser hat schon mehr als genug und würde die Moneten bloß verpulvern. Aber die Entscheidung liegt natürlich ganz bei dir.«

Sie entfernte sich, während Ivor Llewellyn – die Stirn in tiefe Falten gelegt, denn Mabels Worte gaben ihm doch schwer zu denken – sich eine Zigarre in den Mund steckte und darauf herumzukauen begann.

4

Inzwischen setzte Monty, der nichts von dem Sturm ahnte, den seine harmlose Frage ausgelöst hatte, die Abfassung seines Briefes fort. Er kam zu jener Stelle, an der er Gertrude darüber aufklärte, wie sehr er sie liebe, und die Sätze begannen ihm recht flott aus der Feder zu fließen, ja er war so vertieft, daß ihn die in seiner Nähe erklingende Stimme des Kellners zusammenfahren und einen Tintenklecks fabrizieren ließ.

Erbost fuhr er herum.

»Ja? Que est-il maintenant? Que voulez-vous?«

Doch der Kellner hatte keineswegs für einen Plausch neben ihm Aufstellung genommen. Er hielt einen blauen Umschlag in der Hand.

»Ah«, sagte Monty, der nun begriff. »Une télégramme pour moi, eh? Tout droit. Donnez le ici.«

Das Öffnen eines französischen Telegramms nimmt immer einige Zeit in Anspruch, klebt es doch an den unmöglichsten Stellen zusammen. Während seine Finger beschäftigt waren, plauderte Monty mit seinem Gegenüber ungezwungen über das Wetter, wobei *le soleil* eine ebenso große Rolle spielte wie *le ciel* und dessen Pracht. Gertrude, dachte er, hätte sich dies bestimmt von ihm gewünscht. Und so unbekümmert wirkte er in seinen Ausführungen über besagte Phänomene, daß der

Kellner um so heftiger aufschreckte, als jener entsetzte Schrei über Montys Lippen kam.

Es handelte sich um einen Schrei der Drangsal und Verwunderung, um das schmerzerfüllte Aufheulen eines Mannes, dem man die Brust bis zum Herzen durchbohrt hat. Der Kellner sprang glatte dreißig Zentimeter hoch. Mr. Llewellyn biß seine Zigarre entzwei. Ein Gast in der fernen Hotelbar verschüttete seinen Martini.

Doch nicht aus Jux und Tollerei vollführte Montague Bodkin ein solches Gezeter: Das Telegramm, dieses kurze Telegramm, dieses kernige, knappe, kühle Telegramm, das bei ihm wie ein Blitz aus heiterem Himmel eingeschlagen hatte, stammte von der Frau, die er liebte.

In weniger Worten, als man für möglich gehalten hätte, und bar jeder Begründung löste Gertrude Butterwick die Verlobung.

2. Kapitel

Eines schönen sonnigen Morgens, etwa eine Woche nach den soeben geschilderten Ereignissen, wäre einem durch Londons Waterloo Station Flanierenden auf dem Bahnsteig Nummer elf eine gewisse Betriebsamkeit aufgefallen. Der Zug nach Southampton, der die Reisenden zu dem Liniendampfer *R.M.S. Atlantic* bringen sollte, welcher dort um zwölf Uhr ablegen würde, fuhr kurz nach neun, und da es bereits zehn vor war, wimmelte es auf dem Bahnsteig von angehenden Schiffspassagieren sowie Leuten, die sich von ihnen verabschieden wollten.

Ivor Llewellyn war zugegen und verbreitete sich vor Zeitungsreportern über »Ideale und die Zukunft der Filmkunst«. Die Spielerinnen des englischen Frauenhockey-Nationalteams waren zugegen und verabschiedeten sich vor Antritt ihrer großen Amerikatournee von Freunden und Verwandten. Der Romancier Ambrose Tennyson war zugegen und erkundigte sich bei einem Buchhändler, ob er Werke von Ambrose Tennyson führe. Gepäckträger rollten ihre Karren. Kleine Jungs mit Erfrischungskörben versuchten die Passagiere davon zu überzeugen, daß man um neun Uhr morgens nichts dringender brauchte als eine Tafel Milchschokolade und ein Rosinenbrötchen. Ein Hund zog mit umgeschnallter Sammelbüchse seine Runden und schien, bevor es dafür zu spät war, auf milde Gaben für das Waisenhaus der Eisenbahner zu spekulieren. Kurz und gut, die Szene bot einen heiter-bewegten Anblick.

Darin unterschied sie sich fundamental von einem jungen Mann mit schwarzen Augenringen, der sich gegen einen Verkaufsautomaten stützte. Jeder zufällig des Weges kommende Leichenbestatter hätte den Mann zweifellos scharf ins Visier genommen und ein gutes Geschäft gewittert. Desgleichen jeder Aasgeier. Beide hätten es nicht für möglich gehalten, daß in den Adern dieser schlaffen Gestalt noch ein Tropfen Blut pulsierte. Am Vorabend war für Reggie Tennyson im Drones Club ein Abschiedsfest ausgerichtet worden, dessen Folgen noch keineswegs abgeklungen waren.

Daß der Lebensdocht weiterhin glomm, erwies sich wenig später. Eine klare, kräftige Frauenstimme rief einen knappen halben Meter von seinem linken Ohr entfernt: »Ach, hallo, Reggie!«, worauf ein heftiger Krampf durch den Leib des Mannes fuhr, als hätte man ihm mit einem stumpfen Gegenstand eins übergebraten. Er öffnete die Augen, welche er vorhin geschlossen hatte, um nicht Mr. Llewellyn betrachten zu müssen – der selbst einem kerngesunden Menschen nicht wie der Tadsch Mahal erschienen wäre –, und langsam zeichnete sich auf seiner Netzhaut eine große, kräftig gebaute junge Frau in gesprenkeltem Tweedkostüm ab, in der er seine Cousine Gertrude Butterwick erkannte. Ihr reizendes Gesicht war rosig angehaucht, und ihre haselnußbraunen Augen leuchteten. Sie war ein Ausbund an Gesundheit. Ihre blühende Erscheinung schlug ihm schwer auf den Magen.

»Ach, Reggie, das finde ich ja allerliebst.«

»Hä?«

»Daß du gekommen bist, um mir Lebewohl zu sagen.«

Ein beleidigter, eingeschnappter Ausdruck trat in Reggie Tennysons aschfahles Antlitz. Er glaubte, man habe seine Zurechnungsfähigkeit in Zweifel gezogen, welchen Argwohn man ihm auch gar nicht verdenken konnte, wüßten es doch nur wenige junge Männer zu schätzen, wenn man ihnen unterstellte, sie seien morgens um halb acht aus den Federn gekrochen, um ihren Cousinen Lebewohl zu sagen.

»Um dir Lebewohl zu sagen?«

»Ja. Bist du denn nicht gekommen, um mir Lebewohl zu sagen?«

»Selbstverständlich bin ich nicht gekommen, um dir Lebewohl zu sagen. Ich wußte nicht einmal, daß du verreist. Wohin soll's denn gehen?«

Jetzt übernahm Gertrude die Rolle der beleidigten Leberwurst.

»Weißt du nicht, daß ich fürs englische Frauenhockey-Nationalteam nominiert worden bin? Wir bestreiten in Amerika ein paar Spiele.«

»Gütiger Himmel!« sagte Reggie und zuckte zusammen. Zwar war ihm bekannt, daß seine Cousine zu solchen Ausschweifungen neigte, aber es war nie schön, sich das auch noch anhören zu müssen.

Gertrude hatte einen Geistesblitz.

»Wie dumm von mir! Du stichst doch auch in See, oder?«

»Wäre ich sonst wohl zu nachtschlafender Stunde auf den Beinen?«

»Stimmt. Die werte Familie verfrachtet dich nach Kanada, damit du in einem Büro arbeitest. Papa hat mir davon erzählt.«

»Er stand ja auch als oberster Befehlshaber hinter dem Ganzen«, gab Reggie kühl zurück.

»Tja, wurde langsam Zeit. Die Arbeit wird dir guttun.«

»Die Arbeit wird mir *nicht* guttun. Wenn ich nur schon daran denke!«

»Deswegen brauchst du nicht gleich schnippisch zu werden.«

»O doch«, entgegnete Reggie. »Wenn ich könnte, würde ich noch viel schnippischer werden. Die Arbeit wird mir guttun – so ein Käse! Das ist doch wohl das Dümmste, Dämlichste, Dummdreisteste, was ich je …«

»Sei nicht so grob.«

Gramerfüllt fuhr er sich an die Stirn.

»Tut mir leid«, sagte er, denn ein Tennyson führt niemals Krieg gegen das schwache Geschlecht, »ich habe mich zu entschuldigen. Heute morgen bin ich einfach nicht auf dem Posten. Mein Schädel brummt ganz entsetzlich. Du hast dich wohl auch schon mal so gefühlt nach einer großen Sause. Gestern abend habe ich in meinem Klub zusammen mit ein paar Kumpanen leicht über die Stränge gehauen, weshalb mein Schädel jetzt wie gesagt ganz entsetzlich brummt. Der Schmerz beginnt in der Knöchelgegend und arbeitet sich mit wachsender Intensität hoch. Aber eins ist komisch – hast du das auch schon bemerkt? Wie sich richtig üble Kopfschmerzen auf die Augen auswirken.«

»Deine sehen aus wie gekochte Austern.«

»Die Frage ist nicht, wie sie *aussehen*, sondern was sie *sehen*. Ich leide unter – na ja, ich möchte das betreffende Wort im Moment lieber nicht in den Mund nehmen, aber du weißt schon, was ich meine. Fängt mit ›Hal‹ an.«

»Halluzinationen?«

»Genau. Ich sehe Typen, die gar nicht da sind.«

»Hör auf zu faseln, Reggie.«

»Ich fasle nicht. Vorhin habe ich – frag mich nicht, warum – die Augen aufgemacht und meinen Bruder Ambrose erblickt. Irrtum ausgeschlossen. Ich habe ihn klar und deutlich gesehen. Ehrlich, das hat mich ganz schön umgehauen. Du hältst das doch nicht etwa für ein böses Omen dafür, daß einer von uns dem Tod geweiht ist? Falls doch, dann erwischt es hoffentlich Ambrose.«

Gertrude lachte. Sie verfügte über ein hübsches, glockenhelles Lachen, und daß Reggie nun zurückwankte und gegen den Verkaufsautomaten prallte, sprach keineswegs für das Gegenteil. Selbst das Räuspern einer Fliege hätte Reginald Tennyson an diesem Morgen bis ins Mark erschüttert.

»Du Blödmann!« sagte sie. »Ambrose *ist* hier.«

»Du meinst doch nicht etwa«, sagte Reggie fassungslos, »er ist gekommen, um mir Lebewohl zu sagen?«

»Natürlich nicht. Er sticht selber in See.«

»*In See?*«

Gertrude betrachtete ihn erstaunt.

»Na klar. Weißt du denn nichts davon?«

»Wovon?«

»Daß Ambrose nach Hollywood geht.«

»Was!?«

»Ja.«

Obwohl es Reggie schmerzte, Bauklötze zu staunen, tat er nun genau dies.

»Nach Hollywood?«

»Ja.«

»Aber was ist denn aus seinem Posten im Marineministerium geworden?«

»Den hat er an den Nagel gehängt.«

»Er hat seinen Posten an den Nagel gehängt – seinen leichten, bequemen, gemütlichen Posten, der ihm ein hübsches Jahresgehalt sowie eine Pension einbringt, sobald er seine Dienstzeit abgesessen hat –, um nach Hollywood zu gehen? Das ist doch wohl …«

Reggie fehlten die Worte. Er konnte nur noch lallen. Die schreiende Ungerechtigkeit des Ganzen machte ihn sprachlos. Seit Jahren zeigte dieselbe Familie, die ihn mit Sorge zu betrachten pflegte, voller Stolz auf Ambrose. Ambrose und ihm waren die Rollen des guten und des bösen Bruders zugewiesen worden – die des fleißigen Bienchens und des Faultiers, um es einmal so auszudrücken. »Wenn du doch nur so vernünftig und solide wie Ambrose wärst!« lautete das Familienmotto. Wie oft hatte man ihm damit in den Ohren gelegen! »Vernünftig und solide wie Ambrose.« Und dabei hatte der Kerl die ganze Zeit eine solche Überraschung für seine Lieben in petto gehabt!

Doch dann packte Reggie ein brüderlicheres und achtbareres Gefühl – nämlich Mitleid für den armen Teufel, dessen Weg in den tiefsten Schlamassel führen mußte. Er fand die Sprache wieder, ja sprudelte förmlich über.

»Der hat doch 'nen Knall! Der Kerl hat doch 'nen Riesenknall! Der weiß ja überhaupt nicht, worauf er sich einläßt. Über Hollywood bin ich im Bilde. Ich hatte früher ziemlich engen Kontakt mit einer jungen Dame, die beim Film arbeitet, und die hat mir erzählt, wie es dort zugeht. Außenseiter haben nicht den Hauch einer Chance. Es wimmelt von Leuten, die sich Zugang verschaffen wollen. Besonders Autoren. Tausende von ihnen nagen am Hungertuch. Sie sterben wie die Fliegen. Diese Dame hat mir erzählt, daß rund um den Hollywood Boulevard Autoren aus allen Nischen und Löchern kriechen und wie Wölfe losheulen, sobald jemand im Umkreis von zehn Meilen ein Geräusch macht, das auch nur im entferntesten nach einem Hammelkotelett klingt. Großer Gott, dieser Döskopp hat sich ganz schön in die Patsche geritten. Könnte er denn nicht im Marineministerium anrufen und den Knilchen erzählen, er habe sich mit der Kündigung einen kleinen Scherz erlaubt?«

»Aber Ambrose geht doch nicht nach Hollywood, um Arbeit zu suchen. Er hat bereits einen Vertrag.«

»Was!?«

»Na selbstverständlich. Siehst du den dicken Mann dort drüben, der zu den Reportern spricht? Das ist Mr. Llewellyn, ein hohes Tier in der Filmwelt. Ambrose bekommt fünfzehnhundert Dollar pro Woche, damit er für ihn Drehbücher schreibt.«

Reggie blinzelte.

»Offenbar bin ich kurz eingenickt«, sagte er. »Mir hat geträumt«, fuhr er fort und lächelte selig über die putzige Idee, »du hättest soeben erzählt, jemand habe Ambrose fünfzehnhundert Dollar angeboten, damit er Drehbücher schreibt.«

»Jawohl, Mr. Llewellyn.«

»Dann stimmt es also?«

»Na selbstverständlich. Meines Wissens muß in New York nur noch der Vertrag unterzeichnet werden, sonst ist alles geregelt.«

»Mir bleibt die Spucke weg.«

Ein nachdenklicher Ausdruck schlich sich in Reggies Züge.

»Hat er sich die Moneten schon gekrallt?«

»Nein, noch nicht.«

»Kein Vorschuß? Nichts im Bereich von ein paar hundert Kröten, die er verjubeln möchte?«

»Nein.«

»Verstehe«, sagte Reggie. »Verstehe. Und wann soll der Ballon steigen? Wann gedenkt er das Faß anzustechen?«

»Wahrscheinlich erst, wenn er in Kalifornien ist.«

»Da werde ich schon in Kanada sein. Verstehe«, sagte Reggie. »Verstehe.«

Einen Moment lang versank er in Schwermut. Aber wirklich nur einen Moment lang. Reginald Tennyson hatte auch eine noblere Seite. Er gehörte zu denen, die sich am Glück anderer sogar dann erfreuen können, wenn sie selber leer ausgehen. Vielleicht war ihm aber auch nur eingefallen, daß die postalischen Verbindungen zwischen Kanada und Kalifornien erstklassig waren und er viele seiner reifsten Leistungen mit der Feder in der Hand vollbracht hatte.

»Na, das ist ja wunderbar«, sagte er. »Der gute alte Ambrose! Ich sage dir jetzt, was ich tun werde. Ich werde für ihn ein Empfehlungsschreiben an die erwähnte junge Dame ausfertigen. Sie wird dann dafür sorgen, daß er sich wohl …«

Er verstummte. Das Schlucken schien ihm schwerzufallen. Gebannt starrte er über die Schulter seiner Cousine.

»Gertrude«, flüsterte er heiser.

»Was ist denn los?«

»Ich hatte also doch recht mit diesen Hal... na, du weißt schon. Das vorhin mag ja tatsächlich Ambrose in Fleisch und Blut gewesen sein, aber jetzt habe ich sie ohne jeden Zweifel.«

»Wie meinst du das?«

Reggie blinzelte in rascher Folge drei-, viermal. Dann beugte er sich, nunmehr überzeugt, zu ihr hinüber und senkte seine Stimme noch mehr.

»Ich habe gerade den Astralleib eines alten Kumpels gesehen, der sich, wie ich todsicher weiß, zu dieser Stunde in Südfrankreich aufhält. Ein gewisser Monty Bodkin.«

»Was!?«

»Nicht hinschauen«, sagte Reggie, »das fragliche Phantom steht genau hinter dir.«

Eine Stimme erhob sich.

»Gertrude!«

So hohl klang die Stimme – so fahl, so blaß, so krächzend –, daß sie durchaus von einem körperlosen Geist hätte stammen können. Gertrude Butterwick schnellte herum. Und nachdem sie herumgeschnellt war, ließ sie dem Sprecher einen langen, kalten, bohrenden Blick angedeihen. Worauf sie sich nicht etwa zu einer Antwort herbeiließ, sondern nur herablassend mit der Schulter zuckte und sich wieder abwandte – die Augen versteinert, das Kinn gereckt. Nun schien sich das Gespenst, welches eine Zeitlang auf einem Bein gestanden hatte, mit einem schwachen und versöhnlichen Lächeln in sein Los zu schicken. Es schlich davon und entschwand in der Menge.

Reggie Tennyson hatte das Schauspiel mit Stielaugen verfolgt. Nun erkannte er, daß er seine Diagnose vorschnell gestellt hatte. Hier handelte es sich mitnichten um ein reines Truggebilde, sondern um seinen alten Freund, den leibhaftigen Montague Bodkin. Und diesem hatte Gertrude Butterwick soeben den Laufpaß gegeben, und zwar mit einer Vehemenz, wie sie Reggie – ein Experte auf dem Gebiet des Laufpasses – noch nie zu Gesicht bekommen hatte. Er konnte sich keinen Reim darauf machen. Er war ratlos, perplex, verdutzt, verdattert und aufgeschmissen, welchselben Gefühlen er nun mit einem klagenden »Na hör mal!« Ausdruck verlieh.

Gertrude atmete schwer.

»Ja?«

»Na hör mal, was soll denn das?«

»Was soll was?«

»Das war doch Monty.«

»Ja.«

»Er hat mit dir gesprochen.«

»Ich habe ihn gehört.«

»Aber du hast nicht mit ihm gesprochen.«

»Nein.«

»Und warum nicht?«

»Weil ich keine Lust hatte, mit Mr. Bodkin zu sprechen.«

»Und warum nicht?«

»Ach, Reggie!«

Der verwunderte junge Mann erkannte eine weitere Facette dieses vielschichtigen Rätsels. Wie um alles in der Welt, so fragte er sich, kamen Gertrude und der alte Monty dazu, auf Bahnsteigen Laufpässe auszuteilen respektive einzustecken? Er hatte nicht einmal gewußt, daß sie sich kannten.

»Dann kennst du Monty also?«

»Ja.«

»Das wußte ich ja gar nicht.«

»Doch, doch. Falls es dich interessiert: Wir waren einmal verlobt.«

»Verlobt?«

»Ja.«

»Verlobt? Das ist mir ja ganz neu.«

»Vater hat nicht erlaubt, daß es bekanntgegeben wird.«

»Und warum nicht?«

»Er wollte es einfach nicht.«

»Und warum nicht?«

»Ach, Reggie!«

Reggie fügte das Puzzle Teilchen um Teilchen zusammen.

»Sieh an! Du warst also mit Monty verlobt, wie?«

»Ja.«

»Aber jetzt bist du's nicht mehr?«

»Nein.«

»Und warum nicht?«

»Das tut nichts zur Sache.«

»Magst du den alten Monty denn nicht?«

»Nein.«

»Und warum nicht?«

»Ach, Reggie!«

»Sonst mögen ihn doch alle.«

»Ach ja?«

»Selbstverständlich. Er ist ein Prachtkerl.«

»Das sehe ich aber gar nicht so.«

»Und warum nicht?«

»Ach, Reggie, jetzt mach mal 'nen Punkt!«

Reginald Tennyson hatte den Eindruck, daß die Zeit für einen gutgemeinten Vermittlungsversuch gekommen war. Monty Bodkins Los griff ihm ans Herz. Selbst ein Blinder mit dem Krückstock hätte dem armen Teufel in der vorangegangenen Szene angesehen, wie schwer ihm die Ereignisse zugesetzt hatten, und die ganze dumme Geschichte war nach Reggies Ermessen weit genug gegangen. Er fand es unerhört, daß

Mädchen sich aufs hohe Roß setzen und Pfundskerle wie Monty zur Schnecke machen konnten.

»Schenk dir dein ›Ach, Reggie, jetzt mach mal 'nen Punkt!‹«, versetzte er barsch. »Du kannst meinetwegen ›Ach, Reggie, jetzt mach mal 'nen Punkt!‹ sagen, bis dir das Korsett platzt, denn das ändert nix dran, daß du eine taube Nuß bist und den Bock deines Lebens schießt. Ihr Mädchen seid doch alle gleich. Ihr stolziert in der Gegend rum und laßt gestandene Männer abblitzen, weil ihr glaubt, für euch sei keiner gut genug, doch am Ende landet ihr auf dem … äh … auf dem Abstellgleis. Eines schönen Tages wirst du im kalten Morgengrauen erwachen und dich grün und blau ärgern, weil du dir Monty in deiner Blödheit hast durch die Lappen gehen lassen. Was stimmt denn nicht mit Monty? Ein gut aussehender, umgänglicher, tierliebender Kerl, der Geld wie Heu hat – eine bessere Partie kannst du gar nicht machen. Und dürfte ich dich in aller Höflichkeit fragen, für wen zum Kuckuck du dich hältst? Für Greta Garbo vielleicht? Hab dich nicht so, Gertrudchen. Folge meinem Rat, renn ihm nach, gib ihm einen dicken Schmatz und sag ihm, daß dir dein hirnrissiges Getue leid tut und alles wieder beim alten ist.«

Bringt man das Blut einer Mittelstürmerin des englischen Frauenhockey-Nationalteams erst in Wallung, so kann sie zur Furie werden. Gertrude Butterwicks aufblitzende hübsche Augen schienen jedenfalls nahezulegen, daß Reginald Tennyson gleich mit einer Schärfe zusammengestaucht werden würde, die sich auf seinen ohnehin geschwächten Zustand nur verheerend auswirken konnte. Jener bohrende Blick war zurückgekehrt. Sie betrachtete Reggie, als wäre er ein Schiedsrichter, der sie im Spiel um die Meisterschaft wegen hohen Stockes verwarnt hatte.

Doch bevor sie ihren Gefühlen noch freien Lauf lassen konnte, brach glücklicherweise ein Geläute und Gepfeife los, und die panische Angst, einem abfahrenden Zug nachsehen zu müssen, ließ die Hockeyspielerin in Gertrude verstummen. Mit einem schrillen und entschieden weiblichen Quiekser stürmte sie davon.

Reggie schlug, wie es sich für einen Invaliden ziemt, ein gemächlicheres Tempo an – so viel gemächlicher, daß sich der Zug bereits in Bewegung gesetzt hatte, als er ihn erreichte, und er nur mit knapper Not noch aufspringen konnte. Nachdem sich sein lädierter Körper wieder halbwegs erholt hatte, stellte Reggi fest, daß er das Abteil just mit dem Mann teilte, den er am dringendsten zu sehen wünschte: Monty Bodkin. Das arme Würstchen saß ihm gegenüber mit hochgezogenen Beinen in der Ecke – verraten und verkauft.

Das war ganz nach Reggies Geschmack. In London gab es nicht einen jungen Mann, der seine Nase mit größerer Verve in die Angelegenheiten anderer steckte, weshalb ihn nun die Chance regelrecht entzückte, aus erster Hand Neues über die zerschellten Liebesträume seines Freundes zu erfahren. Zwar tat ihm der Kopf furchtbar weh, und er hatte auf der Reise eigentlich seinen Rausch ausschlafen wollen, doch die Neugier war stärker als der Schlaf.

»Ha!« rief er laut. »Heiliger Strohsack – Monty! Sei aufs herzlichste begrüßt.«

3. Kapitel

»Großer Gott!« rief Monty. »Was machst denn du hier, Reggie?«

Reggie Tennyson wischte die Frage beiseite. Unter normalen Umständen redete er ausgesprochen gern über sich, doch im Moment war ihm nicht danach.

»Ich reise nach Kanada«, antwortete er. »Aber das soll uns vorerst nicht interessieren. Eine ausführliche Erklärung wird zur gegebenen Zeit erfolgen. Monty, alter Knabe, was muß ich da hören über dich und meine Cousine Gertrude?«

Montys erste Reaktion auf den wie ein Trampeltier in seine Privatsphäre platzenden Reggie Tennyson war – nach kurzem Erstaunen darüber, ihn überhaupt zu sehen – bittere Reue gewesen, weil er nicht die Geistesgegenwart gehabt hatte, die Sache dadurch im Keim zu ersticken, daß er ihm eins vor den Latz knallte und ihn hinauswarf. Eigentlich hatte er die nächsten eineinhalb Stunden für die stumme Zwiesprache mit seiner gebeutelten Seele reserviert und fand daher wenig Gefallen an der Aussicht auf eine Unterhaltung selbst mit dem ältesten aller Freunde.

Doch als er diese Worte vernahm, schlug eine mächtige Woge von Gefühlen über ihm zusammen. Da er während der Szene auf dem Bahnsteig ganz auf die von ihm verehrte Frau konzentriert gewesen war, hatte er die schemenhafte Gestalt hinter ihr nicht erkannt. Die Vernunft sagte ihm nun, daß dies Reggie gewesen sein mußte, dessen Äußerungen vermuten ließen, daß Gertrude sich ihm anvertraut hatte. Reginald Tennyson hatte sich folglich von einem lästigen Eindringling in einen Mann verwandelt, der ihm Informationen aus allererster Hand geben konnte. Monty war zu schwer angeschlagen, um strahlen zu können, doch seine verkrampften Züge lösten sich, und er offerierte seinem Gesprächspartner einen Glimmstengel.

»Hat sie dir davon erzählt?« fragte er wißbegierig.

»Kann man wohl sagen.«

»Und was genau hat sie erzählt?«

»Von eurer Verlobung und deren Auflösung.«

»Klar, aber hat sie dir auch den Grund genannt?«

»Nein, was gab's denn für einen?«

»Das weiß ich nicht.«

»Das weißt du nicht?«

»Ich habe keinen blassen Dunst.«

»Na hör mal, wenn ihr euch in die Haare geraten seid, wirst du wohl wissen, worum's ging.«

»Aber wir sind uns nicht in die Haare geraten.«

»Anders geht das doch gar nicht.«

»Nein, ganz ehrlich. Die Sache grenzt an ein Mysterium.«

»Woran grenzt sie?«

»An ein Rätsel.«

»Ach so, an ein Rätsel? Stimmt.«

»Soll ich dich mit der Faktenlage vertraut machen?«

»Unbedingt.«

»Also gut. Diese wird dir als Mysterium erscheinen.«

Einen Moment lang herrschte Schweigen. Monty schien mit seiner Seele im Clinch zu liegen. Er ballte die Fäuste und wackelte mit den Ohren.

»Komischerweise«, sagte Reggie, »wußte ich gar nicht, daß du Gertrude kennst.«

»Doch, doch«, erwiderte Monty. »Wie hätten wir uns sonst verloben sollen?«

»Auch wieder wahr«, räumte Reggie ein. »Aber warum habt ihr so hinterm Berg gehalten? Warum höre ich zum erstenmal von dieser verflixten Verlobung? Warum hat die *Morning Post* nichts darüber gebracht? Warum war das nicht Stadtgespräch wie jede andere Verlobung auch?«

»Weil ein Rädchen ins andere greift.«

»Wie darf ich das verstehen?«

»Ich komme gleich darauf zurück. Aber beginnen wir doch hübsch am Anfang.«

»Wobei wir uns die frühe Kindheit schenken wollen, nicht wahr?« sagte Reggie leicht bänglich. Seine angegriffene Gesundheit ließ ihn auf eine Kurzfassung hoffen.

Monty Bodkins Augen wirkten nun ganz verträumt – verträumt und zugleich gequält. Er tauchte abermals in die trauliche, tote Vergangenheit ab, denn des Kummers Krönung ist das Schwelgen in süßen Erinnerungen.

»Kennengelernt habe ich Gertrude«, setzte er an, »bei einem Picknick an der Themse, unten in Streatley. Der Zufall wollte es, daß wir nebeneinander saßen, und von Anfang an hatten wir uns im besten und reinsten Wortsinn zum Fressen gern. Ich schlug für sie eine Wespe tot – und sollte das nie bereuen. Mal ließ ich ihr in der Folge ein Blümchen schicken, mal ging ich bei ihr vorbei, mal aßen wir miteinander zu Mittag, mal schwangen wir das Tanzbein, und etwa zwei Wochen später waren wir verlobt. Jedenfalls so gut wie.«

»So gut wie?«

»Genau das habe ich gemeint mit meiner Bemerkung, wonach ein Rädchen ins andere greift. Ihr Vater hat sich nämlich einer normalen, landläufigen Verlobung widersetzt. Kennst du zufällig ihren vermaledeiten Vater, J. G. Butterwick von Butterwick, Price & Mandelbaum, Import-Export? Aber natürlich kennst du ihn«, sagte Monty und lächelte müde über die absurde Frage. »Schließlich ist er dein Onkel.«

Reggie nickte.

»Jawohl, er ist mein Onkel. So früh am Morgen werde ich das nicht gut vertuschen können. Aber wenn du von ›kennen‹ sprichst – tja, wir haben nur sparsamen Umgang miteinander. Er schätzt mich nicht.«

»Auch mich hat er nicht geschätzt.«

»Und willst du wissen, was das alte Warzenschwein getan hat? Vorhin hast du mich gefragt, was ich in diesem Zug mache, und ich habe dir geantwortet, ich sei auf dem Weg nach Kanada. So unglaublich es sich anhören mag: Er hat die Familie dazu aufgehetzt, mich nach Montreal in ein mieses Büro zu verfrachten. Aber ich will jetzt nicht über meine eigenen Sorgen lamentieren«, sagte Reggie, dem bewußt wurde, daß er eine ans Herz rührende Erzählung unterbrochen hatte. »Ich möchte alles über dich und Gertrude erfahren. Du hast gerade erzählt, mein elender Onkel John schätze dich nicht.«

»Genau. Er titulierte mich zwar nicht gerade als Tagedieb …«

»Mich schon. Mehr als einmal.«

»... schaltete aber auf stur. Er sagte, bevor er der Heirat zustimme, wolle er wissen, wie ich meinen Lebensunterhalt verdiene. Ich antwortete, daß ich meinen Lebensunterhalt überhaupt nicht verdiene, da mir eine verblichene Tante dreihunderttausend Pfund in mündelsicheren Papieren hinterlassen habe.«

»Da hast du es ihm aber gegeben!«

»Das dachte ich auch. Aber nix da! Er glotzte nur blöd und sagte, er werde seiner Tochter niemals erlauben, einen Mann zu heiraten, der erwerbsuntüchtig sei.«

»Die Worte kenne ich. Erwerbsuntüchtigkeit hat er auch mir ständig vorgehalten. Wie sagte er doch immer so schön: ›Nimm dir ein Vorbild an deinem Bruder Ambrose, der hat eine feste Stelle im Marineministerium und verfaßt in der Freizeit Romane, die ich zwar nicht gelesen habe ...‹ Aber wo wir gerade von Ambrose sprechen: Etwas ganz Unglaubliches ist passiert.«

»Soll ich fortfahren?« fragte Monty unterkühlt.

»Oh, klar«, sagte Reggie. »Sei so gut. Aber die Sache mit Ambrose muß ich dir nachher unbedingt erzählen. Du wirst schön staunen.«

Monty blickte mit einem finsteren Ausdruck im hübschen Gesicht in die vorüberfliegende Landschaft. Der Gedanke an J. G. Butterwick ließ ihn stets finster dreinblicken. Insgeheim hatte er von Anfang an gehofft, daß es für dessen Arthritis keine Linderung geben würde.

»Wo«, fragte er, als er aus seinen düsteren Gedanken auftauchte, »bin ich steckengeblieben?«

»Bei dem Scherz mit der Erwerbsuntüchtigkeit.«

»Ja, stimmt. Er hat Gertrude untersagt, je einen erwerbsuntüchtigen Mann zu heiraten. Damit waren meine Chancen im Eimer – es sei denn, ich bewährte mich, wie er es formulierte, indem ich nämlich eine Stelle finden und mich auf dieser ein Jahr lang halten würde.«

»Meschugge. Das habe ich schon immer gefunden. Aber Gertrude hat diesen Mumpitz doch hoffentlich abgestellt?«

»Denkste. Natürlich habe ich sie gedrängt, sofort die Koffer zu packen und mit mir zum nächstbesten Standesamt oder gleich ins schottische Gretna Green zu sausen. Aber hat sie mir Folge geleistet? Pustekuchen! Nicht ein Fitzelchen moderner Geisteshaltung ließ sie durchschimmern. Sagte bloß, sie liebe mich abgöttisch, weigerte sich aber standhaft, mich ohne das Plazet des Herrn Papa zu heiraten.«

»Das ist wohl nicht dein Ernst?«

»O doch.«

»Ich habe gar nicht gewußt, daß es heute noch solche Mädchen gibt.«

»Ich auch nicht.«

»Das kenne ich höchstens aus dreibändigen Romanen.«

»Genau.«

Reggie sann nach.

»Man sollte so etwas zwar über keinen Mitmenschen sagen«, meinte er, »aber es gibt nichts daran zu rütteln, daß Gertrude der Inbegriff von Tugend ist. Das kommt wohl von dem ständigen Hockeyspielen. Und was hast du getan?«

»Ich habe eine Stelle gefunden.«

»Du?«

»Jawohl, ich.«

»Unmöglich!«

»Doch. Und zwar mit Hilfe meines Onkels Gregory, der Lord Tilbury kennt, dem wiederum die Mammoth Publishing Company gehört. Dieser hat mich zum Redaktionsassistenten des *Dreikäsehoch* gemacht, einer Zeitschrift für Heim und Hort. Dort hat man mich rausgeworfen.«

»Logisch. Und dann?«

»Onkel Gregory hat Lord Emsworth dazu gebracht, mich in Blandings Castle als Sekretär zu engagieren. Dort hat man mich rausgeworfen.«

»Klar. Und dann?«

»Tja, dann nahm ich die Sache selber in die Hand. Ich lief einem Mr. Pilbeam über den Weg, der eine Privatdetektei betreibt, und als ich hörte, daß er qualifizierte Mitarbeiter beschäftige, brachte ich ihn dazu, mich zu einem solchen zu machen.«

Reggie starrte ihn ungläubig an.

»Privatdetektei? Du meinst eins dieser Dinger mit Detektiven und so?«

»Haargenau.«

»Du behauptest doch nicht etwa, daß du ein elender Schnüffler bist?«

»Haargenau.«

»Wie bitte – du spionierst den Rubinen des Maharadschas nach, mißt Blutflecken aus und all so 'n Zeug?«

»Na ja, um ganz offen zu sein«, ging Monty nun ins Detail, »gibt man mir nicht allzuviel zu tun. Firmenintern gelte ich als stinknormaler qualifizierter Mitarbeiter. Ehrlich gesagt habe ich Pilbeam tausend Pfund auf die Hand versprochen, falls er mich einstellt, und genau so haben wir's dann auch gemacht.«

»Aber mein Onkel John weiß nichts davon?«

»Nein.«

»Er weiß lediglich, daß du einen Posten ergattert hast und dich darauf hältst?«

»Ja.«

Reggie war verwirrt.

»Wenn du mich fragst, riecht das ganz nach einem Happy-End. Ob ein Mensch, der tausend Pfund ausspuckt, nur um meine Cousine Gertrude zu heiraten, noch alle Tassen im Schrank hat, ist eine andere Frage und soll uns hier nicht beschäftigen. Der Preis erscheint mir exorbitant, aber du siehst das wahrscheinlich anders. Was ging denn schief?«

Montys schmerzverzerrtes Gesicht zeugte von schlimmster Seelenpein.

»Ich weiß es nicht! Genau das geht mir ja so furchtbar an die Nieren. Ich habe keinen blassen Schimmer. Ich fuhr für ein paar Tage nach Cannes und glaubte, alles laufe nach Plan und ich sei aus dem Schneider. Bei meiner Abreise war Gertrude noch die Zutraulichkeit in Person. Sie lag mir praktisch zu Füßen. Doch eines Morgens traf ein Telegramm ein, in dem sie das Verlöbnis ohne Angabe von Gründen löste.«

»Sie nannte keine Gründe?«

»Nicht einen. Keinen einzigen. Der Laufpaß, sonst nichts. Das Ganze grenzte an ein Mysterium. Ich war wie vor den Kopf geschlagen.«

»Klar.«

»Ich setzte mich ins nächste Flugzeug und suchte sie unverzüglich auf. Sie wollte mich nicht empfangen. Ich versuchte sie telefonisch zu erreichen, bekam aber nur einen Butler mit Polypen an den Hörer. Da ich wußte, daß sie mit ihrer Hockeyclique nach Amerika reisen würde, sah ich keine andere Möglichkeit, als mitzugehen und die Sache während der Überfahrt zu bereinigen. Offensichtlich liegt irgendein läppisches Mißverständnis vor.«

»Ob sie was über dich gehört hat?«

»Da gibt es nichts zu hören.«

»Du hast in Cannes nicht zufällig mit einer dieser geheimnisvollen fremden Abenteuerinnen, die sich an solchen Orten immer herumtreiben, einen draufgemacht? Jemand könnte ihr ja davon erzählt haben, nicht?«

»Da waren keine fremden Abenteuerinnen. Begegnet ist mir jedenfalls keine. Mein Leben in Cannes war von einer geradezu jungfräulichen Keuschheit. Meistens ging ich schwimmen oder spielte Tennis.«

Reggie sinnierte. Diese Angelegenheit umwehte tatsächlich – wie Monty bereits gesagt hatte – ein Hauch von Mysterium.

»Weißt du, was ich glaube?« sagte er schließlich.

»Was?«

»Ich glaube, sie hatte die Nase voll von dir.«

»Hä?«

»Na ja, sie hat sich die Sache nochmals überlegt und ist zum Schluß gekommen, daß du nicht ihr Typ bist. So sind die Frauen nun mal. Sie schauen sich das Foto auf der Frisierkommode einmal zu oft an, und schon fällt es ihnen wie Schuppen von den Augen.«

»Herrjemine!«

»Was natürlich ziemlich drastische Maßnahmen nach sich zieht. Dem Betreffenden soll ein gehöriger Schrecken eingejagt werden.«

»Was für ein Schrecken denn?«

»Ach, da gibt es tausend Möglichkeiten. Aber keine Angst, ich werde mich darum kümmern. Es liegt doch auf der Hand, daß sich die Sache genau so abgespielt hat. Ihr liegt nichts mehr an dir. Du hast deine Strahlkraft verloren. Aber mach dir keine Sorgen. Es wird alles gut werden.«

»Glaubst du tatsächlich?«

»Keine Frage. Ich verstehe Gertrude, habe ich sie doch von Kindesbeinen an gekannt. Ich werde sie ins Gebet nehmen. Eigentlich war ich schon damit beschäftigt, als sich der Zug in Bewegung gesetzt hat, und ich glaube, sie wurde langsam weich. Sobald wir an Bord sind, gehe ich zu ihr und nehme sie in die Mangel.«

»Schrecklich lieb von dir.«

»Nicht der Rede wert. Es gibt kaum etwas«, sagte Reggie und betrachtete seinen Freund mit aufrichtigem, wenn auch triefäugigem Wohlwollen, »was ich für einen alten Kumpel wie dich nicht tun würde, Monty.«

»Vielen, vielen Dank.«

»Und auch du würdest dir wohl keinerlei Zügel anlegen, wenn du die Möglichkeit hättest, dich bei mir zu revanchieren.«

»Das kannst du laut sagen.«

»Du würdest dich auf eine solche Aufgabe stürzen.«

»Wie ein Panther.«

»Genau. Dann überlaß alles mir. Ich habe dich wieder zum Strahlemann aufgebaut, bevor du bis drei zählen kannst. Und jetzt«, sagte Reggie, »schließe ich, falls du nichts dagegen hast, ein Weilchen die Augen. Ich bin heute früh um zehn vor sechs ins Bett gekrochen und um sieben wieder aufgestanden, weshalb ich noch leicht dösig bin. Eine Mütze voll Schlaf wird meinen Kopfschmerzen guttun.«

»Hast du Kopfschmerzen?«

»Mein Lieber«, antwortete Reggie, »gestern abend hat man für mich im Drones Club ein Abschiedsfest ausgerichtet, das unter der Schirmherrschaft von Catsmeat Potter-Pirbright stand. Mehr brauche ich wohl nicht zu sagen.«

4. Kapitel

Ein prächtiger Sommertag, an dem die Sonne scheint, die leicht bewegte See funkelt und eine frische, kühle Brise von Westen her weht, hat kaum Schöneres anzubieten als die Überfahrt von Southampton nach Cherbourg auf einem Ozeandampfer. Immer vorausgesetzt natürlich, daß sich kein Monty Bodkin an Bord befindet.

Hatte Monty Bodkin schon in der Waterloo Station einem Gespenst geglichen, so war die Ähnlichkeit mit einem solchen noch sehr viel ausgeprägter in den Stunden, die die *R.M.S. Atlantic* brauchte, um aus Southampton auszulaufen und den Ärmelkanal zu überqueren. Im Laufe jener Stunden tapste er unablässig herum und sorgte ringsum für Verdruß.

Gäste des Rauchsalons verschluckten sich an ihrem Bier, wann immer er durch die Türöffnung tapste, sich mit verhärmtem Blick umsah, wieder hinaustapste und – mitunter nur Minuten später – zurückgetapst kam, um den Blick abermals schweifen zu lassen. Ältere Damen, die im großen Salon vor sich hin strickten und sein lautloses Nahen instinktiv spürten, ließen Maschen fallen. Mädchen in Liegestühlen fuhren auf, wenn sein Schatten über ihre Bücher fiel, und schreckten, kaum blickten sie hoch, vor dem entgeisterten Ausdruck in seinen Stielaugen zurück. Vor diesem Menschen schien es schlicht kein Entrinnen zu geben.

Monty war auf der Suche nach Gertrude Butterwick und gedachte noch den hintersten Winkel nach ihr zu durchforsten. Erst als das

Schiff träge vor Cherbourg lag, stellte er seine nervtötende Tätigkeit ein. Inzwischen taten ihm die Füße weh, und so ging er in seine Kabine, um sich in die Koje zu legen. Dadurch, so hoffte er, würde er nicht nur die Füße hochlagern, sondern auch konstruktive Überlegungen anstellen können. Und wenn je eine Situation der konstruktiven Überlegungen bedurft hatte, dann diese.

Als er die Tür öffnete und sah, daß Reggie Tennyson die Koje mit Beschlag belegt hatte, reagierte er mit gemischten Gefühlen. Da war einerseits Bedauern, denn seine Füße taten ihm inzwischen höllisch weh, weshalb er die Koje allein für sich haben wollte, andererseits aber auch Freude, da er hinter der Anwesenheit des anderen Neuigkeiten witterte.

Dies allerdings entpuppte sich als Trugschluß. Reggie hatte keine Neuigkeiten. Montys ungeduldiges »Na?« förderte lediglich die Mitteilung zutage, daß sein Freund Gertrude noch gar nicht an Bord erblickt hatte.

»Ich habe überall nach ihr gesucht«, sagte Reggie, der jedweden Verdacht, daß er seine Rettungsaktion verbummelt haben könnte, zerstreuen wollte, »aber sie scheint in irgendein Schlupfloch abgetaucht zu sein.«

Es entstand eine Pause. Und als Monty schon diskret andeuten wollte, falls Reggie die Koje nicht brauche, würde er sie gern für sich beanspruchen, lenkte ihn plötzlich der Anblick eines fremden Koffers ab.

»Was soll denn der da?« fragte er erstaunt.

Reggie setzte sich auf. Seine Haltung verriet eine gewisse Betretenheit.

»Ach, der?« sagte er. »Ich hab' mich schon gefragt, wann er dir auffallen würde. Der gehört mir.«

»Dir?«

»Ja. Monty«, sagte Reggie recht eindringlich, »weißt du noch, worüber wir uns im Zug unterhalten haben?«

»Über Gertrude?«

»Nein, nicht über Gertrude. Über dich und mich. Daß wir schon immer dick befreundet waren, so daß einer dem anderen jeden Liebesdienst tun würde, wann immer Not am Mann wäre. Wenn ich mich recht erinnere, hast du gesagt, du würdest dich auf jede Möglichkeit stürzen, dich bei mir zu revanchieren, nicht wahr?«

»Na klar.«

»Wie ein Panther, wenn ich mich nicht täusche?«

»O ja.«

»Prima«, sagte Reggie. »Es ist nämlich soweit. Jetzt bist du am Zug. Ich habe mit dir die Kabine getauscht.«

Monty glotzte. Sein Verstand war noch leicht getrübt von dem ausgedehnten Grübeln.

»Die Kabine getauscht?«

»Jawohl. Ich habe deine Sachen in meine hinunterbringen lassen.«

»Aber warum?«

»Ich hatte keine Wahl, alter Knabe. Es ist nämlich eine ziemlich delikate Situation eingetreten.«

Reggie kuschelte sich in die Kissen. Monty zog die Schuhe aus. Die so erwirkte Erleichterung steigerte seine Großmut. Während er mit den befreiten Zehen Lockerungsübungen veranstaltete, sagte er sich, daß Reggie bestimmt seine Gründe hatte. Nun galt es nur noch, diese ans Tageslicht zu fördern.

»Was meinst du denn mit ›delikater Situation‹?«

»Das werde ich dir gleich verraten. Aber vorher wollen wir uns ein bißchen entspannen. Hättest du nicht 'nen Sargnagel für mich?«

»Da, bitte.«

»Und ein Streichholz?«

»Da, bitte.«

»Danke«, sagte Reggie. »Also«, fuhr er paffend fort, »die Sache ist die: Du kennst Ambrose?«

»Deinen Bruder Ambrose?«

»Meinen Bruder Ambrose.«

»Doch, ziemlich gut sogar. Wir haben beide in Oxford studiert und sehen uns ab und zu …«

»Hast du gewußt, daß er auch auf dem Schiff ist?«

»Ambrose? Aber er arbeitet doch im Marineministerium.«

»Nein, eben nicht. Das ist ja die Crux. Ich wollte es schon im Zug erzählen, aber du hast mir ja nicht zuhören wollen. Um diese Zeit sollte Ambrose, wie du ganz richtig sagst, im Marineministerium weilen und sich um die Paraphierung diplomatischer Noten in dreifacher Ausfertigung kümmern, einen Matrosentanz aufs Parkett legen – oder was die Burschen eben sonst den lieben langen Tag tun. In Wahrheit aber strolcht er mit Seglermütze und Flanellanzug übers Deck dieses Ozeanriesen. Er hat seinen Posten im Marineministerium hingeschmissen und ist unterwegs nach Hollywood, um Drehbücher zu schreiben.«

»Das ist doch wohl nicht dein Ernst?«

»Und das – aufgepaßt, dieser Aspekt wird deine Gutgläubigkeit am meisten strapazieren – auf der Basis eines Fünfjahresvertrags und für fünfzehnhundert Dollar pro Woche.«

»Was!?«

»Ich hab' mir schon gedacht, daß du staunen würdest. Jawohl, soviel kassiert er von einem gewissen Ivor Llewellyn: fünfzehnhundert Dollar pro Woche. Hast du je eine von Ambrose' Schwarten gelesen?«

»Nein.«

»Ein Riesenschmarren. Von vorn bis hinten weder eine Leiche noch ein verschlungener Chinese. Und für so was zahlt ihm dieser Llewellyn fünfzehnhundert Dollar pro Woche! Mal ehrlich, Monty, das grenzt doch an – wie lautet dein Ausdruck noch mal?«

»Mysterium?«

»Ja, genau. Das grenzt doch an ein veritables Mysterium.«

Kein Mensch in Reggie Tennysons Zustand kann, nachdem ihn bereits die Formulierung »Paraphierung diplomatischer Noten in dreifacher

Ausfertigung« stark geschwächt hat, die Wörter »veritables Mysterium« aussprechen, ohne der Natur ihren Tribut zollen zu müssen. Eine schmerzvolle Zuckung entstellte sein Gesicht, und einen Moment lang lag er nur da und preßte, um Fassung bemüht, die Hände gegen die Schläfen.

»Aber was, so wirst du nun fragen«, nahm er nach Abebben des Krampfes den Faden wieder auf, »hat die Tatsache, daß Ambrose auf dem Schiff weilt, mit meinem Wunsch zu tun, die Kabine zu tauschen? Das will ich dir gern verraten. Du hast vorhin im Zug anläßlich deiner Ausführungen über die Verlobung und ihre Geheimhaltung eine ungemein plastische Redewendung gebraucht. Da hast du nämlich gesagt … wie ging das noch gleich? Ach ja. Du hast gesagt, ein Rädchen greift ins andere. So hat doch deine Formulierung gelautet, nicht wahr?«

»Haargenau«, bestätigte Monty, der ebenfalls große Stücke auf sie hielt. »Jawohl, ein Rädchen greift ins andere.«

»Tja, auch hier greift ein Rädchen ins andere. Wie gesagt: Eine äußerst delikate Situation ist eingetreten. Habe ich dir gegenüber je eine gewisse Lotus Blossom erwähnt?«

»Die Filmdiva?«

»Die Filmdiva.«

»Im Kino habe ich sie natürlich schon gesehen, aber ich glaube nicht, daß du sie je erwähnt hast.«

»Seltsam«, sagte Reggie. »Wahrscheinlich bin ich eben doch ein stilles Wasser. Wir standen uns nämlich früher sehr, sehr nahe. Um ehrlich zu sein, hielt ich sogar um ihre Hand an.«

»Tatsächlich?«

»Jawohl, wir dinierten damals im Angry Cheese. So habe ich noch nie ein Mädchen losprusten hören. Und kurz darauf steckte sie mir einen Eiswürfel hinten in den Kragen. Ich erwähne das nur«, sagte Reggie, »damit du siehst, daß wir ein Herz und eine Seele waren. Wir machten alles immer nur zusammen. Das war vor einem Jahr, als sie in London einen Film für ein englisches Studio drehte. Soweit Spule eins. Bis hierhin alles klar? Lottie und ich waren ein Herz und eine Seele.«

»Ja, das habe ich begriffen.«

»Gut. Legen wir also die zweite Spule ein. Ich war eben vorhin auf Deck, wo mir plötzlich jemand einen Mordsschlag auf den Rücken gab, so daß ich um ein Haar das Zeitliche gesegnet hätte. Als sich der Nebel und der Rauch und der Funkenregen legten, starrte ich fassungslos meinen Bruder Ambrose an. Wir begannen zu plaudern, und selbstverständlich gratulierte ich ihm zu seinem Hollywood-Coup und machte mich aus reiner Generosität erbötig, für ihn ein Empfehlungsschreiben an Lottie Blossom auszufertigen. Ich weiß, daß sie in Hollywood jeden kennt und es in ihrer Macht stünde, ihm Einladungen zu Partys und ähnlichem zu verschaffen, weshalb ich auch sagte, ich würde für ihn ein Empfehlungsschreiben an sie ausfertigen. So was nennt man Bruderliebe, nicht?«

»Allerdings.«

»Das glaubte ich jedenfalls, besonders in Anbetracht des Umstands, daß er meine Wirbelsäule beinahe durchs Brustbein getrieben hatte. Damit war ich jedoch auf dem hölzernsten aller Holzwege, alter Knabe, und ich sag' dir auch gleich, warum. Als ich, nachdem ich diese Worte gesprochen hatte, auf Ambrose' Gesicht ein breites Grinsen erblickte und es als eines jener skeptischen ›Falls du diese Frau überhaupt je getroffen hast, dann doch todsicher mitten in einer Menschenmenge, und sie wird nicht mal mehr deinen Namen kennen‹-Grinsen interpretierte – du kennst doch dieses Grinsen, das die Leute aufsetzen, wenn man ihnen erzählt, man kenne irgendeine Berühmtheit –, da schilderte ich in recht blühenden Farben, wie dick befreundet Lottie und ich einst waren. Im nachhinein sehe ich selber, daß ich die Sache wie einen Tag im Eheleben von Antonius und Kleopatra dargestellt habe. ›Die gute alte Lottie!‹ sagte ich zum Beispiel. ›Was für ein Kumpel! Was für ein Spezi! Du mußt die gute alte Lottie unbedingt kennenlernen! Für meinen Bruder wird sie alles tun. Mannomann, was haben wir immer auf den Putz gehauen!‹ Wie man eben so daherredet.«

»Klar.«

»Alter Knabe«, sagte Reggie ernst, »er ist mit ihr verlobt!«

»Was!?«

»Ich schwör's. Als ich sagte, er müsse sie unbedingt kennenlernen, erwiderte er, er habe sie bereits vor zwei Monaten in Biarritz kennengelernt, wohin er gefahren war, als ihn die Typen des Marineministeriums in seinen jährlichen Urlaub abschoben. Und als ich fragte: ›Ach, wie hat sie dir denn gefallen?‹, antwortete er, sie habe ihm ausgezeichnet gefallen, und er und sie hätten einander die Ehe versprochen, und was ich denn genau mit der Formulierung ›auf den Putz gehauen‹ gemeint habe. Furchtbar peinlich, das wirst du doch zugeben?«

»Furchtbar.«

»Und die Peinlichkeit verflüchtigte sich auch nicht mit dem Voranschreiten der Zeit«, sagte Reggie. »Die Lage wurde immer vertrackter. ›Sie kommt in Cherbourg an Bord‹, verkündete Ambrose. ›Das‹, antwortete ich bestürzt, aber doch um Contenance bemüht, ›ist ja toll.‹ ›Für wen?‹ fragte er. ›Für dich‹, sagte ich. ›Ja‹, sagte er. ›Was hast du denn nun mit ,auf den Putz gehauen‘ gemeint?‹ ›Weiß sie schon von deinem Job in Hollywood?‹ fragte ich. ›O ja‹, sagte er. ›Bestimmt freut sie sich‹, sagte ich. ›Zweifellos‹, sagte er. ›Du hast immer noch nicht erklärt, was du mit der Formulierung ,auf den Putz gehauen‘ gemeint hast.‹ ›Ach nichts‹, sagte ich, ›außer daß wir mal recht gut miteinander konnten.‹ ›Ach?‹ sagte er. ›Ha!‹ Und damit hatte die Sache ihr Bewenden. Du erkennst doch die Lage? Du siehst, worauf das hinausläuft? Der Kerl hat eine Stinklaune. Er schöpft Verdacht. Die Sache kommt ihm spanisch vor. Und Lottie geht in Cherbourg an Bord.«

»Wir sind doch schon in Cherbourg.«

»Genau. Wahrscheinlich weilt sie bereits unter uns. Womit wir zum

Kern des Pudels vorgedrungen wären, alter Knabe. Weißt du, was?«
»Was?«
»Ich habe einen Blick auf die Passagierliste geworfen und zu meinem Entsetzen festgestellt, daß ihre Kabine direkt neben meiner liegt! Na, du kennst doch unseren Ambrose. Was wird er, der schon mächtig in Harnisch geraten ist und bis zum Halszäpfchen voll häßlichem Argwohn steckt, wohl sagen, wenn er das rauskriegt?«
»Ha!«
»Du sagst es: Ha! Und deshalb schien mir das der einzige Ausweg zu sein. Ich mußte einfach die Kabine mit dir tauschen. Verstanden? Capito?«
»Ja.«
»Und es macht dir nichts aus.«
»Natürlich nicht.«
»Wußte ich es doch«, sagte Reggie bewegt. »Wußte ich doch, daß auf dich Verlaß ist. Ein Mann, ein Wort. Ich kann ja nicht beurteilen, wie Ambrose auf dich wirkt, Monty, aber ich habe ihn schon in jungen Jahren als schlimmen Finger erlebt. Wenn ihm damals irgendwas mißfiel, pflegte er schlagartig den Fuß auszufahren und mich in den Hosenboden zu treten, und dem Blick nach zu urteilen, den er mir vorhin hinterhergeschickt hat, glaube ich nicht, daß ihn die Jahre auch nur ein verdammtes Jota sanfter und milder gestimmt haben. Deine noble Haltung in Sachen Kabinentausch erspart mir wahrscheinlich eine klaffende Fleischwunde. Und glaub bloß nicht, ich werde dir das je vergessen. Du kannst dich drauf verlassen, daß ich hinsichtlich dieser dämlichen Gertrude Himmel und Hölle in Bewegung setzen werde. Sei versichert, daß ich deine Interessen leidenschaftlich vertreten werde. Unternimm nichts in dieser Sache, bis du wieder von mir hörst.«
»Eigentlich wollte ich in die Bibliothek gehen, um ihr einen Brief zu schreiben.«

Reggie überlegte.

»Ja, das kann nicht schaden. Aber bitte nicht katzbuckeln.«

»Ich hatte nicht vor zu katzbuckeln«, erwiderte Monty unwirsch. »Wenn du es genau wissen willst, hatte ich vor, verflixt bitter und verflucht prägnant zu schreiben.«

»Und das heißt …?«

»Erstens dachte ich, ich könnte mit einem schlichten ›Gertrude‹ beginnen. Einfach so. Nicht ›Liebe Gertrude‹ oder ›Gertrude, mein Schatz‹. Einfach bloß ›Gertrude‹.«

»Ja«, sagte Reggie beifällig. »Das wird ihr bestimmt zu denken geben.«

»›Gertrude‹, wollte ich schreiben, ›Dein Verhalten grenzt an ein Mysterium.‹«

»Etwas Besseres kannst du gar nicht tun«, sagte Reggie herzlich. »Na, geh schon rauf und klemm dich dahinter. Ich für mein Teil werde jetzt kurz das Deck abschreiten. Als ich das letztemal dort war, bevor mir Ambrose einen Hieb zwischen die Schulterblätter gab, schien die Seeluft meinem Kopf Linderung zu verschaffen. Ich hatte nicht mehr ganz so stark das Gefühl, man drehe mir weißglühende Korkenzieher durch die Augäpfel.«

5. Kapitel

Während sich Monty Bodkin in Richtung Bibliothek davonmachte – wild entschlossen, Gertrude Butterwick einen Brief zu schreiben, der ihr die Röte der Scham ins Gesicht und Tränen bitterer Reue in die Augen treiben und ihr ganz generell zeigen würde, was Sache war –, beugte sich Ivor Llewellyn über die Reling des Promenadendecks und beobachtete das Nahen des Beiboots, das seine Schwägerin Mabel heranbrachte.

Keiner der Reporter, die in der Waterloo Station seinen Ausführungen über die Lichtspielkunst gelauscht hatten, hätte geglaubt, eine Seele in

Not zu interviewen, und doch war dies die grausame Wahrheit. Mr. Llewellyn war keineswegs in Hochstimmung, und es hieße das Publikum an der Nase herumführen, würde man solches behaupten. Selbst als er sich über die strahlenden Aussichten der Filmbranche verbreitet hatte, mußte er daran denken, wie stark sich diese von seinen eigenen unterschieden.

Schon seit Nächten wälzte er sich unruhig im Schlaf und zuckte jedesmal zusammen, wenn er an all die Dinge dachte, die seiner harrten. Ab und an versuchte er sich an der Hoffnung aufzurichten, Grayce könnte es sich anders überlegt, Vernunft angenommen und ihren ruchlosen Plan aufgegeben haben. Doch dann ließ die Einsicht, daß es für Grayce eine absolute Novität wäre, Vernunft anzunehmen, sein Herz abermals in die Hose rutschen. Von jeher hat man Schmuggler als recht schneidige, fröhliche Burschen charakterisiert. Ivor Llewellyn war die Ausnahme, die die Regel bestätigte.

Das Beiboot legte an. Die Passagiere stiegen aus. Und Mr. Llewellyn schälte Mabel Spence aus dem Gewühl und zog sie hinüber in eine dunkle Ecke des Decks. Sie betrachtete ihn in seiner Erregung mit jenem gelassenen, belustigten Mitleid, das sie so oft für ihn empfand.

»Was für ein Affentheater du immer machst, Ikey!«

»Affentheater!«

»Dich plagt wahrscheinlich die Vorstellung …«

»Pssst!« zischte Mr. Llewellyn wie ein Bandit in einem Boulevardstück. Mabel Spence reckte ungehalten das Kinn.

»Mensch, führ dich nicht auf wie eine sterbende Ente«, sagte sie, denn ihr Schwager erinnerte sie mit seinem Zischen und Zittern eher an das erwähnte Tier als an einen Banditen. »Ist doch alles in bester Ordnung.«

»In bester Ordnung?« Ein hoffnungsvoll entflammter Ton schwang in der Stimme des Filmmoguls mit. »Hast du es denn nicht mitgebracht?«

»Selbstverständlich habe ich es mitgebracht.«

»Will Grayce denn nicht mehr, daß ich es …«

»Selbstverständlich will sie das.«

»Und wieso«, fragte Mr. Llewellyn mit verständlichem Groll, »sagst du dann, es sei alles in bester Ordnung?«

»Ich wollte bloß andeuten, daß die Sache ein Kinderspiel ist. Deswegen würde ich mir keine grauen Haare wachsen lassen.«

»Warum solltest du auch?« gab Mr. Llewellyn zurück.

Er nahm den Hut ab und fuhr sich mit dem Taschentuch über die Stirn.

»George …«

»Ja, ich weiß«, sagte Mr. Llewellyn. »Ich weiß.«

In der schwachen Hoffnung, der Plan mit George könnte irgend etwas Positives beinhalten, was er bisher übersehen hatte, ging er ihn im Geiste nochmals durch, doch auch das verschaffte ihm keine Erleichterung.

»Hör mal«, sagte er. Ein eindringlicher, auf die Tränendrüsen drückender Ton war an die Stelle der eben noch mitschwingenden Hoffnung getreten. Genau diesen Ton schlug er jeweils an, wenn er der Studiobelegschaft konjunkturbedingte Lohnkürzungen schmackhaft zu machen versuchte. »Du, hör mal. Ist Grayce tatsächlich so versessen darauf?«

»Sieht ganz danach aus.«

»Du glaubst also, sie wäre enttäuscht, wenn ich …« Er verstummte, denn die Wände haben bekanntlich Ohren. »… wenn ich nicht mitmache?« brachte er den Satz zu Ende.

Mabel überlegte. In sprachlichen Dingen war sie ausgesprochen pingelig. Sie schätzte das *mot juste.* »Enttäuscht« empfand sie nicht als solches.

»Enttäuscht?« fragte sie versonnen. »Du kennst doch Grayce. Wenn sie etwas erledigt sehen will, will sie es erledigt sehen. Falls du wortbrüchig wirst … tja, wenn du mich fragst, wird sie die Scheidung einreichen und seelische Grausamkeit geltend machen.«

Mr. Llewellyn erschauerte. Vor dem Wort »Scheidung« hatte ihn schon immer gegraut. Gegenüber seiner hübschen jungen Gattin hatte er seit der Heirat stets die Haltung eines Mannes eingenommen, der an den Fingerspitzen über einem Abgrund baumelt.

»Hör zu ...«

»Wozu sagst du *mir*, ich solle zuhören? Ich bin doch nicht Grayce. Falls du wissen willst, wie sie empfindet: Sie hat mir einen Brief für dich mitgegeben. Ich habe ihn hier in der Tasche. Da, bitte schön. Sie hat ihn abgefaßt, nachdem ich ihr bei meiner Rückkehr nach Paris erzählt habe, du wollest nichts damit zu tun haben. Sie hat gesagt: ›Ach so, er will nicht?‹ – du kennst doch Grayce' Art, die Oberlippe hochzuziehen, die Zähne zu blecken und die Stimme fast zu einem Flüstern zu senken ...«

»Aufhören!« bettelte Mr. Llewellyn schwach. »Ja, ich kenne ihre Art.«

»Tja, genau so hat sie sich benommen, als sie sich an die Abfassung des Briefes gemacht hat. Sie hat gesagt, sie werde den ganzen Plan in sehr anschaulichen Worten erläutern, damit keine Mißverständnisse wegen des Huttricks aufkämen, und den Rest des Tintenfasses auf die Schilderung dessen verwenden, was passiert, falls du dich querstellst. Steht alles hier drin. Am besten liest du's gleich selbst.«

Mr. Llewellyn nahm ihr den voluminösen Umschlag ab und öffnete ihn. Als er dessen Inhalt im Licht des Bibliotheksfensters durchlas, löste sich sein Unterkiefer langsam aus der Verankerung, so daß sein zweites Kinn nach Abschluß der Lektüre fest in dem darunter liegenden dritten verkeilt war. Anscheinend war die reifliche Überlegung ausgeblieben, die seine Gattin dazu hätte bringen können, den Tenor ihrer Bemerkungen abzumildern. Sie hatte genau so geschrieben, wie sie es angekündigt hatte.

»Ja«, murmelte er schließlich.

Er riß den Brief in kleine Fetzen und warf diese über Bord.

»Ja«, sagte er abermals. »Auweia!«

»Ich werde mir die Sache durch den Kopf gehen lassen«, sagte er.

»Tu das. Denk scharf nach.«

»Jawohl«, sagte Mr. Llewellyn.

Nachdenklich begab er sich in die Bibliothek. Diese war – von einem jungen Mann abgesehen, der gesenkten Hauptes in einer Ecke saß und auf ein Blatt Papier starrte – menschenleer. Mr. Llewellyn freute sich über die Einsamkeit. Er nahm Platz, steckte sich eine Zigarre in den Mund und überließ sich seinen Gedanken.

Grayce' Art …

Sie hatte die Oberlippe hochgezogen und die Zähne gebleckt …

Jaja, wie oft hatte er sie schon so gesehen – und wie oft hatte er bei ihrem Anblick jenes leidige, niederschmetternde Gefühl gehabt, das ihn auch jetzt wieder überkam.

Konnte er jenen Gesichtsausdruck ignorieren?

Gottogott!

Doch was waren die Alternativen?

Abermals: Gottogott!

Das Dumme war nur, daß er sich aufgrund all der anderen – und unmittelbar drängenderen – Obliegenheiten nie Aufschluß verschafft hatte über die Strapazen und Strafen, die mit dem Schmugglertum einhergingen …

In diesem Moment trat der Zahlmeister ein und durchschritt zügig den Raum. Genau der Mann, den Mr. Llewellyn jetzt brauchte.

»He!« rief er. »Hätten Sie mal Zeit?«

Zahlmeister haben zu Beginn einer Seereise grundsätzlich nie Zeit, doch da es sich bei dem Sprecher um einen Passagier von überdurchschnittlicher Bedeutung handelte, hielt das aktuelle Exemplar inne.

»Kann ich etwas für Sie tun, Mr. Llewellyn?«

»Ich würde mich gern kurz mit Ihnen unterhalten, falls Sie Zeit haben.«

»Gewiß. Es ist doch hoffentlich alles in Ordnung?«

Mr. Llewellyn wäre bei diesen Worten fast ein bitteres Lachen entfahren – als hätte man einen Mann auf der Folterbank mit einer solchen Frage behelligt.

»Durchaus. Ich hätte nur gern Ihren Rat. Sie scheinen mir genau der Mann zu sein, der so was weiß. Es geht darum, wie man Dinge durch den Zoll schmuggelt. Nicht, daß ich das selbst vorhätte, Gott bewahre! Nein, Sir! Ich wäre ja schön blöd, mich auf so was einzulassen, haha!«

»Haha«, echote der Zahlmeister pflichtschuldig, hatte ihn die Londoner Geschäftsstelle doch ausdrücklich angewiesen, alles in seiner Macht Stehende zu tun, um die Reise seines Gegenübers angenehm zu gestalten.

»Nein, als ich darüber nachgegrübelt habe, ist mir eingefallen, daß sich aus dieser Schmuggelchose vielleicht ein hübscher Film machen ließe, und dabei kommt es natürlich auf jedes Detail an. Meine Frage: Was passiert mit einem Kerl, der dabei ertappt wird, wie er Waren durch den New Yorker Zoll zu schleusen versucht?«

Der Zahlmeister kicherte.

»Das kann ich Ihnen mit einem Wort sagen, Mr. Llewellyn: allerhand!«

»Allerhand?«

»Allerhand«, wiederholte der Zahlmeister und kicherte erneut. Er gebot über ein volltönendes, fröhliches Kichern, das sich anhörte wie das Gluckern beim Einschenken von Whisky. Normalerweise mochte Mr. Llewellyn dieses Geräusch, doch hier erfüllte es ihn mit namenloser Furcht.

Eine Pause trat ein.

»Was denn genau?« fragte Mr. Llewellyn schließlich matt.

Die Neugier des Zahlmeisters war geweckt. Er gehörte zu jenen Menschen, die Unwissende gerne aufklären, und vergaß ganz, daß er im Grunde keine Zeit hatte.

»Also schön«, sagte er, »nehmen wir mal an, der Bursche in Ihrem Film versuche etwas Größeres durchzuschmuggeln, zum Beispiel ein Perlenkollier ... Wie bitte?«

»Ich habe nichts gesagt«, murmelte Mr. Llewellyn.

»Ach, ich dachte, Sie hätten gesprochen.«

»Nein.«

»So? Tja, wo bin ich steckengeblieben? O ja. Ihr Bursche versucht beispielsweise ein Perlenkollier durch den New Yorker Zoll zu schmuggeln und wird dabei erwischt. Daraufhin gerät er in Teufels Küche. Schmuggler kann man natürlich ins Kittchen stecken, aber vielleicht beschlagnahmt die Zollbehörde auch einfach die Ware und brummt ihm eine Buße auf, die maximal dem vollen Warenwert entspricht. Wenn ich mir einen Vorschlag erlauben dürfte, fände ich für Ihre Geschichte folgende Lösung angemessen: Man beschlagnahmt die Ware, brummt dem Kerl die Maximalbuße auf und steckt ihn auch gleich noch ins Kittchen.«

Mr. Llewellyn bekundete große Schwierigkeiten mit dem Schlucken.

»Ich hätt's lieber realistisch.«

»Oh, das wäre durchaus realistisch«, versicherte ihm der Zahlmeister in aufmunterndem Ton. »So was kommt ziemlich häufig vor, um nicht zu sagen: in aller Regel. Ich habe das nur vorgeschlagen, damit Sie zu Gefängnisszenen kommen.«

»Ich mag keine Gefängnisszenen«, entgegnete Mr. Llewellyn.

»Die schlagen aber immer ein«, gab der Zahlmeister zu bedenken.

»Das ist mir egal«, sagte Mr. Llewellyn. »Ich mag sie nicht.«

Der Zahlmeister wirkte zunächst etwas entmutigt, gewann aber rasch seinen alten Überschwang zurück. Er hatte sich schon immer für Filme interessiert und wußte, daß ein Mann in Mr. Llewellyns Position ein Thema rundum beleuchtet sehen wollte, bevor er entschied, von welcher Seite es am besten anzugehen wäre. Möglicherweise, so dachte er, stellte sich Mr. Llewellyn, der für solche Dinge ein Flair hatte, die Sache weniger als Drama denn als Komödie vor. Er sprach ihn darauf an.

»Ihnen geht's wohl eher um die komische Seite des Ganzen, wie? Und da haben Sie gar nicht mal unrecht. Wir lachen doch alle gern, oder?

Tja«, sagte der Zahlmeister und ließ, als die entsprechenden Bilder an seinem inneren Auge vorbeizogen, erneut sein herzhaftes Kichern ertönen, »es steckt ja auch reichlich Klamauk in der Szene, wo der Bursche gefilzt wird. Besonders dann, wenn er fett ist. Nehmen Sie einen zünftigen Fettwanst – je fetter, desto komischer –, und die Leute im Super-Bijou in Southampton werden unweigerlich so laut lachen, daß man es bis nach Portsmouth hört.«

Der makabere Geschmack der Besucher des Super-Bijou-Kinos in Southampton wurde von Ivor Llewellyn offenbar nicht geteilt. Seine Miene blieb kalt und ausdruckslos. Er sagte, ihm sei schleierhaft, was daran komisch sein solle.

»Ach, tatsächlich?«

»Ich finde das kein bißchen komisch.«

»Auch dann nicht, wenn sich der Fettwanst ausziehen und ein Brechmittel einnehmen muß?«

»Ein *Brechmittel?*« Mr. Llewellyn zuckte heftig zusammen. »Warum?«

»Um herauszufinden, ob er sonst noch was versteckt.«

»Würde man so was tun?«

»O ja, ist schon fast Usus.«

Mr. Llewellyn starrte ihn finster an. Er hatte im Verlauf seines Lebens schon manchen Drehbuchautor verabscheut, doch nie so heftig wie diesen Zahlmeister. Das ungetrübte Ergötzen des Mannes an diesen abscheulichen Einzelheiten schlug ihm auf den Magen.

»Das ist mir völlig neu.«

»Doch, doch.«

»Ungeheuerlich!« sagte Mr. Llewellyn. »Und das in einem zivilisierten Land!«

»Die Leute sollten eben die Finger vom Schmuggeln lassen«, sagte der Zahlmeister tugendhaft. »So schlau sollte doch jeder sein, um einzusehen, daß das aussichtslos ist, nicht wahr?«

»Ist es denn aussichtslos?«

»O ja. Das Spitzelsystem funktioniert wie geschmiert.«

Mr. Llewellyn fuhr sich mit der Zunge über die Lippen.

»Das wollte ich Sie eben fragen. Wie gehen diese Spitzel denn vor?«

»Ach, die sind überall. Sie lungern in London und Paris und anderswo auf dem Festland herum …«

»Auch an Orten wie Cannes?«

»In Cannes zuallererst, von London und Paris einmal abgesehen. Wissen Sie, viele Amerikaner reisen heutzutage auf einem dieser italienischen Schiffe, die die neue Südroute befahren, in ihre Heimat zurück. Man hat mehr Sonne, und es ist mal was anderes. In Cannes stolpert man meines Wissens in jedem der großen Hotels über einen Zollspitzel. Ich weiß mit Bestimmtheit, daß einer im Gigantic arbeitet und ein anderer im Magnifique …«

»Im Magnifique!?«

»So heißt eines der Hotels in Cannes«, erläuterte der Zahlmeister. »Todsicher haben alle anderen ebenfalls ihren Mann. Für den US-Zoll zahlt es sich aus, dort Spitzel einzusetzen, denn über kurz oder lang bringen sie ihre Spesen garantiert wieder herein. Man muß nämlich wissen, daß die Leute in ausländischen Hotels gern leichtsinnig drauflosplaudern, und dann werden sie eben belauscht. Der elegante junge Mann, der einen in der Hotelbar leicht streift, während man darüber diskutiert, wie sich die Ware durchschmuggeln läßt, kommt einem ganz unverdächtig vor, und wenn man ihm an Bord wieder begegnet, würde einem nicht im Traum einfallen, daß er aus gutem Grund da ist. Doch genau das ist er, wie man bei der Ankunft in New York dann feststellt.«

Mr. Llewellyn räusperte sich.

»Haben … haben Sie ihn je gesehen? Den Burschen aus dem Magnifique?«

»Ich nicht, aber ein Freund von mir. Großer, eleganter, gleichgültiger, gutaussehender junger Mann, so hat ihn mir mein Freund beschrieben, der letzte jedenfalls, von dem man vermuten würde ... Gütiger Himmel!« sagte der Zahlmeister und schaute auf die Uhr. »Herrje, so spät schon? Jetzt muß ich aber wirklich los. Ich hoffe, ich konnte Ihnen weiterhelfen, Mr. Llewellyn. Ich an Ihrer Stelle würde in dem Film unbedingt einen Zollspitzel einsetzen. Ein ungemein pittoresker Beruf – fand ich schon immer. Wenn Sie mich jetzt bitte entschuldigen wollen, ich muß mich noch um tausend Dinge kümmern. So ist das immer, bis Cherbourg hinter uns liegt.«

Mr. Llewellyn ließ ihn dankbar ziehen. Die Worte seines Gesprächspartners hatten ihm nicht das geringste Vergnügen bereitet. Er versank in Tagträumen, wobei seine Zähne die dazwischengeklemmte kalte Zigarre zermalmten. Und diese Tagträume hätten noch endlos weitergehen können, wären sie nicht abrupt beendet worden.

Hinter ihm ertönte eine Stimme.

»Entschuldigung«, sprach diese. »Wissen Sie zufällig, wie man ›Mysterium‹ schreibt?«

Mr. Llewellyns Statur ließ es selbst unter extremsten Bedingungen nicht zu, daß er sich blitzartig umdrehte, doch drehte er sich immerhin so blitzartig um, wie es einem Mann möglich war, dessen Taille anno 1912 abhanden gekommen war. Und dann stieß er ein leises, an ein Mäuschen erinnerndes Quieken aus und glotzte völlig entgeistert.

Vor ihm stand der unheimliche Fremde von der Terrasse des Hôtel Magnifique in Cannes.

In diesem Moment ging die Tür auf, und Gertrude Butterwick trat ein.

6. Kapitel

Gertrude Butterwick hatte in den ersten Stunden der Seereise zusammen mit Miss Passenger, der Spielführerin des englischen Frauenhockey-Nationalteams, Hüte anprobiert. Deshalb hatte Monty sie trotz größter Anstrengung nicht aufspüren können. Derweil er nämlich tapsend das Promenadendeck, das Bootsdeck, den großen Salon, den Rauchsalon, die Bibliothek, den Gymnastikraum und praktisch alle anderen Örtlichkeiten – mit Ausnahme der Maschinenräume und der Kapitänskajüte – durchforschte, befand sie sich in Miss Passengers Kabine auf dem Hauptdeck und probierte wie gesagt Hüte an.

Miss Passenger hatte einen großzügigen Hutvorrat angelegt, wollte sie den Eingeborenen doch anläßlich ihrer ersten Reise in die Vereinigten Staaten eine kleine Freude bereiten. Sie hatte blaue Hüte, rosarote Hüte, beige Hüte, grüne Hüte, Strohhüte, Basthüte und Filzhüte, welche von Gertrude Stück für Stück anprobiert wurden. Diese stellte fest, daß das Prozedere den Schmerz lindern half, der an ihrem Herzen nagte.

Denn obschon dies keiner, der sie in der Waterloo Station sah, vermutet hätte, nagte doch echter Schmerz an ihrem Herzen. Nach allem, was geschehen war, verbot es ihr der Stolz, eine Heirat mit Monty länger ins Auge zu fassen, was aber noch lange nicht bedeutete, daß sie beim Gedanken an ihn nicht heftigste Reue packte. Reggie Tennyson hatte sich gewaltig geirrt mit seiner Vermutung, die Strahlkraft ihres vormaligen Verlobten könnte nachgelassen haben. Noch immer stand Gertrude unter seinem magischen Bann.

Sie gab sich alle Mühe, diesen abzuschütteln, als das Hutreservoir zur Neige ging. Miss Passenger besaß auch noch Strümpfe, doch Strümpfe sind eben nicht das gleiche. Deshalb empfahl sich Gertrude und ging an Deck. Und als sie dort bei der Bibliothek vorbeikam, fiel ihr ein, daß sie sich ja ein Buch holen könnte für die schlaflose Nacht, die ihr zweifellos bevorstand.

Bei ihrem Eintreten präsentierte sich die Lage wie folgt: Mr. Llewellyn und Monty hatten sich wieder getrennt. Der Filmmogul verharrte gekrümmt in seinem Sessel, während Monty in die angestammte Ecke zurückgekehrt war. Ein Mann in seinem Seelenzustand läßt sich leicht entmutigen, und der gründlich fehlgeschlagene Versuch, Mr. Llewellyn zur Mithilfe beim Schreiben des Wortes »Mysterium« zu bewegen, hatte ihn dazu veranlaßt, den Brief vorerst ad acta zu legen. Als Gertrude eintrat, starrte er deshalb ins Leere und kaute auf dem Federhalter herum.

Gertrude sah ihn nicht. Überall in der Bibliothek der R.M.S. *Atlantic* standen geschmackvoll angeordnete Töpfe mit Palmen, und eine von ihnen verstellte ihr den Blick. Sie begab sich zu den Bücherschränken, fand diese abgeschlossen, stellte fest, daß der Bibliothekar nicht an seinem Platz war, und trat auf den runden Tisch in der Raummitte zu, wo sie nach einer Zeitschrift griff.

Nun endlich fiel Montys Blick auf sie, was dazu führte, daß Gertrude, kaum war sie beim Fenster in einen Sessel gesunken und hatte zu lesen begonnen, über ihrem Kopf ein erregtes Schnaufen vernahm, worauf sie hochblickte und in ein bleiches, maskenhaftes Gesicht sah. Vor lauter Schreck machte sie »hick!«. Die Zeitschrift fiel zu Boden. Nichts hatte bisher darauf schließen lassen, daß Monty nicht in London geblieben war. Keine Sekunde hatte sie geglaubt, seine Anwesenheit in der Waterloo Station könnte bedeuten, daß er den Zug zum Hafen nehmen würde.

»Ha!« sagte Monty.

Zwei Dinge hielten Gertrude Butterwick davon ab, sich zu erheben und abzurauschen. Erstens war der Sessel, in dem sie saß, so tief, daß sie, um sich herauszuschälen, eine Art Akrobatiknummer hätte aufführen müssen, die der Feierlichkeit des Anlasses ganz unangemessen gewesen wäre. Zweitens begann Monty sie nach seinem »Ha!« streng und vorwurfsvoll zu mustern wie König Artus anno dazumal Königin Guinevere, und angesichts einer derartigen Unverfrorenheit verschlug es ihr glatt die Sprache. Daß dieser Mann einerseits tat, was er getan hatte, und sich andererseits erdreistete, sie streng und vorwurfsvoll zu mustern, ließ ihren stolzen Geist aufbrausen.

»Na endlich!« sagte Monty.

»Hau ab!« sagte Gertrude.

»Aber erst«, entgegnete Monty würdevoll, »nachdem ich mich erklärt habe.«

»Ich möchte nicht mit dir reden.«

Monty lachte wie ein quietschender Kreidestift.

»Sei unbesorgt, ich werde für zwei reden, verdammt!« sagte er – just jene Worte, mit denen vermutlich auch König Artus seine Unterredung mit Guinevere eröffnet hatte. Heftiges Grübeln über das ihm zugefügte Unrecht sowie die Tatsache, daß seine Füße weiterhin schmerzten, hatten Monty Bodkin in ein Wesen verwandelt, das sich fundamental von dem zerknirschten Blöker unterschied, der diesem Mädchen in der Waterloo Station auf einem Bein gegenübergestanden hatte. Er war kalt und glotzäugig und gnadenlos.

»Gertrude«, sagte er, »dein Verhalten grenzt an ein Mysterium.«

Gertrude stockte der Atem. In ihren Augen blitzte Erstaunen und Empörung auf. Jede weibliche Faser in ihr rebellierte gegen diese bodenlose Unterstellung.

»Tut es nicht!«

»Tut es doch.«

»Tut es nicht.«

»Tut es doch. Ein Mysterium, schlicht und ergreifend. Laß mich die Fakten rekapitulieren.«

»Tut es über…«

»Laß mich«, sagte Monty mit einer abwehrenden Handbewegung, »die Fakten rekapitulieren.«

»Tut es überhaupt …«

»Himmelherrgottsakrament!« wetterte Monty sehr vorwurfsvoll. »Willst du mich endlich die Fakten rekapitulieren lassen? Wie zum Teufel soll ich die Fakten rekapitulieren, wenn du mir ständig ins Wort fällst?«

Noch die energischste junge Frau muß die Waffen strecken, wenn sie sich mit einem waschechten Berserker konfrontiert sieht. Gertrude Butterwick jedenfalls tat dies. Noch nie in all den Monaten ihrer Bekanntschaft mit Montague Bodkin hatte dieser so mit ihr geredet. Sie hätte es auch gar nicht für möglich gehalten, daß er so mit ihr reden könnte. Und seine Worte – das heißt weniger seine Worte als der Ton, in denen er sie artikulierte – machten sie so sprachlos wie einen Ivor Llewellyn, von dem man die korrekte Schreibweise des Wortes »Arthritis« erfahren wollte. Sie glaubte, von einem Kaninchen ins Bein gebissen worden zu sein.

Monty nahm eine gebieterische Haltung ein. Kein liebender Schmelz milderte den Groll in seinen Augen. Da war bloß noch jenes strenge, vorwurfsvolle Funkeln.

»Die Fakten«, sagte er, »präsentieren sich wie folgt: Wir lernten uns kennen. Es funkte. Ich schlug beim Picknick eine Wespe für dich tot, und zwei Wochen später erklärtest du feierlich, mich zu lieben. So weit, so gut. Auf der Basis dieser Übereinkunft machte ich mich tapfer daran, die hirnverbrannten Bedingungen zu erfüllen, die dein behämmerter Vater als Vorleistung für unsere Heirat gestellt hatte. Es war eine harte Aufgabe, aber ich nahm sie unverzagt in Angriff. Dieser Bursche im Alten Testament – wenn ich mich nicht täusche, hat er Jakob geheißen – war im Vergleich zu mir ein Weichei. Ich war bereit, ja begierig, mir Schwielen an die Hände zu arbeiten, nur um dich zu gewinnen, denn ich liebte dich ja, und auch du hast behauptet, mich zu lieben. ›Bevor Sie meine Tochter heiraten‹, sagte dein vermaledeiter Vater, ›müssen Sie eine Stelle finden und sich darauf ein Jahr lang halten.‹ Und so suchte ich mir eben eine Stelle. Ich wurde Redaktionsassistent beim *Dreikäsehoch*, einer Zeitschrift für Heim und Hort.«

Er hielt kurz inne, um Luft zu holen, doch so sehr funkelten seine unverwandt auf Gertrude gerichteten Augen, daß diese sich nicht zu sprechen getraute. Die Turnlehrerin, die ihr in der Schule einst das Hockeyspiel beigebracht hatte, pflegte sie mit ihrem Blick auf exakt die gleiche Weise zu hypnotisieren.

Mit frisch gefüllten Lungen sprach Monty weiter.

»Du kennst ja die Fortsetzung. Bei der Abfassung von Onkel Wogglys wöchentlicher Grußbotschaft an seine Knirpse unterlief mir ein bedauerlicher Lapsus: Ich vergriff mich im Ton und erregte das Mißfallen meines Chefs Lord Tilbury, der mich hinauswarf. Und was geschah dann? Ließ ich den Mut sinken? Warf ich die Flinte ins Korn? I wo! So mancher brave Mann hätte mit einer an Flinten ins Korn werfenden Wahrscheinlichkeit den Mut sinken lassen, aber nicht ich. Der alte Jakob loderte in mir so hell wie eh und je. Ich spuckte in die Hände und verschaffte mir einen Sekretärsposten bei Lord Emsworth in Blandings Castle.«

Als er in Gedanken den Wechselfällen nachhing, die er während seines Aufenthalts in Blandings Castle hatte durchstehen müssen, entfuhr Monty Bodkin ein bitteres Lachen – dessen Timbre diesmal weniger an einen Kreidestift als an eine Hyäne erinnerte, so daß der in seinem Sessel kauernde Ivor Llewellyn aufschreckte und sich mit der Zigarre ins Auge stach. In Mr. Llewellyns Ohren hatte jenes Lachen geradezu dämonisch geklungen. Es handelte sich um das Lachen eines Mannes, der weder Gnade noch Mitleid kennen würde, falls er einen anderen mit heißer Ware erwischte.

»Nach ein paar nervenaufreibenden Tagen setzte mich der alte Emsworth vor die Tür. Aber gab ich auf? Warf ich das Handtuch? Nein!

Ich warf das Handtuch durchaus nicht, sondern schmeichelte mich bei einem komischen Kauz namens Pilbeam ein, wodurch ich mir einen Posten in seiner Privatdetektei angelte. Diesen Posten bekleide ich noch heute.«

Er hatte Gertrude nie erzählt, daß er Percy Pilbeam tausend Pfund bezahlt hatte, um in dessen Mitarbeiterstab aufgenommen zu werden, und er erzählte es auch jetzt nicht. Mädchen wissen mit solchen technischen Details wenig anzufangen. Sie wollen bloß in groben Zügen ins Bild gesetzt werden.

»Jenen Posten«, wiederholte er, »bekleide ich noch heute, trotz aller Mühsal und Schinderei, die damit einhergeht. Ich behaupte nicht, daß Pilbeam mich unentwegt auf Trab hält, aber mindestens zweimal wurde ich mit Aufgaben betraut, bei denen ein schwächerer Mann den Hut genommen hätte. Einmal stand ich zweieinhalb Stunden im Regen vor einem Restaurant. Ein anderes Mal schickte man mich nach Wimbledon, um bei einer Hochzeitsfeier die Geschenke zu bewachen. Wer so etwas noch nie gemacht hat, kann unmöglich erahnen, wie idiotisch man sich vorkommt, wenn man Hochzeitsgeschenke zu bewachen hat. Und trotzdem hielt ich durch und machte nicht schlapp. All dies, so sagte ich mir, bringt mich Gertrude näher.«

Abermals schallte jenes schaurige Lachen durch den Raum. Nun schwang aber nicht mehr ganz so stark die Hyäne, dafür um so lauter die gepeinigte Seele mit, doch das Resultat klang für einen von Skrupeln verfolgten Mann genauso garstig, weshalb Mr. Llewellyn jetzt wie ein erschrockenes Pferd scheute.

»Und hat es mich dir nähergebracht? Pustekuchen! Kaum traf ich in Cannes ein, wo ich ein paar dringend benötigte Ferientage einschieben wollte, flatterte dein Telegramm daher, in dem ich eiskalt abserviert wurde! Jawohl«, sagte Monty, dessen Stimme vor Selbstmitleid bebte, »da stand ich nun, ich armer Tropf, seelisch und körperlich erledigt, nach Wochen und Wochen der endlosen Plackerei, und wurde mir nichts, dir nichts darüber aufgeklärt, daß ich von der Kandidatenliste gestrichen und all meine Mühe umsonst gewesen war.«

Gertrude Butterwick regte sich. Sie schien etwas sagen zu wollen. Er winkte ab.

»Ich kann nur vermuten, daß ein anderer des Weges kam und dich hinter meinem Rücken wegschnappte. Sofern deine Schüssel keinen irreparablen Sprung abgekriegt hat, wird das wohl die Erklärung für dein Verhalten sein. Aber eins will ich dir sagen: Wenn du glaubst, ich lasse mir das bieten, bist du auf dem Holzweg. Kommt nicht in die Tüte! Nie im Leben! Ich habe die feste Absicht, mir diese menschliche Schlange, die sich in dein Herz geschlichen hat, vorzuknöpfen und ihr notfalls den verdammten Kopf abzureißen. Ich werde zu dem Kerl hingehen und ihn zunächst verwarnen. Wenn das nichts hilft, werde ich …«

Gertrude fand die Sprache wieder. Sie hatte den hypnotischen Bann gebrochen, in den er sie geschlagen hatte. Ihr Mienenspiel war lebhaft, und ihre Augen glühten erbost, so daß Mr. Llewellyn bei ihrem Anblick neues Unbehagen beschlich, mußte er dabei doch an die Reaktion seiner Gattin Grayce auf seinen Vorschlag denken, die Talente ihres Bruders George ließen sich womöglich nutzbringender auf einem anderen Posten als dem eines Produktionsexperten der Superba-Llewellyn Corporation einsetzen.

»Tu doch nicht so heilscheinig!«

Dieser Ausdruck war Monty neu.

»Heilscheinig?«

»Ich meine scheinheilig.«

»Ach, das meinst du also, wie?«

Empört starrte er sie an.

»Wovon redest du eigentlich?«

»Du weißt genau, wovon ich rede.«

»Ich weiß *nicht,* wovon du redest.«

»Und ob du weißt, wovon ich rede.«

»Ich habe keinen blassen Dunst, wovon du redest. Und ich möchte wetten«, sagte Monty, »daß auch du keinen hast. Was meinst du mit scheinheilig? Wie kommst du auf scheinheilig? Warum scheinheilig?«

Gertrude rang nach Atem.

»Du heuchelst mir vor, daß du mich liebst!«

»Tu ich ja.«

»Tust du nicht.«

»Und ob ich das tue. Verflixt und zugenäht, ich werde wohl noch wissen, ob ich dich liebe!«

»Und wer ist Sue?«

»Wer ist Sue?«

»Wer ist Sue?«

»Wer ist *Sue*?«

»Jawohl, wer ist Sue? Wer ist Sue? Wer ist Sue?«

Monty wurde etwas sanfter. Plötzlich war da so etwas wie Zärtlichkeit. Obschon ihn diese Frau schändlich behandelt hatte und inzwischen daherschnatterte wie eine wild gewordene Kuckucksuhr, liebte er sie.

»Hör mal, Herzblatt«, sagte er in beinahe flehendem Ton, »wir können die ganze Nacht so weitermachen. Das ist so, als würde man ›Fischers Fritz fischt frische Fische‹ sagen. Was willst du mit deinem Gebabbel denn genau ausdrücken? Raus mit der Sprache, dann können wir alle Mißverständnisse aus dem Weg räumen. Du sagst in einer Tour ›Wer ist Sue? Wer ist Sue?‹, und dabei kenne ich gar keine …« Er stockte. Ein panischer Ausdruck trat in seine Augen. »Du meinst doch nicht etwa Sue Brown, oder?«

»Ich weiß nicht, wie ihr gräßlicher Nachname lautet. Ich weiß nur, daß du mir bei deiner Abreise nach Cannes vorgeheuchelt hast, mich zu lieben, doch schon eine Woche später hast du dir den Namen dieses Mädchens auf die Brust tätowieren lassen, umrandet von einem Herzen. Leugnen ist zwecklos, schließlich hast du mir selbst einen

Schnappschuß von dir im Badeanzug geschickt, und nachdem ich ihn vergrößert hatte, sah ich es klar und deutlich.«

Stille trat ein. Von Berserker Bodkin fehlte jede Spur. Seinen Platz hatte inzwischen Waterloo-Station-Bodkin eingenommen, welcher erneut auf einem Bein stand, wobei auch jenes unsichere, panische Lächeln in sein Gesicht zurückkehrte.

Er machte sich schwere Vorwürfe. Nicht zum erstenmal schaffte das von einem Herzen umrandete Wort »Sue« Probleme. Vor wenigen Wochen hatte er sich in Blandings Castle aus dem nämlichen Grunde vor Ronnie Fish winden und verrenken müssen. Ronnie hatte peinliche Fragen gestellt, und nun stellte auch Gertrude peinliche Fragen. Falls er, so schwor sich Monty mit erheblicher Inbrunst, das Wunder fertigbrächte, sich aus dieser Klemme zu befreien, würde er Bleichsoda, Bimsstein oder Vitriol beschaffen – oder womit man Tätowierungen eben sonst entfernte –, um diese »Sue« ein für allemal loszuwerden. Und das Herz drum rum gleich mit.

»Hör mal«, sagte er.

»Ich will nichts hören.«

»Aber du mußt. Du bist auf dem Holzweg.«

»Auf dem Holzweg!?«

»Na ja, du hast einen entscheidenden Punkt komplett mißverstanden. Einen alles entscheidenden Punkt, würde ich sogar sagen. Dein Irrtum war es, diese Tätowierung als jüngere Errungenschaft zu taxieren. Wovon keine Rede sein kann. Dieser Kasus läßt sich leicht erklären. Einritzen lassen habe ich mir das Ding – ich dummer Hund, was mag mich nur auf die Schnapsidee gebracht haben? – schon vor über drei Jahren, bevor ich dich überhaupt kannte.«

»Ach?«

»Sag doch nicht ›ach?‹« bat Monty höflich. »Na ja, sagen darfst du es schon, aber nicht in diesem grauenhaften Ton, als ob du mir kein Wort glaubtest.«

»Ich glaube dir ja auch kein Wort.«

»Aber es stimmt! Vor drei Jahren, ich war noch beinahe grün hinter den Ohren, verlobte ich mich mit einer gewissen Sue Brown, und da fand ich es nur recht und billig, mir ihren Namen mit einem Herzen drum rum auf die Brust tätowieren zu lassen. Es tat höllisch weh und war außerdem sauteuer. Und kaum war ich fertig damit, ging unser Bund auch schon den Bach runter. Unsere Verlobung war gerade zwei Wochen alt, da besprachen wir uns noch mal, gelangten zum Schluß, daß das Ganze auf Sand gebaut sei, trennten uns mit dem Ausdruck gegenseitiger Hochachtung und gingen unserer Wege. Ende der Durchsage.«

»Ach?«

»Mit deinem ›Ach?‹ liegst du – falls du denn meinst, was ich vermute – vollkommen falsch. Ich traf mich nie wieder mit ihr, ja, ich bekam sie kein einziges Mal mehr zu Gesicht, bis ich ihr vor einem guten Monat rein zufällig in Blandings Castle begegnete ...«

»Ach?«

»Dein ›Ach?‹ klingt diesmal so, als glaubtest du, wir hätten bei unserem Wiedersehen gleich im alten Stil weitergemacht. Nichts könnte der Wahrheit ferner liegen. Die flüchtige Zuneigung, die ich für Sue Brown einst gehegt hatte, war längst flötengegangen, und bei ihr sah's nicht anders aus. Ich bestreite nicht, daß ich sie noch immer für eine verdammt gute Haut hielt, doch die kindliche Vernarrtheit war passé. Zurück blieb nichts als der Liebe kalte Glut. Verflixt noch mal, wenn ich dir sage, daß sie in Ronnie Fish verknallt war und inzwischen mit Ronnie Fish glücklich verheiratet ist – also wirklich!«

»Ach!«

Nun nahm Monty Bodkin keinen Anstoß mehr an dem vertrauten Wort. Dies war weder ein skeptisches »Ach« noch ein höhnisches »Ach« und auch keins dieser ätzenden »Achs«, die dem Mund einer jungen Frau entschlüpfen und ihrem Verehrer das Gefühl geben, gerade auf einen Tapeziernagel getreten zu sein. Erleichterung schwang darin mit, aber auch Herzlichkeit und Reue. Es kündete von ausgeräumten Mißverständnissen, vergessener Trübsal, ja im Grunde handelte es sich kaum noch um ein »Ach«, sondern eher um ein »Aah«.

»Monty! Stimmt das wirklich?«

»Selbstverständlich! Mit ein paar Zeilen an Mrs. R. O. Fish, Blandings Castle, Shropshire (bitte nachsenden, falls verreist), wirst du nachprüfen können, daß es sich verhält, wie von mir behauptet.«

Die letzten Reste jenes frostigen Ausdrucks, der sich in den Augen derer, die wir lieben, so unvorteilhaft ausnimmt, war aus Gertrude Butterwicks Blick gewichen. Das Tauwetter hatte eingesetzt, und die beiden dicht beieinander liegenden Haselnußseen waren ganz feucht von den ungeweinten Tränen der Zerknirschung.

»Ach, Monty! Wie konnte ich nur so verstockt sein!«

»Nein, nein.«

»O doch. Aber du verstehst, wie mir zumute war, oder?«

»Durchaus.«

»Ich hielt dich für einen dieser Männer, die mit dem erstbesten Mädchen anbändeln. Und das wollte ich einfach nicht hinnehmen. Du wirst mir doch keinen Strick daraus drehen, daß ich das nicht hinnehmen wollte, oder?«

»Auf gar keinen Fall. Genau die richtige Einstellung.«

»Wenn sich der Verlobte als bloßer Schmetterling entpuppt, macht man doch besser Schluß.«

»Klar. Bei Schmetterlingen hilft nur die eiserne Faust, da gibt's nix.«

»Auch wenn es noch so weh tut.«

»Genau.«

»Und Vater hat schon immer gesagt, du seist genau einer dieser Männer.«

»Ach ja?« Monty stockte der Atem. »Dieser verkalkte … herrje, jetzt ist mir doch glatt entfallen, was ich sagen wollte.«

»Natürlich habe ich ihm widersprochen, aber du siehst eben so schrecklich gut aus, mein liebster Monty. Manchmal kommt es mir vor, als müßten alle Mädchen dieser Welt hinter dir her sein. Ist wohl ziemlich dumm von mir.«

»Strohdumm. Was hat dich bloß auf die Idee gebracht, daß ich gut aussehe?«

»Aber es stimmt doch.«

»Tut es nicht.«

»Und ob es das tut.«

»Wenn du meinst«, lenkte Monty ein. »Mir ist das ehrlich gesagt noch nie aufgefallen. Aber selbst wenn ich ein wahrer Adonis wäre – glaubst du im Ernst, ich hätte Augen für eine andere als dich?«

»Ach nein?«

»Selbstverständlich nicht. Greta Garbo, Jean Harlow, Mae West – her damit! Die lass' ich sauber abblitzen.«

»Monty! Mein süßes kleines Engelchen!«

»Gertrude! Mein famoses altes Haus!«

»Bitte, Monty, laß das. Nicht jetzt. Ein dicker Mann schaut zu uns herüber.«

Monty wandte sich um und überzeugte sich von der Korrektheit dieser Behauptung. »Dicker Mann« traf genauso zu wie »schauen«. Es gab wenige Männer, die dicker waren als Mr. Llewellyn, und wenige dicke Männer hatten je stechender geschaut als er in die Richtung der beiden.

»Zur Hölle mit ihm!« sagte er. »Das ist Ivor Llewellyn, der Filmheini.«

»Ich weiß. Jane Passenger saß am Mittagstisch neben ihm.«

Monty machte eine verdrossene Miene. Er wollte unbedingt seine Gefühle zum Ausdruck bringen. In diesem heiligen Augenblick der Versöhnung sehnte er sich danach, die von ihm geliebte Frau zu umarmen, was ihm aber unter dem Adlerauge des Filmmoguls unmöglich war. Wonach der heilige Augenblick zuvörderst verlangte, war Privatsphäre, und von Privatsphäre konnte in Anwesenheit eines Ivor Llewellyn leider keine Rede sein. Es gab nur einen Mr. Llewellyn, doch dieser nährte die Illusion, man habe ein großes, nobles Publikum mit Opernguckern vor sich.

Plötzlich hellte sich Montys Stimmung auf. Er hatte einen Ausweg gefunden.

»Warte!« rief er und eilte hinaus.

»Da!« sagte er, als er kurz darauf zurückkehrte.

Gertrude Butterwick stieß einen verzückten Schrei aus. Auf dem Hockeyfeld die unbarmherzigste und kaltblütigste Kampfmaschine, die je einer Gegnerin skrupellos einen Schlag ans Schienbein verpaßt hat, gab sie sich im Zivilleben ausgesprochen feminin und verfügte über das Gespür einer Frau für das Schöne und Erhabene. Und selten hatte sie etwas Schöneres oder Erhabeneres gesehen als das, was Monty ihr nun entgegenhielt.

Es handelte sich um eines jener Objekte, die man an Land nur selten zu sehen bekommt, welche aber die Frisiersalons von Schiffen in fast epidemischem Ausmaß bevölkern: eine braune Plüsch-Mickymaus mit korallenroten Augen. Monty hatte dieser den Vorrang vor einem gelben Teddybären, einem kastanienbraunen Kamel und einer aus Pappmaché gefertigten grünen Bulldogge gegeben, deren Kopf wackelte, wenn man sie schüttelte. Irgend etwas sagte ihm, daß Gertrude die Mickymaus vorziehen würde.

Er hatte sich nicht getäuscht. Sie drückte das Plüschtier an ihre Brust und stieß leise Schreie ungetrübtester Wonne aus.

»Ach, Monty! Für mich?«

»Natürlich, Dummerchen, für wen denn sonst? Ich habe sie heute Nachmittag im Frisiersalon gesehen und gleich gedacht: Die isses! Man kann ihr den Kopf abschrauben und Pralinen oder andere Dinge hineinstecken.«

»Oh, Monty! Die ist ja ... ach, grüß dich, Ambrose.«

Der Romancier blieb in der Tür stehen und schaute sich um, als suche er jemanden. Dann trat er zu den beiden.

»Grüß dich, Gertrude«, sagte er und wirkte abwesend. »Ach, Bodkin, ich wußte gar nicht, daß du auch an Bord bist. Habt ihr Reggie gesehen?«

»Ich nicht«, antwortete Gertrude.

»Ich schon, gerade vorhin«, sagte Monty. »Ich glaube, er treibt sich an Deck herum.«

»Ah«, sagte Ambrose.

»Schau mal, Ambrose, was Monty mir geschenkt hat.«

Der Romancier warf einen flüchtigen Blick auf die Mickymaus.

»Prima«, sagte er. »Wunderbar. Ich suche Reggie.«

»Man kann ihr den Kopf abschrauben.«

»Ist ja toll«, sagte Ambrose Tennyson zerstreut. »Entschuldigt mich bitte – ich muß unbedingt Reggie finden.«

Gertrude betrachtete schmachtend ihre Maus. Eben war ihr aufgefallen, daß diese – aufgrund eines jener merkwürdigen Zufälle, die das Leben so überaus reizvoll machen – Miss Passenger zum Verwechseln ähnlich sah.

»Sie könnte Jane sein«, sagte sie. »Ich habe diesen Ausdruck schon hundertmal auf ihrem Gesicht gesehen, wenn sie uns vor dem Match jeweils eine Moralpredigt hält. Ich gehe jetzt gleich hinunter und zeig' sie ihr.«

»Tu das«, sagte Monty. »Bestimmt wird sie sich furchtbar freuen. Dann steige ich jetzt wohl kurz in die Bar hoch und gieße mir einen hinter die Binde. Die emotionalen Strapazen, denen ich in jüngster Zeit ausgesetzt war, haben meine Kehle ganz schön ausgetrocknet.«

Den Arm zärtlich um ihre Schultern gelegt, begleitete er Gertrude zur Tür. Ambrose, der sich ihnen schon anschließen wollte, wurde von einem lauten Geräusch gestoppt, das an einen Büffel erinnerte, der seinen Fuß aus dem Schlamm zog, und stellte fest, daß sein Chef, Mr. Llewellyn, ihn zu sprechen wünschte. Er begab sich hinüber zu ihm, eine Augenbraue fragend in die Höhe gezogen.

»Ja, Mr. Llewellyn?«

Ivor Llewellyn fühlte sich etwas besser. Ein Lichtstrahl hatte in den letzten Minuten die Schwärze seiner qualvollen Drangsal aufgehellt. Eine schwache, kränkliche, blutarme Hoffnung erwachte in ihm zum Leben. Er dachte, daß ein Spitzel, der im Solde der New Yorker Zollbehörde stand, unmöglich engen Umgang mit einem so netten, natürlich wirkenden Mädchen haben konnte. Wenn ein Spitzel schon eine Freundin hatte, dann wäre das doch bestimmt ein parfümiertes, aufreizendes Ding mit fremdländischem Akzent und wohl auch einem Dolch im Strumpf, oder nicht? Und als dann auch noch Ambrose eintrat und den Burschen offenbar ebenfalls kannte, schien sich der Hoffnung zarter Keim gar in einen rettenden Strohhalm zu verwandeln. Mr. Llewellyn war von Ambrose ziemlich angetan und konnte sich einfach nicht vorstellen, daß dieser mit Spitzeln auf dem Duzfuß stand.

»He, Sie«, sagte er.

»Ja?«

»Der junge Mann, der uns gerade verlassen hat … Sie scheinen ihn zu kennen.«

»O ja. Ich kenne ihn schon seit Jahren. Er heißt Bodkin. Wir waren beide in Oxford. Wenn Sie mich jetzt bitte …«

»Ach ja?« sagte Mr. Llewellyn und begann sich allmählich zu fragen, weshalb er nur ein solches Affentheater gemacht hatte.

»Ich war drei oder vier Semester vor ihm …«

»Aber er ist ein Freund von Ihnen?«

»O ja.«

»Ich werde das Gefühl nicht los, ihn in Cannes gesehen zu haben.«

»So? Wenn Sie mich jetzt bitte …«

»Und darum habe ich mich gefragt«, sagte Mr. Llewellyn, »ob Sie wohl wissen, was er ist.«

»Was er ist?«

»Was er tut? Aus welchem Metier er kommt?«

Ambrose' Miene leuchtete auf.

»Ach, jetzt verstehe ich. Komisch, daß Sie danach fragen. Es ist nämlich bestimmt das letzte, was man ihm zutrauen würde. Meine Cousine Gertrude hat es mir aber bestätigt. Er ist Detektiv.«

»Detektiv!?«

»Genau. Detektiv. Wenn Sie mich jetzt bitte entschuldigen wollen. Ich muß schleunigst meinen Bruder Reggie finden.«

7. Kapitel

Nachdem ihn sein Gesprächspartner verlassen hatte, blieb Mr. Llewellyn noch ein paar Minuten sitzen und wirkte abermals wie versteinert. Dann aber wurde die Bibliothek von einem Schwarm Backfischen, begleitet von etlichen jungen Schiffsoffizieren, in Beschlag genommen, worauf sich der Alte mühsam erhob und hinausging. Er lechzte nach Einsamkeit.

Ambrose Tennysons Worte hatten seine aufkeimende Hoffnung brutal niedergeknüppelt, und nun lag sie mausetot im Straßengraben. Sie machte keinen Mucks mehr.

Als er sich hinausschleppte und die Treppe hinabstieg, glichen seine Gefühle fast aufs Haar denen von vor einem Jahr, als er, dem der Arzt leichte Leibesübungen verschrieben hatte, eines Morgens am Malibu Beach einem muskelbepackten Freund einen Medizinball zuwarf, worauf der muskelbepackte Freund diesen unerwartet prompt zurückwarf und sein Sonnengeflecht traf. Bei besagter Gelegenheit war die Welt um ihn erbebt, und sie erbebte auch jetzt wieder.

Er begab sich hinunter in seine Kabine – wie ein weidwundes Reh, das sein Lager aufsucht, und jedenfalls nicht wie ein Mann, der haargenau weiß, was er zu tun hat. Das erste, was er beim Eintreten erblickte, war seine Schwägerin Mabel, die sich mit hochgekrempelten Ärmeln über einen Sessel beugte, in dem ein schlanker junger Mann mit bleigrauem Teint saß. Offensichtlich ließ sie ihm gerade eine osteopathische Behandlung angedeihen.

Wenn ein Mann in eine Kabine tritt, um ungestört seinen Gedanken nachzuhängen, und feststellen muß, daß eine Schwägerin, die er noch nie gemocht hat, die Kabine hinter seinem Rücken in eine Privatklinik verwandelt hat, gründen seine Gefühle unter dem Schock der Entdeckung zu tief für Worte. So jedenfalls ging es Mr. Llewellyn. Er stand mit offenem Mund da, und Mabel Spence betrachtete ihn über die Schulter auf jene gelassene und für seinen Geschmack allzu ungezwungene Art, die ihn stets zur Weißglut brachte. Die Superba-Llewellyn hatte einen englischen Dramatiker und Hornbrillenträger unter Vertrag, der ihn auf ähnliche Weise anzusehen pflegte, was Ivor Llewellyns Aversion gegen englische Dramatiker – einem seiner hervorstechendsten Charakterzüge – erheblichen Auftrieb gegeben hatte.

»Grüß dich«, sagte Mabel. »Komm doch rein.«

Ihr Patient bekräftigte gastfreundlich diese Aufforderung.

»Jawohl, kommen Sie doch rein«, sagte er. »Ich weiß zwar nicht, wer Sie sind, Sir, oder was Sie in einer Privatkabine verloren haben, aber treten Sie ruhig ein.«

»Ich bin gleich fertig. Ich kuriere die Kopfschmerzen von Mr. Tennyson.«

»Die Kopfschmerzen von Mr. Tennyson junior.«

»Die Kopfschmerzen von Mr. Tennyson junior.«

»Nicht zu verwechseln«, fuhr der Patient fort, »mit den Kopfschmerzen von Mr. Tennyson senior, falls er denn welche haben sollte – was wohl leider nicht der Fall ist. Ich weiß zwar nicht, wer Sie sind, Sir, oder was Sie in einer Privatkabine verloren haben, aber ich kann Ihnen versichern, daß dieses süße Mädchen ... Sie haben hoffentlich nichts dagegen, daß ich Sie ›dieses süße Mädchen‹ nenne, oder?«

»Tun Sie sich keinen Zwang an!«

»Dieses süße Mädchen«, sagte Reggie, »ist ein Engel der Barmherzigkeit. Sie können suchen, bis Sie schwarz werden, aber eine treffendere Bezeichnung für sie werden Sie nirgends finden. Die paßt ihr wie angegossen. Als sie mich vorhin an Deck sah, nahm sie mich scharf ins Visier, erkannte sogleich die Symptome und geleitete mich hierher, wo sie postwendend in die Vollen ging. Zwar werde ich mich nachher im Spiegel überzeugen müssen, ob mein Kopf noch Kontakt hat mit dem dazugehörigen Körper, aber abgesehen von dem unguten Verdacht, entzweigegangen zu sein, fühle ich mich besser.«

»Mr. Tennyson …«

»Mr. Tennyson junior.«

»Mr. Tennyson junior hat einen Kater.«

»Stimmt genau. Und mögen Sie niemals einen solchen haben, Sir – ich weiß zwar nicht, wer Sie sind oder was Sie in einer Privatkabine verloren haben …«

»Das ist mein Schwager, Ivor Llewellyn.«

»Ach, der Kintoppknilch«, sagte Reggie artig. »Wie geht's, wie steht's, Llewellyn? Freut mich, Sie kennenzulernen. Mein Bruder Ambrose hat mir viel von Ihnen erzählt. Er sagt über Sie nur das beste, Llewellyn, wahrhaftig nur das beste.«

Den Filmmogul besänftigte das Kompliment keineswegs. Grämlich betrachtete er den jungen Mann.

»Ich muß mit dir reden, Mabel.«

»Na schön, dann schieß los!«

»Unter vier Augen.«

»Ach so? Ich bin gleich fertig.«

Sie traktierte Reggies Nacken noch ein Weilchen, was dem Betroffenen ein klagendes »Autsch!« entlockte.

»Na, na!« sprach sie in tadelndem Ton.

»Sie haben gut ›Na, na!‹ sagen«, versetzte Reggie. »Sie werden noch Augen machen, wenn ich unter Ihren Händen in Stücke gehe.«

»So, das müßte reichen. Und wie lautet Ihr Urteil?«

Reggie ließ den Kopf langsam kreisen.

»Sagen Sie ›Huh!‹.«

»Huh!«

»Lauter.«

»Huh!«

»Und jetzt direkt ins Ohr.«

»Huh!«

Reggie erhob sich und holte tief Atem. Ein ehrfürchtiger Ausdruck trat in seine Miene.

»Ein Wunder – schlicht und ergreifend! Ein Wunder, basta! Ich fühle mich wie neu geboren.«

»Gut.«

»Und ich würde gern hinzufügen, daß ich es als Privileg betrachte, mit einer Familie wie der Ihren verkehren zu dürfen. Noch nie in meinem Leben bin ich einer Sippe begegnet, die so viel Ehre eingelegt hat mit dem Verbreiten von eitel Sonnenschein. Sie, Miss …«

»Spence.«

»Sie, Miss Spence, erwecken Tote zum Leben. Sie, Llewellyn, lassen meinen Bruder Ambrose erstmals mit richtigem Geld in Berührung kommen. Diese Bekanntschaft darf nicht hier enden. Ich wünsche Sie häufiger zu sehen, Miss Spence, und Sie natürlich auch, Llewellyn. Mannomann«, sagte Reggie, »wenn man mir vor einer halben Stunde erzählt hätte, ich würde dem heutigen Dinner wie ein ausgehungerter Bandwurm entgegenfiebern, hätte ich es nicht für möglich gehalten. Auf Wiedersehen, Miss Spence, auf Wiedersehen, Llewellyn, oder vielmehr *au revoir,* und vielen, vielen Dank, Miss Spence, dito Llewellyn. Tausend Dank. Wie heißen Sie eigentlich mit Vornamen?«

»Mabel.«

»Schön«, sagte Reggie.

Die Tür ging zu. Mabel Spence lächelte. Mr. Llewellyn nicht.

»Also«, sagte Mabel, »das wäre meine gute Tat für heute gewesen. Ich weiß nicht, wo der Junge seinen Schwips aufgelesen hat, aber zweifelsohne hat er mit beiden Händen zugegriffen. Wenn man ihn so vor sich hat, würde man nicht glauben, daß er normalerweise wohl ziemlich gut aussieht. Ich habe schon immer viel für den schlanken, langbeinigen Typ übrig gehabt.«

Mr. Llewellyn war nicht in Stimmung, um Vorträgen über Reggie Tennysons Äußeres zu lauschen, was er nun auszudrücken versuchte, indem er in ziemlich aufgebrachter und erneut an eine sterbende Ente erinnernder Weise durch die Kabine tanzte.

»Hör mal! Willst du mir endlich zuhören?«

»Na schön. Was ist denn los?«

»Weißt du, wer auch an Bord des Schiffes ist?«

»Tja, über Tennyson senior und Tennyson junior bin ich einigermaßen im Bild, und auf dem Beiboot ist mir auch noch Lotus Blossom begegnet, aber abgesehen davon …«

»Ich verrat' dir jetzt, wer auch an Bord des Schiffes ist. Dieser Typ aus Cannes. Der Bursche von der Hotelterrasse. Derjenige, der wissen wollte, wie man ›Arthritis‹ schreibt.«

»Dummes Zeug.«

»Dummes Zeug, wie?«

»Dieser Lackaffe scheint dich ja regelrecht zu verfolgen. Du siehst Gespenster.«

»Tatsächlich? Dann spitz jetzt mal die Ohren: Nachdem ich mich von dir verabschiedet hatte, setzte ich mich in die Bibliothek, und er tauchte wie aus dem Nichts auf und rückte mir auf die Pelle. Diesmal wollte er wissen, wie man ›Mysterium‹ schreibt.«

»Tatsächlich?«

»Ja, tatsächlich.«

»Was dieses Bürschchen für einen Lerneifer an den Tag legt – sagenhaft!

Wenn er so weitermacht, hat er schon bald ein stattliches Vokabular beisammen. Und, hast du's ihm verraten?«

Mr. Llewellyn vollführte abermals ein, zwei Tanzschritte.

»Selbstverständlich habe ich es ihm nicht verraten. Woher soll ich wissen, wie man ›Mysterium‹ schreibt? Und selbst wenn ich's wüßte – glaubst du etwa, ich sei in der Lage gewesen, irgendwem zu verraten, wie man irgendwas schreibt? Ich saß nur da und starrte ihn an und versuchte wieder zu Atem zu kommen.«

»Aber weshalb sollte er nicht auf dem Schiff sein? Da ist er weiß Gott nicht der einzige. Ich wüßte nicht, weshalb seine Anwesenheit an Bord von solch exzeptioneller Signifikanz sein sollte. Übrigens, versuch mal in einer ruhigen Minute«, sagte Mabel Spence beiläufig, »diese beiden Wörter zu schreiben.«

»Ach, du kannst das also nicht?«

»Nein, natürlich nicht.«

»Laß dir doch mal folgendes durch dein Spatzenhirn gehen«, sagte Mr. Llewellyn mit Nachdruck. »Ambrose Tennyson kam herein und schien den Burschen zu kennen, weshalb ich ihn fragte, aus welchem Metier er komme, und Tennyson antwortete, er sei Detektiv.«

»Detektiv?«

»Detektiv. D-e- … Detektiv«, sagte Mr. Llewellyn.

Dies beeindruckte Mabel nun doch. Versonnen biß sie sich auf die Unterlippe.

»Wirklich wahr?«

»Wenn ich's doch sage.«

»Und du bist sicher, daß es der gleiche Mann ist?«

»Natürlich bin ich sicher, daß es der gleiche Mann ist.«

»Komisch.«

»Was soll daran komisch sein? Ich habe dir neulich in Cannes schon gesagt, daß er einer dieser Zollspitzel ist, und wenn du *mir* nicht glaubst, dann glaubst du vielleicht wenigstens dem Zahlmeister. Der

Zahlmeister wird wohl wissen, wovon er redet, oder? Eben dieser Zahlmeister hat mir erzählt, daß man in Cannes in keinem der einschlägigen Hotels einen Ziegelstein werfen kann, ohne einen von ihnen zu treffen. Er behauptet, sie lungern rum und belauschen Gespräche, und früher oder später sagt irgendein dummes Huhn irgendwas über irgendeine Schmuggelaktion, worauf sie zur Tat schreiten. Dieser Kerl ist an Bord gekommen, um mich im Auge zu behalten. Genau das tun diese Leute. Der Zahlmeister hat es mir erzählt. Wenn sie erst Witterung genommen haben, bleiben sie dran. Und wie soll's nun weitergehen?« fragte Mr. Llewellyn, ließ sich aufs Bett plumpsen und röchelte schwer.

Mabel Spence hatte nie zu den großen Bewunderern ihres Schwagers gehört, doch ganz frei von weiblichem Mitgefühl war sie auch wieder nicht. Es gab so manches, was sie über Mr. Llewellyns Blutdruck und eine dringend angezeigte Fastenkur hätte sagen können – und auch gern gesagt hätte –, aber all dies blieb unausgesprochen. Sie sann kurz nach und betrachtete das Problem mit dem praktischen Blick einer Frau. Und schon bald machte ihr messerscharfer Verstand den Silberstreifen am Horizont aus.

»Keine Sorge«, sagte sie.

Bedachte man den Zustand seines Nervenkostüms, war ihre Wortwahl vielleicht nicht die allerglücklichste. Der ohnehin malvenfarbene Filmmogul spielte nun eindeutig ins Purpurne.

»Keine Sorge? Du bist gut!«

»Es besteht kein Grund zur Sorge.«

»Kein Grund zur Sorge? Das ist der Hammer!«

»Nein, wirklich nicht. Zuerst habe ich gedacht, du machst aus einer Mücke einen Elefanten, aber wenn dieser Mann tatsächlich Detektiv ist, hast du wahrscheinlich recht mit deiner Vermutung, daß er an Bord gekommen ist, weil er uns an jenem Tag belauscht hat. Aber weshalb sollte dich deshalb gleich der Schlag treffen? Die Sache ist ganz einfach. Vermutlich ist er wie jeder andere – er läßt sich schmieren, falls du ihm einen guten Preis machst.«

Mr. Llewellyn, der beim Stichwort »ganz einfach« schon zum Sprung hatte ansetzen wollen, zuckte zusammen. Er schien etwas hinunterzuschlucken, und sein Teint machte einen sichtlichen Wandel zum Besseren durch, indem er ins Malvenfarbene verblaßte.

»Stimmt.«

»Klar doch.«

»Ja, damit hast du wohl gar nicht so unrecht. Wahrscheinlich ist er das.«

Ihre Worte hatten ihm das Gefühl gegeben, beim Durchwaten eines Sumpfes plötzlich festen Boden unter den Füßen zu haben. Wenn es um das Schmieren von Leuten ging, wußte er Bescheid.

Doch langsam verflüchtigte sich der Ausdruck der Erleuchtung, der stets in die Augen von Filmmoguln tritt, die Leute zu schmieren haben.

»Aber wie soll das gehen? Ich kann von ihm doch nicht ohne Umschweife die Preisliste verlangen.«

»Das brauchst du ja auch nicht.« In Mabels Stimme schwang Verachtung für den weniger schnell arbeitenden Intellekt dieses Mannes mit. »Hast du ihn dir mal genauer angeschaut?«

»Ob ich ihn mir mal genauer angeschaut habe?« fragte Mr. Llewellyn. »Wohl eine geschlagene Stunde habe ich nichts anderes getan. Hätte er Pickel, wüßte ich, wie viele es sind.«

»Aber Pickel hat er gerade *nicht*. Darum geht's doch. Dieser Bursche sieht verdammt gut aus.«

»Meine Begeisterung hält sich in Grenzen.«

»Trotzdem ist es so. Fast wie Robert Montgomery. Und todsicher weiß er das auch. Todsicher strebt er eine Filmkarriere an, seit er sich seinen Milchbart abrasiert hat. Todsicher beißt er an, wenn du ihn beiseite nimmst und ihm einen Job in Llewellyn City anbietest. Und dann ...«

»Dann könnte er mich unmöglich bei diesen Raffzähnen vom Zoll verpfeifen!«

»Selbstverständlich nicht. Wozu sollte er auch? Wer wie du Filmjobs zu vergeben hat, steckt jeden in die Tasche. Dieser Bursche wird kuschen, sobald du das Maul aufmachst.«

»Au Backe!« sagte Mr. Llewellyn.

Der heitere Ton war plötzlich aus seiner Stimme gewichen. Ein nachdenklicher Ausdruck lag in seinen Zügen. Er sinnierte.

Nur wenn es sich gar nicht vermeiden ließ, wollte Ivor Llewellyn die Zahl der blutsaugenden Parasiten vermehren, die von seiner Firma durchgefüttert wurden. Jeden Samstagmorgen machte er gutes Geld locker für George, den Bruder seiner Frau, für Wilmot, den Onkel seiner Frau, für Egbert, den Cousin seiner Frau, und für Genevieve, die Schwester Egberts, des Cousins seiner Frau. Allein Genevieve kassierte, wiewohl er daran zweifelte, ob sie überhaupt lesen konnte, in der Skriptabteilung der Superba-Llewellyn sage und schreibe 350 Dollar pro Woche. Im äußersten Notfall konnte er zu diesen Leuten natürlich auch noch einen Monty Bodkin gesellen und ihm das Bombengehalt zahlen, das zu verlangen dieser Bluthund in Menschengestalt sich bestimmt erdreisten würde, doch er fragte sich, ob der vorliegende Notfall tatsächlich der äußerste war.

Schließlich erkannte er, daß ihm keine andere Wahl blieb. Wenn einem Mitwisser das Maul gestopft werden mußte, ging absolut nichts über dieses altbewährte Rezept. Es hatte ihm schon häufig gedient, und es sollte ihm auch jetzt wieder dienen.

»Ich tu's«, sagte er. »Ambrose Tennyson ist mit ihm befreundet. Er soll die Sache einfädeln. Das ist besser, als wenn ich ihn direkt anspreche. Hat einfach mehr Würde. Ich glaube, du hast recht. Er wird kuschen.«

»Keine Frage. Warum sollte er auch nicht? Wahrscheinlich verdienen diese Burschen nicht besonders gut. Ein hübsches, fettes Gehalt in Llewellyn City ist bestimmt ganz nach seinem Geschmack. Ich hab' dir ja gesagt, daß kein Grund zur Sorge besteht.«

»Hast du.«

»Und habe ich recht gehabt?«

»Hast du«, antwortete Mr. Llewellyn.

Er betrachtete seine Schwägerin geradezu wohlwollend und fragte sich, wie er je hatte auf die Idee kommen können, sie nicht zu mögen. Einen Moment lang erwog er sogar, ihr einen Kuß zu geben.

Doch dann besann er sich eines Besseren, griff nach seinem Etui, entnahm diesem eine Zigarre und begann darauf herumzukauen.

8. *Kapitel*

Nachdem sich Monty Bodkin einen hinter die Binde gegossen hatte, war er nicht etwa im Rauchsalon verblieben, obschon es dort geradezu wimmelte von charmanten Zeitgenossen, mit denen er in seiner aufgekratzten Feststimmung nur zu gerne konversiert hätte. Statt dessen hatte er sich nach unten begeben, um die vormals auf Reginald Tennyson eingetragene Kabine zu inspizieren, die in den nächsten fünf Tagen sein Domizil sein sollte. Dadurch wurde ihm das Vergnügen zuteil, einen ersten Blick auf Albert Eustace Peasemarch zu werfen, den für seinen Teil des C-Decks zuständigen Kabinensteward. Genau genommen war dieser emsige Mann bei Montys Eintreten gar nicht zu sehen. Seine Anwesenheit bezeugte einzig das schwere Schnaufen im Badezimmer, doch kurz darauf kam er heraus, so daß Monty ihn in seiner ganzen Pracht und Herrlichkeit betrachten konnte.

Seine erste Reaktion war das Gefühl, etwas zu spät gekommen zu sein, soweit es die Möglichkeit betraf, einer Augenweide ansichtig zu werden. Er hätte Albert Peasemarch ein rundes Jahrzehnt früher sehen sollen, bevor die Vergänglichkeit ihren Tribut eingefordert hatte. Der Steward war inzwischen Mitte vierzig, und der Zahn der Zeit hatte ihm praktisch alle Haare abgenagt; als dürftiger Ersatz war ihm ein rosaroter Pickel seitlich der Nase zuteil geworden. Ebenfalls abhanden gekommen war seinem Körper die einstmalige Stromlinienform. Wer sich gerade von Ivor Llewellyn verabschiedet hatte, konnte ihn gewiß nicht dick nennen, aber für einen Mann seiner Größe war er doch entschieden übergewichtig. In seinem Mondgesicht steckten zwei kleine braune Augen wie Rosinen in einem Fruchtpudding. Und just der Anblick besagter Augen setzte der überschäumenden Fröhlichkeit, die Monty mit sich in die Kabine gebracht hatte, einen kleinen Dämpfer auf.

Dabei störte ihn gar nicht so sehr die Kleinheit der Peasemarchschen Augen. Einige seiner besten Freunde hatten kleine Augen. Demoralisierend fand er vielmehr die leise Mißbilligung, die er in ihnen zu erkennen glaubte, so als nehme der andere Anstoß an seinem Äußeren. Daß aber jemand Anstoß an seinem Äußeren nehmen konnte, und dies so kurz nach der Versöhnung mit Gertrude Butterwick, brach Monty fast das Herz.

Flugs machte er sich daran, diese Mißbilligung zu zerstreuen und ein ungetrübtes Lächeln auf Albert Peasemarchs Gesicht zu zaubern. Kurz und gut, er wollte diesem Peasemarch beweisen, daß er, Monty, mochte er auch seinen, Alberts, hohen Ansprüchen an körperliche Schönheit aus ebenso unerfindlichen wie betrüblichen Gründen nicht genügen, in bezug auf seine inneren Werte keinen Wunsch offenließ.

»Nicht unbedingt gutaussehend im klassischen Sinne«, würde Albert später wohl seinen Kollegen sagen, obschon er wirklich kein Recht hatte, sich zum Kritiker über andere aufzuschwingen, »aber ein ungemein sympathischer junger Gentleman. Ohne jeden Dünkel. Von Hochmut keine Spur. Ein begnadeter Causeur« – oder wie Kabinenstewards sich eben ausdrückten, wenn sie »begnadeter Causeur« sagen wollten.

Mit diesem Ziel vor Augen ließ Monty ein heiteres »Guten Abend« erschallen.

»Guten Abend, Sir«, gab Albert Peasemarch kühl zurück.

Montys Verdacht, daß der Mann ihn zutiefst mißbillige, verdichtete sich zur Gewißheit. Sein Gegenüber wirkte eindeutig abweisend. Dies war Montys erste Seereise, weshalb er nicht auf frühere Erfahrungen zurückgreifen konnte, um richtig einzuschätzen, über welches Maß oder Volumen an Höflichkeit ein Steward durchschnittlich verfügte, doch ein bißchen mehr Kordialität glaubte er doch erwarten zu dürfen.

Mit Butlern kannte er sich da schon besser aus. Hätte er als Gast in einem Landhaus geweilt, wo ihm ein ähnlich verschlossener Butler begegnet wäre, hätte er ernsthaft in Betracht gezogen, dieser könnte im Eßzimmer abfällige Bemerkungen des Gastgebers über den Besucher aufgeschnappt haben. Er konnte sich des Eindrucks nicht erwehren, daß Albert Peasemarch aus ewig dunklen Gründen etwas gegen ihn hatte.

Doch da er sich nun schon auf die Rolle des begnadeten Causeurs eingeschworen hatte, wollte er die Rolle des begnadeten Causeurs auch spielen.

»Guten Abend«, sagte er erneut. »Wenn der Eindruck nicht täuscht, sind Sie wohl der Steward dieser Kabine, nicht wahr?«

»Dieser sowie der angrenzenden Kabine, Sir.«

»Unermüdlich auf den Beinen, wie ich sehe. Im Schweiße Ihres Angesichts verdienen Sie sich die wöchentliche Lohntüte.«

»Ich habe Ihre persönliche Habe geordnet, Sir.«

»Schön.«

»Gerade vorhin habe ich im Badezimmer Rasiermesser, Streichriemen, Zahnbürsten, Zahnpasta, Mundwasser, Schwamm, Waschbeutel und Rasierpinsel zurechtgelegt, Sir.«

»Sehr brav! Oder vielmehr«, korrigierte sich Monty eilends, da der Ausdruck vielleicht doch etwas taktlos klang und falsch ausgelegt werden konnte, »herzlichen Dank.«

»Keine Ursache, Sir.«

Es entstand eine Pause. Der Sonnenschein war noch immer nicht in die Augen des Stewards getreten. Bei genauer Betrachtung schien der

Mann mit der Sonne sogar noch etwas mehr zu geizen als bisher, doch Monty ließ nicht locker.

»Viel Volk an Bord.«

»Jawohl, Sir.«

»Und noch viel mehr wird gerade zugestiegen sein, wie?«

»Jawohl, Sir.«

»Wird bestimmt 'ne tolle Reise.«

»Jawohl, Sir.«

»Bei ruhiger See, versteht sich.«

»Jawohl, Sir.«

»Klasse Schiff.«

»Jawohl, Sir.«

»Kein Vergleich zu früher, wie? Ein solches Schiff hätte den ollen Kolumbus ganz schön ins Schwärmen gebracht.«

»Jawohl, Sir«, sagte Albert Peasemarch weiterhin in jenem seltsam reservierten Tonfall.

Monty gab auf. Er hatte sein Pulver verschossen. Überdies fand er es einfach die Höhe, daß er sich hier mit einem elenden Steward abmühte, welcher ums Verrecken nicht gesellig werden wollte, derweil er draußen an der frischen Luft mit Gertrude hätte übers Deck flanieren können. Und da ein Bodkin – mochte er auch die Umgänglichkeit in Person sein, wenn man ihm nur ein bißchen entgegenkam – schließlich seinen Stolz hatte, konnte ihm die Sache ja schnuppe sein. Schön, dieser Bursche schätzte ihn also nicht – es gab genug andere, die dies taten. Etwas steif wandte er sich der Tür zu, doch als sich seine Finger schon um den Griff legten, ließ ihn ein ernstes Hüsteln erstarren.

»Verzeihung, Sir.«

»Hä?«

»Sie hätten das nicht tun sollen, Sir, wirklich nicht.«

Erstaunt stellte Monty fest, daß ihn dieser Peasemarch inzwischen mit stummem Vorwurf betrachtete. Das Schauspiel machte ihn sprachlos.

An die Verschlossenheit hatte er sich ja gewöhnt, doch warum gebärdete sich Peasemarch vorwurfsvoll?

»Hä?« sagte er erneut. Es gibt Situationen, da ist ein »Hä?« der einzig mögliche Kommentar.

»Ich kann nicht verstehen, wieso Sie sich zu einer solchen Tat haben hinreißen lassen, Sir.«

»Zu was für einer Tat denn?«

Der Steward machte eine recht würdevolle Geste, die er aber im letzten Moment verpfuschte, indem er sich am linken Ohr kratzte.

»Ich fürchte, Sie werden es als Anmaßung empfinden, wenn ich so rede ...«

»Nein, nein.«

»O doch, Sir«, beharrte Albert Peasemarch und kratzte sich erneut am Ohr, welches ihn zu beißen schien. »Und im Prinzip ist es ja auch eine Anmaßung. Bis das Schiff im New Yorker Hafen anlegt, ist unsere Beziehung die von Herr und Knecht. Im Umgang mit all den Burschen in meinen Kabuffs ... mit all den Gentlemen, die sich in den in meinen Zuständigkeitsbereich fallenden Kabinen aufhalten, bin ich, wie ich mir immer wieder sage, für die Gesamtdauer der Reise ein Vasall, während diese – zumindest temporär – meine Lehnsherrn sind.«

»Mensch!« sagte Monty beeindruckt. »Das haben Sie aber glänzend formuliert.«

»Vielen Dank, Sir.«

»Wirklich glänzend formuliert, wenn Sie mir die Bemerkung gestatten.«

»Ich habe eine gute Schulbildung genossen, Sir.«

»Sie waren doch nicht etwa in Eton, oder?«

»Nein, Sir.«

»Tja, wie dem auch sei, jedenfalls war das wirklich glänzend formuliert. Aber ich habe Sie unterbrochen.«

»Durchaus nicht, Sir. Ich wollte nur sagen, daß ich angesichts unserer

Rollen als Lehnsherr und Vasall eigentlich nicht so mit Ihnen reden dürfte. Korrekterweise müßte ich stracks zu Nummer eins gehen ...«

»Zu wem?«

»Zum Obersteward, Sir. Korrekterweise und strikt nach Vorschrift müßte ich zum Obersteward gehen, ihm die Angelegenheit melden und zur weiteren Bearbeitung überlassen. Aber ich will keine Umstände machen und einen jungen Gentleman wie Sie in Kamelitäten bringen ...«

»Hä?«

»... denn ich weiß nur zu gut, daß nichts als jugendlicher Leichtsinn dafür verantwortlich war. Darum hoffe ich, daß Sie mir nicht verübeln, was ich gar nicht übel meine, wenn ich nämlich sage, daß Sie so etwas nicht tun sollten. Ich bin alt genug, um Ihr Vater zu sein ...«

Eigentlich hatte es Monty als seine oberste Aufgabe angesehen, diesem geheimnisvollen Steward mit Hilfe gründlichster Nachforschungen ein Geständnis dahingehend abzuringen, wovon er eigentlich redete. Doch diese Behauptung brachte ihn vom Kurs ab.

»Alt genug, um mein Vater zu sein?« fragte er erstaunt. »Wie alt sind Sie denn?«

»Sechsundvierzig, Sir.«

»Na also, dann ist das doch ganz unmöglich. Ich bin achtundzwanzig.«

»Sie sehen aber jünger aus, Sir.«

»Es geht nicht darum, wie ich aussehe, sondern was ich bin. Ich bin achtundzwanzig. Sie hätten also mit ... äh ... mit siebzehn heiraten müssen«, sagte Monty, entspannte seine gerade noch zerfurchte Stirn und hörte auf, mit den Fingern zu zählen.

»Es soll Männer geben, Sir, die mit siebzehn geheiratet haben.«

»Nennen Sie mir einen.«

»Ginger Perkins«, sagte Albert Peasemarch wie aus der Pistole geschossen. »Das war so ein Rotschopf, der unten in Fratton als Schauermann gearbeitet hat. Sie sehen also, daß ich recht hatte, als ich sagte, ich könnte Ihr Vater sein.«

»Sind Sie aber nicht.«

»Nein, Sir.«

»Meines Wissens sind wir nicht einmal verwandt.«

»Nein, Sir.«

»Tja, fahren Sie fort«, sagte Monty. »Ich muß allerdings gestehen, daß Sie mich ganz schwindlig machen. Sie sagten irgendwas über irgendwas, was ich nicht hätte tun sollen.«

»Jawohl, Sir. Und ich wiederhole es gern: Sie hätten das nicht tun sollen.«

»Was denn?«

»Man ist zwar nur einmal jung ...«

»Zweimal wäre ja auch schwierig.«

»... aber eine Rechtfertigung kann das meines Erachtens nicht sein. O Jugend!« sagte Albert Peasemarch. »Es ist das alte Lied. *Sie schönees sawäh.*«

»Was faseln Sie da?«

»Ich fasle nicht, Sir. Ich spreche vom Badezimmer.«

»Vom Badezimmer?«

»Von dem, was im Badezimmer ist, Sir.«

»Sie meinen den Waschbeutel?«

»Nein, Sir, ich meine nicht den Waschbeutel. Ich meine die Sache an der Wand.«

»Meinen Streichriemen?«

»Sie wissen genau, wovon ich spreche, Sir. Von diesem Schriftzug in roter Farbe. Bis ich den wieder weghabe, dauert es eine Ewigkeit, aber daran haben Sie wohl nicht gedacht. Unbesonnen, so ist die Jugend eben. Unbesonnen. Verschwendet keinen Gedanken an das Morgen.«

Monty starrte ihn verdutzt an. Wäre dessen Artikulation nicht so vorbildlich, seine Wortwahl nicht so exquisit gewesen – nur schon dieses *Sie schönees sawäh*, einfach famos –, dann hätte er gesagt, der vor ihm stehende Steward sei ein Steward, der einen über den Durst getrunken hatte.

»Rote Farbe?« fragte er hilflos.

Er schritt zum Badezimmer und warf einen Blick hinein. Schon im nächsten Moment taumelte er mit einem erstickten Schrei zurück.

Es verhielt sich genau wie von Albert Peasemarch beschrieben. Die Schrift stand an der Wand.

9. *Kapitel*

Die kühne, schwungvolle Handschrift, mit der die betreffenden Worte hingeworfen worden waren, erzeugte bei jemandem wie Monty, der sie zum erstenmal sah, anfänglich die Illusion, daß da mehr stehe, als tatsächlich stand. Die Wand wirkte nicht so sehr wie eine Wand mit einem Schriftzug, sondern wie ein unermeßlicher Schriftzug mit einer Wand irgendwo im Hintergrund. Tatsächlich bestand das Gesamtœuvre, falls von einem solchen gesprochen werden konnte, bloß aus zwei kurzen Sätzen – der eine über dem Spiegel, der andere links von diesem.

Der erste Satz lautete:

>»Hallo, Schätzchen!«

Der zweite:

>»Grüß dich, Süßer!«

Ein Graphologe wäre wohl zum Schluß gelangt, daß sich hinter der Handschrift eine Person von ebenso warmherziger wie impulsiver Wesensart verberge.

In dem anderen historischen Fall einer Schrift an der Wand – wir sprechen von Belsazars berühmtem Gastmahl – wurden die ganzen dem babylonischen Monarchen so empfindlich aufs Gemüt schlagenden Unbilden, welche laut diesem eine fröhliche Fete verdorben hatten, bekanntlich durch die Inschrift »Mene mene tekel u-parsin« ausgelöst. Es berührt seltsam, daß Monty, hätte jemand diese Worte an die Wand seines Badezimmers geschrieben, keine Miene verzogen hätte, während sich umgekehrt jeder, der mit dem Treiben dieser babylonischen Monarchen halbwegs vertraut ist, bestimmt vorstellen kann, daß Belsazar die moderne Variante gelesen und seine helle Freude daran gehabt hätte. Die Geschmäcker sind eben verschieden.

Monty war vollkommen entgeistert. Den Worten »Grüß dich, Süßer!« haftet im Grunde nichts Entsetzliches an, und gleiches läßt sich über »Hallo, Schätzchen!« sagen. Doch als er diese Sätze anstarrte, kam er sich ganz ähnlich vor wie Mr. Llewellyn, als ihn dessen muskelbepackter Freund mit dem Medizinball ins Sonnengeflecht getroffen hatte. Das Badezimmer verschwamm vor seinen Augen, und für kurze Zeit glaubte er zwei Albert Peasemarchs zu sehen, die zu allem Überfluß auch noch tanzten.

Dann jedoch wurde sein Blick wieder normal, und er richtete ihn voller Argwohn auf den Steward.

»Wer war das?«

»Na, na, na, Sir.«

»Sie blöder Hund«, brauste Monty auf. »Sie glauben doch wohl nicht, daß ich das war, oder? Wozu sollte ich so was tun, verdammt? Das ist eine weibliche Handschrift.«

Es war just diese Erkenntnis, die in Montague Bodkin eine solche Gefühlswallung ausgelöst hatte, und wer hätte ihm auch verdenken wollen, daß er aufgewühlt reagierte? Kein junger Verlobter, dessen Zukünftige auf demselben Schiff wie er reist, freut sich, wenn er sieht, daß seine Kabine reich dekoriert ist mit Liebesbotschaften in weiblicher Handschrift, doch am geringsten fällt die Freude wohl bei jenem jungen Verlobten aus, der eben erst eine befriedigende

Erklärung für den auf seine Brust tätowierten und mit einem Herzen umrandeten Frauennamen hat abgeben müssen. Mit dem scheußlichen Gefühl, bis zum Hals in der Bredouille zu stecken, bemerkte Monty, daß auch die Worte »Hallo, Schätzchen« von einem Herzen umrandet waren.

Nur etwas Positives hatte das Ganze: Die weibliche Abkunft der Schrift schien Albert Peasemarch stark aufzumuntern. Seine an einen alttestamentarischen Propheten erinnernde Strenge war wie weggefegt, und er wirkte geradezu belustigt und erfreut.

»Jetzt begreife ich, Sir. Das war die junge Dame von nebenan.«

»Hä?«

Albert Peasemarch kicherte einfältig.

»Eine zu jedem Schabernack aufgelegte junge Dame, Sir, o ja. Ein solcher Scherz sieht ihr ganz ähnlich. Ich will Ihnen ein Exempel geben, Sir. Vor einer halben Stunde geht in ihrem Kabuff die Klingel, und ich trete ein und sehe, wie sie sich vor dem Spiegel gerade den Mund mit rotem Lippenstift anmalt. ›Guten Abend‹, sagt sie. ›Guten Abend, Miss‹, sage ich. ›Sind Sie der Steward?‹ sagt sie. ›Jawohl, Miss‹, sage ich, ›ich bin der Steward. Kann ich Ihnen behilflich sein?‹ ›Jawohl, Steward‹, sagt sie, ›das können Sie. Öffnen Sie doch bitte mal den kleinen Weidenkorb dort auf dem Boden und reichen Sie mir mein Riechsalz.‹ ›Gewiß, Miss‹, sage ich, ›mit dem größten Vergnügen.‹ Und ich begebe mich zum Korb, hebe den Deckel und mache fast einen Salto rückwärts. Und die junge Dame sagt: ›Na, Steward‹, sagt sie, ›was haben Sie denn? Sie wirken plötzlich so komisch. Haben Sie einen über den Durst getrunken?‹ Und ich sage: ›Ist Ihnen bewußt, Miss, daß sich ein Lebewesen in diesem Korb befindet, ein Lebewesen, das nach einem schnappt, kaum hebt man den Deckel, und mir todsicher die Daumenspitze abgezwackt hätte, wenn ich nicht schleunigst zurückgewichen wäre?‹ Und sie sagt: ›Ach, stimmt, das hätte ich Ihnen sagen sollen – mein Alligator.‹ Sir, das ist, *in nutze*, die junge Dame von nebenan.«

Albert Peasemarch holte Atem. Als er feststellte, daß sein Lehnsherr die Sprache noch nicht wiedergefunden hatte, fuhr er fort:

»Sie ist, wie sich herausgestellt hat, eine dieser Filmschauspielerinnen und hält sich das Tier auf Empfehlung ihres Presseagenten. Das also ist die junge Dame von nebenan, Sir, und ich hoffe, Sie werden es auch jetzt nicht als Anmaßung empfinden, wenn ich frank und frei sage, daß Sie meines Erachtens einen Fehler machen, Sir, einen sehr gravierenden Fehler.«

Monty hatte seine Fassung auch jetzt erst sehr ansatzweise zurückerlangt. Er öffnete und schloß die Augen und schluckte ein-, zweimal. Schließlich drang aber doch die Erkenntnis zu ihm durch, daß der andere gesagt hatte, etwas sei ein Fehler.

»Fehler?«

»Jawohl, Sir.«

»Wer hat einen Fehler gemacht?«

»Ich habe gesagt, Sie machen einen, Sir.«

»Ich?«

»Jawohl, Sir.«

»Wie das?«

»Sie wissen schon, was ich meine, Sir.«

»Nein.«

Albert Peasemarch schien sich zu versteifen.

»Nun gut, Sir«, sagte er distanziert. »Wie Sie meinen. Wenn ich besser schweigen und mich in Zurückhaltung üben soll, werde ich eben schweigen und mich in Zurückhaltung üben. Im Grunde ist es ja Ihr gutes Recht, dies von mir zu verlangen. Trotzdem habe ich gehofft, Sie würden, da wir uns doch jetzt in gewisser Weise nähergekommen sind, wenn Sie mir die Formulierung erlauben, von unseren Rollen als Lehnsherr und Vasall, von Typ – oder vielmehr Passagier – und Steward abrücken und mir erlauben, frei zu sprechen.«

Seine Rede sorgte bei Monty keineswegs für Klarheit. Dennoch war nicht

zu übersehen, daß er die Gefühle seines Gesprächspartners irgendwie verletzt hatte. Mochten Albert Peasemarchs Worte auch kryptisch sein,
seine Miene war es nicht. Er wirkte auf respektvolle Art gekränkt.

»Oh, durchaus«, sagte Monty im hastigen Bemühen, die Blutung zu
stillen. »Selbstverständlich. Gewiß.«

»Ich darf also offen sprechen?« fragte Albert Peasemarch in hoffnungs-
vollerem Ton.

»Klar doch.«

Ein freundlicher Ausdruck trat in die Augen des Stewards, ein Ausdruck
voll jener fürsorglichen Nachsicht, die einen Menschen auszeichnet, der,
hätte er Montys Mutter im Alter von siebzehn Jahren geehelicht – was
er jedoch, wie wir gesehen haben, unterlassen hatte –, der Vater des
jungen Mannes hätte sein können.

»Vielen Dank, Sir. Dann möchte ich wiederholen, Sir, daß Sie meines
Erachtens einen sehr gravierenden Fehler machen. Ich meine, indem
Sie Ihr Herz an eine junge Dame verschenken, die umwerfend aussehen mag, aber – wie die junge Dame von nebenan – zu jedem Schabernack aufgelegt ist.«

»Hä?«

»Die junge Dame von nebenan«, fuhr Albert Peasemarch fort, »ist
Schauspielerin, Sir – sie heißt Miss Blossom –, und meine alte Mutter
pflegte mir zu sagen: ›Finger weg von Schauspielerinnen, Albert!‹
Womit sie recht hatte, wie ich am eigenen Leibe erfuhr, als ich ihre
Warnungen in den Wind schlug und mich just in eine solche verliebte,
welche auf der Laienbühne von Portsmouth in Nebenrollen auftrat.
Schon bald wurde mir klar, daß Schauspielerinnen und Durchschnitts-
menschen wie ich in getrennten Fähren schweben und die Dinge aus
völlig anderer Warte betrachten. Erstens war Pünktlichkeit für sie ein
Fremdwort. Oft und oft wartete ich eine geschlagene Dreiviertelstunde
unter der großen Turmuhr, bis sie aufkreuzte und seelenruhig sagte:
›Ach, da bist du ja, Kleiner. Ich komme doch nicht etwa zu spät?‹«

Hustend brach er ab. Um seine Geschichte lebensechter klingen zu lassen, hatte er die letzten beiden Sätze in sardonischem Falsett gesprochen – eine harte Belastungsprobe für seine Stimmbänder. Nachdem er sich von dem Hustenanfall erholt hatte, fuhr er fort:

»Und es lag nicht nur daran, daß Pünktlichkeit für sie ein Fremdwort war. Es lag schlicht an allem. Ich wußte nie, woran ich mit ihr war, Sir, ganz ehrlich. Nehmen Sie nur mal eine Bagatelle wie den Zucker in ihrem Tee. Wenn ich welchen hineingab, sagte sie: ›Du willst wohl, daß ich meine gute Figur verliere, wie?‹, doch verzichtete ich das nächste Mal darauf, hieß es gleich: ›Hallo! Her mit dem verdammten Zucker!‹, und dies meist unter Beigabe eines üblen Schimpfnamens.«

Gar bitter lachte er auf, denn manche Narben verheilen nie. Und als er feststellte, daß sein Gegenüber die Miene eines Mannes machte, der etwas sagen wollte, sprach er eilends weiter.

»Temperament, so nennen die das – künstlerisches Temperament, und mir war bald klar, daß sich ein solches nicht gut mit meinem eigenen vertrug. Es war immer dasselbe. Nehmen Sie nur ihre Beziehung zu anderen Aktricen. Wenn ich sie vor der Vorstellung zum Bühneneingang begleitete, redete sie unentwegt davon, was für ein Biest doch ihre Garderobennachbarin Maud oder Gladys sei, aber holte ich sie nach der Vorstellung ab und sagte zwecks Auflockerung der Stimmung: ›Ich will doch hoffen, Liebes, daß du dich heute abend nicht wieder über dieses Biest Maud oder Gladys hast ärgern müssen‹, dann richtete sie sich kühl und überheblich auf und entgegnete: ›Ich wäre dir sehr verbunden, wenn du meine Busenfreundinnen nicht als Biester bezeichnen würdest‹, so daß ich am folgenden Nachmittag sagte: ›Wie geht's denn deiner Freundin Maud oder Gladys?‹, worauf sie antwortete: ›Wie kommst du denn auf ‚Freundin‘? Ich kann das Weibsstück nicht riechen.‹ Ein einziger Eiertanz war das, Sir, und deshalb empfehle ich Ihnen aus bitterer Erfahrung: Lassen Sie die Finger von Schauspielerinnen, und mögen sie noch so hübsch sein. Zügeln Sie

Ihre Leidenschaft gegenüber der jungen Dame von nebenan, so lautet mein Rat, Sir – es soll Ihr Schade nicht sein.«

Monty atmete schwer. Es hatte Momente gegeben, da war ihm, dessen Wohlwollen kaum Grenzen kannte, Albert Peasemarch durchaus sympathisch gewesen. Dieser Zustand gehörte der Vergangenheit an.

»Ich danke Ihnen, Steward«, sagte er.

»Keine Ursache, Sir.«

»Ich danke Ihnen, Steward«, wiederholte Monty, »und zwar dafür, daß Sie mir a) Ihre ganze elende Lebensgeschichte erzählt haben ...«

»War mir ein Vergnügen, Sir.«

»... und mich b) in den Genuß Ihres verdammt wertvollen Ratschlags haben kommen lassen. Als Antwort, Steward, möchte ich Ihnen mitteilen, daß ich die junge Dame von nebenan nicht nur nicht liebe, sondern nicht einmal kenne. Und es hilft auch nichts«, sagte Monty, nun immer lauter werdend, »wenn Sie einen vielsagenden Blick in dieses Badezimmer werfen, denn ...«

Albert Peasemarchs Gesicht war wie gesagt ein offenes Buch, in dem jeder lesen konnte. Monty jedenfalls las daraus ungläubiges Staunen.

»Sie *kennen* die junge Dame von nebenan nicht, Sir?«

»Nicht die Bohne.«

»Oje, Sir«, sagte Albert unsicher, »dann muß ich mich entschuldigen. Ich bin da einem Irrtum aufgesessen. Als mir mein Kumpel vom B-Deck erzählte, Sie hätten seinen Typen überredet, mit ihm die Kabine zu tauschen, und als ich mir die junge Dame von nebenan genauer ansah und erkannte, was für eine Brumme sie in bezug auf ihre äußeren Tribute ist, und ich hier reinkam und über die ganze Wand geschmierte Liebesbotschaften entdeckte, da glaubte ich natürlich, Sie hätten mit Ihrem werten Freund vom B-Deck ausschließlich deshalb die Kabine getauscht, um in unmittelbarste und direkteste Nähe zu der jungen Dame zu rücken.«

Montys Atem ging immer schwerer.

»Ich habe mit meinem werten Freund vom B-Deck nicht die Kabine getauscht. Er hat sie mit mir getauscht.«

»Das ist doch gehupft wie gesprungen, Sir.«

»Das ist überhaupt nicht gehupft wie gesprungen.«

»Und Sie kennen die junge Dame von nebenan tatsächlich nicht?«

»Das habe ich Ihnen doch schon gesagt.«

Jäh hellte sich die Miene des Stewards auf. Er wirkte wie ein Mann, der die längste Zeit über einem Kreuzworträtsel brütet und beim besten Willen nicht auf den Namen des »großen australischen Vogels« kommt, bis ihm schlagartig ein Licht aufgeht. So wie jener Mann, an allen Gliedern erzitternd, »Emu!« ruft – oder wie bekanntlich auch Archimedes, an allen Gliedern erzitternd, »Heureka!« gerufen hatte –, so erzitterte nun Albert Peasemarch an allen Gliedern und rief »Manometer!«.

»Manometer, Sir!« rief Albert Peasemarch. »Jetzt begreife ich, Sir. Nicht die Liebe hat die junge Dame von nebenan diese Worte an die Wand schreiben lassen, sondern der pure Schabernack. Ich habe Ihnen doch gesagt, sie sei zu jedem Schabernack bereit, nicht wahr, Sir? So etwas erlebe ich nicht zum erstenmal. Als ich noch Malocher auf der *Laurentic* war, gab der Untermotz einmal eine Party für ein paar Damen von der Bühne, die mit uns fuhren …«

»Wer zum Teufel ist der Untermotz?«

»Der zweite Steward, Sir. Man nennt ihn auch Untermotz. Wie ich also schon sagte, gab der Untermotz eine Party, und das Geschehen zog sich bis tief in die Nacht, und der Untermotz, der des Schlafes dringend bedurfte, sofern er am nächsten Tag wieder in alter Frische seinen Pflichten nachgehen wollte, empfahl sich bei den jungen Damen, stiefelte davon und haute sich beim Speigatt-Johnny aufs Ohr …«

»Wer zur Hölle ist der Speigatt-Johnny? So drücken Sie sich doch normal aus!«

»Der Oberkellner, Sir. Läuft auch unter dem Namen Speigatt-Johnny. Wie ich schon sagte, Sir, haute sich der Untermotz beim Speigatt-Johnny hin, und als er am nächsten Morgen in seine eigene Kajüte kam, stellte er fest, daß eine der jungen Damen mit Lippenstift hochgradig brisante Dinge an die Wand gemalt hatte, und der Gefühlsausbruch, den er daraufhin erlitt, soll laut Augenzeugen jeder Beschreibung gespottet haben. Er mußte nämlich befürchten, der Olle könnte es sich in den Kopf setzen, spontan eine Schiffsinspektion anzuordnen.«

»Ist ja alles rasend interessant ...«

»Jawohl, Sir. Ich habe gewußt, daß Sie das auch finden. Und er konnte es nicht abbringen, der Untermotz dieses Geschreibe, meine ich, da Lippenstift unaustilglich ist.«

»Unaustilglich?«

»Ein Terminus technicus, Sir, der bedeutet, daß man ohne entsprechende Chemikalien etwas nicht mehr abbringt.«

»Was!?«

Montys Stimme zeugte von tiefer Qual, so daß der Steward zu ihm hinschaute und sogleich an Hamlet denken mußte: »... die verworrnen krausen Locken trennte, und sträubte jedes einzle Haar empor, wie Nadeln an dem zorn'gen Stacheltier«.

»Sir?«

»Steward!«

»Jawohl, Sir?«

»Sie glauben doch nicht etwa ... oder glauben Sie das tatsächlich? ... Sie glauben doch nicht etwa, daß der Schriftzug dort drin von einem Lippenstift stammt?«

»Ich weiß sogar, daß er von einem Lippenstift stammt, Sir.«

»Ach, du dickes Ei!«

»Jawohl, Sir. Das ist Lippenstift, keine Frage.«

»Ach, du grüne Neune!«

Albert Peasemarch konnte nicht ganz folgen. Er vermochte den Grund für diese nach seinem Dafürhalten übertriebene Gemütsbewegung nicht zu durchschauen. Der Untermotz – logisch. Der Untermotz hatte ja auch seine Position in Gefahr gesehen. Wäre das unbarmherzige Licht der Öffentlichkeit auf den Schriftzug in der Kajüte des Untermotzes gefallen, hätte der Olle mehr als ein Hühnchen mit ihm zu rupfen gehabt. Monty dagegen hatte als Passagier nichts zu befürchten.

Und doch bestand kein Zweifel, daß sich der junge Mann die Sache zu Herzen nahm. Deshalb versuchte ihn Albert Peasemarch aufzumuntern, indem er einen weiteren Aspekt beleuchtete. In seinen arbeitsfreien Stunden pflegte er sich mit philosophischem Gedankengut zu beschäftigen, und nun wollte er Monty in den Genuß seiner mühsam erworbenen Lebensweisheiten kommen lassen.

»In solchen Situationen muß man sich einfach sagen, Sir, daß das Schicksal ist. Wenn man weiß, daß etwas von Anbeginn der Zeiten unter einem Unstern gestanden hat, um es einmal so auszudrücken, erscheint es nicht mehr ganz so schlimm. Ich sage das auch meinen Kumpeln unten im Logis immer wieder, aber Sie glauben ja nicht, wie wenig Verständnis man dort für solche Dinge hat. Falls Sie wissen wollen, was mit dem durchschnittlichen Steward auf einem Ozeanriesen nicht stimmt, Sir: Es fehlt ihm an Vorstellungsvermögen. Es würde mich interessieren, Sir«, sagte der sich immer mehr in Fahrt redende Albert Peasemarch, »ob Sie sich schon ernstlich darüber Gedanken gemacht haben … ich meine, ob Sie sich auch schon mit den unergründlichen Wegen des Schicksals … manche sprechen auch vom Fatum … beschäftigt haben. Nehmen Sie das einfache Beispiel, das uns im Moment beschäftigt. Womit haben wir es zu tun? Mit Lippenstift. Also gut. Wem gehört der Lippenstift? Der jungen Dame von nebenan. Schön. Vor dem Krieg haben Damen noch keinen Lippenstift benutzt. Es war der Krieg, der dem Lippenstift zum Durchbruch verholfen hat. Wäre der Krieg also nicht ausgebrochen, hätte die junge Dame von nebenan Ihre Badezimmerwand nicht mit Lippenstift vollschreiben können.«

»Steward«, sagte Monty.

»Haben Sie noch etwas Geduld, Sir. Wir können einen Schritt weiter zurückgehen. Was war der Auslöser des Krieges? Dieser Kerl in der Schweiz, der den deutschen Kaiser erschossen hat. Wenn also dieser Kerl den Kaiser nicht erschossen hätte, dann hätte es keinen Krieg und folglich auch keinen Lippenstift gegeben, so daß die junge Dame von nebenan Ihre Badezimmerwand nicht mit einem solchen hätte vollschreiben können.«

»Steward«, sagte Monty.

»Nur noch einen Augenblick, Sir. Wir sind immer noch nicht ganz fertig. Wir gehen noch weiter zurück. Was hat den Kerl in der Schweiz so weit gebracht? Die Tatsache, daß sein Vater und seine Mutter sich überhaupt kennengelernt und geheiratet haben. Vielleicht haben sie sich im Kino kennengelernt, vielleicht woanders. Also gut. Alles weitere ergibt sich fast von selbst, Sir. Mal angenommen, es hätte in jener Nacht geregnet und sie wäre zu Hause geblieben. Mal angenommen, als er gerade in die Schuhe schlüpfte, wären ein paar seiner Kumpane in die gute Stube geschneit und hätten ihn ins Wirtshaus zum Kartenspiel geschleppt. Was ergibt sich daraus? Der Vater des Kerls, der den Kaiser erschoß, hätte niemals die Mutter des Kerls, der den Kaiser erschoß, kennengelernt, weshalb es nie einen Kerl gegeben hätte, der den Kaiser hätte erschießen können, weshalb es keinen Krieg und folglich auch keinen Lippenstift gegeben hätte, so daß die junge Dame von nebenan Ihre Badezimmerwand nicht mit einem solchen hätte vollschreiben können.«

»Steward«, sagte Monty.

»Sir?«

»Vielleicht sind Sie sich dessen nicht bewußt«, würgte Monty mühsam heraus, »aber Sie zerren ziemlich heftig an meinem Geduldsfaden.«

»Tut mir schrecklich leid, das zu hören, Sir. Ich wollte nur die wundersamen und herrlichen Wege des …«

»Ich weiß.« Monty fuhr sich mit der Hand über die Stirn. »Aber lassen Sie das jetzt bitte, in Ordnung?«

»Selbstverständlich, Sir.«

»Ich fühle mich etwas außer Fassung, Steward.«

»Sie wirken auch etwas außer Fassung, Sir.«

»Ja. Sie müssen nämlich wissen, daß ich verlobt bin …«

»Ich hoffe, Sie werden sehr glücklich werden, Sir.«

»Ich auch. Aber werde ich das? Das ist der springende Punkt. Das ist die Frage.«

»Was ist die Frage?« erkundigte sich Reggie Tennyson und trat in die Kabine.

10. Kapitel

Die Emotionen, die in Monty Bodkins Busen wogten, als er seinen alten Freund hereinschlendern sah, waren sehr ähnlich geartet – wenn auch ungestümer – wie jene, die wohl auch die belagerten Truppen in Lucknow verspürt hatten, als die schottischen Dudelsäcke ertönten. Just diesen Mann wollte Monty unbedingt sehen. Man hätte die Crème-de-la-crème an Esprit, Schönheit und Intelligenz auffahren können, und doch hätte sich Montague Bodkin in dieser Stunde für Reggie Tennyson entschieden.

»Reggie!« rief er.

Ein ehrfürchtiger Ausdruck trat in die Miene des so Angesprochenen.

»Es ist schon erstaunlich«, sagte er, »ja geradezu unglaublich. Ich komme in diesen kleinen, abgeschlossenen Raum, in dem du, obwohl ich nur zwei Handbreit von dir entfernt stehe, tief Luft holst und mir aus voller Kehle ›Reggie!‹ ins Ohr brüllst, und siehe da, ich zucke nicht mit der Wimper. Noch vor einer Stunde wäre ich, falls ein Vogel auf einem fernen Baum auch nur in vertraulichstem Ton ein Liedchen gezwitschert hätte, schnurstracks aus der Haut gefahren und hätte wie ein Säugling losgeheult. Diesen Wandel aber, alter Knabe, verdanke ich einzig und allein einem zierlichen Persönchen, das sich mir an den Hals geworfen und diesen zu einem Korkenzieher gedreht hat. Jawohl, das ist die lautere Wahrheit. Mit jenen filigranen Händen hat sie meine Kopfschmerzen in knapp ...«

Monty vollführte nun fast das gleiche Tänzchen vor ihm wie kürzlich Mr. Llewellyn vor Mabel Spence.

»Verschon mich mit deinen Kopfschmerzen!«

»Aber sie verschonen mich ja! Sie sind weg. Wie ich dir eben sagte ...«

»Reggie, wir müssen unsere Kabinen tauschen!«

»Wovon redest du?«

»Über den Tausch unserer Kabinen.«

»Aber wir haben unsere Kabinen doch schon getauscht.«

»Ich meine, wir müssen sie zurücktauschen.«

»Wie denn, du ziehst hinauf und ich hinunter?«

»Ja.«

»Was mich zu Lottie Blossoms Nachbarn machen würde?«

Reggie setzte ein schwaches, trauriges Lächeln auf und schüttelte den Kopf.

»Nein, Kumpel«, sagte er. »Tut mir leid, nein. Es sei denn, du versicherst mir glaubwürdig, daß mein Bruder Ambrose über Bord gegangen ist. Du hast ja keinen Schimmer, Monty«, fuhr der jüngere der Tennysons ernst fort, »wirklich keinen blassen Schimmer, wieviel heftiger der Rochus von Ambrose seit unserem letzten Zusammentreffen noch geworden ist. Wahrscheinlich hat er einen Blick auf die Passagierliste geworfen. Jedenfalls verfolgt er mich, seit ich dich verlassen habe und an Deck gegangen bin, um Luft zu schnappen, bis in den hintersten Winkel des Schiffes, und Feindseligkeit und Mordlust triefen ihm aus allen Poren. Manchmal kann ich ihn kurz abschütteln, doch er findet mich immer wieder, und dann funkelt er mich böse an und schnauft durch die Nase. Ich würde das fürchterlichste Unheil auf mich ziehen, wäre ich so dumm, die Kabine zu tauschen. Warum willst du sie überhaupt tauschen? Diese Kabine ist doch viel, viel schöner als meine. Gar kein Vergleich. Weicheres Bett, geschmackvollere Möbel, nicht nur einen, sondern gleich zwei alte englische Drucke an der Wand, hübscherer Teppich, attraktiverer Steward …«

»Vielen Dank, Sir«, sagte Albert Peasemarch.

»Denk gar nicht erst ans Tauschen. Hier bist du doch wie die Made im Speck. Und dieses Zimmer hat sogar ein eigenes Bad …«

»Ha!«

»Hm?«

Montys Gesicht zuckte.

»Du hast gerade das Wort ›Bad‹ benützt. Wirf doch mal einen Blick hinein.«

»Ich habe es schon gesehen.«

»Sieh es dir trotzdem nochmals an.«

Reggie zog die Augenbrauen hoch.

»Du sprichst in Rätseln, Monty, und mir ist das wirklich zu hoch. Aber wenn's dir Spaß macht … Mensch!« sagte er, nachdem er die Badezimmertür aufgestoßen hatte, und taumelte zurück.

»Siehst du?«

»Wer hat das getan?«

»Deine Freundin Lotus Blossom, und zwar mit einem Lippenstift.«

Reggie war sichtlich beeindruckt. Er sah Monty mit ganz neuen Augen.

»Respekt!« sagte er ehrfürchtig. »Du mußt ja mächtig Gas gegeben haben, daß sie so aus sich rauskommt! Lottie ist keine Frau, mit der man im Nu auf freundschaftlichem Fuß steht. Hochgradig reserviert. Ich habe Wochen gebraucht, bis sie mir den erwähnten Eiswürfel in den Hemdkragen steckte. Ich hatte ja keine Ahnung, daß du so aufs Pedal drückst, Alter. Du wirst sie kaum länger als eine halbe Stunde gekannt haben.«

»Ich kenne sie überhaupt nicht. Ich bin ihr noch nie begegnet.«

»Noch nie begegnet?«

»Nein. Ich kam herein und fand die Wand so vor, wie du sie jetzt siehst. Wahrscheinlich richtet sich diese Botschaft sowieso an dich.«

Reggie prüfte die These.

»Ich weiß, was du meinst. Ja, da könntest du recht haben. Mensch, bin ich froh, daß ich umgezogen bin!«

»Du bist nicht umgezogen.«

»O doch.«

»Reggie!«

»Tut mir leid, alter Knabe, das ist endgültig.«

»Also ehrlich, Reggie, hör zu. Bedenk doch meine Lage. Ich bin verlobt!«

»Tut mir leid.«

»Verlobt! Ich habe die Ehe versprochen. Und meine Verlobte kann jede Sekunde in dieses Badezimmer schneien …«

»Ich muß doch sehr bitten, Sir!« sagte Albert Peasemarch.

Der Steward wirkte strenger denn je. Zwanzig Jahre auf hoher See hatten jene ehernen Prinzipien nicht aufzuweichen vermocht, die ihm eine viktorianische Mutter einst eingeimpft hatte.

»Ich muß doch sehr bitten, Sir! Eine grundanständige junge Britin … Ist die Dame britischer Abkunft?«

»Selbstverständlich ist sie britischer Abkunft.«

»Also gut, Sir. Wie ich schon sagte«, fuhr Albert Peasemarch in ziemlich vorwurfsvollem Ton fort, »eine grundanständige junge Britin wird wohl kaum in das Badezimmer eines ehrenwerten Junggesellen spazieren. Nicht im Traum würde ihr so etwas einfallen – aber doch nicht einer grundanständigen jungen Britin! Schon der bloße Gedanke würde sie erröten lassen.«

»Genau«, sagte Reggie. »Gut gegeben, Steward.«

»Vielen Dank, Sir.«

»Ein Volltreffer, keine Frage. Er hat recht, Monty. Ich kann nicht verstehen, daß ein rechtschaffener Kerl wie du auf so einen Gedanken kommt. Um genau zu sein, bin ich sogar leicht schokkiert. Was bringt dich nur darauf, ein Mädchen von Gertrudes Sittenstrenge könnte auch nur eine Sekunde ins Auge fassen, des morgens hier hereinzuschneien, um ein Bad zu nehmen? Also wirklich, Monty!«

Dies war das erste schwache Schimmern eines Silberstreifs, der die Wolkenbank am Horizont erhellte. Monty blühte sichtlich auf.

»Aber natürlich!« sagte er.

»Aber natürlich!« sagte Reggie.

»Aber natürlich, Sir!« sagte Albert Peasemarch.

»Aber natürlich!« sagte Monty. »Nie und nimmer würde sie so etwas tun, oder?«

»Auf gar keinen Fall.«

»Mir fällt ein Stein vom Herzen! Sie lassen«, sagte Monty und betrachtete dankbar seinen Vasallen, »die Angelegenheit in völlig neuem … wie heißen Sie eigentlich, Steward?«

»Peasemarch, Sir. Albert Peasemarch.«

»Sie lassen die Angelegenheit in völlig neuem Licht erscheinen, Albert Peasemarch. Vielen Dank. Dafür, meine ich, daß Sie die Angelegenheit in völlig neuem Licht erscheinen lassen. Womöglich ist ja noch nicht aller Tage Abend.«

»Nein, Sir.«

»Aber sicher ist sicher: Sie treiben jetzt besser einen Schrubber auf und klemmen sich hinter die Schrift.«

»Das wäre zwecklos, Sir. Sie ist unaustilgbar.«

»Trotzdem: Auftreiben und dahinter klemmen!«

»Sehr wohl, Sir. Ganz wie Sie wünschen.«

»Danke, Peasemarch. Vielen Dank, Albert.«

Der Steward verschwand. Monty warf sich aufs Bett und versuchte seine überreizten Nerven mit einer Zigarette endgültig ruhigzustellen. Reggie griff nach einem Stuhl, prüfte ihn und nahm Platz.

»Ist ein kluges Köpfchen«, sagte Monty.

»Oh, durchaus.«

»Hat mir einen schweren Stein vom Herzen gerollt.«

»Kann ich mir vorstellen. Andererseits«, sagte Reggie, »wäre es gar nicht so schlimm, wenn Gertrude ins Badezimmer gehen würde.«

»Red kein Blech, Alter«, flehte ihn Monty an. »Nicht jetzt.«

»Ich rede kein Blech. Ich habe scharf über dich und Gertrude nachgedacht, Monty – wirklich äußerst scharf. Du verstehst wohl nicht allzuviel von der weiblichen Psyche, oder?«

»Ich weiß nicht einmal, was das ist.«

»Das wundert mich nicht. Falls du es nämlich wüßtest, wäre dir klargeworden, was Gertrude dazu gebracht hat, eure Verlobung zu lösen. Nein«, sagte Reggie und hob die Hand, »laß mich ausreden. Ich werde dir alles erklären. Ich sehe die Sache glasklar vor mir. Laß uns also die Hauptpunkte deines Verhältnisses zu Gertrude rekapitulieren. Du hast gesagt, daß dein Einstieg darin bestand, bei einem Picknick eine Wespe für sie totzuschlagen. Ausgezeichnet. Einen besseren Start hättest du gar nicht erwischen können. Das hat dir zu einer gewissen Strahlkraft verholfen, und eine solche wird von den Mädels sehr geschätzt. Was man schon daran sieht, daß Gertrude zwei Tage später in die Ehe mit dir einwilligte.«

»Zwei Wochen.«

»Zwei Tage oder zwei Wochen – die exakte Zeitspanne ist nicht von Belang. Wichtig ist nur, daß du in Null Komma nix bei ihr eingeschlagen hast, was beweist, daß du Strahlkraft gehabt haben mußt. Würde mich nicht wundern, wenn sie dich in jenen zwei Wochen als König unter den Männern betrachtet hätte. So weit, so gut. Bis hierhin bist du als wahrer Wirbelwind in Erscheinung getreten. Das wirst du wohl nicht bestreiten, oder?«

»Nein.«

»Nun aber versiebst du die Chose gründlich. Du machst einen fatalen Fehler. Du hast vor ihrem Vater gekatzbuckelt.«

»Ich habe *nicht* gekatzbuckelt.«

»Was bitte verstehst du unter Katzbuckeln wenn nicht dein Verhalten? Meiner Meinung nach bist du schlicht zu Kreuze gekrochen. Er spuckt große Töne und stellt absurde Forderungen, und statt daß du ihm sagst, er solle gefälligst die Klappe halten, gehst du darauf ein.«

»Was hätte ich denn tun sollen?«

»Du hättest dich zum Herrn und Meister aufschwingen sollen. Du hättest zu Gertrude gehen und darauf beharren sollen, daß sie dich im nächstbesten Standesamt heiratet, und falls sie stur geblieben wäre, hättest du ihr einfach ein Veilchen verpaßt. Statt dessen bist du auf dem Bauch gekrochen, und was hat es dir gebracht? Beim Teufel war all deine Strahlkraft. Gertrude sagte sich plötzlich: ›Dieses Bodkin-Bürschchen – was ist schon groß dran an ihm? Mit Wespen mag er sich ja auskennen, aber sind Wespen wirklich alles?‹ Sie glaubte, daß sie sich in dir getäuscht habe und jene Wespe ein reiner Zufallstreffer gewesen sei. Und so sagte sie sich: ›Wenn ich ehrlich sein soll, halte ich den Knilch für ’ne Niete.‹ Und von da an war es nur noch ein Schritt, bis sie dir den Laufpaß gab. So sieht die Sache aus – kurz und bündig.«

Selig lächelnd paffte Monty an seiner Zigarette. Er amüsierte sich königlich. Wenn er in der Vergangenheit je Grund gehabt hatte, sich über seinen Freund zu beklagen, dann deshalb, weil Reggie Tennyson einer von denen war, die immer alles besser wußten. Mochte er in vielem anderen auch ein Pfundskerl sein, so führte doch kein Weg daran vorbei, daß sein Hang, einem zu sagen, was man zu tun habe oder – falls man es schon getan hatte – wie falsch man die Sache angepackt habe, äußerst ärgerlich sein konnte.

Reggie Tennyson gehörte zu denen, die sich, kaum sagte man ihnen, man kaufe seine Socken bei Butters & Butters, höchlichst erstaunt zeigten, weil man nicht wußte, daß Mutters & Mutters die einzige Firma in London war, die waschechte Premium-Socken führte. Und deckte man sich dann spornstreichs bei Mutters & Mutters mit Socken ein und kaufte noch das eine oder andere Hemd dazu, so sagten sie: »Aber doch nicht Hemden, alter Knabe! Hemden niemals bei Mutters & Mutters. Stutters & Stutters – erste Adresse.«

Leicht enervierend war das manchmal schon gewesen, und Monty freute sich über die rare Gelegenheit, seinen Freund in die Schranken zu weisen. Er drückte seine Zigarette aus und steckte sich leicht blasiert eine neue an.

»Ach, so war das also, wie?«

»Haargenau so.«

»Und woher willst du das wissen?«

»Guter Freund!«

»Hast du dich schon mal getäuscht, Reggie?«

»Ein einziges Mal – im Sommer 1930.«

»Tja, hier jedenfalls täuschst du dich.«

»Ach, glaubst du?«

»O ja, das glaube ich.«

»Was bringt dich denn darauf?«

»Die Tatsache«, erwiderte Monty und ließ triumphierend die Maske fallen, »daß Gertrude und ich uns soeben vollständig ausgesöhnt haben, wobei sich herausstellte, daß es nur soweit gekommen war, weil sie sich – und dies aus Gründen, die ich hier nicht erörtern will – eingebildet hatte, ich sei ein Kerl, der mit jedem Mädchen poussiert, das ihm über den Weg läuft.«

Mit Freude sah er, daß er die durchschlagende Wirkung des Hiebs nicht unterschätzt hatte, den er schon so lange hatte austeilen wollen. Reggies Selbstgefälligkeit hatte sich in Luft aufgelöst. Die Zerstörung seines liebevoll errichteten Theoriegebäudes hatte ihn schwer getroffen. Er war wie vom Donner gerührt, und Monty fand sogar, er übertreibe ein bißchen. Nur weil man von einem anderen zum besten gehalten worden ist, braucht man doch nicht gleich so fassungslos aus der Wäsche zu gucken.

»Sie – was hast du eben gesagt?«

»Sie hat mich für eine Art Schmetterling gehalten«, antwortete Monty. »Und du kennst ja diese Schmetterlinge. Charakterlich labil. Flatterer und Nascher. Sie hat geglaubt, ich flattere und nasche.«

Reggie bekundete einige Mühe mit der Artikulation. Er erhob sich von seinem Stuhl, durchschritt die Kabine, begab sich ins Badezimmer, drehte den Wasserhahn auf, drehte ihn wieder zu und trommelte – dem Klang nach zu urteilen – mit einer von Montys Zahnbürsten auf einem Glas herum.

»Sag mal, Monty«, drang seine Stimme schließlich dumpf aus dem Badezimmer, »ich weiß nicht recht, wie ich es dir sagen soll, aber mir ist da wohl – wenn auch ohne böse Absicht – ein kleiner Lapsus unterlaufen.«

»Hä?«

»Ja«, fuhr die körperlose Stimme fort, »einen Lapsus wird man das wohl nennen müssen. Weißt du, ich hatte den Eindruck, zwischen dir und Gertrude hänge der Haussegen deshalb schief, weil sie dich für einen rückgratlosen Waschlappen hält. Und wenn eine Frau einen Mann für einen rückgratlosen Waschlappen hält, gibt es nur eine Methode, ihr diese Flause auszutreiben: Seine Popularität beim anderen Geschlecht muß maßlos aufgebauscht werden, so daß sie zum Schluß kommt, er sei in Wirklichkeit einer jener Teufelskerle, die man besser nicht aus dem Auge läßt, mit anderen Worten einer der von dir bereits erwähnten Schmetterlinge, und beileibe nicht der flügellahmste.«

Monty lachte. Die Idee amüsierte ihn, und sie war ja auch nicht ohne. Reggie hatte schon immer die kuriosesten Theorien gehabt.

»Ich verstehe, was du meinst. Ganz schön raffiniert. Trotzdem ist es mir nicht unlieb, daß du Gertrude nichts davon erzählt hast.«

Im Badezimmer herrschte einen Moment lang Stille. Dann ertönte abermals Reggies Stimme, welche nun stark an einen reumütigen Bauchredner erinnerte.

»Du scheinst mich mißverstanden zu haben, alter Knabe. Du hast mir, mit Verlaub, nicht richtig zugehört. Ich hab's getan.«

»Was!?«

»Genau das habe ich ihr erzählt, und jetzt begreife ich auch, warum sie so nachdenklich wirkte, als ich sie verließ. Sie guckte irgendwie versonnen. Du mußt nämlich wissen, alter Knabe, daß ich im Bemühen, mich energisch für dich einzusetzen, wohl etwas zu dick aufgetragen habe. Ich sprach mit erheblichem Nachdruck. Um genau zu sein, sagte ich ihr, daß sie einen folgenschweren Irrtum begeht, wenn sie dich für einen rückgratlosen Waschlappen hält, da du in Wirklichkeit einer bist, der stets mit mindestens drei Mädchen gleichzeitig rummacht und es so raffiniert anstellt, daß jede felsenfest glaubt, die einzige zu sein, aus der du dir in deinem ganzen Leben je etwas gemacht hast.«

An dieser Stelle fiel dem Sprecher irgend etwas ins Waschbecken, vermutlich eine Flasche Mundwasser. Der so entstehende Lärm übertönte alle anderen Geräusche, weshalb Monty erst bei dessen vollständigem Verstummen bemerkte, daß er nicht länger allein in der Kabine war. Die junge Dame von nebenan hatte sich zu ihm gesellt.

11. Kapitel

Unter dem ersten Schock, diese schlechterdings legendäre Figur leibhaftig zu sehen, vermochte Monty Bodkin, wie der Historiker gestehen muß, dem schneidigen Bild, das sein Freund Reggie Tennyson von ihm gezeichnet hatte, in keiner Weise zu entsprechen. Nichts an seinem Habitus erinnerte auch nur von ferne an einen modernen Casanova. Und niemand hätte sich auch weniger wie ein Schmetterling aufführen können, falls man nicht schon das Flattern seiner Nerven als ausreichende Qualifikation für diese Spezies gelten läßt.

Daß seine Nerven aber flatterten, stand außer Frage. Die Störung trat in einem Moment ein, da er bereits bis in die Grundfesten erschüttert war, und ließ ihn in so heller Aufregung zurückweichen, daß er sich beinahe einen Schädelbruch holte an dem gerahmten Aufruf an der Wand, der all jenen, die auf der Überfahrt dem Tod durch Ertrinken entrinnen wollten, darlegte, wie der Rettungsring korrekt zu handhaben war.

Womit keineswegs angedeutet werden soll, er habe nicht gewußt, was Benimm sei. Die meisten Menschen, die Lotus Blossom bisher nur auf Zelluloid erblickt hatten, reagierten ganz ähnlich, wenn sie sie in Fleisch und Blut vor sich sahen.

In erster Linie lag das an ihrem Haar. Verschärfend kam hinzu, daß sie im Film als wehmütiges, rührseliges Persönchen daherkam, während sie in der Realität das Wort »dynamisch« weit besser charakterisierte. Im Privatleben ersetzte Lottie Blossom Wehmut und Rührseligkeit gern durch einen nicht ganz jugendfreien Übermut, der sich nach außen in einem strahlenden und aufreizenden Lächeln manifestierte, nach innen aber, sozusagen ihr Gemüt betreffend, in der Angewohnheit, Alligatoren in Weidenkörben mitzuführen und nichtsahnende Fremde aufzufordern, den Deckel zu heben.

Doch in erster Linie war es wie gesagt ihr Haar, das die Augen des Betrachters in den Höhlen rotieren und dessen Atem in ein unregelmäßiges Keuchen übergehen ließ. Auf der Leinwand von vermeintlich sittsamer Fahlheit, leuchtete es, stand sie einem direkt gegenüber, in lebhafter und aufwühlender Röte. Sie sah aus, als hätte sie den Kopf in einen Sonnenuntergang getaucht. Und dies traf – im Verein mit ihren großen, leuchtenden Augen und der von ihr, wie von so vielen ihrer Schwestern in der Filmwelt, verströmten maßlosen Selbstsicherheit – den Fremden ziemlich hart. Monty jedenfalls kam sich vor, als wäre er gerade unter die Räder eines mit blendenden Scheinwerfern auf ihn zurasenden Automobils geraten.

Er stand mit offenem Mund da, und als Miss Blossom sah, daß sie seine volle Aufmerksamkeit hatte, setzte sie ihr strahlendstes Lächeln auf und eröffnete unverzüglich das Gespräch.

»Dr. Livingstone, nicht wahr? Allerdings stark verändert. Und wenn nicht der, wer dann?«

Darauf wußte Monty eine Antwort. Mochte er geistig auch nicht ganz auf der Höhe sein, erinnerte er sich doch wenigstens an seinen Namen.

»Ich heiße Bodkin.«

»Und ich Blossom.«

»Angenehm.«

»O ja, vielen Dank«, sagte die Dame huldreich. »Jawohl, Sir, leidlich fidel. Aber was haben Sie hier drin zu suchen?«

»Äh …«

»Wo ist Ambrose?«

»Äh …«

»Das ist doch die Kabine von Ambrose Tennyson, nicht wahr?«

»Äh, nein.«

»Dann muß auf der Passagierliste das nackte Chaos ausgebrochen sein. Wer bewohnt denn dieses putzige Interieur?«

»Äh, ich.«

»Sie?«

»Äh, ja.«

Sie starrte ihn an.

»Sie meinen, Ambrose wohnt überhaupt nicht hier?«

»Äh, nein.«

Miss Blossom schien sich über irgend etwas zu amüsieren. Sie suchte Halt an der Frisierkommode und lachte sich scheckig.

»Hören Sie, Kleiner«, sagte sie und tupfte sich die Augen trocken, als der Krampf nachließ. »Ich habe eine kleine Überraschung für Sie. Machen

Sie sich auf etwas gefaßt. Nehmen Sie je ein Bad? Falls Sie das nämlich tun ...«

Monty durchlief ein heftiger Schauer.

»Ich hab's gesehen.«

»Tatsächlich?«

»Ja.«

»Mein Geschreibsel an der Badezimmerwand?«

»Ja.«

»Saukomisch, nicht? Ich habe Lippenstift dazu verwendet.«

»Ich weiß. Unaustilgbar.«

»Echt wahr?« fragte Lottie Blossom interessiert. »Das wußte ich gar nicht.«

»Ich hab's von Peasemarch, Albert.«

»Wer ist denn das?«

»Der hiesige Steward.«

»Ach *der*? Er und mein Alligator sind sich in die Haare geraten.«

»Auch darüber hat er mich informiert.«

Lottie Blossom betrachtete die Sache in neuem Licht.

»Dann ist das Zeug also von Dauer? Tja. Wann immer Sie ein Bad nehmen, werden Sie an mich denken.«

»O ja«, sagte Monty aufrichtig.

»Sie scheinen sich gar nicht zu freuen.«

»Äh, die Sache ist die ...«

»Schon gut, ich verstehe. Es tut mir leid«, sagte Miss Blossom leichthin. »Und mehr kann man von einer Frau schließlich nicht verlangen, oder? Ich habe ganz impulsiv gehandelt. Der eigentliche Adressat war der gute alte Tennyson. Ich nehme nicht an, daß Sie ihn kennen?«

»Doch, ich kenne ihn.«

»Woher denn?«

»Wir waren zusammen in Oxford.«

»Ach so. Was für ein Kerl, nicht?«

»Oh, durchaus.«

»Ich bin mit ihm verlobt.«

»Ja.«

»Und angesichts unserer Verlobung erschien es mir nur recht und billig ... Aber hören Sie mal. Ich verstehe diese Szenenfolge überhaupt nicht. Ich meine, daß Sie anstelle von Ambrose hier drin sind. Auf der Passagierliste steht klipp und klar ›A. Tennyson‹.«

»R. Tennyson.«

»Klar, ich weiß. Aber das muß ein Druckfehler sein, es kann unmöglich R. heißen. Reggie Tennyson ist nicht an Bord.«

»O doch.«

»Wie bitte?«

»Jawohl, genau genommen ...«

Monty blickte hinüber zur Badezimmertür, die nun geschlossen war. Trotzdem mußte Reggie ihre Stimmen gehört haben, und Monty war schleierhaft, weshalb er sich nicht längst zu ihnen gesellt hatte.

Dafür gab es eine schlichte Erklärung. Reggie hatte sehr wohl eine weibliche Stimme gehört, diese jedoch seiner Cousine Gertrude zugeordnet. Angesichts dessen, was er ihr erzählt hatte, stellte er sich vor, daß sie binnen kurzem mit Monty in Kontakt treten würde. Und er wünschte Gertrude nicht zu begegnen, denn sonst gäbe es, so seine Prognose, allerlei zu erklären, und diesen Moment wollte er möglichst lange hinauszögern.

Was ihn nun herauskommen ließ – denn schon im nächsten Augenblick ging die Badezimmertür auf, und schwupp, stand er da –, war der Umstand, daß Lottie Blossom, kaum hatte ihr Monty von Reggies Anwesenheit an Bord erzählt, den Kopf in den Nacken warf und einen durchdringenden Freudenschrei ausstieß. Sie war Reggie schon immer herzlich zugetan gewesen, und die Nachricht entzückte sie sehr. Wer aber Lottie Blossom je hatte aufschreien hören, vergaß den Klang sein Lebtag nicht mehr, weshalb Reggie nun heraustrat, wenn auch bar jeder Wiedersehensfreude. Seine Absicht war es, die alte Freundin zu drängen, möglichst zackig abzudampfen, denn da Ambrose lauerte wie der Midianiter Heer, konnte man nie wissen, wann ihm ein Mißton zu Ohren käme. Nichts wäre Reggie unangenehmer gewesen, als von Ambrose dabei erwischt zu werden, wie er mit Lottie gemütlich in einer Schiffskabine palaverte. Und diese Aussicht wurde nicht einmal dadurch reizvoller, daß Monty als eine Art Anstandswauwau zugegen war.

Deshalb folgte nun eine jener unseligen Begegnungen, bei denen die beiden Protagonisten keinen gemeinsamen Nenner finden. Lottie Blossom sprühte vor ekstatischer Freude, während Reggie wie das Mitglied einer Verbrecherbande wirkte, das trotz eines schmerzhaften Zahnfleischabszesses ein Attentat zu planen versucht. Seine Haltung war düster, verschlagen und fahrig.

»Reggie!«

»Pssst!«

»Reg-GEE!«

»Halt die Klappe!«

Lottie Blossom bäumte sich auf. Ihre Gefühle waren verletzt worden.

»So redet man nicht mit einer alten Schulfreundin! Was soll das? Freust du dich nicht, mich zu sehen, du elender Mistkäfer?«

»Selbstverständlich. Durchaus. Gewiß. Aber mach bitte«, flehte Reggie und schaute nervös zur Tür, »nicht so einen Mords …«

»Was hast du hier überhaupt zu suchen?«

»Ich mußte mit Monty etwas besprechen …«

»Blödmann! Auf diesem Schiff, meine ich.«

»Ich verreise.«

»Warum?«

»Fortgejagt.«

»Fortgejagt?«

»Ja. In die Wüste geschickt. Familie.«

»Wie bitte?«

Monty sah sich zu einer kurzen Erklärung gedrängt. Der Telegrammstil seines Freundes war nicht dazu angetan, Miss Blossom in wünschenswerter Klarheit über die Sachlage zu informieren.

»Seine Familie«, sagte er, »schiebt ihn nach Kanada ab. Du wirst dort in einem Büro arbeiten, nicht wahr, Reggie?«

»So ist es«, bestätigte Reggie. Er schien nicht ganz bei der Sache zu sein. Inzwischen war er zur Tür geschlichen und versuchte offensichtlich lauernde Geräusche aus dem Korridor aufzuschnappen. »Die werte Familie hat mir zu einer Stelle bei so 'ner gräßlichen Firma in Montreal verholfen.«

Lotties Begriffsstutzigkeit verflog schlagartig. Die grauenhafte Tragödie offenbarte sich ihr in ihrer ganzen entsetzlichen Tragweite, und sie war tief erschüttert.

»Du meinst, sie zwingen dich zu *arbeiten?*«

»Ja.«

»Arbeiten – du?« Die junge Frau strahlte ein fast überirdisches Mitleid aus. »Reggie, du Unglücksrabe, komm in Mutters Arme!«

»Nein, nein.«

»Komm in Mutters Arme und laß dich trösten«, wiederholte Miss Blossom bestimmt. »Daß Menschen so brutal sein können, dich zur Arbeit zu zwingen! Den Freistil-Meister der Lilien auf dem Felde. Den König all jener, die nicht arbeiten noch spinnen. Wirklich unerhört! Mensch, das wird dir ganz schön an die Nieren gehen. Komm *her*, Reggie.«

»Auf keinen Fall.«

»Ein Küßchen fürs Wehwehchen – und heile, heile Segen.«

»Nix da, das läßt du schön bleiben. Du begreifst nicht, wie furchtbar vertrackt die Situation ist. Ambrose …«

»Was ist mit Ambrose?«

Da Reggie inzwischen bei der Tür angelangt war und die Hand auf den Griff gelegt hatte, war ihm schon etwas wohler ums Herz.

»Als ich hörte, daß Ambrose nach Hollywood geht«, erklärte er, »bot ich ihm an, ein Empfehlungsschreiben an dich auszufertigen. Da wußte ich allerdings noch nicht, daß ihr verlobt seid.«

»Wann hat er es dir gesagt?«

»Kaum daß ich ihm erzählt hatte«, antwortete Reggie tonlos, »wie du und ich früher auf den Putz zu hauen pflegten.«

»Du meinst, er ist eifersüchtig?«

»Eifersüchtig ist nur der Vorname. Schmier ihm ein bißchen verbrannten Kork ins Gesicht, und er könnte auf jeder Bühne den Othello geben, ohne vorher zu proben. Er verfolgt mich übers ganze Schiff, um sich zu überzeugen, daß ich nicht mit dir rede.«

Reggie schauderte. Er mußte an jenen brüderlichen Blick denken, der ihn wie Säure durchätzt hatte. Miss Blossom dagegen wirkte erfreut und schien sich geschmeichelt zu fühlen.

»Der gute alte Ammie! Er führt sich schon so auf, seit ich damals in Biarritz schüchtern mein ›Ja‹ gemurmelt habe. Ich muß dir unbedingt einmal erzählen, was er dort mit einem Spanier angestellt hat, nur weil dieser … aber ich schweife ab. Ein Mädchen wird ihren künftigen Schwager doch noch küssen dürfen, oder? Na klar. Da hört sich doch alles auf! Das wäre ja noch schöner! Stell dich jetzt bitte hierher.«

»Also, auf Wiedersehen«, sagte Reggie.

Als er den Türgriff umdrehte und hinausschlüpfte, war seine Haltung alles andere als saumselig, doch noch weniger saumselig war der Sprung, mit dem Miss Blossom seiner entschwindenden Gestalt nachhechtete. Mochten ihre Motive auch die einer Mutter sein, die Trost spenden will – rein optisch erinnerte sie eher an eine Tigerin, die sich auf ein Lamm stürzt. Schon im nächsten Moment war Monty allein in der Kabine und stützte sich kraftlos gegen die Wand. Seine Nerven lagen blank. Solche Dinge mochten in Hollywood ja zum banalen Alltag gehören, doch wer sich wie er zum erstenmal mit Filmleuten abgab, dem konnte so etwas schon den Atem verschlagen. Er glaubte, in den schäumenden Strudel eines Kurzfilms pädagogischen Inhalts geraten zu sein.

Benommen lauschte er, wie die Verfolgungsjagd durch den Korridor lärmte. Über Reggies Gefühle vermochte er nur Mutmaßungen anzustellen, doch die Dame war offenbar in ausgelassener Stimmung. Er konnte ihr schallendes Lachen hören. Er hätte es sogar auf der anderen Seite des Schiffs hören können. Auf der Leinwand gesittet, um nicht zu sagen schwermütig, war Lottie Blossom im richtigen Leben eine Frohnatur mit einer äußerst kräftigen Lunge. Wenn sie lachte, lachte sie.

Doch plötzlich vollzog sich ein dramatischer Wandel. Dem abrupt verstummenden Lachen folgte ein verworrener Tumult, dessen allgemeine Tendenz nichts Gutes ahnen ließ. Stimmen verschafften sich Gehör. Er erkannte Miss Blossoms klaren Sopran, Reggies leichten Bariton sowie ein dagegen ankämpfendes tieferes Organ, das Erinnerungen an Montys Kindheit heraufbeschwor, in der er im Zoo manchmal die Fütterung der Löwen hatte mitverfolgen dürfen.

Dann trat Ruhe ein, und kurz darauf ertönten vor der Tür Schritte. Miss Blossom kam herein und setzte sich aufs Bett. Ihre Wangen waren gerötet. Sie atmete schnell. Offenbar hatte sie ein aufwühlendes Erlebnis hinter sich.

»Haben Sie das gehört?« fragte sie.

»O ja«, antwortete Monty.

»Das«, sagte Miss Blossom, »war Ambrose.«

So viel hatte Monty bereits vermutet, doch er wartete gespannt auf Einzelheiten, welche aber nicht sofort kamen, da seine Gesprächspartnerin mit ihren Gedanken und ihrer Puderquaste vollauf beschäftigt war. Schließlich sagte sie aber doch:

»Er kam um die Ecke und lief in uns rein.«

»Ach?«

»Ja. Ich hatte Reggie gerade gepackt und geküßt.«

»Verstehe.«

»Und da hörte ich ein Geräusch, als wäre ein Reifen geplatzt, worauf ich Ambrose erblickte.«

»Aha.«

Miss Blossom tupfte sich ein letztes Mal die Nase und steckte dann die Quaste weg.

»Ambrose hat ein Riesentamtam gemacht.«

»Ja, selbst hier drin klang das nach einem ganz respektablen Tamtam.«

»Er warf mir einige üble Schimpfwörter an den Kopf, und ich werde ihn deswegen noch zur Rede stellen. Die Liebe mag ja eine Himmelsmacht sein«, sagte Miss Blossom energisch, »aber deswegen gestatte ich es noch lange nicht jedem dahergelaufenen Knilch, sein Mütchen an mir zu kühlen, nur weil ich zufällig einen alten Freund küsse. Würden Sie das etwa?«

»Würde ich *was* etwa?«

»Ich meine, würden Sie das etwa nicht?«

»Würde ich *was* etwa nicht?«

»Ambrose zusammenstauchen, weil er sich wie das größte Rindvieh aufgeführt hat.«

»Oh, ah.«

»Was meinen Sie denn mit ›oh, ah‹?«

Monty war sich nicht ganz sicher, was er mit »oh, ah« gemeint hatte – abgesehen von seinem Versuch, in zwangloser Form auszudrücken, daß er lieber nicht in diese offensichtlich sehr private Meinungsverschiedenheit hineingezogen werden wollte. Doch bevor er sich noch erklären konnte, fuhr sie glücklicherweise fort:

»Das Problem mit diesen Schriftstellern ist, daß sie durch die Bank bekloppt sind. Ich kann mich noch erinnern, wie der Bursche, der in *Schatten an der Wand* für den Dialog zuständig war, die Proben unterbrach, um mir zu sagen, ich solle, wenn ich die Leiche im Überseekoffer fände, das Wort ›Ach!‹ ganz langsam und in Form einer Apfelsine artikulieren. Unglaublich, nicht? Und Ambrose ist noch viel bekloppter.«

»Ach ja?«

»Jawoll, Sir. Sie hätten ihn in Biarritz erleben sollen.«

»Was hat er in Biarritz denn getan?«

»Fragen Sie lieber, was er *nicht* getan hat! Nur weil er mich ins Bein gekniffen hat.«

»Ambrose hat Sie ins Bein gekniffen?«

»Nein, ein Spanier, den ich im Spielkasino kennenlernte. Als Ambrose mit ihm fertig war, hatte der Mann wohl das Gefühl, von einem Stier auf die Hörner genommen worden zu sein. Würde mich nicht wundern, wenn er immer noch am Stock geht. Ist ja auch erst zwei Monate her.«

Diese Mitteilung über die rigorosere Seite des Romanciers überraschte Monty keineswegs.

»Reggie hat mir erzählt, Ambrose sei schon in jungen Jahren ein recht schlimmer Finger gewesen.«

»Stimmt, und in Maßen stört mich das auch gar nicht. Als Frau schätzt man es, mit einem Mann liiert zu sein, der Spaniern die Stirn bietet, wenn sie zudringlich werden – und welcher Spanier wird schon nicht zudringlich? –, und sie in den Senkel stellt. Aber wenn er anfängt, sich wie King Kong aufzuführen, nur weil ich seinem kleinen Bruder Reggie ›Guten Tag‹ gesagt habe, stimmt etwas nicht mehr. Ich werde Ambrose auf alle Fälle zur Rede stellen. Solche Dreistigkeiten lasse ich mir nicht bieten. Bin ich denn seine Sklavin?«

Monty sagte, nein, sie sei nicht seine Sklavin.

»Da haben Sie vollkommen recht, ich bin nicht seine Sklavin«, pflichtete Miss Blossom bei. »Nein, Sir!«

Frauen neigen zu jähen, unvermittelten Stimmungsumschwüngen. Bis hierher hätte niemand bestimmter und resoluter auftreten können als diese in ihrer Ehre verletzte Dame. Ihre Lippen waren verkniffen, ihre Augen gerötet. Doch auf einmal begannen dieselben Lippen zu beben, dieselben Augen sich zu trüben, und mit quälendem Unbehagen bemerkte Monty, daß sie sich nach Darlegung ihres Falles einmal ordentlich ausweinen wollte.

»Oje!« sagte er besorgt. »Oje!«

»Schnief«, wimmerte Miss Blossom. »Schnief.«

Es gibt eigentlich nichts Passendes, was ein Mann einer Frau sagen kann, die in seiner Kabine das Wort »Schnief!« wimmert. Noch der reichste Wortschatz muß versagen. Gefragt ist hier vielmehr das sanfte Tätscheln – und nichts als das sanfte Tätscheln. Man kann es dem Kopf angedeihen lassen oder der Schulter, aber angedeihen lassen muß man es. Monty entschied sich für den Kopf, weil dieser näher lag. Aufgestützt in ihre Hände, lud er regelrecht dazu ein, getätschelt zu werden.

»Na, na, na«, sagte er.

Sie wimmerte weiter. Er tätschelte weiter. Und in diesem Stile zog sich die Sache ein Weilchen dahin.

Solche Tätschelei hat freilich einen recht üblen Haken, auf den man alle Menschen, die sich je zu solchem Tun genötigt fühlen, hinweisen sollte. Ist man nicht furchtbar auf der Hut, vergißt man nach einem Weilchen, die Hand wieder wegzunehmen. Man steht bloß da und läßt sie auf dem Kopf der Betreffenden ruhen, weshalb sich zufällig anwesende Beobachter genötigt sehen, die Lippen zu schürzen.

Bei Gertrude Butterwick zumindest war dies der Fall. Sie trat ein, als Monty gerade der erwähnte Fauxpas unterlief. Nachdem er zirka ein-einviertel Minuten getätschelt hatte, blieb er in der beschriebenen Haltung stehen. Ein entsetzliches Geräusch – ähnlich einer Katze, die an einer Fischgräte würgt – ließ ihn herumfahren. In der Tür stand Gertrude Butterwick und schürzte die Lippen.

12. Kapitel

Die Situation war ausgesprochen peinlich, was Monty auch sofort erkannte. Als erstes löste er die Hand von Miss Blossoms Haar, und zwar mit einer Rasanz, die er wohl nicht einmal dann überboten hätte, wenn jenes Haar tatsächlich so rotglühend gewesen wäre, wie es aussah. Als zweites ließ er ein unbekümmertes Lachen erschallen. Als er jedoch feststellte, daß dieses eher wie ein Todesröcheln und jedenfalls nicht wie das freudige Gewieher klang, das ihm vorgeschwebt hatte, erstickte er es im Keim, worauf sich in der Kabine Stille ausbreitete. Er sah Gertrude an. Gertrude sah ihn an. Dann sah sie Miss Blossom an, danach wieder ihn. Anschließend zog sie die Mickymaus unter ihrem Arm hervor und legte sie auf das Sofa. Ihre ganze Haltung wirkte dabei so, als würde sie einen Kranz auf das Grab eines alten Freundes legen.

Monty fand die Sprache wieder.

»Ach, da bist du ja!« sagte er.

»Ja, da bin ich«, erwiderte Gertrude.

»Wirklich schade«, sagte Monty und befeuchtete sich mit der Zungenspitze die Lippen, als säße er einem Photographen Porträt, »daß du erst jetzt gekommen bist. Du hast Reggie verpaßt.«

»Ach?«

Sie sprach ihr Lieblingswort in einer Weise aus, die nie und nimmer den Beifall jenes Bekannten von Miss Blossom gefunden hätte, der den Dialog für *Schatten an der Wand* verfaßt hatte, denn es wurde nicht etwa langsam und in Form einer Apfelsine artikuliert, sondern mit geradezu bestürzender Abruptheit, so daß sich Monty abermals zur Befeuchtung seiner Lippen bemüßigt fühlte.

»Jawohl«, sagte er, »du hast Reggie verpaßt. Er war hier. Ist gerade gegangen. Und Ambrose. Er war hier. Ist gerade gegangen. Und der Steward – ist gerade gegangen – war ebenfalls hier, ein ungemein sympathischer, gutunterrichteter Bursche namens Peasemarch. Und Ambrose. Und Reggie. Und auch dieser Peasemarch. Hier war ganz schön Betrieb.«

»Ach?«

»Doch, doch, wirklich ganz schön Betrieb. Äh, übrigens, ihr kennt euch wohl noch nicht, wie? Das ist Miss Lotus Blossom, die Filmdiva.«

»Ach?«

»Wir haben Sie doch mal in einem Film gesehen, weißt du noch?«

»Ja, wenn ich mich recht erinnere«, antwortete Gertrude, »hat es dir Miss Blossom damals sehr angetan.«

Lottie Blossom fuhr auf wie das Schlachtroß beim Ertönen des Hornsignals.

»Was war das für ein Streifen?«

»*Heiße Liebe in Brooklyn.*«

»Sie hätten mich erst in *Sturm über Flatbush* sehen sollen.«

»Erzählen Sie uns von *Sturm über Flatbush*«, bat Monty.

»Ich will nichts hören von *Sturm über Flatbush*«, sagte Gertrude. Neue Peinlichkeit machte sich breit. Deren häßlicher Schatten verdüsterte die Kabine C 25 auch noch, als ein langer Schrubber, gefolgt von Albert Peasemarch, hereinkam.

»Ich habe den Schrubber mitgebracht, Sir«, sagte Albert.

»Dann nehmen Sie ihn gefälligst wieder mit.«

»Ich hatte den Eindruck, Sir, daß Sie einen Schrubber wollten.«

»Nein, will ich nicht.«

»Sehr wohl, Sir«, sagte Albert Peasemarch steif. »Es hat mich zwar einige Anstrengung gekostet, diesen aufzutreiben, doch wenn Sie mir jetzt befehlen, ihn wieder mitzunehmen – sehr wohl.«

Er wandte sich ostentativ von Monty ab und Lottie Blossom zu.

»Ob ich kurz mit Ihnen reden dürfte, Miss?«

Lottie Blossom betrachtete ihn matt. Sie fühlte sich nicht *en rapport* mit diesem Mann. Nach ihrem Dafürhalten brauchte die Welt unbedingt weniger, dafür bessere Peasemarchs.

»Sie würden wohl«, sagte sie im Bemühen, diesem Gedankengang Ausdruck zu geben, »nicht in Betracht ziehen, sich zum Teufel zu scheren, Steward?«

»Gleich, Miss, sobald ich mit Ihnen die erwähnte Unterredung geführt habe. Die Sache betrifft Ihren Alligator. Ist Ihnen bewußt, Miss, daß sich das fragliche Reptil gerade mit stark überhöhter Geschwindigkeit durch den Korridor bewegt und drauf und dran ist, nervenschwache sowie gebrechliche Passagiere zu Tode zu erschrecken?«

Lottie Blossom schrie bestürzt auf.

»Haben Sie den Deckel seines Korbs denn nicht fest verschlossen?«

»Nein, Miss. Meine Antwort auf Ihre Frage lautet: Ich habe den Deckel seines Korbs nicht fest verschlossen. Wenn mich eine Dame auffordert, einen Weidenkorb zu öffnen, und ich darin auf einen jungen Alligator stoße, der mir, falls er auch nur einen Zentimeter weiter nach links hechtet, glatt die Daumenspitze abzwacken würde, dann verschwende ich keine Zeit auf das Verschließen von Deckeln. Er nähert sich wohl inzwischen dem Hauptniedergang, und falls Sie Wert auf meinen Rat legen, Miss, fände ich es ratsam, daß ihn eine sachkundige Person in Gewahrsam nimmt.«

Die sich daraus ergebende Aussicht, Miss Blossom loszuwerden, entzückte Monty ungemein. Nicht, daß er sich wirklich darauf gefreut hätte, allein mit Gertrude zurückzubleiben, aber die Lage würde sich zweifelsohne deutlich entspannen, wenn dieser Rotschopf nicht länger da wäre, um von der Geliebten beaugapfelt zu werden.

»Er hat ganz recht«, sagte er. »Sie heften sich jetzt besser an seine Fersen. Es kann ja nicht angehen, daß Alligatoren frei auf dem Schiff herumlaufen, nicht wahr? Speigatt-Johnny hätte keine Freude daran, oder, Peasemarch?«

»Die Angelegenheit«, entgegnete Albert Peasemarch kühl, »betrifft wohl kaum den Speigatt-Johnny.«

»Dann halt den Untermotz.«

»Und auch nicht den Untermotz. Wenn schon wäre das ein Fall für Nummer eins.«

»Und wir wollen nicht, daß sich Nummer eins aufregt, oder?« sagte Monty herzlich. »Ich an Ihrer Stelle würde mich gleich auf die Socken machen.«

Lottie Blossom begab sich zur Tür, wobei sie exotische Kraftwörter aus der Beverly-Hills-Schule murmelte.

»Manche Leute lernen wohl nie, wie man einen Deckel verschließt«, sagte sie gereizt.

»Sie verkennen meine Lage, Miss«, wehrte sich Albert Peasemarch, als er hinter ihr in den Korridor trat. »Ihnen scheint, wenn Sie mir die Bemerkung gestatten, jedes Verständnis für meinen Standpunkt abzugehen. Das Verschließen jenes Deckels hätte bedingt, daß meine Hand den furchterregenden Beißwerkzeugen des Reptils sehr viel näher gekommen wäre, als ich je gewollt hätte. Bedenken Sie doch, Miss ...«

Seine pedantisch räsonierende Stimme verklang, und ein Schluck-geräusch an Montys Seite zeigte an, daß der Zweierausschuß, den er und Gertrude nun bildeten, die Sitzung gleich eröffnen würde.

Er sammelte Kraft, um mannhaft aufzutreten. Daß sich die Dinge recht zäh anließen, konnte er nicht leugnen. Mitglieder der Familie Bodkin hatten sich seit den Tagen des großen Kreuzfahrers Sieur Pharamond de Bodkyn um die bewegte Geschichte der britischen Insel verdient gemacht und waren dabei Risiken eingegangen, die ihre Versicherungsagenten wohl mit einem Stirnrunzeln quittiert hätten, doch Monty fand, daß kein einziger Bodkin auf der Liste je in einem so tiefen Schlamassel gesteckt hatte wie ihr im 20. Jahrhundert lebender Repräsentant. Denn was ist schon der Lanzenstoß eines Muselmanns oder der Beinschuß in der Schlacht bei Fontenoy verglichen mit der Aussicht, vor den Ruinen des eigenen Lebensglücks zu stehen?

Gertrudes Blick war kalt, ihr Mund verkniffen. Sie wirkte vom Scheitel bis zur Sohle wie eine Frau, die gerade angestrengt über Schmetterlinge nachgedacht hat.

»Na?« sagte sie.

Monty räusperte sich und versuchte mit Hilfe seiner Zunge eine gewisse Trockenheit der Mundhöhle zu beheben.

»Das«, sagte er, »war Miss Blossom.«

»Ja. Du hast uns vorgestellt.«

»Stimmt. Jawohl. Sie ist eher enttäuschend, findest du nicht?«

»Inwiefern?«

»In natura, meine ich. Längst nicht so hübsch, wie man denken sollte.«

»Du findest sie nicht hübsch?«

»Nein. Nein. Überhaupt nicht. In keiner Weise. Ganz im Gegenteil.«

»Ach?« sagte Gertrude und sprach das Wort in jenem aufsteigenden Ton aus, den er am allerwenigsten mochte.

Erneut ließ er seinem Gaumen Erste Hilfe angedeihen.

»Es hat dich sicher überrascht«, sagte er, »sie hier anzutreffen.«

»Ja.«

»Bestimmt hast du dich gefragt, was sie hier getan hat.«

»Ich konnte sehen, was sie getan hat. Sie ließ sich von dir den Kopf streicheln.«

»Natürlich, natürlich«, sagte Monty hastig. »Oder vielmehr: natürlich nicht. Du hast nicht begriffen, was ich meine. Ich meine, bestimmt hast du dich gefragt, mit welchem Motiv sie hierherkam. Ich will es dir verraten. Und übrigens habe ich ihren Kopf nicht gestreichelt, sondern getätschelt. Sie kam mit dem Motiv hierher, Ambrose zu sehen.«

»Ambrose?«

»Ambrose. Deinen Cousin Ambrose. Genau mit diesem Motiv kam sie hierher. Um ihn zu sehen. Sie wollte Ambrose sehen, verstehst du, und glaubte, das hier sei seine Kabine.«

»Ach?«

»Offensichtlich ist auf der Passagierliste einiges durcheinandergeraten.«

»Ach?«

»Jawohl, durcheinander.«

»Und was hat das mit Ambrose zu tun?«

»Na, die beiden sind verlobt.«

»Verlobt?«

»Ja. Hast du das nicht gewußt? Wahrscheinlich haben sie damit hinterm Berg gehalten – wie wir ja auch. Nur wenige«, rief Monty ihr in Erinnerung, »wissen von unserer Verlobung.«

»Ich bin mir nicht einmal sicher, ob man überhaupt noch von einer Verlobung wissen muß.«

»Gertrude!«

»Darüber versuche ich mir gerade klarzuwerden. Ich ertappe dich dabei, wie du dieser Frau den Kopf streichelst ...«

»Nicht streichelst – tätschelst. Jeder halbwegs anständige Mensch hätte das getan. Sie war in großer Not, die Ärmste. Kurz vorher hatte sie Streit mit Ambrose. Und alles wegen Reggie, dieser Knalltüte.«

»Reggie?«

In Montys Kopf schien es klick! zu machen. Etwas klingelte in seinen Ohren, und die Kabine flimmerte um ihn. Mochte ihm das Gefühl auch völlig neu sein: Im Grunde hatte er bloß eine Eingebung gehabt. Offensichtlich war durch die Erwähnung von Reggies Namen Licht auf den gefährlichen Pfad gefallen, den Monty bisher so zaghaft entlanggegangen war.

Zum erstenmal seit Gertrudes Eintreten betrachtete er die Lage guten Mutes. In seiner Stimme schwang eine seltsame neue Zuversicht mit.

»Reggie«, sagte er affektiert, »hat sich miserabel aufgeführt. Ich wollte dich vorhin schon suchen gehen, um dir davon zu erzählen. Ich möchte mit dir über Reggie reden.«

»Ich bin gekommen, um mit *dir* über Reggie zu reden.«

»Tatsächlich? Dann bist du also im Bild? Über die Sache mit ihm und Ambrose und Miss Blossom?«

»Wie meinst du das?«

In Montys Miene trat ein tadelnder Ausdruck, der schon fast eines Peasemarch würdig war. Er machte ein Gesicht wie eine Tante.

»Ich finde«, sagte er noch affektierter als zuvor, »daß du dir Reggie einmal vorknöpfen solltest. Irgendwer sollte das einfach tun. Na ja, er mag so was ja lustig finden, aber wie ich ihm bereits eingetrichtert habe, ist das nicht die feine Art. Ich hasse solche Bubenstreiche. Mir ist schleierhaft, was daran komisch sein soll.«

»Wovon redest du?«

»Ich rede von dem, was Reggie getan hat. Er vergißt einfach – aus reiner Achtlosigkeit, versteht sich, aber trotzdem vergißt er einfach ...«

»Aber was hat Reggie denn getan?«

»Das will ich dir ja erzählen. Du weißt doch, wie er ist – einer der größten Schwindler Londons ...«

»Das ist nicht wahr!«

»O doch. Und darüber hinaus hat er einen rabenschwarzen Humor. Was ist passiert? Diese Knalltüte geht zu Miss Blossom und lügt ihr die Hucke voll: Ambrose sei ein liederlicher Kerl, und falls sie ihm über den Weg traue, sei sie selber schuld, und so weiter und so fort. Ein sauberes Früchtchen, nicht? Ich kann dir versichern, daß ich ihm kräftig den Kopf gewaschen habe deswegen. Mir hat das nicht gepaßt, und ich habe ihm auch gezeigt, daß es mir nicht paßt. Scherze dieser Art, habe ich gesagt, können schnell einmal zu Leid und Verdruß führen. Nehmen wir diesen Fall. Miss Blossom will nicht mehr mit ihm reden. Mit Ambrose, meine ich. Sie ist Reggie auf den Leim gekrochen, das dumme Luder, und die Chose ist ihr in den falschen Hals geraten. Du hast ja gesehen, wie sie vorhin geweint hat.«

Gertrude war fassungslos.

»Reggie soll das getan haben?«

»Ja.«

»Aber ... aber *warum?*«

»Das hab' ich dir doch gesagt. Weil er einen rabenschwarzen Humor hat. Aus Jux und Tollerei.«

»Aber was soll daran lustig sein?«

»Da bin ich überfragt. Jedenfalls hat er mir verraten, daß er so was häufiger tut. Das heißt, er bindet Frauen auf die Nase, ihre Verlobten seien veritable Windhunde. Nur um ihnen einen Schrecken einzujagen.«

»Aber das sieht Reggie gar nicht ähnlich.«

»Fand ich auch. Es ist aber so.«

»Dieser Satansbraten!«

»In Menschengestalt. Kann man wohl sagen.«

»So ein Scheusal!«

»Ja.«

»Armer Ambrose.«

»Ja.«

»Ich werde nie mehr mit Reggie reden.«

Gertrudes Augen loderten wild. Plötzlich aber erlosch die Glut. Verstohlen kullerte ihr eine Träne über die Wange.

»Monty«, sagte sie zerknirscht.

»Hm?«

»Ich weiß gar nicht, wie ich dir das sagen soll.«

»Was denn?«

Gertrude Butterwick schien mit sich im Clinch zu liegen.

»Doch. Es muß sein. Monty, weißt du, warum ich gekommen bin?«

»Um mich zum Dinner abzuholen? Es ist wohl schon bald Essenszeit. An welchem Tisch sitzt du denn?«

»Beim Kapitän. Aber das ist jetzt nicht wichtig ...«

»Ich sitze bei Nummer eins. Schön dumm, daß wir nicht beisammen sind.«

»Ja. Aber das ist jetzt nicht wichtig. Ich will dir etwas sagen. Ich komme mir so mies vor.«

»Hm?«

Gertrude schluckte. Sie senkte den Blick. Die Schamröte stieg ihr ins Gesicht.

»Ich bin gekommen, um die Mickymaus zurückzugeben, die du mir geschenkt hast.«

»Was!?«

»Ja. Du wirst es kaum für möglich halten, Monty ...«

»Was denn?«

»Heute abend kam Reggie vorbei und erzählte mir genau jene Geschichte über dich, die er anscheinend auch Miss Blossom über Ambrose erzählt hat.«

Monty machte große Augen.

»Echt wahr?«

»Ja. Er sagte, daß du zu jedem beliebigen Zeitpunkt mit drei Mädchen gleichzeitig rummachst ...«

»Gütiger Himmel!«

»... und dich dabei so raffiniert anstellst, daß jede von ihnen felsenfest glaubt, die einzige zu sein, aus der du dir etwas machst.«

»Mir bleibt die Spucke weg!«

Gertrude schluckte abermals leer.

»Ach, mein liebster Monty, und ich habe ihm geglaubt!«

Es herrschte betretenes Schweigen. Monty mimte Überraschung, Schmerz, Ungläubigkeit und Empörung.

»Also wirklich!« sagte er.

»Ich weiß, ich weiß!«

»Also wirklich«, sagte Monty, »jetzt schlägt's dreizehn! Bei meiner

Seel', mir fehlen die Worte. Nie und nimmer hätte ich dir so etwas zugetraut, Gertrude. Du weißt ja nicht, wie weh du mir damit tust, altes Haus. Was bist du doch für ein elendes Einfaltspinselchen …«

»Ich weiß, ich weiß. Aber unmittelbar nach der Geschichte mit der Tätowierung auf deiner Brust …«

»… welche ich dir erklärt habe, und zwar plausibel.«

»Ich weiß. Trotzdem kannst du mir nicht vorwerfen, daß ich auf gewisse Gedanken verfalle.«

»O doch. Eine grundanständige junge Britin sollte niemals auf gewisse Gedanken verfallen.«

»Tja, ich glaube ja ohnehin nicht mehr daran. Ich weiß, daß du mich liebst. Das tust du doch, oder?«

»Was denn, dich lieben? Wenn du bedenkst, daß ich, um dich nicht zu verlieren, Redaktionsassistent beim *Dreikäsehoch* wurde, einer Zeitschrift für Heim und Hort, und danach Sekretär beim alten Emsworth – ach, war das ein gemütlicher Posten! – und anschließend einer von Percy Pilbeams qualifizierten Käuzen, dann müßte inzwischen auch dir klargeworden sein, daß ich dich liebe. Und falls das nicht in deinen Strohkopf reingeht …«

»Es ist viel Stroh drin, nicht?« fragte Gertrude bußfertig.

»Ein ganzer Ballen«, bestätigte Monty streng. »Schau doch mal, was gerade passiert ist. Wer außer einem Strohkopf hätte sich wie du aufgeführt, als du mich hier drinnen mit Miss Blossom angetroffen hast? Ich sage dir ganz offen, daß mich dein Verhalten tief gekränkt hat. Du hast mir einen furchtbar giftigen Blick zugeworfen.«

»Ich fand es eben komisch, daß du ihren Kopf gestreichelt hast.«

»Nicht gestreichelt – getätschelt. Und selbst das nur ganz leicht. Meine Motive waren durch und durch lauter. Ich dachte, das hätte ich klargestellt. Das Mädchen war in großer Not, und ich tätschelte ihr Haupt in exakt der gleichen Art – nicht mehr und nicht weniger –, wie ich auch ein Kälbchen mit Bauchschmerzen getätschelt hätte.«

»Natürlich.«

»Glaubst du, *mir* macht es Spaß, die Köpfe junger Frauen zu tätscheln?«

»Nein, nein – das verstehe ich durchaus.«

Schwach kam der Klang eines Horns durch den Korridor.

»Essen!« sagte Monty und seufzte erleichtert auf. Das konnte er jetzt gut brauchen.

Er gab Gertrude einen Kuß.

»Komm schon«, sagte er. »Auf geht's, altes Haus! Und anschließend spazieren wir ein bißchen auf dem Bootsdeck und plaudern über Gott und die Welt.«

»Au fein! Ach Monty, bin ich froh, daß du auch an Bord bist. Das wird lustig werden.«

»Allerdings!«

»Ob man am Abend tanzen kann?«

»Ganz bestimmt. Ich werde mich bei Albert Peasemarch erkundigen.«

»Wer ist denn das?«

»Der Steward.«

»Ach, der Steward. Scheint ja ein richtiges Original zu sein.«

»O ja, ein reinrassiges Original.«

»Was wollte er denn mit dem Schrubber?«

Monty erbebte. Seine Augen wurden leicht glasig.

»Schrubber?«

»Warum hatte er denn einen Schrubber bei sich?«

Monty befeuchtete sich die Lippen.

»Hatte er einen Schrubber bei sich?«

»Weißt du das nicht mehr?«

Monty riß sich am Riemen.

»Natürlich, klar. Ja, stimmt. Aus welchen Gründen auch immer. Ja, das habe ich mich auch gefragt, jetzt fällt's mir wieder ein. Wird wohl was falsch verstanden haben. Diese Stewards auf Ozeandampfern stehen ohnehin alle mit einem Bein in der Klapsmühle. Wozu sollte ich denn einen Schrubber brauchen? Einen Schrubber, also ehrlich! So was Blödes. Aber wir machen uns jetzt besser auf die Socken und schlagen uns den Wanst voll.«

»Also schön. Wo ist meine Maus?«

»Da.«

Gertrude betrachtete die Mickymaus voller Reue.

»Stell dir nur vor, Monty! Ich wollte sie dir zurückgeben, weil ich glaubte, zwischen uns sei alles aus.«

»Haha!« lachte Monty herzlich. »Was für eine Schnapsidee!«

»Ich schäme mich ja so!«

»Schon gut, schon gut. Bist du endlich bereit für den Sprint zum Freßnapf?«

»Moment. Ich möchte mir in deinem Badezimmer noch rasch die Augen spülen.«

Monty klammerte sich an den Türgriff. Er bedurfte eines stabilen Halts. Ihm wurde schwarz vor Augen.

»Nein!« rief er höchst energisch. »Du brauchst dir deine vermaledeiten Augen nicht zu spülen!«

»Sind sie denn nicht rot?«

»Nicht die Spur. Prima sehen sie aus. Sie sehen immer prima aus. Du hast die allertollsten Augen.«

»Findest du?«

»Alle Welt findet das. In London redet man von nichts anderem. Sie gleichen einem Sternenpaar.«

Er hatte den richtigen Ton getroffen. Das Badezimmer war kein Thema mehr. Gertrude ließ sich von ihm sanft herumdrehen, zur Tür geleiten und in den Korridor lotsen. Seite an Seite schritten sie diesen hinunter. Ihre Hand in die seine gelegt, plapperte sie munter drauflos.

Monty plapperte nicht. Er vibrierte sanft, wie es wohl jeder tut, der sich aus einer üblen Klemme befreit hat. Er fühlte sich schwach und leer.

Alles war in bester Ordnung. Fortuna war auch dem Jüngsten der Bodkins hold und die Gefahr vorüber. Doch ganz auf dem Damm würde er sich wohl erst nach einiger Zeit wieder fühlen.

Wie hatte es doch sein Urahn, der bereits erwähnte Kreuzritter Sieur Pharamond de Bodkyn, einst formuliert, als er in einem Brief an seine Gemahlin schilderte, wie er in der Schlacht von Joppa aus dem Sattel geworfen worden war: »Bî mînen triuwen, sô swære was mîn vall, daz ich nie mê will han solich ungenâden. Mir wirren die sinne gar sêre, unde ich enweiss vür wâr niht mê, wo mîn houbet unde mîne vüeze sîn.«

13. Kapitel

Erst am dritten Morgen der Schiffsreise machte sich Ivor Llewellyn an die Ausführung des von seiner Schwägerin Mabel Spence ausgeheckten Plans, mit dem der Zollspitzel, dessen unheimlicher Schatten über sein Leben gefallen war, außer Gefecht gesetzt werden sollte. Um genau zu sein, geschah dies um 10 Uhr 14 am dritten Morgen der Schiffsreise.

Diese Verzögerung wird jeden Leser seltsam anmuten, der bedenkt, mit welcher Begeisterung jener Mann ursprünglich auf die Idee reagiert hatte. Wer im festen Glauben aufgewachsen ist, daß die Generaldirektoren großer Filmstudios stets Nägel mit Köpfen machen und nicht lange fackeln, mag sich sagen, daß dies eines Llewellyn nicht würdig sei, und Spekulationen über den Verfall seines großen Unternehmergeistes anstellen. Allerdings läßt sich, um mit Monty Bodkin zu sprechen, der vorliegende Kasus leicht erklären. Gerade als er zur Tat schreiten wollte, brach ein furchtbarer Sturm los und ließ alles Geschäftliche in den Hintergrund treten.

In den ersten Stunden nach dem Ablegen in Cherbourg präsentierte sich die See noch ganz ruhig und friedlich. Das Schiff schnurrte durch ein Gewässer, das es in Sachen Bläue und Sanftheit ohne weiteres mit dem Mittelmeer hätte aufnehmen können. Die Leute spielten Decktennis, an allen Ecken und Enden grassierte Shuffleboard, und groß und klein verzehrte die herzhaftesten Mahlzeiten. Kurzum, das Dichterwort »Jugend zum Bug, ans Ruder die Wonne!« umschreibt die an Bord herrschende Stimmung nur ansatzweise.

Und dann, ganz plötzlich, am zweiten Morgen – die ersten schüchternen Deckstewards kamen gerade mit Tassen voller Suppe herausgeschlichen, während die Rufe der Shuffleboard-Fanatiker durch die schläfrige Stille flöteten – verfärbte sich der blaue Himmel grau, verdüsterten unheilvolle Wolken den Horizont, blies der auf Nord drehende Wind mit stetig wachsender Kraft, bis er mit einem lauten, schwermütigen Klagen durch die Takelung heulte, was die *R.M.S. Atlantic* zu einem Gebaren veranlaßte, das einem russischen Tänzer besser angestanden hätte als einem achtbaren Schiff. Ivor Llewellyn, der bäuchlings in seiner Koje lag und sich am Balkenwerk festklammerte, zählte nicht weniger als fünf Versuche, die das Schiff anstellte, um Nijinskis Rekord in der Disziplin »Luftsprung mit Fußzappeln« zu unterbrechen.

Während eines vollen Tages und Teilen der folgenden Nacht taumelte die *R.M.S. Atlantic* ihres Wegs, hin- und hergeworfen von dem Orkan – beziehungsweise von der »frischen nordöstlichen Brise«, um den abgestumpften und phantasielosen Offizier zu zitieren, der das Logbuch führte. Dann flaute der Wind ab, die See beruhigte sich, und am dritten Tag der Schiffsreise brach die Sonne wieder lächelnd durch.

Zu den ersten, die sie begrüßten – falls »begrüßen« das passende Wort ist für einen Mann, der seinen Schlaf über alle Maßen schätzt und um fünf Uhr früh vom Nachtwächter aus den Federn geholt wird –, gehörte Albert Peasemarch. Zusammen mit seinen 49 Logisgefährten stand er auf, zog sich schlecht und recht an und ging, nachdem er sich an Brot, Marmelade und Tee gütlich getan hatte, an seine Arbeit in den schmalen Gängen seines Abschnittes auf dem C-Deck. Um zehn vor neun zeigte ihm das Schellen einer Klingel an, daß man ihn in Kabine C 31 erwartete. Als er eintrat, stellte er fest, daß Mr. Llewellyn aufrecht in seinen Kissen saß und einen bleichen, aber durchaus sehenswerten Eindruck machte.

»Guten Morgen, Sir«, sagte Albert Peasemarch in jenem leicht aufgekratzten Tonfall, den sich Stewards, und mögen sie noch so früh aus den Federn kriechen, stets überstülpen, als wär's ihr Gewand. »Sie wünschen zu frühstücken, Sir? Was darf ich Ihnen bringen? Weiche Eier? Rührei mit Speck? Bücklinge? Schellfisch? Würstchen? Ein Curry? Viele Gentlemen beginnen den Tag gern mit einem Curry.«

Durch Mr. Llewellyn ging ein Beben, das stark an diejenigen erinnerte, die in sturmgepeitschter See die *R.M.S. Atlantic* durchlaufen hatten, und seine Augen flackerten, als hätte man ihm eins übergebraten. In der Pause zwischen dem Abschluß seiner Schrubberei und dem Ruf seines Lehnsherrn war Albert Peasemarch ins Logis zurückgekehrt, um etwas sorgfältiger Toilette zu machen, so daß er nun genauso adrett und gewinnend aussah wie immer. Trotzdem starrte ihn der Grandseigneur von Kabine C 31 voll mürrischem Abscheu an. Mr. Llewellyns Miene ließ beinahe vermuten, er betrachte gerade seinen Schwager George, wenn nicht sogar Genevieve, die Schwester Egberts, des Cousins seiner Frau – jene Genevieve also, die in der Skriptabteilung sage und schreibe 350 Dollar pro Woche verdiente.

»Kaffee!« sagte er, um Fassung bemüht.

»Kaffee, Sir? Jawohl, Sir. Und zum Kaffee, Sir?«

»Bloß Kaffee.«

»Bloß Kaffee, Sir? Sehr wohl, Sir. Schon komisch«, sagte Albert Peasemarch, der noch nie zu denen gehört hatte, die sich am Morgen durch Einsilbigkeit auszeichnen, »wie verschieden die Geschmäcker in bezug auf die erste Mahlzeit des Tages sind. In meiner Position hat man es, wie Sie sich wohl denken können, mit Gentlemen aller Kulöhr zu tun. Auf der alten *Laurentic* hauste in einem meiner Kabuffs ein Mann, dem nichts über eine rohe Gemüsezwiebel ging. Und ein anderer bedrängte mich ständig, ihm doch bitte ein Dutzend Austern zu besorgen. Sir?«

»Kaffee, aber dalli!« sagte Mr. Llewellyn heiser.

»Sehr wohl, Sir. Sie fühlen sich bestimmt noch immer etwas wacklig nach diesem leisen Lüftchen, in das wir geraten sind. Mir fiel gestern auf, daß Sie das Bett hüteten, worauf ich mir sagte: ›Da scheint's einen bös erwischt zu haben. Für diesen Gentleman‹, sagte ich, ›wird sich so schnell kein Speisesaal-Steward mehr die Hacken ablaufen.‹ Ihre Abwesenheit blieb, wie ich vielleicht erwähnen darf, nicht unbemerkt, Sir. Ein gewisser Ambrose Tennyson erkundigte sich heute morgen nach Ihnen. Desgleichen Miss Passenger, eine muskulöse junge Frau, die meines Wissens dem Hockeyteam vorsteht, welches in die Staaten reist. Das ist auch so 'ne Sache, Sir, die's in unserer Jugend nicht gab. Damals sah man noch keine Damen mit Schlägern übers Spielfeld stürmen. Aber ich sollte nicht reden wie ein Wasserfall, oder? Sie warten bestimmt auf Ihren Kaffee, Sir. Was wollten Sie noch mal dazu …«

Mr. Llewellyns Augen wölbten sich vor.

»KAFFEE!« rief er.

Albert Peasemarchs scharfer Verstand erfaßte die Lage. Der Herr wünschte Kaffee. Keine Gemüsezwiebeln. Keine Austern. Kaffee.

»Kaffee, Sir – jawohl, Sir. Kommt gleich, Sir. Lassen Sie mich nur noch schnell den Vorhang vor Ihrem Bullauge ziehen, Sir. Sie werden sehen, es ist ein schöner, sonniger Morgen.«

Er tat dies, und zwar mit dem Gehabe eines Würdenträgers, der eine Statue enthüllt, worauf ein güldener Glanz die Kabine überhauchte. Dies verbesserte Mr. Llewellyns Stimmung markant. Im Verein mit der Tatsache, daß er Albert Peasemarch losgeworden war, vermochte es seine Anspannung eindeutig zu lösen. Zwar hätte man ihn noch immer nicht ausgelassen nennen können, doch wenigstens fühlte er sich nicht mehr wie ein Leichnam auf der Totenbank. Er lag da, betrachtete den Sonnenschein und sinnierte, und es dauerte gar nicht lange, da schweiften seine Gedanken in Monty Bodkins Richtung.

Bislang hatte er an Monty stets mit jenem Unbehagen gedacht, das ein Kaninchen beim Gedanken an ein Wiesel empfindet. Das vor seinem inneren Auge erscheinende Gesicht Montys hatte ihm ein mulmiges Gefühl gegeben. Doch die verbesserten Wetterbedingungen waren seinem Optimismus derart zuträglich, daß er zu glauben begann, er habe sich von dem Mann unnötig einschüchtern lassen. Mabel, so fand er, hatte vollkommen recht. Man müßte dem Burschen bloß einen Vertrag bei der Superba-Llewellyn anbieten, und schon würde er einem aus der Hand fressen. Es hatte Momente in Mr. Llewellyns Leben gegeben – namentlich bei Unterredungen mit importierten englischen Dramatikern –, in denen er es bedauert hatte, je Generaldirektor eines Filmstudios geworden zu sein, doch nun erkannte er, daß dies ein regelrechter Traumberuf war. Als Generaldirektor eines Filmstudios konnte man jeden schmieren.

Der Kaffee, welcher nach wenigen Minuten eintraf, stellte sein Gleichgewicht endgültig wieder her, was sich schon daran zeigte, daß er eine Viertelstunde später abermals die Klingel betätigte und ein Pilzomelett bestellte, eine Viertelstunde später eine Zigarette rauchte und eine halbe Stunde später erneut die Klingel betätigte und Albert Peasemarch befahl, Ambrose Tennyson zu ihm zu schicken.

Und nachdem man diesen auf dem Promenadendeck aufgespürt hatte – wo er wie Napoleon auf der *H.M.S Bellerophon* auf- und abgeschritten war –, wurde Ambrose zu Mr. Llewellyn geführt, um dessen Anweisungen entgegenzunehmen und sich als akkreditierter Botschafter zu Monty zu begeben.

Monty war dem Sturm genauso schutzlos ausgesetzt gewesen wie Mr. Llewellyn. Zum erstenmal hatte er den Atlantik in einer seiner vergrätzteren Stimmungen erlebt, und obschon das Schiff, um es einmal so zu formulieren, erst von einem Fuß auf den anderen getreten war und noch gar nicht richtig losgelegt hatte mit dem Tanz, war er prompt eingeknickt. Am Vortag hatte Monty das Bett nicht verlassen, und so erwachte er an diesem Morgen mit dem Gefühl, sich durch das Tal der Schatten geschleppt und es irgendwie auf die andere Seite geschafft zu haben, woran er zwischendurch nicht mehr geglaubt hatte. Zwar war er noch nicht aufgestanden, hatte aber schon ein vorzügliches Frühstück im Magen. Als Ambrose eintrat, unterhielt er sich gerade mit Reggie, der gekommen war, um bei ihm Zigaretten zu schnorren.

Ambrose' Auftritt machte die lockere Zusammenkunft alter Freunde zu einer recht steifen Angelegenheit. Bei Reggie lag dies daran, daß die letzten Worte, die sein Bruder während der Lottie-Blossom-Episode im Korridor an ihn gerichtet hatte, die Aussage enthielten, am liebsten würde er ihn in einem Bottich ersäufen, und man konnte ja nie wissen, ob Ambrose auf dem gut ausgestatteten Schiff inzwischen nicht tatsächlich einen zweckdienlichen Bottich aufgetrieben hatte.

Monty war die Anwesenheit des Romanciers seinerseits lästig, weil dieser eine Atmosphäre von Verhängnis, Verdüsterung und Verzweiflung in den Raum brachte – von Beinhäusern und Leichentüchern und gespenstischen Stimmen, die im Wind klagten. In Ambrose Tennysons Antlitz lag ein finsterer Ausdruck, als hätte er gerade einen Verriß in einer Wochenzeitung lesen müssen, weshalb Monty aus seinem Anblick geistesgegenwärtig folgerte, daß Miss Blossom ihr Versprechen eingelöst und ihm jene Standpauke gehalten hatte, von der sie so inbrünstig gesprochen hatte.

Und damit lag er völlig richtig. Da besagte Dame eine Anhängerin jener Denkrichtung war, die glaubt, wir sollten die Sonne nicht über unserem Zorn untergehen lassen, hatte die Aussprache noch am selben Abend kurz vor dem Schlafengehen stattgefunden und Ambrose in tiefster Bedrücktheit ins Bett wanken lassen, welcher Zustand bis zur Stunde nichts an Intensität eingebüßt hatte. Rotes Haar und Sanftmut vertragen sich schlecht, und Lottie Blossoms Spezialität war eindeutig ersteres. Die Szene begann und endete auf dem Oberdeck, und der interessierte Zuhörer, der mit einem zweiten interessierten Zuhörer zwei Dollar darauf wettete, daß Ambrose es nicht schaffen würde, innerhalb von zehn Minuten – gemäß Wanduhr im Rauchsalon – ein einziges Wort einzuwerfen, hätte um ein Haar gewonnen. Ihre Lehrzeit auf den Brettern der Musicalbühnen und die anschließenden Wanderjahre in den Hollywood-Studios hatten Miss Blossom beigebracht, möglichst von Beginn weg, möglichst schnell und möglichst pausenlos zu reden. Als sie ihre Meinung endlich losgeworden war, zeugte nur noch ein Scherbenhaufen von dem einst so robusten und vielversprechenden Verlöbnis.

Solche Dinge gehen nicht spurlos an einem Mann vorüber, und Reggie genügte ein flüchtiger Blick auf seinen Bruder, um sich mit der dahingemurmelten Bemerkung zu verdrücken, später noch einmal vorbeischauen zu wollen. Dadurch war Ambrose Montys ungeteilte Aufmerksamkeit gewiß. Er näherte sich dem Bett und funkelte den darauf Ausgestreckten mit der nicht sehr liebenswerten Miene des Ersten Mörders aus einer Shakespeare-Tragödie an.

Ambrose Tennysons stechender Blick verdankte sich nicht nur seinem gebrochenen Herzen. Weitere Umstände hatten zu seiner Verstimmung beigetragen. Es ärgerte ihn, von Mr. Llewellyn als Laufbursche mißbraucht zu werden; es ging ihm gegen den Strich, auch nur einen Zug von der Luft einatmen zu müssen, die durch seinen Bruder Reginald verpestet worden war; und er glaubte, noch nie einen hanebücheneren Wunsch vernommen zu haben als den, Monty für den Film zu gewinnen.

Entsprechend schroff, ja brüsk war der Ton, in dem er seine Botschaft überbrachte. Ohne Umschweife kam er auf den Punkt, denn er wollte die leidige Angelegenheit möglichst rasch hinter sich bringen, um auf dem Promenadendeck weiter seinem Herzenswunsch, mit Anlauf über die Reling zu springen, nachhängen zu können – wodurch sich Miss

Blossom, wie er mit einer gewissen Berechtigung vermutete, ganz schön angeschmiert vorkommen würde.

»Du kennst Llewellyn?« fragte er.

Monty gab zu, Llewellyn zu kennen, wenn auch nur flüchtig. Bloß insofern, erläuterte er, als er ihn schon über die korrekte Schreibweise diverser Wörter ausgefragt habe, falls Ambrose wisse, was er meine. Dabei vermittelte Monty den Eindruck, immer dann, wenn er gerade kein Taschenwörterbuch zur Hand hatte, auf Ivor Llewellyn zurückzugreifen.

»Er möchte, daß du zum Film gehst«, sagte Ambrose mit furchtbar verdrießlicher Miene.

An dieser Stelle entstand ein kleines Mißverständnis. Monty interpretierte die Mitteilung als eine Einladung des Generaldirektors der Superba-Llewellyn, mit ihm eine der Filmvorführungen an Bord des Schiffes zu besuchen, weshalb er sich nun anerkennend über die Wunder der modernen Seefahrt ausließ: Das sei doch wirklich ganz famos – all diese Ozeanriesen mit ihren Tanzsälen und Schwimmbädern und Lichtspieltheatern und so weiter. Feudal, so nannte Monty das ganz unverblümt, schlicht feudal. Er prognostizierte, daß zwischen Southampton und New York schon sehr bald Schiffe verkehren würden, auf denen die Passagiere zwischen einem Polofeld, einem Golfplatz in Originalgröße und einem ansehnlichen Jagdrevier auswählen könnten.

Ambrose reagierte darauf mit Zähneknirschen. Die Eloge hatte ihn wertvolle Zeit gekostet. Jede Minute, die er in dieser Kabine verbrachte, war eine Minute, in der er auf dem Promenadendeck keine Selbstmordpläne schmieden konnte.

»Nicht *in den* Film«, sagte er und wünschte sich, daß er damals in Oxford nicht so blöd gewesen wäre, Monty aus dem Brunnen zu fischen, in den dieser nach durchzechter Nacht gefallen war. »*Zum* Film. Du sollst für ihn schauspielern.«

Monty verstand kein Wort. Perplex starrte er Ambrose an.

»Schauspielern?«

»Schauspielern.«

»Was denn – schauspielern?«

»Jawohl, schauspielern.«

»Du meinst doch nicht etwa«, fragte Monty und klammerte sich an jenes Wort, das ihm einen schwachen Hinweis auf die Absichten seines Gegenübers zu geben schien, »*schauspielern?*«

Ambrose Tennyson ballte die Fäuste und stöhnte leise auf. Auch gleichmütigere Männer als er waren schon in Harnisch geraten, wenn Monty Bodkin eine seiner Glotzaugen-Nummern zum besten gegeben hatte, um es einmal so zu formulieren.

»Herrgott noch mal! Du hast, wann immer man dir etwas ganz Banales erzählt, die nervtötende Angewohnheit«, sagte er, »die Kinnlade runtersacken zu lassen und dreinzugucken wie ein unterbelichtetes Schaf, das über einen Zaun linst. Laß das bitte! Ich bin im Moment nicht ganz auf der Höhe und könnte mich versucht fühlen, dir eine zu kleben. Hör zu. Ivor Llewellyn produziert in seiner Eigenschaft als Generaldirektor der Superba-Llewellyn Motion Picture Corporation in Llewellyn City, Südkalifornien, Filme. Um diese Filme zu produzieren, benötigt er Schauspieler, die darin auftreten. Und nun möchte er wissen, ob du einer dieser Schauspieler werden willst.«

Montys Miene hellte sich auf. Er hatte begriffen.

»Ich soll für ihn schauspielern?«

»Ganz recht – schauspielern. Ich bin in seinem Auftrag hier, um dich zu fragen, ob du einen Vertrag unterzeichnen würdest. Was soll ich ihm ausrichten?«

»Ach so. Oh, aha, ja«, sagte Monty geziert. »Hm. Ha.«

»Und was zum Teufel«, erkundigte sich Ambrose, »soll das genau heißen?«

Er sagte sich, daß er ganz ruhig bleiben, daß er sich beherrschen und im Zaum halten müsse. Er wußte, daß Geschworene wenig Verständnis aufbrachten für Männer, die ihre Mitmenschen, und seien diese noch so unterbelichtet, im Bett erwürgten.

Montys Geziertheit bot inzwischen einen fast unerträglichen Anblick.

»Aber ich habe noch nie geschauspielert. Wenn man von einem einzigen Auftritt im Kindergarten absieht.«

»Tja, willst du jetzt damit anfangen? Oder lieber nicht? Menschenskind, jetzt leg dich schon fest. Er erwartet meinen Bericht.«

»Ich wüßte nicht, wie ich das könnte.«

»Schön. Mehr wollte ich gar nicht wissen.«

»Ich verstehe nicht, weshalb er mich haben will.«

»Ich auch nicht, aber offensichtlich ist es so. Tja, ich werde ihm jetzt ausrichten, daß du für das Angebot dankst, aber andere Pläne hast.«

»Ja, das gefällt mir. Andere Pläne. Das klingt gut.«

»Schön.«

Die Tür fiel mit einem Knall zu. Monty, der nun allein war, stieg unverzüglich aus dem Bett, eilte zum Spiegel und starrte hinein, einen fragenden »Was habe ich nur, was allen so gut gefällt?«-Ausdruck in seinen Zügen. Er wollte unbedingt in Erfahrung bringen, was einen Ivor Llewellyn, der wohl ziemlich wählerisch war mit Gesichtern, dazu gebracht hatte, ihn aus der Masse herauszugreifen und mit einem derart schmeichelhaften Angebot zu bezirzen.

Sorgfältig prüfte er die Indizien, untersuchte sein Spiegelbild von vorn, im Profil, im Dreiviertelprofil und mit Blick über die linke Schulter; mit freundlichem, zärtlichem, sarkastischem und bitterem Lächeln; und schließlich mit gerunzelter Stirn, zuerst bedrohlich, dann vorwurfsvoll. Außerdem mimte er Überraschung, Bestürzung, Freude, Schrecken, Abscheu und Entsagung.

Doch auch nach Abschluß der mimischen Beweisaufnahme war er keinen Deut klüger. Mochte er noch so lächeln und die Stirn furchen, er konnte einfach nicht erkennen, was Mr. Llewellyn erkannt hatte. Wo der Generaldirektor der Superba-Llewellyn eines jener Antlitze erblickt zu haben schien, die noch den stärksten Seemann erschüttern, sah Monty nichts als jene altvertrauten, alltäglichen Gesichtszüge, die er seit Jahren durch Londons West End trug und mit denen er zwar nicht gerade Tätlichkeiten oder Massenproteste auslöste, aber die Öffentlichkeit auch nicht unbedingt aus den Stiefeln haute.

Er hatte die Sache als unlösbares Rätsel abgeschrieben und begann sich schon zu fragen, ob er, da er nun mal aus dem Bett gestiegen war, nicht gleich aufbleiben und sich ankleiden sollte, als draußen ein lauter Schrei ertönte und jemand kräftig gegen die Tür pochte, worauf Miss Lotus Blossom über die Schwelle segelte und die Selbstsicherheit eines Ehrengasts zur Schau trug, dem man die Stadttore öffnet.

Daß Monty am Vortag das öffentliche Leben des Schiffs gemieden hatte, war Lottie Blossom keineswegs entgangen, weshalb sie es sich als gute Nachbarin nicht nehmen ließ, an diesem Morgen spornstreichs nach dem Rechten zu sehen. Dies äußerte sich darin, daß sie gegen die Tür hämmerte und durchs Schlüsselloch »Heraus mit den Toten!« schrie. Sie war halt eine echte Menschenfreundin.

Nicht schon früher gekommen war sie einzig deshalb, weil sie auf Ozeanüberfahrten stets ausschlief. In Hollywood konnte sie, wenn die Kunst es verlangte, um sechs Uhr früh fertig geschminkt am Drehort stehen, doch an Bord eines Schiffes frühstückte sie lieber im Bett und ließ sich Zeit. Deshalb war es ihr erst jetzt möglich, den geplanten Besuch abzustatten.

Nach dem Bad hatte sie ihren Alligator gefüttert – der sich, wenn er morgens keinen menschlichen Finger kriegte, mit dem Dotter eines harten Eis zufriedengab – und war in einen weißgrünen Sportanzug geschlüpft, dem sie als Krönung ein Leopardenfellcape und einen Köhlerhut aus scharlachrotem Filz beigab. Dann legte sie dem Alligator ein rosarotes Band um den Hals, klemmte ihn unter den Arm und begab sich auf ihre Rettungsmission.

Als sie aus ihrer Kabine trat, kam Ambrose gerade aus derjenigen Montys.

»Huch, da schau her!« rief sie laut. »Hallo, Ambrose.«

»Guten Morgen«, sagte der Romancier. Seine Stimme klang kalt und hart und stolz und reserviert. Zwar hatte es ihn erschüttert, sie hier anzutreffen, doch gedachte er seine Gefühle nicht durch ein unsicheres Lächeln zu verraten. Vielmehr gebärdete er sich wie ein Mann, der seine Seele von jeder Schwäche geläutert hat. »Guten Morgen«, sagte er und stolzierte schweigend zu Mr. Llewellyns Kabine davon – ein würdevollerer Abgang, so schmeichelte er sich, war wohl noch niemandem je gelungen. Indem er so gesprochen hatte und in beschriebener Weise davonstolziert war, hatte er Miss Blossom gewiß hinreichend klargemacht, daß hier ein Mann ging, in dessen ehernem Busen weder Bedauern noch Reue Platz hatte.

Lotties Lippen dagegen umspielte ein zärtliches Lächeln, das Lächeln einer Mutter, die sich den Trotzanfall ihres Söhnchens anschaut. Ihr liebevoller Blick folgte ihm, bis er entschwunden war. Darauf wandte sie sich Montys Tür zu, haute kräftig dagegen, gab ihrem Leichenwunsch Ausdruck und trat ein.

Als Monty sie erblickte, hechtete er wie von der Tarantel gestochen unter die Bettdecke. Keine Nymphe, die man beim Bade erwischt, hätte einen rasanteren Sprint hinlegen können.

Lottie Blossom war frei von solcher Schamhaftigkeit.

»Servus, Adonis!« sagte sie. »Haben Sie gerade Morgengymnastik getrieben?«

»Nein, ich … äh …«

Monty vermochte seine Gastgeberpflichten nur ungenügend wahrzunehmen. Höfliche Ungezwungenheit lag außerhalb seiner Möglichkeiten. Es war nur zu offensichtlich, daß die Besucherin für die Dauer der Überfahrt seine Kabine als eine Art Annex ihrer eigenen zu behandeln trachtete, welche Aussicht bei ihm Angst und Panik auslöste. Denn auch wenn, wie Albert Peasemarch dargelegt hatte, eine grundanständige junge Britin kaum in seine Gemächer spazieren würde, ließ sich ein solches

Schreckensszenario doch nicht ganz ausschließen. Als er sah, wie sich seine Besucherin mit müheloser Grazie auf den unteren Bettrand setzte, schwoll der Gedanke an Gertrude zu erheblicher Größe an.

Außerdem wäre es ihm lieber gewesen, Miss Blossom hätte, wenn sie schon unbedingt in seine Privatsphäre eindringen mußte, ihren Alligator zu Hause gelassen.

Lottie Blossom war ein Ausbund an Lebenslust und Leutseligkeit. Die düstere Stimmung, die sie noch vor zwei Tagen in der gleichen Kabine hatte »Schnief, schnief« machen lassen, war nicht von Dauer gewesen. Nun war sie in Hochform – so strahlend und glücklich, wie es nur eine rothaarige Frau mit einer Schwäche für turbulente Zwistigkeiten nach einem hochgradig stimulierenden Knatsch sein kann. Ein Leben, das diesen Namen verdiente, bestand für sie aus einer Reihe schlimmster Zerwürfnisse und sagenhaftester Versöhnungen. Alles andere fand sie fade. Lotus Blossom war eine geborene Murphy aus Hoboken, und alle Hoboken-Murphys waren so.

»Na, Kleiner«, sagte sie, »wie geht's, wie steht's?« Sie legte den Alligator behutsam auf den Bettüberwurf und blickte sich um wie eine aus dem Exil an die Stätte ihrer Kindheit Zurückkehrende. »Bin schon Ewigkeiten nicht mehr hier gewesen. Und doch kommt mir alles an dem guten alten Heim so vertraut vor. Was macht die Schreckensbotschaft an der Wand? Immer noch da?«

»Immer noch da«, versicherte Monty.

Sie schweifte ins Philosophische ab.

»Ist schon komisch: Hätte Sinclair Lewis dies hingeschrieben, bekäme er pro Wort einen Dollar. Ich dagegen gehe leer aus. Aber so ist das nun mal.«

Mit einem stummen Nicken bezeugte Monty sein Einverständnis. So, sagte jenes Nicken, sei das nun mal.

»Hören Sie«, wandte er sich nun einem Thema zu, das ihm unter den Nägeln brannte, »ist dieses vermaledeite Tier sicher?«

»Sie sprechen von meinem Alligator?«

»Ja.«

Miss Blossom wirkte überrascht.

»Klar doch. Wer sollte ihm denn was zuleide tun?«

»Ich meine«, doppelte Monty nach, da sie den Kern seiner Aussage offenbar nicht erfaßt hatte, »nagt er einen nicht bis auf die Knochen ab?«

»Höchstens«, sagte Miss Blossom besänftigend, »wenn man ihn neckt. An Ihrer Stelle würde ich die Zehen hübsch stillhalten. Er schnappt gern nach beweglichen Objekten.«

Eine unheimliche Ruhe legte sich über Montys Zehen.

»Na«, kehrte Miss Blossom zu ihrem ursprünglichen Thema zurück, »wie geht's, wie steht's? Gestern waren Sie nicht ganz auf dem Damm, wie? Überqueren Sie den großen Teich zum erstenmal?«

Monty wollte bereits nicken, verzichtete aber darauf, da er nicht wußte, ob dies schon zu jenen Bewegungen zählte, nach denen der Alligator gewohnheitsmäßig schnappte.

»Ja«, sagte er.

»Kein Wunder, daß Sie der Sturm aus der Bahn geworfen hat. Mir hat er Spaß gemacht. Bei so einem Sturm kriegt man wenigstens was für sein Geld. Und wo wir gerade von Stürmen reden: Auf dem Gang bin ich Ambrose begegnet.«

»Ja. Er war gerade hier.«

»Was hat er auf Sie für einen Eindruck gemacht?«

»Leicht angeschimmelt, nicht?«

»Fand ich auch.« Miss Blossom lächelte sanft. »Armes Kerlchen«, sagte sie mit liebevoll vibrierender Stimme. »Ich habe unsere Verlobung gelöst, müssen Sie wissen.«

»Ach ja?«

»Jawoll, Sir. Deshalb habe ich vorhin auch von Sturm gesprochen. In unserer ersten Nacht auf hoher See ist ein solcher übers Oberdeck gefegt. Was für 'ne Brise!«

»Ach ja?«

»Jawoll, Sir. Ein Kampf über fünfzehn Runden.«

»Und die Verlobung ist gelöst?«

»Na ja, sagen wir aufgedröselt. Ich werde die Sache aber heute wieder einrenken.«

»Schön. Ich hatte den Eindruck, ihm geht das ziemlich an die Nieren.«

»Stimmt, er ist ganz schön eingeknickt. Und doch ist es zu seinem Besten. Auf Dauer kann es ihm nur guttun, wenn er sich endlich hinter die Ohren schreibt, daß er mir gegenüber nicht bei der kleinsten Verstimmung einen auf James Cagney machen kann. Wo soll denn das hinführen? Geht an die Decke, nur weil ich seinem Bruder Reggie einen Kuß gebe! Warum sollte ich Reggie keinen Kuß geben?«

»Allerdings.«

»Ich finde, ein Mädchen hat das gute Recht, unter dem Geliebten hin und wieder eine Stange Dynamit zu zünden, wenn er sich gar zu mausig macht, oder etwa nicht?«

»Oh, durchaus.«

»Das verlangt doch schon die Würde.«

»Unbedingt.«

»Dies ist bereits das dritte Mal, daß ich so was mache. Die Verlobung lösen, meine ich. Das erste Mal, das war dreiundvierzig Sekunden nachdem ich ihm gesagt hatte, ich würde ihn heiraten.«

»Dreiundvierzig Sekunden?«

»Dreiundvierzig Sekunden. Rekordverdächtig, zumindest in Europa. Jawoll, Sir, dreiundvierzig Sekunden nachdem ich ihm gesagt hatte, ich würde ihn heiraten, löste ich die Verlobung, weil er Wilfred ein paar hinter die Löffel gegeben hatte.«

»Ihrem kleinen Bruder?«

»Meinem kleinen Alligator. Ich hielt Wilfred an seinen Mund und sagte: ›Gib Papa ein Küßchen‹, und Ambrose stieß ein gräßliches

Röcheln aus und schlug ihn mir aus der Hand. Muß man sich mal vorstellen! Das Tierchen hätte kaputtgehen können.«

Sie klang empört, als glaubte sie das Publikum auf ihrer Seite zu haben, doch Monty sympathisierte vollauf mit Ambrose. Er fand, daß sich der Romancier in dieser so plastisch geschilderten Szene prächtig geschlagen hatte, und wäre, als Wilfred breit gähnte und sich an seinen rechten Fuß kuschelte, gern Manns genug gewesen, wie Ambrose aufzutreten. Dieser Alligator leistete der Besucherin gewiß unschätzbare Dienste in ihrem Beruf, doch der soziale Umgang mit ihm schlug Monty doch empfindlich auf den Magen.

Außerdem fragte er sich, wie lange Miss Blossom noch zu bleiben gedachte.

»Damals war ich ihm bereits nach einer Woche wieder grün. Das zweite Zerwürfnis wog da schon schwerer, denn es sah tatsächlich so aus, als sei alles im Eimer. Wir waren gerade am Pläneschmieden für die Zeit nach der Heirat. Er wollte in London bleiben, während es mich, auf die eine Karriere im guten alten Plemplemhausen-am-Pazifik wartete, logischerweise dorthin zog. Tja, ein Wort gab das andere, doch wir kamen nicht vom Fleck. Ambrose ist ein Dickschädel in Reinkultur. Und wenn ich mir umgekehrt mal was in den Kopf gesetzt habe, kann auch der störrischste Esel noch was von mir lernen, weshalb wir also feststeckten, bis ich schließlich fuchsteufelswild sagte: ›Scheibenkleister, blasen wir die Sache eben ab‹, was wir dann auch taten. Doch plötzlich kam Ikey Llewellyn mit seinem Angebot daher, und alles war wieder in Butter.«

Miss Blossom begann sich die Nase zu pudern. Monty hüstelte. Er sah sie an wie ein Wirt seine Gäste kurz vor der Sperrstunde. Wäre es nur darum gegangen, ihren Erzählungen zu lauschen, hätte er diese Unterhaltung freudig weitergeführt, denn er fand ihre Geschichten geradezu fesselnd. Trotzdem konnte er seine Angst nicht restlos verdrängen, jene quälende Angst, Albert Peasemarchs Einschätzung grundanständiger junger Britinnen entpuppe sich womöglich als unzutreffend.

»Äh … nun …«, sagte er.

»Damals«, fuhr Miss Blossom fort, derweil sie die Nase im Taschenspiegel inspizierte und ihr noch den letzten Schliff gab, »sah es wirklich zappenduster aus. Jawoll, Sir. Dagegen ist dieser Fall ein Klacks. Schon in einer halben Stunde wird Ambrose mich in die Arme schließen und von mir wissen wollen, ob ich ihm je verzeihen kann, und ich werde antworten: ›Oh, Ambrose!‹, und er wird sagen, daß ihn nicht nur der Gedanke quäle, mich gequält zu haben (obschon ihn dieser furchtbar quäle), noch viel furchtbarer aber quäle ihn, daß er wisse, daß es mich quäle zu spüren, daß er sich selbst gequält habe, indem er mich gequält habe. Ich muß einfach lachen, wenn ich daran denke, wie er sich vorhin im Korridor aufgeführt hat. Er ist zum Schießen, der Kleine, und ich könnte ihn vor Liebe fressen. Was Hochnäsigeres können Sie sich gar nicht vorstellen. ›Guten Morgen‹, hat er gesagt, sich aufgerichtet, mich angefunkelt und die Flatter gemacht. Was sind die Männer doch für Dussel! So was müßte verboten sein.«

Monty hüstelte erneut.

»Durchaus«, sagte er. »Und da Sie heute morgen bestimmt noch allerlei zu erledigen haben …«

»O nein, keine Sorge.«

»Hier ein Termin und dort ein Termin …«

»Nein, ich habe keine Verabredungen.«

Monty sah sich gezwungen, deutlicher zu werden.

»Finden Sie nicht auch«, schlug er respektvoll vor, »es wäre besser, wenn Sie jetzt die Fliege machen?«

»Die Fliege?«

»Leine ziehen«, führte Monty aus.

Lottie Blossom musterte ihn verwundert. Diese Haltung war ihr ganz neu. Sonst wurde das männliche Geschlecht eher von ihr angezogen, als daß es sie aus freien Stücken mied, und in Biarritz hatte sie manchmal fast geglaubt, sie müsse sich die Spanier mit dem Knüppel vom Leibe halten.

»Aber wir haben doch gerade erst das Eis gebrochen und zu plaudern begonnen. Langweile ich Sie etwa, Nachbar Bodkin?«

»Nein, nein.«

»Und wo liegt dann Ihr Problem?«

Monty zupfte am Überwurf.

»Tja … es ist so … mir ist gerade eingefallen … ich habe mir gerade überlegt … rein theoretisch, versteht sich … daß … äh … Gertrude …«

»Wer ist Gertrude?«

»Meine Verlobte … ich habe gedacht, daß Gertrude theoretisch auf die Idee kommen könnte, einmal nachzusehen, ob ich schon wach bin … in welchem Falle …«

»Ich wußte gar nicht, daß Sie verlobt sind.«

»Doch. Ich will ganz offen mit Ihnen sein: Doch, das bin ich.«

»Dann ist das wohl die Frau, die ich am ersten Tag hier drin angetroffen habe?«

»Ja.«

»Ich fand sie eigentlich ganz sympathisch.«

»Oh, das ist sie.«

»Und sie heißt Gertrude?«

»Ganz genau, Gertrude.«

Miss Blossoms Augenbrauen zogen sich nachdenklich zusammen.

»Gertrude? Ich glaube nicht, daß ich viel übrig habe für den Namen Gertrude. Da wäre natürlich Gertrude Lawrence …«

»Durchaus«, erwiderte Monty. »Aber streng genommen geht es hier, wenn Sie mir folgen können, weniger um Gertrude Lawrence als um Gertrude Butterwick.«

Miss Blossom ließ abermals ihr schallendstes Lachen erklingen.

»Ist das ihr Name? Butterwick!«

»Ja.«

»Zum Totlachen!«

»Ich mag ihn auch nicht besonders«, pflichtete Monty bei. »Er erinnert mich allzusehr an ihren Vater J. G. Butterwick von Butterwick, Price & Mandelbaum, Import-Export. Aber darum geht es nicht. Es geht darum …«

»Sie glauben, es würde ihr sauer aufstoßen, mich hier anzutreffen?«

»Gerade begeistert wäre sie wohl kaum. Das letzte Mal war sie's jedenfalls nicht. Offen gesagt hatte ich erhebliche Mühe, für Ihre Anwesenheit eine plausible Erklärung zu finden.«

Miss Blossom schürzte die Lippen. Die Sache schien ihr zu mißfallen.

»Ein elender Kleingeist also, unsere Miss Buttersplosh, wie?«

»Keineswegs«, widersprach Monty energisch. »Weit gefehlt. Ihr Geist ist so ziemlich der größte, den man sich überhaupt vorstellen kann. Und sie heißt nicht Buttersplosh, sondern Butterwick.«

»Genauso schlimm«, gab Miss Blossom zu bedenken.

»Nicht halb so schlimm. Kein Vergleich. Und wir reden auch nicht über ihren Namen, sondern darüber, was sie denken würde, wenn sie Sie hier anträfe, praktisch auf meinen Zehen. Sie würde Zustände kriegen. Sie müssen nämlich wissen, daß ein Rädchen ins andere greift. Reggie Tennyson, dieser Blödmann, hat ihr vermittelt, ich sei nichts weiter als ein Schmetterling. Was ihr zusammen mit der Tätowierung auf meiner Brust …«

»Was für 'ne Tätowierung denn?«

»Ach, das ist eine lange Geschichte. Die Kurzversion lautet: Ich war einmal mit einer gewissen Sue Brown verlobt, deren Namen ich mir zusammen mit einem Herzen auf die Brust tätowieren …«

»Mensch!« sagte Miss Blossom ganz hingerissen. »Das muß ich sehen!«

Monty saß mit dem Rücken zum Kopfende des Bettes und konnte folglich nicht sehr weit zurückweichen. Doch er wich so weit zurück, wie es nur ging.

»Nein, verdammt!«

»Ach kommen Sie!«

»Nein, wirklich nicht.«

»Was ist denn los mit Ihnen? So ein Brustkorb ist doch nix unter Freunden. Mich können Sie nicht schockieren. Ich habe mal die weibliche Hauptrolle in *Bozo, der Affenmensch* gespielt.«

»Ja, schon, aber ...«

»Seien Sie kein Frosch.«

»Nein, kommt nicht in die Tüte.«

»Na schön, dann behalten Sie Ihren Brustkorb eben für sich.«

Gekränkt und bitter enttäuscht hob Miss Blossom den Alligator hoch, rückte das rosarote Band um dessen Hals zurecht und verließ den Raum. Doch genau in dem Moment, da sie Montys Tür schloß und sich ihrer eigenen zuwandte, um Wilfred in seinen vertrauten Weidenkorb zu legen, bog Gertrude um die Ecke.

Gertrude hatte eigentlich vorgehabt, an Montys Tür zu klopfen und ihm zu sagen, er solle aufstehen und den prächtigen Sonnenschein genießen. Dieses Projekt ließ sie nun fallen. Nach einem ersten ungläubigen Blick machte sie auf dem Absatz kehrt und begab sich wieder an Deck.

Monty beschlich im Laufe dieses lieblichen Tages – der Himmel war blau, und es wehte eine sanfte Brise – verschiedentlich das Gefühl, seine Angebetete benehme sich eigenartig. Nichts, was man hätte genauer festmachen können, aber doch eigenartig. Von Zeit zu Zeit verstummte sie jäh. Wenn er aufschaute, stellte er des öfteren fest, daß ihr Blick in recht versonnener Weise auf ihm ruhte. Oder vielleicht gar nicht mal versonnen, sondern ... na, eben eigenartig. Und das stimmte ihn eher nachdenklich.

Doch bis zum Abend war der Anflug einer Depression, verursacht durch eben diese Eigenartigkeit, von ihm gefallen. Unverwüstlich, wie er war, durfte er schon bald feststellen, daß sich jenes Gefühl unter dem Einfluß des köstlichen Essens verflüchtigte, das ihm die für die abendliche Speisenfolge Zuständigen vorgesetzt hatten.

Diese Wohltäter vertraten offenbar die Ansicht, daß nichts den Menschen schneller aufzumöbeln vermag als ein tüchtiger Happen, denn sie hatten fünf verschiedene Suppen und sechs verschiedene Fische auffahren lassen, welchen Präliminarien weitere appetitliche Speisen folgten, so etwa Hühnereintopf, Kalbsbraten, Ochsenschwanz, Schweine- und Hammelkotelett, Würste, Steak, Rehkeule, Roastbeef, Rissole, Kalbsleber, Preßkopf, York-Schinken, Virginia-Schinken, Bradenham-Schinken, Enten-Eberkopf-Ragout; und all dies wurde – wohl um noch die letzten Löcher zu stopfen – abgerundet durch nicht weniger als acht Puddings sowie eine große Auswahl an Käse und Eiscreme und Früchten. Monty aß nicht von allem, aber er aß doch genug, um danach gestärkt und in höchst sentimentaler Stimmung aufs Bootsdeck zu treten. Er fühlte sich wie eine verliebte Pythonschlange.

Die atmosphärischen Bedingungen auf dem Bootsdeck waren dazu angetan, solche Gefühle noch zu befördern. Es war eine stille, milde, sternenklare Nacht mit reichlich Mondschein, und wären ihm die Zigaretten nicht ausgegangen, hätte Monty beliebig lange dableiben und vielleicht sogar auf die Idee kommen können, sich als Verseschmied zu versuchen.

Doch als er nach einer guten Stunde beim Öffnen seines Etuis feststellte, daß es leer war, beschloß er, in der Kabine Nachschub zu holen. Wäre Gertrude mit ihm auf dem Bootsdeck gewesen, hätte er selbstverständlich keiner Zigaretten bedurft. Gertrude aber hatte einen Bridge-Termin mit Jane Passenger und zwei Teamkolleginnen ins Feld geführt. Deshalb ging Monty nach unten und wollte schon seine Kabinentür öffnen, als ihn ein Ausruf schockierter Mißbilligung innehalten ließ. Er wandte sich um und erblickte Albert Peasemarch.

Der Steward wirkte viktorianischer denn je.

»Sie dürfen da nicht hinein, Sir«, sagte er.

Monty starrte den Mann an. Er war perplex. Bei jeder ihrer Begegnungen schien ihm dieser Vasall neue Rätsel aufgeben zu wollen.

»Wie meinen Sie das?«

Albert Peasemarch überraschte die Frage sichtlich.

»Hat Sie die junge Dame nicht avisiert, Sir?«

»Avisiert?«

»Über die jüngsten Entwicklungen. Nicht die junge Dame von nebenan, versteht sich. Die andere junge Dame. Miss Butterwick. Hat sie Sie nicht darüber informiert, daß sie mit Ihnen die Kabine getauscht hat und daß Sie nun in B 36 sind?«

Monty lehnte sich kraftlos an die Wand. Wie schon früher einmal hatte sich der Steward in deren zwei verwandelt, die beide an den Rändern flimmerten.

»Jawohl, Sir, just dies hat sie veranlaßt. Einen Kabinentausch mit Ihnen. Auf dieser Fahrt geht's aber wirklich rund, was, Sir?« sagte Albert Peasemarch einfühlsam. »Bestimmt fragen Sie sich manchmal: Wo steht mir bloß der Kopf, wo bin ich nur? Zuerst quartiert Sie Ihr Freund um und nun auch noch diese Dame. Schon bald werden Sie Buch über Ihr aktuelles Domizil führen müssen.«

Er kicherte über den putzigen Einfall, hing ihm einen Moment lang nach, fand ihn viel zu schlau, um nur einmal ausgesprochen zu werden, und wiederholte ihn.

»In Bälde werden Sie Buch über Ihr aktuelles Domizil führen müssen. Ich glaube allerdings nicht, Sir«, sagte Albert Peasemarch nun schon etwas strenger, denn er konnte nicht nur geistreich, sondern auch ernsthaft sein, »daß mir dieses ewige Hin und Her zusagt. Ich habe mir erlaubt, die junge Dame darauf hinzuweisen, daß das ganz gegen die Vorschrift ist und ohne Benachrichtigung und Billigung des Zahlmeisters zu unterbleiben hat, doch sie hat darauf nur erwidert: ›Verdammt und zugenäht, Steward‹ oder jedenfalls irgend etwas in der

Art, ›Sie tun jetzt, was man Ihnen sagt, und zwar ohne Widerrede‹, so daß ich Sie wie angeordnet umquartiert habe. Selbstverständlich nahm ich an, die junge Dame habe Sie avisiert.«

»Steward«, krächzte Monty leise.

»Sir?«

»Peasemarch ... Wissen Sie zufällig, Peasemarch, ob Miss Butterwick schon – ob sie schon ins Badezimmer gegangen ist?«

»O ja, Sir«, antwortete Albert Peasemarch strahlend. »Gleich als erstes.«

»Und ...?«

»O ja, Sir, sie hat diesen unaustilgbaren Schriftzug erblickt. Der ließ sich ja auch nicht gut übersehen, wie? Sie zeigte sich ungemein interessiert. Sie betrachtete ihn eine Weile und wandte sich dann mit den Worten nach mir um: ›Manometer, Steward! Was soll das sein?‹ Und ich antwortete: ›Das ist ein Schriftzug, Miss, mit Lippenstift ausgeführt.‹ Und sie sagte: ›Ach!‹«

Monty klammerte sich an die Wand. Sie schien ihm der einzige Halt zu sein in einer sich auflösenden Welt.

»Ach?«

»Jawohl, Sir, genau das sagte die junge Dame: ›Ach!‹ Daraufhin schickte sie mich fort und schloß die Tür. Nach einem Weilchen klingelte sie nach der Mizzi ... der Stewardeß, Sir, und ließ sie ein Briefchen in Ihre Kabine bringen ... B 36, falls Sie das vergessen haben sollten, Sir ... sie liegt auf dem nächsthöheren Deck, hier sind wir auf dem C-Deck ... und zweifellos werden Sie das Briefchen dort vorfinden.«

Monty verließ ihn. Sein Bedarf an Albert Peasemarch war fürs erste gedeckt. Der Steward hatte die unverkennbare Miene eines Mannes aufgesetzt, der nächstens vorbringen würde, dies alles sei ein weiteres Beispiel für die unergründlichen Wege des Schicksals – was ja auch zweifellos zutraf. Wenn nämlich, wie Monty klar wurde, Gertrude Butterwick nie auf die Welt gekommen wäre, ja wenn sie auch nur schon ohne

Arme oder mit einem kürzeren Bein auf die Welt gekommen wäre, hätte man sie niemals für die Amerikatournee des englischen Frauenhockey-Nationalteams nominieren können. Dadurch aber wäre sie nicht an Bord der *R.M.S. Atlantic* gewesen und folglich auch nicht in der Lage, sich allerlei Gedanken zu machen und zum Schluß zu kommen, daß ein Monty Bodkin mit einer Miss Lotus Blossom als Zimmernachbarin ein Monty Bodkin war, der in einer Kabine auf Deck B sehr viel besser untergebracht wäre.

So unwiderlegbar dies alles war, so wenig Lust verspürte Monty doch, sich Albert Peasemarchs entsprechende Erläuterungen anzuhören.

Mit bleiernen Füßen stolperte er zur Kabine B 36. Deren Luft war noch immer schwach erfüllt von seinem Lieblingsparfüm, welches Gertrude Butterwick zu tragen pflegte, doch er verzichtete auf jedes sentimentale Schnuppern. Seine ungeteilte Aufmerksamkeit galt zwei Objekten auf der Frisierkommode.

Beim einen handelte es sich um einen Umschlag, auf dem sein Name in einer Handschrift stand, die er nur zu gut kannte. Beim anderen um eine braune Plüsch-Mickymaus mit korallenroten Augen.

Letztere blickte mit einem breiten, fröhlichen Lächeln zu ihm hoch, was er angesichts der Lage als geschmacklos und abscheulich empfand.

14. Kapitel

Als nicht weniger geschmacklos und abscheulich empfand Monty freilich, wie strahlend am Morgen, der diesen grundstürzenden Ereignissen folgte, die ganze Natur lächelte. Nichts hätte lieblicher und schöner sein können als das Wetter am nächsten Tag. Es gab weder Regen noch Nebel, ja nicht einmal eine frische nordöstliche Brise. Ungeachtet der Tatsache, daß die Kabine B 36 einen jungen Mann beherbergte, für den das Leben jeden Sinn verloren hatte, strömte das Sonnenlicht herein und tanzte lustig über die Decke, als stünde alles zum besten in dieser besten aller Welten.

Kurz nach neun war im Korridor das Geschlurfe von Hausschuhen zu hören, und wenig später trat Reggie Tennyson ein.

Der Anblick seines alten Freundes vermochte Montys Trübsinn in keiner Weise zu mildern. Seine Ansichten über angenehmen menschlichen Umgang waren im Moment denjenigen eines Julius Cäsar exakt entgegengesetzt. Nichts wollte er weniger um sich haben als »wohlbeleibte Männer, mit glatten Köpfen, und die nachts gut schlafen«. Zwar war Reggie nicht gerade wohlbeleibt, aber zumindest schien er einen vortrefflichen Schlaf genossen zu haben und glänzender Laune zu sein. Als er eintrat, lächelte er ebenso breit wie die Mickymaus, deren pausenloser Frohsinn Monty schon auf die Nerven ging, seit er aufgewacht war.

Seinem »Grüß dich« fehlte es deshalb an spontaner Herzlichkeit. Er hatte sich gerade zum Frühstück hingesetzt und wollte eigentlich allein sein mit Herzeleid und Räucherhering. Und wenn ihm die Einsamkeit schon versagt blieb, wäre ihm ein Besucher wie Ambrose doch sehr viel lieber gewesen. Besagter Ambrose nämlich sah schlank und hungrig aus, und genau das brauchte Monty an diesem Morgen. Einer Person wie Reggie dagegen fühlte er sich nicht gewachsen.

Trotzdem galt es die Form zu wahren, und so schickte er sich an, Konversation zu machen.

»Du bist früh auf«, sagte er griesgrämig.

Reggie lehnte sich gegen das Fußende des Bettes und drapierte seinen Bademantel um sich.

»Und ob ich früh auf bin!« sagte er mit einem fast pfadfinderhaften Eifer, der den Räucherhering in Montys Mund zu Asche werden ließ. »An einem Morgen wie diesem habe ich Besseres zu tun, als stinkfaul im Bett zu liegen. Was für ein Morgen! An einen solchen Morgen kann ich mich überhaupt nicht erinnern. Die Sonne scheint …«

»Ich weiß, ich weiß«, sagte Monty gereizt. »Ich hab' sie gesehen.«
Reggies Enthusiasmus legte sich. Er wirkte eingeschnappt. Einen Moment lang erinnerte er fast an Albert Peasemarch in einer seiner pikierteren Stimmungen.

»Na schön«, sagte er. »Deswegen brauchst du nicht gleich muffig zu werden. Ist schließlich nicht meine Schuld, daß sie scheint, oder? Man hat mich nicht gefragt. Ich habe nur eine plausible Erklärung dafür geben wollen, warum ich schon zu solch grauenhaft früher Stunde auf bin – froh und munter, zu jedem Tun bereit. Ich mache mich jetzt auf die Suche nach Mabel Spence, um mit ihr Shuffleboard zu spielen. Kennst du Mabel überhaupt, Monty?«

»Nur sehr flüchtig.«

»Was für ein Prachtstück!«

»Schon möglich.«

»Was meinst du mit ›schon möglich‹?« wollte Reggie erbost wissen.

»Ich sag' dir eins: Sie ist das netteste Mädchen auf dem weiten Erdenrund. Ach, wäre ich doch nur Ambrose.«

»Warum?«

»Weil er nach Hollywood zieht, wo sie lebt, während ich Kurs auf Montreal nehme – zur Hölle mit dieser Stadt, möge der Holzwurm ihre Ahornbestände befallen! – und sie nach dem Ende unserer Schiffsreise wohl nie mehr sehen werde. Aber es hat keinen Zweck«, sagte Reggie tapfer, »deswegen zu verzagen. Besser man sammelt Rosenknospen, dieweil noch Zeit ist. Apropos Rosenknospen, alter Knabe: Kannst du dich noch an die Krawatte erinnern, die du in der Burlington Arcade gekauft und im Drones Club einmal zum Lunch getragen hast? So ungefähr eine Woche vor dem Zweitausend-Guineen-Rennen in Newmarket? Halt doch mal kurz Rückschau. Das Ding hatte ein Rosenmuster vor taubengrauem Hintergrund und entspricht genau dem, was ich brauche, um dem Kostüm, in dem ich Mabel heute morgen gegenübertreten will, noch den letzten Schliff zu verpassen. Du hast sie nicht zufällig mitgebracht, oder? Falls doch, würde ich sie mir gern borgen.«

»Schau mal links in der obersten Schublade nach«, antwortete Monty matt. Verdrossen schluckte er eine Gabel voll Räucherhering hinunter. Ihm war nicht nach Krawattendebatten.

»Hab sie schon«, sagte Reggie kurz darauf.

Er kehrte zum Fußende des Bettes zurück. Die vorübergehende Schwermut beim Gedanken an den Abschied von Mabel Spence war verflogen. Er lächelte erneut, als habe er sich an etwas Lustiges erinnert.

»Sag mal, Monty, was machst du eigentlich hier oben?« fragte er. »Wenn man dich auf diesem Schiff so herumsausen sieht, könnte einem direkt schwindlig werden. Mir als altem Freund hättest du ruhig sagen können, daß du umgezogen bist. Ich bin vorhin in deine vermeintliche Kabine geplatzt und habe der schlafenden Gestalt im Bett einen tüchtigen Klaps gegeben ...«

Monty ließ einen erstickten Schrei ertönen.

»... und sie hat den falschen Bart abgerissen und sich als Gertrude entpuppt. Ein peinlicher Moment für alle Beteiligten.«

»Im Ernst?«

»Natürlich. Was soll denn das? Wozu der Umzug?«

»Hat sie es dir nicht erklärt?«

»Erklärungen habe ich gar nicht erst abgewartet. Ich bin nur rot angelaufen und habe mich verdrückt.«

Monty stöhnte auf.

»Gertrude hatte gestern abend nach dem Essen plötzlich den Einfall, die Kabinen zu tauschen. Sie hinterlegte mir ein Briefchen, das ihr Handeln begründete. Diese vermaledeite Blossom kam nämlich gestern morgen kurz nach deinem Abgang zu mir, und als Gertrude gerade in den Korridor einbog, sah sie diese hinaustreten und in ihrer eigenen Kabine verschwinden. Hieraus scheint Gertrude nun zwei Schlüsse gezogen zu haben: erstens, daß die Blossom und ich auf sehr vertrautem Fuß stehen, und zweitens, daß wir Tür an Tür wohnen. Deshalb entschloß sie sich zum Kabinentausch. Mir gegenüber erwähnte sie dies mit keinem Wort, weshalb ich sie auch ganz unmöglich davon abbringen konnte. Doch mit Albert Peasemarchs Unterstützung schritt sie spornstreichs zur Tat.«

Reggie hatte der Erzählung mit der ganzen Anteilnahme eines großherzigen jungen Mannes an der Not seines Freundes gelauscht. Sein aufgeweckter Geist stürzte sich sogleich auf den springenden Punkt in der Tragödie.

»Mensch! Wenn Gertrude in der Kabine ist, wird sie doch die Schrift an der Wand sehen.«

Abermals stöhnte Monty auf.

»Sie hat sie bereits gesehen. Das war natürlich das erste, was ihr ins Auge sprang.«

»Sprach sie das auch in ihrem Briefchen an?«

Melancholisch zeigte Monty mit der Gabel hinüber zur Frisierkommode.

»Da. Die Mickymaus. Ich habe sie ihr am ersten Reisetag geschenkt. Als ich gestern abend hereinkam, lag sie dort.«

»Sie hat sie retourniert?«

»Retourniert, genau.«

»Donnerlüttchen! Ein Laufpaß par excellence.«

»Ja.«

»Heiliger Bimbam!« sagte Reggie versonnen.

Es entstand eine Pause, in der Monty seinen Räucherhering aufaß.

»Dann hat sie also Lottie aus deiner Kabine treten sehen?«

»Jawohl, so schreibt sie mir in ihrem Briefchen. Aber sapperlot, gestern waren wir den ganzen Nachmittag und Abend zusammen, und sie erwähnte die Sache mit keinem Wort. Wäre sie darauf zu sprechen gekommen, hätte ich ihr erklären können, daß sich die Frau nur hingesetzt hatte, um über Ambrose sowie darüber zu reden, was dieser doch für ein Volltrottel sei und wie sehr sie ihn liebe, und daß zwischen uns kein Wort fiel, das nicht auch in der BBC-Kinderstunde hätte ausgestrahlt werden können. Doch für Erklärungen ist es jetzt natürlich zu spät, weil sie diesen Schriftzug gesehen hat und glaubt, ich sei insgeheim so 'ne Art Mormonenältester.«

Reggie nickte verständnisvoll.

»Ja. Ihre Gedankengänge leuchten ja auch ein. Zuerst erblickt sie diese Tätowierung auf deiner Brust. Du redest dich raus, doch ihr Vertrauen ist schon angekratzt. Dann erzähle ich ihr – idiotischerweise, wie ich zugeben muß, aber ohne böse Absicht ... ach übrigens, wie hast du dich denn da rausgeredet? Ich meine, nachdem ich dich ihr als Hallodri verkauft habe?«

»Ich habe ihr erzählt, daß du der größte Schwindler Londons bist.«

»Gut.«

»Und daß dir niemand ein Wort glaubt.«

»Sehr vernünftig.«

»Und daß du so was ständig tust, weil du's komisch findest. Ich habe ihr erzählt, du hättest einen rabenschwarzen Humor.«

»Ausgezeichnet«, sagte Reggie. »Sehr umsichtig. Einen besseren Schachzug hättest du gar nicht machen können. Jetzt begreife ich auch, warum sie mir neuerdings die kalte Schulter zeigt.«

»Tut sie das?«

»Ganz entschieden. Seit dem ersten Tag auf hoher See ist überhaupt erst einmal so etwas wie Wärme zwischen uns aufgekommen, nämlich vorhin in jener Kabine. Auf dem Bett zeichnete sich ein kleiner Hügel ab«, sagte Reggie und durchlebte eine Szene, die ihm offenbar noch in lebhaftester Erinnerung war, »und da sagte ich mir: ›Ha, jetzt werd' ich dem alten Monty mal 'ne lustige Überraschung bereiten.‹ Ich spuckte mir also in die Hände, holte weit aus und haute kräftig drauf. Peinlich, peinlich, wie gesagt. Tja, wenn ich dich richtig verstehe, ist die Sache puppenleicht. Ich wasche dich bei ihr in einer Sekunde rein. Ich gehe jetzt gleich zu ihr und sage, ich selbst hätte die Worte an die Wand geschrieben.«

Klappernd hob sich das Tablett auf Montys Schoß. Zum erstenmal an diesem Tag empfand er die über die Decke tanzenden Sonnenstrahlen nicht mehr bloß als einen wüsten Haufen ungebetener Gäste. Auch dem lächelnden Blick der Mickymaus hielt er stand, ohne mit der Wimper zu zucken.

»Reggie! Würdest du das wirklich tun?«

»Na klar. Anders geht's doch nicht.«

»Aber wird sie dir auch glauben?«

»Und ob sie mir glauben wird. Paßt doch alles perfekt. Du scheinst aus mir ja einen solchen Höllenhund gemacht zu haben, daß sie alles glauben wird, was meinem Ruf abträglich ist.«

»Das tut mir leid.«

»Spar dir Entschuldigungen. Strategisch ist das ideal.«

»Aber woher solltest du einen Lippenstift haben?«

»Lippenstifte kann man sich borgen.«

Montys letzte Zweifel hinsichtlich der Durchführbarkeit des Plans waren verflogen. Innig betrachtete er Reggie und erkannte, wie falsch es gewesen war, diesen beim Eintreten vorschnell als Nervensäge erster Güte abzutun. Inzwischen erschien ihm Reggie vielmehr als eine moderne Spielart des barmherzigen Samariters.

Doch als er sich überlegte, was sein Freund für ihn zu tun gedachte, kamen ihm doch Bedenken.

»Ich fürchte, sie wird eine Stinkwut auf dich haben.«

»Eine Stinkwut? Gertrude? Meine Cousine ersten Grades? Die vom Kindermädchen einst vor meinen Augen mit der Haarbürste versohlt worden ist? Du glaubst doch wohl nicht, es interessiere mich die Bohne, was dieses doofe Pfannkuchengesicht von mir hält, oder? Gütiger Himmel, nein. Da kann ich bloß müde lächeln und mit den Fingern schnippen. Mach dir meinetwegen keine Sorgen.«

Mächtige Emotionen stritten in Montys Busen. Neben die Erleichterung trat nicht nur der Schmerz, das geliebte Wesen als »doofes Pfannkuchengesicht« tituliert zu hören, sondern auch basses Erstaunen über einen Menschen, dem ihre Wertschätzung egal war, sowie brennender Groll gegen ein Kindermädchen, das zu der geschilderten Freveltat fähig gewesen war. Doch die Erleichterung behielt die Oberhand.

»Danke«, sagte er.

Selbst dieses schlichte Wort brachte er nur mit Mühe heraus.

»Tja«, sagte Reggie, »damit wärst du wenigstens in bezug auf die Schrift an der Wand aus dem Schneider. Was nun aber das Busseln mit Lottie Blossom in deiner Kabine angeht ...«

»Wir haben nicht gebusselt!«

»Dann halt geschnäbelt oder sonst was.«

»Ich habe dir doch gesagt, daß wir bloß über Ambrose geredet haben.«

»Hört sich recht fadenscheinig an«, bemerkte Reggie kritisch. »Aber wenn das deine Version ist, hältst du besser an ihr fest. Ich will nur sagen, daß du die Sache mit Lottie aus eigener Kraft wieder einrenken mußt. Wegen der Schrift dagegen kann ich dich garantiert reinwaschen, und das werde ich auch gleich in Angriff nehmen. Ich mache mich jetzt auf die Suche nach Gertrude, und anschließend werfe ich ein Schleppnetz nach Mabel Spence aus. Apropos Mabel Spence – wozu würdest du mir raten: Wildlederschuhe, weiße Flanellhose, Krawatte und Trinity-Hall-Blazer oder aber Wildlederschuhe, weiße Flanellhose, Krawatte und schickes blaues Jackett?«

Monty dachte kurz nach.

»Schickes blaues Jackett, würde ich sagen.«

»Gut«, sagte Reggie.

In der Zwischenzeit hielt sich Mabel Spence, die noch nichts von ihrem Glück wußte, in Ivor Llewellyns Kabine auf und vernahm aus dem Mund dieses höchst erregten Mannes, daß die Verhandlungen am Vortag gescheitert waren. Mr. Llewellyn lag noch immer im Bett, und das Lachsrosa seiner Pyjamajacke wirkte im direkten Vergleich zu der bänglichen Blässe seines Gesichts noch etwas satter.

»Der Bursche hat gesagt, er habe andere Pläne!«

Mit bebender Stimme sprach der Filmmogul diese unheilsschwangeren Worte aus, und auch Mabel Spence schien ihre Bedrohlichkeit zu erkennen. Sie stieß einen leisen Pfiff aus und nahm, eine nachdenkliche Schnute ziehend, aus der Schachtel neben dem Bett eine Zigarette – eine simple Handlung, die Mr. Llewellyn gleichwohl bis aufs Blut reizte.

»Ich wäre dir sehr verbunden, wenn du die Finger von meinen Zigaretten lassen könntest. Hast du keine eigenen?«

»Na schön, du fleischgewordene Gastfreundschaft. Ich lege sie zurück … Andere Pläne, wie?«

»So lauteten seine Worte.«

»Das will mir nicht gefallen.«

»Da bist du nicht die einzige.«

»Ich habe das Gefühl, er möchte mit dir nicht am gleichen Strang ziehen. Erzähl mir haargenau, was passiert ist.«

Mr. Llewellyn setzte sich auf, das Kissen ins Kreuz gedrückt.

»Ich schickte den jungen Tennyson mit einem Blankovertrag zu ihm. Verstehst du? Geld sollte keine Rolle spielen, klar? Ich wollte bloß wissen, ob er bereit sei, für die S.-L. zu schauspielern, den Betrag hätte er dann nach seinem Gusto einsetzen können. Doch dieser Tennyson kehrte zurück und sagte, der Kerl danke mir, habe aber andere Pläne.«

Mabel Spence schüttelte den Kopf.

»Das will mir gar nicht gefallen.«

Diese Bemerkung schien ihren Schwager genauso zu erbosen wie zuvor ihr Griff nach seinen Zigaretten.

»Na großartig, dir will das also nicht gefallen. Selbstverständlich will es dir nicht gefallen. Mir will es ja auch nicht gefallen. Oder siehst du mich etwa herumtanzen und in die Hände klatschen? Ich singe nicht, oder? Ich rufe nicht dreimal ›Hipp, hipp, hurra!‹, oder?«

Mabel setzte ihr Sinnieren fort. Sie war ganz verwirrt. Wäre sie Monty Bodkin gewesen, hätte sie gesagt, das Ganze grenze an ein Mysterium. So aber meinte sie schlicht, es sei ihr ein Rätsel.

»Klar, mir ist es genauso gegangen«, erwiderte Mr. Llewellyn, »bis Tennyson mir noch etwas erzählte. Und weißt du, was das war? Er sagte mir, dieser Bodkin sei praktisch Millionär. Verstehst du, was das bedeutet? Es macht ihm Spaß, als Spitzel zu arbeiten. Richtig gruselig, nicht? Die Moneten interessieren ihn nicht im geringsten. Er möchte andere einfach leiden sehen. Wie soll man einen solchen Mann schmieren?«

Er grübelte eine Zeitlang nach. Offensichtlich fand er es ganz typisch, daß der einzige Zollspitzel, an den er je geraten war, nicht nur über ein gigantisches Privatvermögen, sondern auch noch über ein schauerliches Naturell verfügte.

»Tja, ich stehe wie der Ochs vorm Berg. Ich weiß, wann ich mit meinem Latein am Ende bin. Ich werde Grayce' Kollier deklarieren und Zoll darauf zahlen.«

»Das würde ich besser nicht tun.«

»Ist mir schnuppe, was du tun oder lassen würdest. Ich tu's jedenfalls.«

»Mach, was du willst.«

»Ganz recht. Ich mache, was ich will.«

»Mir ist nur«, gab Mabel zu bedenken, »der Funkspruch eingefallen, den mir Grayce gestern abend geschickt hat.«

Mr. Llewellyn wirkte nicht mehr ganz so entschlossen wie eben noch. Aus seinem Teint, der durch die Gefühlsaufwallung fast die gleiche Tönung angenommen hatte wie die Pyjamajacke, wich ein Teil der Farbe. Er befeuchtete sich jetzt, wie Monty Bodkin es früher auch einmal getan hatte, mit der Zungenspitze die Lippen.

»Funkspruch? Von Grayce?«

»Ja.«

»Zeig her.«

»Er liegt in meiner Kabine.«

»Was sagt sie denn?«

»An den exakten Wortlaut kann ich mich nicht erinnern. Ich soll dir jedenfalls ausrichten, daß sie weiß, was sie zu tun hat, falls du nicht deinen Mann stehst.«

»Sie weiß«, murmelte Mr. Llewellyn wie in Trance, »was sie zu tun hat.« Mabel Spence betrachtete ihn nicht ohne Mitgefühl.

»Ehrlich, Ikey«, sagte sie, »ich würde am Ball bleiben. Mit Grayce ist nicht zu spaßen. Du weißt, wie sie ist. Impulsiv. Und vergiß nicht, daß sie sich in Paris aufhält – wenn sie eine Scheidung will, braucht sie bloß den Hut aufzusetzen und ein Taxi zu rufen.«

Mr. Llewellyn hatte das keineswegs vergessen.

»Selbst wenn dieser Bodkin nicht mittun will, besteht kein Grund zur Sorge. Mal angenommen, er weiß, daß du was im Schilde führst. Mal angenommen, seine Kumpel an Land kriegen von ihm den Tip, dich ins Visier zu nehmen, sobald du im Zollhaus aufkreuzt. Na und? Es passiert eh nix, bevor sie dein Gepäck kontrolliert haben, und da wird George mit der Ware längst über alle Berge sein.«

Mr. Llewellyn ließ sich nicht beschwichtigen. Seine Vorbehalte gegen jene Szene, die in seinem Kopf längst als »die Hutnummer« lief, mochte ja schlicht daher rühren, daß sein Schwager George darin eine Hauptrolle spielen sollte. Doch Vorbehalte hatte er, daran gab es nichts zu rütteln. Statt eines seligen Lächelns entlockte ihm Mabels Zuversicht bloß ein sarkastisches Grinsen.

»Ja, glaubst du denn, ein kluger Kopf wie er reimt sich nicht allerlei zusammen, wenn er sieht, daß George und ich einander die Hüte vom Kopf schlagen und sie wie die miesesten Schmierenkomödianten tauschen? Kaum sieht er das, ist ihm klar, daß die Sache zum Himmel stinkt.«

»Er wird es aber nicht sehen. Er wird gar nicht da sein.«

»Nicht da sein? Er wird sich mir an die Fersen heften, kaum treten wir an Land.«

»Nein, wird er nicht. Wir halten ihn an Bord fest, bis du ausgestiegen bist und George getroffen hast.«

»Ach? Und wie soll das gehen?«

»Mit links. Reggie Tennyson wird ihn irgendwie ablenken. Sie sind befreundet. Reggie kann ihn beiseite nehmen, um etwas zu besprechen. Überlaß das mir. Ich kümmere mich darum.«

Mr. Llewellyn war es wie gesagt nicht gegeben, seine Schwägerin wirklich zu mögen, doch er mußte eingestehen, daß ihre Persönlichkeit Vertrauen einflößte. Sein Atem ging jetzt nicht mehr ganz so schwer.

»Ich verrate Reggie natürlich nicht, weshalb er es tun muß. Ich sage ihm bloß, daß ich mir das von ihm wünsche.«

»Und das reicht?«

»Klar.«

»Sag mal, ihr beide scheint ja ganz gut miteinander auszukommen.«

»Stimmt. Ich mag Reggie. Und er tut mir leid. Armer Junge, seine Familie schickt ihn nach Montreal in ein Büro, und er ist am Boden zerstört deswegen. Wenn er schon unbedingt arbeiten müsse, sagt er, dann lieber draußen in der Prärie, wo ein Mann noch ein Mann sei – und eine Frau eine Frau. Also zum Beispiel in Hollywood.«

Argwöhnisch kniff Mr. Llewellyn die Augen zusammen. Ein mißtrauischer Ausdruck war in sie getreten. Er roch den Braten – einen dikken, fetten Braten.

»Ach?« sagte er. »So sieht er das also?«

»Ja. Und ich habe mich gefragt«, sagte Mabel, »ob du in Llewellyn City nicht irgendein Pöstchen für ihn hättest, Ikey?«

Der ganze oberhalb des Bettzeugs sichtbare Ivor Llewellyn erzitterte, als hätte er einen Schlagfluß erlitten, und das Beben der Wolldecke zeigte an, daß auch seine unsichtbaren Körperteile zitterten. So oft er schon derartige Diskussionen erlebt hatte, so unmöglich war es ihm, vollkommen unberührt zu bleiben, wenn sie sich ankündigten. Bot man ihm die Gelegenheit, in Llewellyn City etwas für einen Verwandten oder einen Freund eines Verwandten oder einen angeheirateten Verwandten oder einen Freund eines angeheirateten Verwandten zu tun, dann war ihm jedesmal so, als würden seine inneren Organe mit einem langen Stecken aufgerührt. In solchen Fällen pflegte er zu brüllen wie ein Seelöwe, den es nach Fisch verlangt. Dies tat er auch jetzt wieder.

»Ha!« rief er. »Ich habe mich schon gefragt, wann das kommen würde. Genau darauf habe ich gewartet.«

»Reggie könnte dir ungemein nützlich sein.«

»Wie das? Ich habe schon einen Burschen, der mein Büro fegt.«

»Deine Filme wimmeln doch von britischen Szenen. Die könnte er für dich begutachten. Das könntest du doch, Reggie?« fragte Mabel an das Wesen gewandt, das in strahlender Flanellhose und schickem blauem Jackett hereingeschlendert kam, ohne auch nur, wie Mr. Llewellyn säuerlich konstatierte, anzuklopfen. Wer Ivor Llewellyn auf dem S.-L.-Grundstück in Llewellyn City zu sprechen wünschte, mußte mindestens eine wenn nicht zwei Stunden in einem Vorzimmer warten, und nicht zum erstenmal regte sich der Filmmogul über die weniger strengen Bräuche auf, die an Bord von Schiffen herrschten.

»Halli hallo!« sagte Reggie fröhlich. »Halli hallo und noch einmal halli hallo. Guten Morgen, Mabel, und dito, Llewellyn. Ihr beide bietet ja einen überaus erfreulichen Anblick. Mir gefällt dieser Pyjama, Llewellyn. Jeder Mann sein eigener Sonnenuntergang. Ich habe das ganze Schiff nach dir abgesucht, meine kleine M. Spence, und man hat mir erzählt, du steckst hier. Was würdest du zu einer Partie Shuffleboard sagen?«

»Fänd' ich prima.«

»Fänd' ich auch prima. Ist dir schon aufgefallen, wie ungeheuer ähnlich unser Geschmack ist? Geistesverwandte, darauf läuft es meines Erachtens hinaus. Ach, Zigaretten?« sagte Reggie, als er die Schachtel auf dem Nachttisch erblickte. Er bediente sich und nickte nach dem ersten Zug anerkennend. »Sie kaufen gute Zigaretten, Llewellyn«, sagte er freundlich. »Ganz nach meinem Geschmack. Hast du mich«, fuhr er fort, »nicht gerade etwas gefragt, als ich hereingekommen bin? Ich glaube mich schwach an die Worte ›Das könntest du doch, Reggie?‹ zu erinnern. *Was* könnte ich doch?«

»Ikey helfen.«

»Es ist mir stets ein Vergnügen, Ikey zu helfen, so es sich einrichten läßt. Aber wie?«

»Wir haben gerade erörtert, ob du nicht für die Superba-Llewellyn arbeiten könntest. Ich weiß, wie sehr dich diese Stelle in Montreal anödet.«

»Richtig zuwider ist sie mir. Ich käme mir dort vor wie ein Vogel im goldenen Käfig. Was für eine vortreffliche Idee«, sagte Reggie und belohnte Mr. Llewellyn mit einem aufmunternden Lächeln. »Ein wirklich erstklassiger Einfall. Guter Freund, mit dem größten Vergnügen werde ich für die Superba-Llewellyn arbeiten. Daß Sie mir einen solchen Vorschlag unterbreiten, beweist eindrücklich, was für ein gutes Herz Sie haben. In welcher Eigenschaft sähen Sie mich denn?«

»Ich habe gerade gesagt, du könntest seine britischen Szenen begutachten. Du kennst das Leben der britischen Upperclass doch in- und auswendig.«

»Wie meine Westentasche.«

»Hast du das gehört, Ikey? Dann wirst du nie mehr Leute im Juli auf die Fuchsjagd schicken.«

»Gütiger Himmel, nein. So weit kommt's noch! Im Juli auf die Jagd? Na, na, na. Ts, ts, ts. Nein, von heute an, mein teurer Llewellyn, brauchen Sie keinen Gedanken mehr an Ihre britischen Szenen zu verschwenden. Überlassen Sie die ruhig mir. Und jetzt«, sagte Reggie und nahm sich eine weitere Zigarette, »zu den Bedingungen. Von meinem

Bruder Ambrose weiß ich zufällig, daß Sie ihm fünfzehnhundert Dollar pro Woche zahlen. Damit könnte ich fürs erste leben. Bestimmt geben Sie mir das bei Gelegenheit schriftlich. Eilt überhaupt nicht. Wann immer Sie dazu kommen, mein teurer Llewellyn.«

Endlich fand Mr. Llewellyn die Worte wieder. Bisher hatte ihn die Erregung, die ihn stets ergriff, wenn von jener Fuchsjagd im Juli die Rede war, sprachlos gemacht. Es handelte sich um einen seiner wundesten Punkte. Besagte Schlüsselszene in der Großproduktion *Prachtvolles Devon* hatte in der englischen Presse für so viel Unmut gesorgt und bei den rotgesichtigen obersten Jagdmeistern in sämtlichen Grafschaften Mittelenglands solche Erstickungsanfälle und empörte Aufschreie ausgelöst, daß man mit Gehirnschlägen in epidemischem Ausmaß hatte rechnen müssen. Dies hätte Mr. Llewellyn ja noch mannhaft hingenommen. Daß der Film deshalb aber im ganzen Königreich durchgefallen war, hatte den Filmmogul mitten ins Mark getroffen.

»Gehen Sie mir aus den Augen!« brüllte er.

Reggie war überrascht. Nicht ganz der richtige Ton, fand er.

»Aus den Augen?«

»Jawohl, aus den Augen. Sie und Ihre britischen Szenen!«

»Ikey!«

»Und bleib du mir gestohlen mit deinem ›Ikey!‹«, feuerte Mr. Llewellyn seine Kanone nun mit Getöse auf seine Schwägerin ab. »Du willst also, daß mir noch mehr Tagediebe das Geld aus der Tasche ziehen, wie? Dein Bruder George und dein Onkel Wilmot und dein Cousin Egbert und deine Cousine Genevieve reichen wohl noch nicht, wie?«

An dieser Stelle hielt Mr. Llewellyn kurz inne, um die entschwindenden Rockschöße seiner Selbstbeherrschung zu erhaschen. Der Schluß seiner kleinen Ansprache hatte ihn schwer mitgenommen. Die 350 Dollar, die er wöchentlich an Genevieve, die Schwester Egberts, des Cousins seiner Frau, ausschüttete, hatten ihm aus unerfindlichen Gründen schon immer mehr zugesetzt als alle anderen Kümmernisse zusammen. Genevieve, eine Brillenschlange, deren Mund stets offenstand wie ein Briefkastenschlitz, hätte jedem anderen Brötchengeber per annum maximal dreißig Cents entlockt.

»Ich soll also nicht nur«, nahm er den Faden wieder auf, wobei er das Bild des mit Polypen gestraften Mädchens verzweifelt von seinem inneren Auge fernzuhalten versuchte, »für deine ganze verfluchte Familie sorgen. Wenn keine Angehörigen mehr vorrätig sind, soll ich in die weite Welt ziehen und wildfremden Menschen mein Geld aufdrängen, denn sonst könnte ich ja plötzlich ein paar Dollar für mich allein haben. Ich soll also Llewellyn City bis zum letzten Quadratzentimeter vollstopfen mit englischen Fatzkes, die in ihrem ganzen Leben nix geleistet haben, außer daß sie essen und schlafen oder auf dem Promenadendeck mit meiner Schwägerin Händchen halten?«

»Bootsdeck«, korrigierte Mabel.

»Ich soll mir also eine Meute Bluthunde besorgen und auf die Spur von jungen Rotzlöffeln ansetzen, die ich ohne Bluthunde ja übersehen könnte? Ich soll mir also eine Meute Bernhardinerhunde besorgen und sie darauf abrichten, diese Schnösel in die warme Stube zu zerren?«

Reggie wandte sich mit hochgezogenen Augenbrauen an Mabel. Mr. Llewellyns Worte, denen er mit großem Interesse gelauscht hatte, schienen nur einen Schluß zuzulassen.

»Aus dem Geschäft wird wohl nichts«, sagte er.

»Ich soll mir also eine Meute Fuchshunde besorgen …«

Reggie gebot ihm mit erhobener Hand Einhalt.

»Llewellyn, mein Guter, bitte«, sagte er ziemlich steif. »Wie Sie Ihren Hundezwinger bestücken wollen, ist uns egal. Verstehe ich das richtig: Sie wünschen nicht, daß ich Ihre britischen Szenen begutachte?«

»Ich glaube, genau das hat er durch die Blume sagen wollen«, antwortete Mabel.

Reggie schnalzte bedauernd mit der Zunge.

»Da geht Ihnen aber ein toller Fang durch die Maschen, Llewellyn. Überlegen Sie sich das besser noch mal.«

Mr. Llewellyn sprach weiter, wobei er sich metaphorisch auf neues Terrain begab.

»Man hält mich also für das amerikanische Finanzamt, welches gutes Geld für Nichtsnutze wie den da verschleudert?«

Mabel begehrte gegen diese Diskriminierung auf.

»George zahlst du einen glatten Tausender«, gab sie zu bedenken.

Mr. Llewellyn erbebte.

»Komm mir nicht mit George.«

»Und Genevieve …«

Mr. Llewellyn erbebte noch stärker.

»Und komm mir«, bat er, »auch nicht mit Genevieve.«

»Und Reggies Bruder Ambrose sogar fünfzehnhundert. Wenn du für Reggies Bruder Ambrose fünfzehnhundert Dollar pro Woche springen läßt, begreife ich nicht, warum du jetzt plötzlich so knausrig tust.«

Mr. Llewellyn starrte seine Schwägerin in ungekünsteltem Erstaunen an. Eigentlich hatte er sie gerade fragen wollen, ob sie ihn aufgrund irgendeiner Verwechslung für Rockefeller, Pierpont Morgan, Death Valley Scotty oder einen der indischen Maharadschas halte, doch ihre Bemerkung lenkte ihn ab.

»Ambrose Tennyson? Wie meinst du das? Fünfzehnhundert pro Woche sind doch fast geschenkt für so einen.«

»Ach, findest du?«

»Selbstverständlich finde ich das.«

»Was hat er denn geleistet?«

»Er ist ein bedeutender Schriftsteller.«

»Kennst du seine Bücher?«

»Nein. Wann komme ich schon zum Lesen? Aber alle Welt kennt sie. Sogar dein Bruder George. Schließlich war er es, der mir sagte, ich solle ihn für die S.-L. anheuern.«

»George scheint nicht ganz bei Trost zu sein.«

Reggie sah sich gezwungen einzugreifen. Er mochte Ambrose, sofern ihn dieser nicht gerade durch Korridore hetzte und ihm den Hals umzudrehen drohte, und solches Gerede war, wie er fand, dazu angetan, den Betreffenden in seinem Berufsstolz zu verletzen. Sehr destruktiv.

»Soweit würde ich nicht gehen«, hielt er dagegen. »Ambrose produziert ganz annehmbares Zeug.«

»Was heißt denn hier ›ganz annehmbares Zeug‹?« brauste Mr. Llewellyn mächtig auf. »Er ist berühmt. Er ist eine ganz große Nummer.«

Mabel rümpfte die Nase.

»Woher hast du das?«

»Na, zum Beispiel von dir«, sagte Mr. Llewellyn auftrumpfend. Er genoß die rare Gelegenheit, seine Schwägerin aus dem Konzept zu bringen.

»Von mir?«

»Jawohl, von dir. Bei der Abendgesellschaft in meinem Haus, als dieser englische Dramatiker, den ich engagiert hatte, große Töne über Bücher und ähnliches Zeug spuckte. War so ein Kerl mit Hornbrille. Er sagte, Tennyson sei ein Rohrkrepierer, worauf du tüchtig kontra gabst und ihm sagtest, Tennyson sei toll und nur ein elender Besserwisser könne etwas anderes behaupten. Tennyson werde man, so sagtest du, noch lesen, wenn dieser Brillenheini nicht mal mehr als Nummer im Telefonbuch stehen würde, und er feixte rum und sagte: ›Also wirklich, meine Teuerste!‹ und aß eine Banane. Und am nächsten Tag redete ich mit George und fragte ihn, ob dieser Tennyson tatsächlich klasse sei, und George sagte, er sei ein Knaller und ich solle ihn in London unbedingt aufspüren.«

Aus Mabel Spence' Kehle drang ein Röcheln.

»Ikey!« stöhnte sie.

Sie starrte ihn mit jener Ehrfurcht an, die uns bei der Betrachtung eines Objekts ergreift, das auf der ganzen Welt nicht seinesgleichen hat.

»Ikey! Sag mir, daß das nicht wahr ist!«

»Hä?«

»Es kann gar nicht wahr sein – dafür ist es einfach zu gut. Du hast doch nicht etwa Reggies Bruder im Glauben unter Vertrag genommen, er sei *der* Tennyson?«

Mr. Llewellyn kniff die Augen zusammen. Ihn beschlich ein ungutes Gefühl. Er hegte den Argwohn, angeschmiert worden zu sein, auch wenn er noch nicht durchschaute, wie. Doch das ungute Gefühl wurde nun von einem tröstenden Gedanken verdrängt. Ambrose' Vertrag war noch nicht unterzeichnet.

»Warum, ist er das denn nicht?«

»Du Mostschädel, Tennyson ist schon seit vierzig Jahren tot.«

»Tot?«

»Natürlich. George hat dich auf die Schippe genommen. Du solltest doch langsam wissen, was für ein Scherzkeks er ist. Mich wundert nur, daß er dir nicht geraten hat, Dante unter Vertrag zu nehmen.«

»Wer«, erkundigte sich Mr. Llewellyn, »ist Dante?«

»Der ist ebenfalls tot.«

Wie gesagt, Mr. Llewellyn konnte beileibe nicht alles verstehen, doch so viel war auch ihm klar: Sein Schwager George hatte sich nicht damit begnügt, pro Woche tausend Dollar mehr aus der Firmenschatulle zu nehmen, als er wert war, sondern auch noch versucht, die Superba-Llewellyn in eine Leichenhalle umzufunktionieren, weshalb der Filmmogul zuerst nichts anderes verspürte als einen nachgerade heiligen Zorn gegen George. Selbst wenn er davon absah, daß sich Leichen wohl genausogut auf Treatments und Dialoge verstanden wie die meisten der von ihm ausgehaltenen Autoren, mißfiel es ihm entschieden, wie hemmungslos George seinem sattsam bekannten Humor frönte, welcher Meinung er denn auch in markigen Worten Ausdruck gab.

Doch dann kehrte die Verwirrung zurück.

»Und wer ist Ambrose Tennyson?«

»Reggies Bruder.«

»Ist das alles?«

»Ja, damit hat er wohl sein Pulver schon verschossen.«

»Aber ist er denn nicht Schriftsteller?«

»Wenn man so will.«

»Kein Knaller?«

»Nein, kein Knaller.«

Mr. Llewellyn stürzte sich auf die Klingel und hielt den Daumen drauf.

»Sir?« sagte Albert Peasemarch.

»Bringen Sie Mr. Tennyson her.«

»Mr. Tennyson befindet sich bereits unter den Anwesenden, Sir«, antwortete Albert Peasemarch mit einem nachsichtigen Lächeln.

»Mr. Ambrose Tennyson.«

»Ach, Mr. Ambrose Tennyson? O ja, Sir. Verzeihung, Sir. Jawohl, Sir. Sehr wohl, Sir«, sagte Albert Peasemarch.

Der Ambrose Tennyson, der wenige Minuten später in die Kabine trat, unterschied sich fundamental von dem verdrießlichen Frauenfeind, dessen Gebaren die Passagiere der R.M.S. *Atlantic* in den vergangenen zwei Tagen so betrübt hatte. Die stürmische Versöhnung mit Lotus Blossom, bewerkstelligt am Vortag kurz vor dem Lunch auf dem Bootsdeck, hatte seine gewohnte Munterkeit und gute Laune wieder vollkommen hergestellt. Und so kam er nun hereinspaziert wie eine Ein-Mann-Polonaise aus einer altmodischen Operette und versprühte Frohsinn und Wonne.

Es gibt keine feste Regel für diese Dinge – und Programmänderungen bleiben selbstverständlich vorbehalten –, doch die Natur scheint bei der Bestückung der Welt mit jungen englischen Romanciers dazu zu neigen, diese in zwei spezifische Kategorien einzuteilen: Cocktail-und-Zynismus versus Herzhaftigkeit-und-Bier. Reggies Bruder Ambrose gehörte zur zweiten Gruppe. Er war groß und muskulös, hatte stechende Augen, ein vorspringendes Kinn, einen roten Teint und Hände so groß wie Vorderschinken, und seinen Urlaub verbrachte er am liebsten kraxelnd in den Pyrenäen – wobei er auch noch zu singen pflegte!

Auch jetzt sah es ganz danach aus, als würde er, falls man ihn auch nur ein bißchen ermunterte, gleich ein Liedchen anstimmen, so daß Mabel Spence bei seinem Anblick tiefe Reue packte. Sie bedauerte die impulsive Aufrichtigkeit, mit der sie ihren Schwager in die Mysterien der Tennyson-Frage eingeweiht hatte.

Reggie wirkte ebenfalls besorgt. Stumm hatte er dem jüngsten Wortwechsel gelauscht, ganz benommen von dem Tempo der sich abspulenden Ereignisse. Der überschäumende Kauz vor ihm drohte blindlings ins Verderben zu rennen, weshalb er ihn mitleidig ansah und sich bewußt wurde, daß irgend jemand – am Ende vielleicht sogar er selbst, wenn ihm nur etwas Passendes eingefallen wäre – den armen Hund schonend auf die Dinge vorbereitete, die seiner harrten.

Es bot sich jedoch niemandem die Gelegenheit, Ambrose Tennyson schonend auf irgend etwas vorzubereiten. Mr. Llewellyn hatte zu sprechen begonnen, bevor der andere noch richtig im Zimmer stand.

»He, Sie!« bellte er.

Selbst der freundlichste Kritiker hätte seinen Ton brüsk nennen müssen, und Ambrose erschrak nicht schlecht und machte zunächst fast den Eindruck, als wäre er gegen einen Laternenpfahl gerannt. Allerdings war er der ganzen Menschheit derart gewogen, daß er sich entschloß, nobel über die Schroffheit hinwegzusehen.

»Guten Morgen, Mr. Llewellyn«, sagte er beschwingt. »Wie ich höre, wünschen Sie mich zu sprechen. Wohl wieder wegen Bodkin, was? Mr. Llewellyn«, erklärte er und strahlte dabei seinen gramerfüllten kleinen Bruder an, »glaubt nämlich aus ewig dunklen Gründen, Monty Bodkin könnte einen guten Filmschauspieler abgeben.«

Diese stupende Aussage vermochte Reggie tatsächlich von seinen brüderlichen Sorgen abzulenken.

»Was!?« rief er. »Monty?«

»Ja«, sagte Ambrose und lachte schallend. »Stell dir das mal vor – er möchte den ollen Monty zum Star machen.«

»Mich laust der Affe!«

»Ich kann mir nicht vorstellen, daß Monty je geschauspielert hat, oder schon?«

»Nicht daß ich wüßte.«

»Ach doch, jetzt fällt mir ein, daß er mir davon erzählt hat – im Kindergarten.«

»War sicher ein Reinfall.«

»Ganz bestimmt. Man steht vor einem Rätsel, nicht?«

»Schon fast vor einem Mysterium.«

Mr. Llewellyn mischte sich in diesen gemütlichen Bruderplausch. Er hätte das schon früher getan, wenn seine Stimmbänder nicht versagt hätten. Ambrose' ausgelassene Fröhlichkeit machte ihn so kribbelig, als hätte er einen Hautausschlag.

»Klemmen Sie dieses elende Gefasel ab!« brüllte er. »Es hat nichts mit Bodkin zu tun. Hören Sie zu! Halten Sie doch mal eine halbe Minute die Klappe, wenn Sie das überhaupt schaffen, und spitzen Sie die Ohren.«

Ambrose starrte ihn verdutzt an. Dies war nicht der Ton, den der andere in früheren Gesprächen angeschlagen hatte. Bisher war ihm der Generaldirektor der Superba-Llewellyn stets sehr ruhig und respektvoll begegnet.

»Wie ich höre, sind Sie nicht der richtige Tennyson.«

Ambrose' Verwunderung wuchs. Er betrachtete Reggie, als frage er sich, ob irgendwer glauben könnte, dieser bekleide die erwähnte Stellung.

»Ich fürchte, ich verstehe nicht ganz.«

»Wir sprechen doch die gleiche Sprache, oder nicht?«

Ambrose' Haltung büßte etwas an Bonhomie ein. Sein Ton wurde leicht säuerlich.

»Bis zu einem bestimmten Punkt wohl schon. Aber ich verstehe Sie trotzdem nicht.«

»Warum haben Sie mir die ganze Zeit verschwiegen, daß Sie nicht der richtige Tennyson sind?«

»Sie verwenden immer wieder diesen merkwürdigen Ausdruck. Wenn Sie mir freundlicherweise erklären würden, wen Sie mit dem ›richtigen Tennyson‹ meinen, könnte ich Ihnen vielleicht weiterhelfen.«

»Sie wissen genau, wen ich meine. Tennyson, den Bücherschreiber.«

Ambrose warf Mr. Llewellyn einen frostigen Blick zu. Er wirkte nun eindeutig steif, und man hätte glauben können, er stauche im Marineministerium gerade einen Untergebenen zusammen, weil dieser einer verschleierten Abenteuerin erlaubt hatte, die Kriegspläne zu stehlen.

»Ich hatte bisher den Eindruck«, sagte er mit einer Stimme, in die ein Oxfordischer Eiswind gefahren war, »Tennyson, der Bücherschreiber, das sei ich. Ich kenne niemanden gleichen Namens, der schriftstellerisch tätig ist. Natürlich gab es mal einen nicht ganz unbedeutenden Poeten namens Tennyson, aber Sie haben bestimmt nicht geglaubt ...«

Reggie fand es an der Zeit, Licht ins Dunkel zu bringen.

»Doch, das hat er, Alter. Genau das hat er geglaubt. Hinters Licht geführt von seinem Schwager George, der offensichtlich ein veritabler Witzbold ist und Hollywood mit seinem goldenen Humor beglückt, hat er Kraut und Rüben durcheinandergeschmissen. Er hat dich mit dem genuinen Königs-Idylliker verwechselt.«

»Das ist wohl nicht dein Ernst?«

»Doch.«

»Ehrlich wahr?«

»Wenn ich's sage!«

Ambrose' gute Laune war schlagartig wiederhergestellt. Jedweder Groll, den Ivor Llewellyns seltsames Verhalten in ihm erzeugt haben mochte, verflüchtigte sich. Er warf den Kopf in den Nacken und stieß ein lautes, herzhaftes Lachen aus, das wie Donner durch die Kabine rollte.

Dies ließ Mr. Llewellyn noch die letzten Reste an Zurückhaltung ablegen. Das Gesicht über dem rosa Pyjama verfärbte sich purpurrot. Zwar schossen Mr. Llewellyns Augen nicht direkt aus den Höhlen, doch viel hätte nicht gefehlt. Er sprach mit dumpfer, erstickter Stimme.

»Sie finden das wohl lustig, wie?«

Ambrose versuchte sein Kichern zu unterdrücken. Es erschien ihm wenig taktvoll, so zu lachen.

»Ganz unamüsant ist es nicht, das müssen Sie zugeben«, rechtfertigte er sich glucksend.

»Na schön«, erwiderte Mr. Llewellyn, »dann wird Ihnen wohl auch folgende Mitteilung ein Lächeln abringen: Sie sind gefeuert. Sobald wir in New York anlegen, können Sie das nächste Schiff zurück in Ihre Heimat nehmen oder vom Kai hüpfen und sich ertränken oder in irgendeiner anderen Ihnen beliebenden Weise verfahren. Unter keinen Umständen aber amüsieren Sie sich in Llewellyn City auf meine Kosten.«

Ambrose hatte aufgehört zu kichern. Als Reggie sah, wie das Lächeln auf dessen Gesicht erstarb, hätte er seinem brüderlichen Mitgefühl gerne Ausdruck gegeben, doch fiel ihm nichts Passendes ein. Betrübt nahm er sich abermals eine von Mr. Llewellyns Zigaretten.

»Was!?«

»So sieht's aus.«

»Aber … aber Sie haben mich doch engagiert.«

»Wann?«

»Unser Vertrag …«

»Wann habe ich denn einen Vertrag unterzeichnet?«

»Aber, verdammt noch mal …«

»Ja, ja, schon recht.«

»Sie können mich doch nicht so abservieren.«

»Wetten?«

»Ich werde Anzeige erstatten.«

»Nur zu«, antwortete Mr. Llewellyn. »Verklagen Sie mich ungeniert.«

Aus Ambrose' sonst so rosigem Teint war jede Farbe gewichen. Er hatte die Augen weit aufgerissen. Auch Reggie wirkte sehr verstört.

»Ei, ei, Ikey!« sagte er tief bewegt. »Das ist aber nicht die feine Art.«

Mr. Llewellyn wandte sich um wie der Stier nach dem Picador.

»Wer hat denn Sie um Ihren Senf gebeten?«

»Es geht nicht darum«, antwortete Reggie mit stiller Würde, »wer mich um meinen Senf *gebeten* hat. Die Frage stellt sich überhaupt nicht. Es wäre wohl doch etwas zuviel verlangt, daß einer der formellen Aufforderung bedürfte, bis daß er es sich anmaßen könnte, seiner Meinung darüber Ausdruck zu verleihen, daß ... oje, jetzt ist mir glatt entfallen, was ich sagen wollte.«

»Schön«, versetzte Mr. Llewellyn.

Ambrose würgte.

»Aber Sie verstehen nicht, Mr. Llewellyn.«

»Hm?«

»Aufgrund Ihrer Zusage, mich als Drehbuchschreiber anzustellen, habe ich meinen Posten an den Nagel gehängt. Ich habe im Marineministerium gekündigt.«

»Dann gehen Sie eben zurück ins Marineministerium.«

»Aber ... das geht nicht.«

Und just dieser Punkt hatte Reggie so verstört. Von Anfang an hatte er diesen Haken gesehen und just als den 1-A-Haken erkannt, der er war. Reggies Ansichten über Arbeitsstellen mochten absonderlich sein, aber sie waren klar. Es gab Männer – und zu diesen zählte er sich selbst –, die bedurften keiner festen Anstellung. Solide Kenntnisse der Papierform von Rennpferden, ein Flair für Bridge und Poker, die Fähigkeit, sich mit solch ungezwungenem Charme Geld zu borgen, daß das Prozedere für den Geschädigten zum reinen Vergnügen wurde – diese Gaben waren seines Erachtens das einzige, was ein Bursche wie er brauchte, und so hatte er sich von seiner werten Familie mit dem Gefühl tiefster Kränkung in das widerwärtige Handelsunternehmen verfrachten lassen, auf welches er nun Kurs hielt. Etwas Geduld von ihrer Seite, etwas mehr Gemeinsinn, das gelegentliche Zücken des Geldbeutels zwecks Überbrückung kleinerer Durststrecken, und er hätte seelenruhig in alter Manier fortfahren können. Reggie Tennyson war nämlich einer jener jungen Männer, die sich von den Raben füttern lassen.

Doch füttern die Raben – genau darum ging es nämlich – nicht die Ambroses dieser Welt. Die Ambroses bedürfen einer festen Anstellung. Und wenn sie die erst einmal verlieren, finden sie nicht so schnell eine neue.

»Überlegen Sie mal, Llewellyn!« sagte Reggie. »Bedenken Sie nur! Das können Sie nicht machen.«

Mabel Spence trat in die Arena. Erschüttert mußte sie feststellen, daß die unbedachten Worte, die sie in dem natürlichen Bestreben einer Schwägerin ausgesprochen hatte, das Selbstbewußtsein eines Schwagers zu untergraben, in diese entsetzliche Katastrophe gemündet hatten. Ambrose Tennysons abgehärmte Miene war ein einziger stummer Vorwurf. Zwar wußte Mabel nicht genau, was man sich unter einem Marineministerium vorzustellen hatte, doch immerhin konnte sie sich zusammenreimen, daß Ambrose in einem solchen seinen Lebensunterhalt verdiente, und um genau jenen Lebensunterhalt, soviel stand fest, hatte sie ihn gebracht.

»Reggie hat ganz recht, Ikey.«

»Fang du nicht auch noch an«, wetterte Mr. Llewellyn.

»Das kannst du nicht machen.«

»Ach nein?«

»Du weißt ganz genau, daß es eine mündliche Vereinbarung gibt, selbst wenn du keinen Vertrag unterschrieben hast.«

»Zum Teufel mit deinen mündlichen Vereinbarungen.«

»Und warum solltest du das auch wollen? Was bringt es dir, Mr. Tennyson fallenzulassen wie eine heiße Kartoffel? Er mag zwar kein

Shakespeare sein, doch für die Superba-Llewellyn reichen seine Schreibkünste allemal.«

»Gut gegeben, Kleines«, kommentierte Reggie beifällig. »Ambrose wird der Superba-Llewellyn zur Ehre gereichen.«

»O nein, ganz sicher nicht der Superba-Llewellyn!« stellte der Generaldirektor besagter Organisation umgehend richtig. »Er kann mir gestohlen bleiben.«

»Aber was soll er sonst tun?«

»Fragen Sie jemand anderen. Mir ist das schnuppe.«

»Aber warum geben Sie ihm nicht wenigstens eine Chance?«

»Darum.«

»Vielleicht ist er ja genau der Mann, den Sie brauchen.«

»Ist er nicht.«

Reggie drückte seine Zigarette aus und nahm sich eine neue. Seine Miene war kalt und streng.

»Llewellyn«, sagte er, »Ihr Verhalten grenzt an ein Mysterium.«

»Halten Sie sich gefälligst raus!«

»Nein, Llewellyn, ich halte mich nicht raus. Wie gesagt, Ihr Verhalten grenzt an ein Mysterium. Sie haben offensichtlich keinen Dunst, wie man ein Filmstudio führt.«

»Ach, tatsächlich?«

»Nicht unterbrechen, Llewellyn. Ich wiederhole: Sie haben offenbar keinen Dunst, wie man ein Filmstudio führt. Sie überschlagen sich fast, um sich einen gewissen Monty Bodkin zu schnappen – einen Burschen wohlgemerkt, der über mancherlei Qualitäten verfügen mag, aber in seinem ganzen Leben noch nie geschauspielert hat, ja wahrscheinlich schon als Apfel in *Wilhelm Tell* heillos überfordert wäre –, und im buchstäblich gleichen Atemzug lassen Sie sich einen Ambrose Tennyson durch die Lappen gehen, der eine der ganz großen Nachwuchshoffnungen des schreibenden Gewerbes ist. Über meine Wenigkeit will ich nichts weiter sagen, als daß Sie sich die Chance, zu einem wirklich kompetenten Begutachter Ihrer britischen Szenen zu kommen, einfach haben entgehen lassen – wodurch Sie sich zweifellos in eine Lage manövriert haben, durch die Sie dem Publikum Leinwandwerke aufdrängen, in denen Ascot mitten im Winter stattfindet und das Derby ein Windhundrennen ist, welches Ende Oktober in den Plumstead Marshes über die Bühne geht. Jawohl, genau in diese Lage haben Sie sich ohne Not manövriert, Llewellyn«, sagte Reggie und reichte noch einen zusammenfassenden »Armleuchter« nach.

»Stimmt«, meldete sich Mabel zurück. »Hör zu, Ikey ...«

Die größten Generäle sind jene, die sich ohne falsche Scham eingestehen, wann die Zeit für den strategischen Rückzug gekommen ist. Mit Reggie allein wäre Mr. Llewellyn vermutlich fertig geworden. Mit Mabel allein hätte er es wohl furchtlos aufgenommen. Doch Reggie im Verein mit Mabel, das war auch für ihn zuviel. Unter dem Bettzeug kam es zu einer Art Erdbeben, eine Gestalt in rosarotem Pyjama sprang hoch und flog durch den Raum, und schon im nächsten Moment war der Studioboß im Badezimmer und verriegelte die Tür. Das Geräusch eines sprudelnden Wasserhahns zeigte an, daß er seine Ohren vor weiterem Beschuß schützte.

Mabel gab ihr Bestes, Reggie gab seines.

»Ikey!« rief Mabel und polterte gegen die Badezimmertür.

»Ikey!« rief Reggie und tat es ihr gleich.

So plötzlich sie begonnen hatten, so plötzlich hörten sie wieder auf, denn offensichtlich hatte sich der Mann ihrem Zugriff komplett entzogen. Reggie wandte sich voller Mitleid nach seinem leidgeprüften Bruder um.

»Ambrose, alter Knabe ...«

Er hielt inne. Ambrose Tennyson befand sich nicht länger unter den Anwesenden.

15. Kapitel

Daß weder Reggie Tennyson noch Mabel Spence Ambrose' Abgang bemerkt hatten, ist der beste Beweis für das Engagement, mit dem sie sich der Aufgabe verschrieben hatten, Mr. Llewellyns Aufmerksamkeit auf sich zu ziehen. Jener Abgang nämlich war alles andere als geräuschlos vonstatten gegangen.

Als der Romancier beschlossen hatte, die Kabine zu verlassen, stand Albert Peasemarch lässig gegen die Tür gelehnt, sein großes rotes Ohr ans Holz gedrückt, vollkommen in Beschlag genommen von dem sich im Inneren abspielenden Drama. Die Türen auf Ozeanriesen gehen nach innen auf, und als diejenige der Kabine C 31 jäh aufgerissen wurde, erwischte ihn dies auf dem falschen Fuß. Er stürzte, seines Halts abrupt beraubt, in den Raum und erinnerte dabei stark an die Leiche, die in Kriminalstücken aus dem Schrank zu purzeln pflegt. Beim Zusammenprall mit Ambrose umschlang er diesen so fest, daß man sich zuerst in Gesellschaft zweier Pariser Flaneure der alten Schule wähnte, die sich nach Jahren wiedersahen.

Dann aber schubste Ambrose, der dazu »Grrrr!« knurrte, Albert Peasemarch grob von sich, der seinerseits »Manometer!« knurrte und durch den Gang schoß, wobei er sich eine schmerzhafte Beule holte. Ambrose eilte ungehalten und mit langen Schritten davon, indes der zurückbleibende Albert jenen sensiblen Körperteil massierte, der unmittelbar an seine kurze weiße Jacke anschloß.

Kurz darauf, während sich Albert noch aufrappelte, kamen Reggie und Mabel heraus und entschwanden wie Ambrose durch den Korridor, woraus der Steward schloß, daß der Vorhang gefallen und die Vorstellung vorüber war.

Mit dem langsamen Nachlassen des Schmerzes kehrte sein Gleichmut zurück. Ihm wurde klar, daß er das Privileg gehabt hatte, ein Rührstück von enormem Unterhaltungswert zu belauschen, was in ihm nun den dringenden Wunsch wachrief, einen Vertrauten zu finden, dem er von diesen erstaunlichen Vorkommnissen berichten konnte.

Steward Nobby Clark, der mit ihm für diesen Teil des C-Decks zuständig war, drängte sich dazu förmlich auf, doch im Moment stand er leider nicht auf sehr gutem Fuß mit Mr. Clark, welcher an diesem Morgen in Rage geraten war, weil Peasemarch ihn im Logis beim Rasieren gestupst hatte, und noch mehr in Rage, weil er die Schuld den unergründlichen Wegen des Schicksals in die Schuhe geschoben hatte, worauf jener Steward zu Worten griff, die Albert Peasemarchs sensibles Gemüt verletzen mußten und sich nicht so leicht abtun ließen.

Als Albert sein Gedächtnis nach einem Ersatz durchforstete, fiel ihm ein, daß er das Frühstückstablett in Lotus Blossoms Kabine noch nicht abgeräumt hatte.

»In Kabuff 31 hat's einen zünftigen Kladderadatsch gegeben, Miss«, sagte er heiter, als er wenig später eintrat. »Ich habe nicht schlecht gestaunt, ehrlich wahr. Hitzige Worte. Erregte Stimmen. Daß ich ganz zufällig vor Ort war, hatte folgende Bewandtnis: Ich ging gerade meinen Pflichten nach, als ich die Klingel hörte …«

Lottie Blossom saß fertig angekleidet vor dem Spiegel und gab ihrem Teint den alles entscheidenden letzten Schliff. Sie wollte besonders gut aussehen, stand sie doch im Begriff, sich mit Ambrose an Deck zu treffen. Deshalb fuhr sie Albert Peasemarch nun auch prompt in die Parade.

»Das wird doch hoffentlich keine Ihrer längeren Geschichten, oder?« erkundigte sie sich zwar höflich, aber doch ziemlich rastlos.

»O nein, Miss. Ich bin allerdings überzeugt, daß Sie das interessieren wird, denn es geht um Mr. Ambrose Tennyson, dem Sie doch versprochen sind.«

»Woher haben Sie das?«

»Gutes Kind«, erwiderte Albert Peasemarch väterlich, »das ganze Schiff spricht von nichts anderem. Wer nun aber genau mein Gewährsmann war, wüßte ich nicht mehr zu sagen. Wahrscheinlich mein Arbeitskollege, ein gewisser Clark, der es von jemandem hatte, der jemanden traf, der ganz zufällig des Wegs kam, als Sie und Mr. Tennyson auf dem Bootsdeck in ein Gespräch vertieft waren.«

»Ihr Stewards steckt eure Nasen wirklich in jeden Dreck.«

»In aller Regel schaffen wir es, uns halbwegs aschur zu halten«, antwortete Albert, nachdem er das Kompliment mit einer leichten Verbeugung quittiert hatte. »Wie ich stets sage: Das ist wie bei den Leibeigenen und Küchenjungen in einem mittelalterlichen Schloß, die Anteil am Treiben der Hochwohlgeborenen nahmen, denn wie ich Ihnen meines Wissens schon sagte, und wenn nicht Ihnen dann sonst jemandem: Während einer Schiffsreise begreift sich ein Steward als eine Art Gefolgsmann. Ich glaube, es war Clark, der mir die Information weiterreichte, welche Annahme ich aber momentan nicht durch persönliche Nachfrage verizifieren kann, denn nachdem er mich heute morgen im Logis in so ungebührlichem Ton angeraunzt hat, rede ich nicht mehr mit Nobby Clark.«

Blanker Neid auf dieses vom Schicksal verwöhnte Kind ergriff Miss Blossom.

»So ein Glückspilz!« sagte sie. »Aber erzählen Sie weiter. Und machen Sie's kurz, denn ich bin auf dem Sprung. Was ist mit Mr. Tennyson?«

»Er war Auslöser des ganzen Towuhabohus.«

»Des *was?*«

»Ein Terminus technicus«, erklärte Albert Peasemarch geduldig, »der etwas Ähnliches wie Kladderadatsch bedeutet. Mr. Tennyson war der Auslöser dieses Kuddelmuddels in Mr. Llewellyns Kabuff.«

»Ach, dann war Mr. Llewellyn also auch in die Sache verwickelt?«

»Allerdings, Miss.«

»Was ist denn genau passiert? Hat sich Mr. Tennyson mit Mr. Llewellyn angelegt?«

»Diese Formulierung gibt den Sachverhalt nur unzureichend wieder, Miss. Mr. Tennyson hat sich weniger mit Mr. Llewellyn angelegt als Mr. Llewellyn mit Mr. Tennyson. Offensichtlich nahm Mr. Llewellyn Anstoß daran, daß Mr. Tennyson nicht der richtige Mr. Tennyson ist, was er ihm auch freiheraus mitteilte. Worauf sich Mr. Tennyson junior und Miss Spence, die beide ebenfalls zugegen waren, einmischten und …«

»Was soll das heißen – der richtige Mr. Tennyson?«

»Der große Mr. Tennyson, Miss. Ich weiß nicht, ob Sie mit den Werken des großen Mr. Tennyson vertraut sind. Er hat ›Der Knab' stund da, das Deck in Flammen‹ verfaßt.«

Lottie Blossom machte große Augen.

»Sie wollen doch nicht etwa behaupten, Ikey habe Ambrose mit besagtem Kerl verwechselt?«

»Doch, Miss. Wie es scheint, ging er seinem Schwager George auf den Leim.«

»Was für ein Knallkopp! Ambrose hat sich bestimmt einen Bruch gelacht.«

»Jawohl, Miss, ich habe ihn lachen hören.«

»Und wo steckten Sie die ganze Zeit?«

»Nun ja, zufällig kam ich gerade des Wegs …«

»Alles klar, Ich hab' verstanden. Dann hat Ambrose also gelacht, wie?«

»Jawohl, Miss, aus voller Kehle, woran Mr. Llewellyn wenig Freude zeigte. Er klang äußerst ungehalten und sagte, Mr. Tennyson finde das wohl lustig, wie? Na schön, dann solle Mr. Tennyson auch mal über folgende Mitteilung lachen, sagte er, und dann sagte er noch, daß Mr. Tennyson nicht nach Llewellyn City kommen und sich auf seine Kosten amüsieren werde. ›Sie sind gefeuert‹, sagte er.«

»Was!?«

»Jawohl, Miss. Genau das waren seine Worte. ›Sie sind gefeuert‹, sagte er. Dem schloß sich ein hitziges Towuhabohu an, ein Wort gab das andere, verschiedene Leute riefen ›Ikey!‹, und dann wurde die Tür aufgerissen, und ich stürzte hinein …«

Albert Peasemarch hielt inne, stellte er doch fest, daß er vor leeren Reihen spielte. Etwas Regenbogenfarbenes war vorübergeschossen und hatte ihn allein in der Kabine zurückgelassen. Betrübt sann er darüber nach, daß einem diese Frauen nie richtig zuhörten, griff nach dem Frühstückstablett, aß den kalten Speckstreifen, der darauf lag, und entfernte sich.

Lottie Blossom trat auf das Promenadendeck, wo jene Mischung aus Trägheit und Betriebsamkeit herrschte, die Promenadendecks an schönen Vormittagen auszeichnet. Eine lange Reihe fast besinnungsloser Gestalten lagerte auf Liegestühlen und erinnerte, eingehüllt in Wolldecken, an einen Marktstand voller Fische; vor deren glasigem Blick stolzierten die Athleten auf und ab und erfreuten sich ihrer Männlichkeit, wobei sie einander »Prächtiger Morgen heute!« zuriefen und darauf hinwiesen, daß sie nach zwei weiteren Runden ihre Meile geschafft hätten.

Es gab aber auch Gruppen, die weder in die eine noch in die andere Kategorie fielen. Etwas zu rege für die Fischbrigade und etwas zu schlapp für die Athleten – so lehnten sie an der Reling und starrten aufs Meer oder standen auch einfach herum, den Blick immer wieder auf die Uhr richtend, um zu ermitteln, wann denn nun mit der Suppe gerechnet werden konnte.

Ambrose war nicht zu sehen, dafür erblickte Lotties scharfes Auge postwendend Reggie. Er stand etwas abseits und grübelte vor sich hin, im Mund eine jener Zigaretten, mit denen er sich das Etui aufgefüllt hatte, bevor er aus Mr. Llewellyns Kabine gegangen war. Mochten die jüngsten Ereignisse auch schauerlich gewesen sein, so sprach wenigstens etwas für sie: Reggie hatte einen hübschen Zigarettenvorrat anlegen können.

»Hör mal«, sagte Lottie, die auf zeitraubende Begrüßungsfloskeln verzichtete, »was höre ich da über Ambrose und Ikey?«

Reggie nahm die Zigarette aus dem Mund und gab dieser simplen Handlung eine feierliche Wehmut, die Lotties Besorgnis komplett machte. Sie ließ die bis dahin gehegte schwache Hoffnung fahren, Albert Peasemarch könnte es zwecks Ausschmückung seiner Geschichte mit der Wahrheit nicht so genau genommen haben.

»Eine ziemlich verzwickte Lage«, sagte Reggie ernst. »Hat er es dir schon erzählt?«

»Nein, ich hab's von unserem Nachwuchsrhetoriker, dem Steward. Offensichtlich hatte der einen Logenplatz. Stimmt es, was er sagt – Ikey soll Ambrose gefeuert haben?«

»O ja.«

»Aber er ist doch an den Vertrag gebunden.«

»Es gibt keinen Vertrag.«

»Was!?«

»Nein. Anscheinend hätte er erst im Büro in New York unterzeichnet werden sollen.«

»Aber es muß doch einen Brief oder so was Ähnliches geben?«

»Meines Wissens nicht.«

»Du meinst, Ambrose hat nichts Schriftliches?«

»Nicht eine Zeile.«

Lottie Blossom brachte zunächst vor lauter Überraschung kein Wort heraus. Dann aber legte sie los.

»Was seid ihr Männer doch für Volltrottel! Warum hat sich dieser Mostschädel nicht an mich gewandt? Ich hätte es ihm sagen können. Verkauft dieser Kerl doch Haus und Hof und bricht nach Hollywood auf, und dies nur aufgrund von Ikey Llewellyns Ehrenwort! Ikeys Ehrenwort! Zum Totlachen! Wenn Ikey eine süße kleine Tochter hätte und ihr als Geburtstagsgeschenk eine Puppe in Aussicht stellte, dann würde die doch, wenn sie nicht ganz auf den Kopf gefallen wäre, sogleich zu ihrem Anwalt rennen und einen Vertrag aufsetzen und unterschreiben lassen, und zwar inklusive Strafklauseln. Hol's der Teufel, hol's der Teufel!« sagte Miss Blossom, denn ihr Groll war enorm.

»Weißt du, was das bedeutet, Reggie?«

»Bedeutet?«

»Für mich. Ambrose und ich können nicht heiraten.«

»Na komm«, sagte Reggie, dem seine Grübeleien an Deck aufgezeigt hatten, daß die Lage vielleicht verzwickt war, aber doch nicht so verzwickt, wie er zunächst geglaubt hatte. »Er mag ja pleite sein, nachdem er seine Stellung im Marineministerium aufgegeben hat, aber du hast doch genug Zaster für zwei, nicht wahr?«

»Ich hab' genug Zaster für zwanzig. Aber was nützt mir das? Ambrose läßt sich nicht von mir aushalten. Um nichts in der Welt wird er mir jetzt noch das Jawort geben.«

»Na hör mal, das ist doch das gleiche, wie wenn man eine Millionenerbin heiratet.«

»Auch eine Millionenerbin würde er nicht heiraten.«

»Was!?« schrie Reggie, der ein ganzes Dutzend geheiratet hätte, wenn es nicht verboten gewesen wäre. »Warum nicht?«

»Weil er ein weltfremder, verbohrter, sturer Bock ist«, rief Miss Blossom, durch deren Adern das heiße Blut der Hoboken-Murphys rauschte. »Weil ihm jede menschliche Regung abgeht. Weil er einem Schauspieler gleicht, der auf der Bühne etwas furchtbar Nobles tut und dabei mit dem einen Auge die Zuschauer zählt und mit dem anderen in die Galerie schielt. Ach was, ist ja gar nicht wahr«, sagte sie in einem jener jähen Stimmungsumschwünge, die sie zu einer solch schillernden Persönlichkeit machten und auf dem Studiogelände der Superba-Llewellyn schon oft dafür gesorgt hatten, daß Regisseure abgehetzt in die Kantine torkelten, um sich an einem Glas kalter Malzmilch zu stärken. »Er ist überhaupt nicht so. Ich bewundere seine ehernen Prinzipien. Ganz toll finde ich die. Wirklich schade, daß es nicht mehr Männer mit seinem großartigen Ehrgefühl und seiner vortrefflichen Selbstachtung gibt. Ich werde es nicht zulassen, daß du ein Wort gegen Ambrose sagst. Er ist der wunderbarste Mann auf der Welt, und falls du ihn jetzt mit Hohn und Spott übergießen willst, weil er mir nicht auf der Tasche liegen möchte – nur zu! Denk aber daran, daß das einen Satz heißer Ohren nach sich zieht.«

»Klar«, sagte Reggie leicht benommen. »Selbstverständlich.«

Es folgte eine Pause, in der ein kinnloses Mädchen mit triefender Nase auf die beiden zutrat und Miss Blossom aufforderte, doch bitte ihren Namen und ein paar nette Zeilen ins gezückte Autogrammalbum zu schreiben. Mit der Miene einer Jakobinerin, die zur Zeit der Schreckensherrschaft einen Exekutionsbefehl des Wohlfahrtsausschusses unterzeichnete, tat sie dies. Die Unterbrechung ließ den Faden ihres Gedankenganges abreißen. Als sie mit Reggie wieder alleine war, sah sie ihn verstört an wie eine Nachtwandlerin, die man aus dem Schlaf gerissen hat.

»Wo waren wir?«

Reggie hüstelte.

»Wir haben uns über Ambrose unterhalten. Und ich habe gerade gesagt, wie fabelhaft ich es finde, daß er dich nicht heiraten und sich von dir nicht aushalten lassen will.«

»Ach, hast du das?«

»O ja.« Reggie sprach mit erheblichem Nachdruck. In diesem Punkt wollte er keine Mißverständnisse aufkommen lassen. »Ich find's toll. Großartig. Famos. Erfüllt einen mit echtem Stolz.«

»Ja«, sagte Lottie zaghaft. »Er hat wahrscheinlich recht. Aber was bringt das mir?«

»Auch wieder wahr.«

»Die Gelackmeierte bin doch wohl ich.«

»Allerdings.«

»Wir wären ja so glücklich geworden.«

»Ja. Aber so ist es nun mal.«

»Wenn du mich fragst«, sagte Lottie nach längerem Grübeln unvermittelt, »hat der Mann nicht alle Tassen im Schrank. Bei dem piepst's wohl. Weshalb sollte ich ihn aushalten müssen? Er könnte weiter an seinen Büchern schreiben.«

Trotz einiger Bedenken im Hinblick auf seine persönliche Sicherheit hielt es Reggie für angezeigt, ihr reinen Wein über Ambrose' Bücher einzuschenken.

»Meine liebe Kameradin zur See«, sagte er, »Ambrose mag ja ein Pfundskerl sein, mit ehernen Prinzipien und bis oben voll mit Ehrgefühl und Selbstachtung, doch als Bestsellerautor würde ich ihn nicht unbedingt apostrophieren. Ich glaube nicht, daß er mit einem Roman genug Geld verdient, um die wöchentliche Pfannkuchenration eines Zwerges zu finanzieren. Jedenfalls nicht die eines halbwegs strammen Zwerges.«

»Wie bitte? Er ist ein Blindgänger?«

»Mit der Feder schon. Aber«, fügte Reggie umsichtig hinzu, »voller Ehrgefühl und Selbstachtung. Und seine Prinzipien sind ehern, um nicht zu sagen ehernst. Diese Meinung habe ich schon immer vertreten.«

Lottie Blossom starrte freudlos aufs Meer hinaus.

»Und wie soll's nun weitergehen?« fragte sie düster.

»Die Karre scheint wirklich im Dreck zu stecken«, pflichtete Reggie bei. »Als kleine Aufmunterung kann ich dir höchstens sagen …«

»Ja?«

»Na ja, du kennst Llewellyn besser als ich. Ist er vielleicht einer dieser Burschen, die in der Hitze des Gefechts Dinge sagen, die sie später bereuen? Gehört er zu den bellenden Hunden, die nicht beißen? Oder andersrum: Wie hoch würdest du die Chance veranschlagen, daß ihn plötzlich bittere Reue packt? Könnte also, falls er sich die Sache in der Badewanne – er war im Begriff, ein Bad zu nehmen, als ich ihn verließ – noch einmal in aller Ruhe überlegt, sein Herz schmelzen?«

»Er hat kein Herz.«

»Ach so.«

»Am liebsten würde ich dem Kerl den Hals umdrehen.«

»Einen Hals hat er genausowenig.«

Sie verfielen abermals in grimmiges Schweigen und dachten über Ivor Llewellyn nach. Der Mann schien platterdings unverwundbar.

»Wenn das so ist«, sagte Reggie, »gibt's nur eins, mögen die Chancen auch noch so verschwindend sein …«

»Was? Was?«

»Ich behaupte natürlich nicht, daß das zu etwas führt …«

»Na, erzähl schon.«

»Als ich vorhin nachgegrübelt habe, ist mir plötzlich wieder eingefallen, daß dieser Llewellyn aus ganz abwegigen und nur ihm bekannten Gründen Monty Bodkin unbedingt als Schauspieler gewinnen möchte.«

»Bodkin? Meinen Zimmernachbarn?«

»Er ist nicht mehr dein Zimmernachbar. Inzwischen residiert er in B 36. Trotzdem: Genau ihn meine ich.«

Lottie Blossom massierte sich das Kinn. Sie wirkte ratlos.

»Bodkin? Bodkin? Eigentlich hätte ich geglaubt, ich kenne das gesamte Register unserer Chargen, von Baby Leroy abwärts, aber daß Bodkin ein Schauspieler ist, war mir nicht bekannt.«

»Er ist ja auch nicht Schauspieler. Gleichwohl scheint Llewellyn ganz versessen darauf, ihn zu einem solchen zu machen. Ich hab's von Ambrose, und Mabel Spence hat das bestätigt. Sobald Monty ja sagt, wird Llewellyn einen Vertrag unterschreiben. Meines Erachtens liegt das einfach daran, daß der Mann einen Sparren zuviel hat.«

Lottie hatte eine noch triftigere Erklärung. Ihre Ratlosigkeit verflüchtigte sich.

»Nein, jetzt verstehe ich, was passiert ist. Ikey ist manchmal so. All diese hohen Tiere in Hollywood neigen zu solchen Dingen. Plötzlich bilden sie sich ein, sie wären wahre Tausendsassas, die sich nur umzusehen brauchen, um Talente zu entdecken, wo kein Mensch solche vermuten würde. Das tut ihnen in der Seele gut. Aber was schert das dich?«

»Offensichtlich hat ihm Monty eine Abfuhr erteilt. Und da habe ich mir gedacht, falls man ihn dazu bringt, es sich noch einmal zu überlegen, könnte er die Unterzeichnung des Vertrags an die Bedingung knüpfen, daß Ambrose gleichfalls in Lohn und Brot genommen wird. Soweit ich weiß, möchte sich Llewellyn Monty so verzweifelt schnappen, daß er auf alles eingehen würde. Monty scheint mir genau der Bursche zu sein, den es zu beackern gilt.«

In Lottie Blossoms Augen schimmerte neue Hoffnung.

»Da hast du vollkommen recht. Wo steckt er noch mal?«

»In B 36. Meiner Cousine Gertrude, mit der er im Moment geht, scheint es mißfallen zu haben, daß du seine Zimmernachbarin bist, weshalb sie ihn umquartiert hat.«

»Dann sieht sie in mir also die gefährliche Gegenspielerin?«

»Wenn man so will.«

»Stimmt, jetzt fällt's mir wieder ein. Bruder Bodkin hat sich im Rahmen eines unserer letzten Tête-à-têtes ganz ähnlich geäußert.«

»Also schön«, sagte Reggie, »dann mache ich mich jetzt besser auf die Socken und versuche Monty diese Schauspielchose schmackhaft zu machen, oder?«

Lottie Blossom schüttelte den Kopf.

»Nein, nicht du. Ich kümmere mich selber darum. Wir sind dick befreundet, dieser Bodkin und ich. Schon zwei Stippvisiten liegen hinter mir, und wir haben uns jeweils verstanden wie die Warner Brothers. Ob er schon auf den Beinen ist?«

»Eher nicht, so wie ich ihn kenne.«

»Dann stöbere ich ihn gleich in seiner Kabine auf. Eine solche Situation«, sagte Miss Blossom, »erfordert die weibliche Hand.«

Die weibliche Hand, welche sich wenige Minuten später mit einem kräftigen Pochen an seiner Kabinentür bemerkbar machte, traf auf einen bademantelumhüllten Monty, der zum siebtenmal das Briefchen durchlas, das ihm von Gertrude Butterwick kurz nach Abschluß von Reggies Rettungsmission zugegangen war. Da Kabine B 36 über kein Badezimmer verfügte, stand er im Begriff, sich ans Ende des Korridors zu begeben, um ein Bad zu nehmen. Doch bevor er das tat, konnte er dem Drang nicht widerstehen, das Briefchen noch einmal zu lesen.

Beim Lesen wuchs ihm Reggie immer mehr ans Herz. Ein echter Freund, fürwahr. Um Gertrude eine solche Mitteilung zu entlocken, hatte Reggie das Gaspedal bestimmt bis zum Anschlag durchgetreten, atmete doch jede Zeile des Briefes Liebe, aber auch Reue wegen all der von der Schreiberin nun so hellsichtig als haltlos erkannten Verdächtigungen. Er endete mit der Feststellung, daß Monty, falls er sich gegen zwölf in der Bibliothek einfinden wolle, mit einem herzlichen Empfang rechnen dürfe.

Um bei diesem Treffen würdig aufzutreten, hatte er sich fast bis auf die Knochen rasiert und den grauen Anzug mit den blauen Nadelstreifen bereitgelegt; und nun wollte er sich zum Badezimmer aufmachen. Das einzige Wölkchen, das sein Glück noch trübte, war die Erinnerung daran, daß er Reggie die Krawatte mit dem Rosenmuster geborgt hatte, denn genau diese Krawatte hätte er in einem solch erhabenen Moment gern als Kontrapunkt zum grauen Anzug eingesetzt.

Zu behaupten, Miss Blossoms Anblick habe ihn gefreut, wäre wohl leicht übertrieben. Dennoch ertrug er ihr Eindringen ohne sichtlichen Schauder. Der Gedanke, daß er das Gespräch jederzeit beenden konnte, indem er an ihr vorbeiflitzte und im Badezimmer Zuflucht suchte, gab ihm Halt, glaubte er doch, daß es selbst einer Lottie Blossom, die mit Vorliebe in jene Räume spazierte, in denen sie am allerwenigsten erwünscht war, verflixt schwerfallen würde, mit einem

Burschen einen Schwatz zu halten, der hinter verriegelter Tür in der Badewanne saß.

Aus diesem Grund ließ er nun auch ein an Heiterkeit grenzendes dreifaches Hallo erschallen. Zwar freute er sich nicht, sie zu sehen, doch immerhin wußte er, daß die in die Etappe führende Bahnlinie funktionstüchtig war.

»Suchen Sie jemanden?« fragte er höflich.

»Ich suche Sie«, antwortete Miss Blossom und wollte schon weitersprechen, als sie die auf der Frisierkommode zu ihr herüberstrahlende Mickymaus erblickte. Und so magisch wurde sie von dieser in Bann geschlagen, daß sie mit einem tief bewegten Japser verstummte und ihre Mission fürs erste vergaß. Noch nie hatte etwas derart direkt an ihr innerstes Wesen gerührt.

»So was Putziges habe ich …« Ihre Stimme versagte. Offenen Mundes starrte sie hin. Man sieht im Louvre manchmal Leute, die die Nike von Samothrake mit ähnlichem Blick bestaunen. »He, geben Sie die her!« rief sie gierig.

Monty mühte sich, nicht allzu streng aufzutreten, so leid tat ihm die junge Frau. Er sah, daß sie die Mickymaus liebte, welche er seit dem Eintreffen von Gertrudes Briefchen seinerseits liebte. Doch er blieb äußerst standhaft.

»Nein.«

»Na kommen Sie.«

»Tut mir leid. Nein. Diese Maus gehört meiner Verlobten.«

»Gertrude – Haha – Butterwick?«

Monty erstarrte.

»Ich wäre Ihnen«, sagte er kühl, »sehr verbunden, wenn Sie den Namen meiner Verlobten aussprechen könnten, ohne dieses verdammte ›Haha‹ vor ›Butterwick‹ zu schieben. Es ist deplaziert und beleidigend und …«

»Wieviel wollen Sie dafür?«

»Wofür?« fragte Monty ärgerlich, denn niemand wird gern unterbrochen, während er sich gerade ins Zentrum einer ziemlich hochtrabenden Rüge vorarbeitet.

»Für die Maus natürlich! Nennen Sie Ihre Bedingungen. Was kostet die Maus?«

Monty beschloß, dem Quatsch unverzüglich ein Ende zu setzen.

»Ich habe Sie bereits avisiert«, sagte er unter Verwendung einer Formulierung aus Albert Peasemarchs Schatzkästlein, »daß diese Maus Eigentum meiner Verlobten, Miss Gertrude Butterwick, ist ... nicht Miss Gertrude – Haha – Butterwick, sondern schlicht und einfach Miss Gertrude Butterwick. Das wäre ja noch schöner, wenn ich ihre Mickymäuse nach Lust und Laune verkaufen oder verschenken würde – und ausgerechnet an Sie.«

»Warum ›ausgerechnet‹?«

»Weil«, sagte Monty, der spürte, daß die Zeit reif war für rückhaltlose Offenheit und sich ihm hier die einmalige Chance bot, dieser zinnoberrothaarigen Bedrohung seines Glücks ein Platzverbot auf Lebenszeit zu erteilen, »ich Ihnen freimütig gestehen muß, daß Ihre Angewohnheit, in meiner Kabine herumzuspuken wie ein Familiengespenst, Gertrude in Angst und Schrecken versetzt. Daß das arme Kind nicht an meiner Tür vorbeigehen kann, ohne Sie herausschießen zu sehen, fällt ihr nicht wenig auf den Wecker. Sie sieht rot, was ich ihr nicht verdenken kann. Ich möchte ja nicht unhöflich erscheinen, und fern liegt es mir, Ihnen den Marsch zu blasen, aber Sie müssen verstehen, daß so etwas von keiner jungen Frau gern gesehen wird. Die Hochzeitsglocken könnte ich mir glatt abschminken, wenn Gertrude sieht, wie Sie mit dieser Maus herumspazieren. Verschwenden Sie also keinen weiteren Gedanken daran, dieses Ding je in die Klauen zu kriegen. Es geht schlicht nicht.«

Solche Zungenfertigkeit schien auf Miss Blossom großen Eindruck zu machen. Sie mimte Resignation, und noch während sie dies tat, erinnerte sich Monty der Worte, die schon seit ihrem Eintreten in seinem Hinterkopf gelauert hatten und von ihm nur deshalb nicht als erstes ausgesprochen worden waren, weil sie sogleich vom Thema abgeschweift war und über die Mickymaus zu reden begonnen hatte.

»Was verschafft mir«, fragte er, »die Ehre Ihres Besuches?«

Als wäre sie aus einem Traum erwacht, wandte Lottie Blossom den faszinierten Blick von der Maus ab, die sie mit einem leichten Achselzucken aus ihren Gedanken zu verbannen schien. Sie machte sich Vorwürfe, weil sie sich vom wichtigsten Punkt auf der Tagesordnung hatte abbringen lassen.

»Ich bin für eine Konferenz gekommen«, sagte sie.

»Eine …?«

»Konferenz. Darin sind wir ganz stark in Hollywood. Hinz und Kunz hält Konferenzen ab. Ich weiß noch, wie ich Ikey einmal an den Apparat kriegen wollte und von seiner Sekretärin abgefertigt wurde. ›Tut mir leid, Miss Blossom‹, sagte sie. ›Gaaanz unmöglich. Mr. Llewellyn konferiert gerade im großen Stil.‹ Und Ikey bringt mich auch gleich aufs Thema. Ich komme wegen dieser Sache. Na, Sie wissen schon.«

»Gar nix weiß ich.«

»Wegen dieser Sache, die Ambrose in seinem Auftrag mit Ihnen besprechen sollte. Damit Sie sich vertraglich verpflichten, für die S.-L. zu spielen.«

Nichts hatte Monty ferner gelegen, als in diesem Gespräch je zu lächeln. Eigentlich hatte er während dessen ganzer Dauer größte Strenge wahren und von Anfang bis Ende eine »Buster-Keaton-Visage« aufsetzen wollen, wie Miss Blossom es formuliert hätte, beziehungsweise eine »steinerne Miene«, um seinen eigenen Ausdruck zu wählen. Doch bei diesen Worten entschlüpfte ihm ein leichtes, zufriedenes Schmunzeln. Oder vielleicht eher ein Feixen. Seine Lippen gingen unwillkürlich auseinander, und er lächelte kurz.

Solche Beharrlichkeit fand er wirklich höchst schmeichelhaft. Er warf einen verstohlenen Blick in den Spiegel, doch dieser verriet ihm nichts, was er ihm nicht schon vorher verraten hatte. Soweit er sehen konnte, präsentierte sich die Bodkin-Physiognomie in altvertrauter Manier. Es war ihm ganz unmöglich, darin irgendeinen verborgenen Zauber zu entdecken. Und doch brannte Ivor Llewellyn, der Tag für Tag Hunderten von Leuten begegnete, ohne ihnen mehr als einen flüchtigen Blick zu schenken, nicht nur darauf, diese Physiognomie für sich zu gewinnen, nein, er lechzte förmlich danach.

Tiefer Respekt vor Ivor Llewellyns Intuition begann sich in Monty Bodkin zu regen. Es war ja Mode, sich über diese Filmmoguln lustig zu machen – Krethi und Plethi verulkte und verspottete sie –, aber es gab nichts daran zu rütteln, daß sie einen Riecher hatten. Sie kannten sich aus.

»Ach so, ja«, sagte er.

»Na, wie steht's denn nun damit?«

»Sie meinen, ob ich den Vertrag unterzeichnen werde?«

»Ja.«

»Nein. Nein und nochmals nein.«

»Ach kommen Sie schon.«

»Nein, ich könnte das nicht.«

»Warum nicht?«

»Ich könnte es einfach nicht – und damit basta!«

Flehend streckte Lottie Blossom die Hand aus. Ihre Absicht, sich ans Revers seines Bademantels zu heften und dieses liebreizend umzulegen, war so offensichtlich, daß Monty einen Schritt zurückwich. Ihm hatten schon früher Frauen die Revers diverser Kleidungsstücke umgelegt, und stets mit den fatalsten Folgen.

»Ich könnte es einfach nicht«, wiederholte er.

»Warum nicht? Liegt's an Ihrem Stolz, liegt's daran, daß sich ein Bodkin für gewisse Dinge einfach nicht hergibt? Kennen Sie den: Geht eine Mutter mit ihrem Söhnchen am Restaurant ›The Brown Derby‹

vorbei, als gerade ein paar Burschen mit Schminke im Gesicht heraus-kommen. Der Junge zeigt mit dem Finger auf sie und sagt: ›Schau mal, Mama. Filmschauspieler!‹ Und die Mutter antwortet: ›Pst, mein Klei-ner, du kannst nie wissen, was aus dir noch einmal wird.‹ Na, geht's darum?«

»Nein, nein.«

»Worum dann?«

»Ich könnte einfach nicht schauspielern. Ich käme mir furchtbar bescheuert vor.«

»Tun Sie das nicht ohnehin?«

»Doch, aber nicht auf diese Art.«

»Haben Sie denn noch nie geschauspielert?«

»Bloß ein einziges Mal. Das war bei einer Art Fete im Kindergarten, ich war damals etwa fünf. Ich spielte den Geist der Gelehrsamkeit. Dazu trug ich, wenn ich mich recht erinnere, weiße Klamotten und eine Fackel, und als ich auf die Bühne trat, sagte ich: ›Ich bin der Geist der Gelehrsamkeit.‹ Zumindest hätte ich das sagen sollen, doch leider verhaspelte ich mich.«

Diese autobiographische Episode schien Miss Blossom nicht gerade zuversichtlich zu stimmen.

»Und sonst nichts?«

»Nein.«

»Damit erschöpft sich Ihre Erfahrung?«

»Ja.«

»So? Na ja«, sagte Miss Blossom versonnen, »um ganz ehrlich zu sein, kenne ich Leute, die mit einem größeren Leistungsnachweis zum Film gekommen sind. George Arliss zum Beispiel. Aber in unserer Branche weiß man nie. Schließlich geht es vor allem darum, fotogen zu sein und einen guten Kameramann und Regisseur zu erwischen. Ich war bei meinem Debüt auch keine Sarah Bernhardt. Zuvor hatte ich aus-schließlich in Musicals gespielt.«

»Ach, Sie haben in Musicals gespielt?«

»Klar doch. Ich sang jeweils im Ballett, bis man rauskriegte, woher das störende Geräusch kam. Und anschließend ging ich nach Hollywood, wo ich mich fotografieren ließ und feststellen durfte, daß ich prima war. Ihnen könnte es genauso gehen. Warum probieren Sie's nicht einfach aus? Wissen Sie, Hollywood würde Ihnen gefallen. Es gefällt allen. Gesäumt von endlosen Hügeln, ins Licht der ewigen Sonne getaucht. Ganz ehrlich, irgendwie packt es einen. Es ist ja auch immer was los. Malibu. Catalina. Aqua Caliente. Und wenn Sie nicht grade selbst eine Scheidung durchmachen, dann todsicher einer Ihrer Freunde, wodurch der Gesprächsstoff auch an langen Abenden nie ausgeht. Und der Ort ist nicht halb so verrückt, wie behauptet wird. Ich kenne zwei, drei Leutchen in Hollywood, die halbwegs normal sind.«

»Oh, ich würde mich dort bestimmt wohl fühlen.«

»Na also, Kleiner, dann auf in die Stadt der unbegrenzten Möglichkeiten! Vielleicht landen Sie ja einen Bombenerfolg. Man kann nie wissen. Ganz oben ist Platz genug. Und wenn Sie's nicht nach oben schaffen, bleiben Sie eben unten und suchen nach faulen Ausreden. Und denken Sie ans Geld. Mögen Sie Geld denn nicht?«

»Doch, ich mag Geld.«

»Ich auch, und wie! Sind doch toll, die Scheine, nicht? Hören Sie sie nicht auch gerne rascheln? Wissen Sie, bis heute steckt immer ein kleines Notenbündel in meinem Strumpf, genau wie in der guten alten Zeit. Woche für Woche habe ich damals meine dreißig Kröten auf der von euch Männern so geschätzten nackten Haut getragen, und ich tu's bis heute. Gibt mir so ein wohliges Gefühl. Jawoll, Sir, genau in diesem Moment stecken sechs Fünfer in meinem Strumpf. Schauen Sie doch, wenn Sie's nicht glauben wollen«, sagte Miss Blossom und machte sich an die Entblätterung eines wohlgeformten Beins.

Genau solchen Freimut fürchtete Monty wie der Teufel das Weihwasser. Das scheuste Mädchen, so fand er, ist verschwendrisch noch, wenn sie dem Monde ihren Reiz enthüllt. Mit fieberhafter Hast versicherte er seiner Gesprächspartnerin, daß er ihren Worten auch so Glauben schenke.

»Tja, um also darauf zurückzukommen: Wenn es Ihnen das Geld so angetan hat …«

»Aber ich habe ja schon einen Riesenhaufen.«

»Tatsächlich?«

»Jawohl. Hunderttausende.«

Lottie Blossoms Eifer erstarb.

»So?« sagte sie entmutigt. »Das ist natürlich was anderes. Sie haben Ihre Schäfchen also schon im trockenen? Das wußte ich gar nicht. Ich wußte bloß, daß Sie mit Reggie befreundet sind, und da dachte ich mir, alle namhaften Londoner Klubmenschen pfeifen wie er aus dem letzten Loch. Wenn Sie aber einer dieser betuchten Millionäre sind, leuchtet mir auch ein, weshalb es Sie nicht unbedingt nach Hollywood zieht. Es ist ja ganz nett, aber ehrlich gesagt würde auch ich mich nicht dort herumtreiben, wenn man mir die Münzanstalt der Vereinigten Staaten gäbe. Na schön, Chef. Da kann man nix machen.«

»Tut mir leid.«

»Nicht halb so leid wie mir. Ich hatte gehofft, Sie könnten Ambrose aus der Patsche helfen.«

»Wie meinen Sie das?«

»Na ja, der gute alte Ambrose steckt in der Tinte. Sein Vertrag mit der Superba-Llewellyn ist geplatzt.«

»Gütiger Himmel! Das ist doch wohl nicht Ihr Ernst?«

»O doch. Ikey hat herausgefunden, daß ›Der Knab' stund da, das Deck in Flammen‹ nicht aus seiner Feder stammt.«

»Weshalb sollte es auch?« fragte Monty verwirrt.

»Weil der Verfasser genau der Tennyson ist, auf den Ikey gesetzt hat – die ganz große Nummer, deren Namen die Spatzen von den Dächern pfeifen.«

»›Der Knab' stund da, das Deck in Flammen‹ stammt nicht von Tennyson.«

»Und ob es das tut!«

»Sie meinen den Tennyson, den wir in der Schule in lateinische Verse gießen mußten?«

»Ich weiß nicht, in was Sie ihn in der Schule gießen mußten, aber eins ist klar: Ambrose war ganz sicher nicht das Objekt Ihrer Gießbemühungen, und genau dagegen stänkert Ikey an.«

»›Der Knab' stund da, das Deck in Flammen‹ stammt von Shakespeare.«

»Dummes Zeug. Von Tennyson stammt es. Und was spielt das für eine Rolle? Es geht bloß darum, daß es einen richtigen Tennyson und einen falschen Tennyson gibt, und Ambrose hat sich als der falsche entpuppt. Und deshalb will Ikey den Vertrag nicht rausrücken, so daß die fünfzehnhundert pro Woche nur noch Schall und Rauch sind.«

»Mir bleibt die Spucke weg!«

»Mir auch. Und darum hatte ich gehofft, Sie würden einlenken, was die Schauspielerei für Ikey angeht, so daß Sie ihn zur Einfügung einer Klausel zwingen könnten, wonach Sie nur in Ambrose' Begleitung mitkämen. Und ich begreife nicht, warum Sie das nicht tun wollen, selbst wenn Sie all das Geld haben. Ihnen würde es in Hollywood prächtig gefallen.«

Monty erbebte.

»Ich würde nicht einmal schauspielern, wenn ich am Hungertuch nagte. Schon beim Gedanken erzittere ich wie Espenlaub.«

»Das ist doch zum Mäusemelken! … Ja?«

Die Frage richtete sich an Albert Peasemarch, der eben eingetreten war. Zu den Faszinationen einer Reise auf der *R.M.S. Atlantic* gehörte, daß Albert Peasemarch niemals mit den Reizen seiner werten Gesellschaft geizte.

»Ich bringe Mr. Bodkins Schwamm, Miss. Er hat ihn versehentlich in der Kabine gelassen, die er gestern abend geräumt hat«, antwortete der Steward. »Sie haben Ihren Schwamm doch bestimmt vermißt, Sir?«

»Vielen Dank. Jawohl, das Defizit auf meinem Schwammkonto ist mir nicht entgangen.«

»Hören Sie mal, Freundchen«, sagte Miss Blossom, »haben nicht Sie mir erzählt, ›Der Knab' stund da, das Deck in Flammen‹ stamme von Tennyson?«

»Ganz recht, Miss.«

»Mr. Bodkin bestreitet das.«

Albert Peasemarch setzte ein mitleidiges Lächeln auf.

»Mr. Bodkin, Miss, ist, den Krawatten in seiner Schublade nach zu schließen, in Eton zur Schule gegangen und kann deshalb in solchen Fragen nicht mitreden. Eton ist bekanntlich eine unserer Eliteschulen. Nun entspricht aber das englische System der Eliteschulen«, sagte Albert und steigerte sich mehr und mehr in ein Thema hinein, über das er sich schon sehr viele Gedanken gemacht hatte, »keineswegs den Erfordernissen eines zeitgemäßen Bildungswesens. Es ist geistlos und praxisfern. Wenn Sie mich fragen, lernen die kleinen Racker rein gar nix. Das A und O des englischen Systems der Eliteschulen mit seinem bohrnierten Beharren auf …«

»Schon gut.«

»Miss?«

»Das wäre alles.«

»Sehr wohl, Miss«, sagte Albert Peasemarch leicht pikiert, aber unvermindert vasallisch.

»Jetzt hören Sie mal«, wandte sich Lottie an Monty und wirkte wie jemand, der das grüne Tuch mit hörbarem Erfolg über den Vogelkäfig gebreitet hat, »wenn Sie schon nicht bei Ikey unterschreiben, könnten Sie ihm wenigstens vorgaukeln, dies tun zu wollen, so daß er Ambrose wieder bei sich aufnimmt. Reden Sie mit ihm, wenn Sie Ihr Bad genommen haben.«

Albert Peasemarch hatte auch dazu etwas zu sagen.

»Besser nicht, Sir«, riet er in ernstem, freundlichem Ton. »Ich würde zur Stunde niemandem empfehlen, mit Mr. Llewellyn zu konservieren.«

»Ach nein?«

»Nein, Sir. Jedenfalls niemandem, der nicht Wert darauf legt, den Kopf abgerissen zu bekommen. Ich werde Ihnen ein kleines Erlebnis schildern, Sir. Gerade vorhin war ich in seinem Kabuff, und nur weil ich aus lauter Zerstreutheit ein paar Takte von ›Ein Bäuerlein zur Hochzeit geht‹ sang ...«

»Wie bitte?«

»Das ist ein Lied, welches ich heute abend im Zweite-Klasse-Konzert zum Vortrag bringen werde«, erläuterte Albert. »Auf solchen Reisen macht man oft die Erfahrung, daß sich nicht genug Freiwillige für ein abendfüllendes Programm melden, in welchem Falle der Zahlmeister zu Nummer eins geht, damit der ein Mitglied aus dem Korps der Stewards dazu abkommandiert, ein Lied zum Vortrag zu bringen. In der Regel bin das ich mit ›Ein Bäuerlein zur Hochzeit geht‹, denn diese Weise erfreut sich hier an Bord großer Beliebtheit. Da ich also für das Zweite-Klasse-Konzert ›Ein Bäuerlein zur Hochzeit geht‹ auffrischen mußte und deswegen nicht ganz bei der Sache war, sang ich in Mr. Llewellyns Kabuff versehentlich die Zeile ›Bim, bam, bim, bam, bim, bam, ich eil' zu Euch, Madame‹, während ich sein Frühstückstablett abräumte. Er stürzte auf mich zu wie ein Tiger des Dschungels, Sir. Ein geradezu alimanisches Knurren stieß er aus, wenn Sie mir die Bemerkung gestatten. Ich würde wirklich niemandem empfehlen, in absehbarer Zeit mit Mr. Llewellyn gesellschaftlichen Umgang zu pflegen.«

»Haben Sie das gehört?« fragte Monty überaus erfreut.

Miss Blossom strafte den Steward mit finsterem Blick.

»Das sieht Ihnen ganz ähnlich, daß Sie auch dazu noch Ihren Senf geben, wie?«

Albert Peasemarch schreckte auf wie ein zartbesaiteter Leibeigener, der von der Schloßherrin zu Unrecht gerügt worden ist.

»Ich wollte Mr. Bodkin lediglich raten, Mr. Llewellyn etwas Zeit zu geben, damit er sich abregen kann, bevor …«

»So was Dummdreistes habe ich noch nie …«

»Na, sehen Sie«, sagte Monty. »Wenn er in solcher Verfassung ist, brauche ich gar nicht mit ihm zu reden, oder? Was könnte ich schon erwirken? Das ganze Projekt ist also null und nichtig, und wenn Sie mich jetzt bitte entschuldigen wollen, zische ich ab ins Bad. Ich habe in Bälde eine wichtige Verabredung in der Bibliothek.«

Wenn die Moral eines empfindsamen Mannes durch eine peinigende Szene mit einer Angehörigen des anderen Geschlechts geprüft worden ist, stellen nur wenige Dinge seinen Gleichmut so zuverlässig wieder her wie ein Sprung in stechend kaltes Meerwasser. Nachdem Monty die Badezimmertür vorsorglich verriegelt hatte – man konnte nie wissen –, genoß er sein Bad in vollen Zügen. Wohl heulte er laut auf, als er hineinstieg und das Wasser eiskalt am Rücken spürte, aber danach war er ein Ausbund an Frohsinn und Sorglosigkeit. Beim Herumplanschen sang er aus voller Kehle und griff – vielleicht in einer Art Hommage an Albert Peasemarch – auf das gesamte Textmaterial zurück, das er von »Ein Bäuerlein zur Hochzeit geht« aus dem Gedächtnis noch zusammenkratzen konnte.

Nicht, daß er gefühllos war. Niemand hätte größeres Mitleid für den guten alten Ambrose aufbringen können. Verdammt schade, dachte er, daß der andere so auf den Hund gekommen war. Doch als er sich an den Wortlaut von Gertrudes Briefchen erinnerte und darüber nachsann, daß er schon sehr bald oben in der Bibliothek stehen und ihr in die Augen sehen würde, konnte er gar nicht anders als glücklich sein.

Er kehrte mit einer gewissen Vorsicht in die Kabine zurück. Erleichtert stellte er fest, daß sich Miss Blossom entfernt hatte. Zu sehen war nur noch Albert Peasemarch. Der Steward las in dem Nachrichtenblatt, das man auf Ozeanriesen jeden Morgen an die Passagiere verteilt.

»Offensichtlich«, sagte er und erhob sich artig vor dem eintretenden Monty, »gab's in London eine Gasexplosion, Sir. Bilanz: 4 Tote!«

»Ach ja?« sagte Monty, griff nach seinen Hosen und schlüpfte beschwingt hinein. Er wußte, wie schändlich es war, für dieses unglückliche Quartett nicht mehr Trauer zu empfinden, doch er konnte beim besten Willen keine große Anteilnahme mobilisieren. Er war jung, die Sonne schien, und um zwölf erwartete ihn Gertrude in der Bibliothek. In London hätten seinetwegen vierhundert Gasopfer herumliegen können, ohne daß ihm dies den Morgen verdorben hätte.

»Und zerstreute, elegant gekleidete Dame kriegt in Chicago süßes Baby in Straßenbahn. Beziehungsweise«, korrigierte sich Albert Peasemarch nach genauerem Studium des Artikels, »vergißt. Was im Grunde recht seltsam ist, Sir. Da sieht man wieder einmal, wie die Frauen sind.«

»Allerdings«, pflichtete Monty bei und zog das einzige Hemd in der Welt an, das dem bevorstehenden Rendezvous in der Bibliothek angemessen war.

»Frauen verfügen einfach nicht über den gleichen Kopf wie wir Männer. Meines Wissens hat das irgendwas mit dem Schädelbau zu tun.«

»Stimmt«, sagte Monty. Er rückte seine Krawatte zurecht und betrachtete sie kritisch im Spiegel. Ihm entfuhr ein leiser Seufzer. Die Krawatte war nicht schlecht, ja eigentlich sogar verdammt gut. Trotzdem war es nicht die Krawatte mit dem Rosenmuster vor dem taubengrauen Hintergrund.

»Nehmen Sie meine Mutter«, fuhr Albert Peasemarch mit jenem Anflug zärtlichen Tadels fort, der einen nachdenklichen Mann überkommt, wenn er den Unzulänglichkeiten des schwachen Geschlechts nachsinnt. »Ständig verliert und vergißt sie irgendwas. Ihre Brille hat sie nie länger als zwei Minuten bei sich. Wie oft bin ich ihr in jungen Jahren nachgerannt. Sie hätte diese Brille selbst dann verloren, wenn sie allein auf einem Eisberg gewesen wäre.«

»Hm?«

»Meine Mutter, Sir.«

»Auf einem Eisberg?«

»Jawohl, Sir.«

»Wann war denn Ihre Mutter auf einem Eisberg?«

Albert Peasemarch mußte feststellen, daß seine Bemerkungen nicht die ungeteilte Aufmerksamkeit seines Lehnsherrn gefunden hatten.

»Meine Mutter war nie auf einem Eisberg, Sir. Ich sage bloß, wenn sie auf einem solchen gewesen wäre, hätte sie ihre Brille verloren. So ist das mit allen Frauen, und zwar aufgrund ihres Schädelbaus. Wie gesagt, ständig verlieren und vergessen sie irgendwas.«

»Da haben Sie wohl recht.«

»Natürlich habe ich recht, Sir. Zum Beispiel vorhin diese junge Dame, Ihre Miss Blossom …«

»Ich wäre froh, wenn Sie sie nicht *meine* Miss Blossom nennen würden.«

»Nein, Sir. Sehr wohl, Sir. Aber eigentlich wollte ich nur sagen, daß sie schon mitten im Korridor war, ohne zu merken, daß sie ihr Spielzeug vergessen hatte. Ich mußte ihr hinterherlaufen und es ihr geben. ›Ach, Miss‹, sagte ich, ›Sie haben Ihre Maus liegenlassen.‹ Und sie sagte: ›Oh, vielen Dank, Steward, stimmt.‹ …Sir?«

Monty hatte nichts gesagt. Über seine Lippen war lediglich ein heiserer Schrei gekommen. Entgeistert suchte er die Frisierkommode ab, denn insgeheim hoffte er, sein Gegenüber mißverstanden zu haben.

Aber es bestand kein Zweifel – jenes breite, freundliche Lächeln schlug ihm nicht länger entgegen. Die Frisierkommode war wüst und leer, die Mickymaus verschwunden.

16. Kapitel

Monty stützte sich mit der Hand gegen die Frisierkommode und starrte Albert Peasemarch an. Der Unterkiefer hing ihm schlaff herab, und sein Teint war blaß wie der Bauch eines Fischs. Sein Gebaren gab dem Steward zu echter Sorge Anlaß. Zwar hatte er schon oft Passagiere in diesem Zustand erlebt, doch noch nie in einer Situation, wo das Schiff auf ebenem Kiel lag. Montys Äußerem nach zu urteilen, hätte dieser eines der Londoner Gasopfer sein können. Albert Peasemarch mußte unwillkürlich an das berühmte Shakespeare-Wort denken: »Ganz solch ein Mann, so matt und so entgeistert, so tot, so trüb im Blick, so hin vor Weh, zog Priams Vorhang auf in tiefster Nacht und wollt' ihm sagen, halb sein Troja brenne.«

»Sir?« fragte er verwirrt.

Monty fand die Sprache wieder. Bis dahin hatte er bloß ein leises Würgen ausgestoßen, das den Steward an eine Katze erinnerte, die seiner Mutter gehört und stets auf diese Weise gewürgt hatte, bevor sie sich übergab.

»Sie hhaaoouuhh …?«

»Sir?«

»Sie hhaaoouuhh … hhaaoouuhh …?«

»Sir?«

»Sie hhaaoouuhh … haben …?«

»Jawohl, Sir. Ich habe der Dame die Maus gegeben.«

Ein weiterer langer, stummer, starrer Blick streifte Albert Peasemarch wie ein Todesstrahl. Dann erzitterte Monty von der Krawatte bis zur Socke, als hätte ihn ein Fieberfrost durchschüttelt, und einen Moment lang sah es so aus, als würden Worte wie flüssige Lava aus ihm schießen. Doch sie blieben unausgesprochen. Sein Vokabular war recht begrenzt, und so suchte er umsonst nach einer wirklich prägnanten Formulierung für die Gefühle, die er Albert gegenüber hegte. Shakespeare wäre dazu vielleicht in der Lage gewesen. Rabelais womöglich auch. Monty war es nicht. Unter all den Substantiven und Adjektiven, die ihm einfielen, gab es kein einziges, das sich bei genauerer Prüfung nicht als hohl und nichtssagend entpuppt hätte. Und da er sich nicht mit minderwertiger Ware zufriedengeben wollte, blieb er eben stumm. Stumm schlüpfte er auch wenig später ins Jackett, bürstete sich die Haare und wankte vor den staunenden Augen seines Gegenübers aus dem Zimmer.

Als er auf unsicheren Füßen durch den Korridor taumelte, dachte er über Albert Peasemarch und das eklatante gesellschaftliche Problem nach, das solche Männer darstellten. Umbringen konnte man sie nicht. Nicht einmal ins Tollhaus stecken konnte man sie. Und doch: was waren sie nur für ein Krebsgeschwür am Gemeinwesen, wenn man ihnen nicht Einhalt gebot! Monty erschien die Welt als gigantisches Tintenfaß, auf dessen Rand Männer wie er immerfort balancierten, um von Leuten wie Albert Peasemarch immerfort hineingestoßen zu werden.

Und am Ende der Überfahrt würde er dem Kerl auch noch ein Trinkgeld geben müssen …

Tief versunken in solch düstere Gedanken lief er Reggie Tennyson in die Arme.

»Ach, da bist du ja«, sagte Reggie.

Monty hätte antworten können, was der andere vor sich sehe, sei mitnichten der ihm bekannte Bodkin, sondern lediglich die Schale oder Hülle, die von besagtem Bodkin übriggeblieben war, nachdem sich Albert Peasemarch mit ihm abgegeben hatte. Doch metaphysische Höhenflüge gingen über Montys Kräfte, und so sagte er bloß, jawohl, da sei er.

»Ich wollte gerade zu dir.«

»Ach ja?«

»Um zu erfahren, ob Lottie dich davon überzeugt hat, nach Hollywood zu gehen. Hast du sie gesehen?«

»Ich habe sie gesehen.«

»Und – war sie erfolgreich?«

»Nein.«

Reggie nickte.

»Das habe ich mir fast gedacht. Es ist schon komisch mit diesem Hollywood. Ich zum Beispiel würde liebend gern dorthin sausen. Ambrose dito. Während du, den alle Welt auf Knien bittet, dem Ort eine Chance zu geben, nix davon wissen willst. Paradox. Und doch ist es so. Hast du Gertrude gesehen?«

»Noch nicht.«

»Ich habe dich wie versprochen reingewaschen.«

»Ich weiß. Sie hat mir ein Briefchen geschrieben.«

»Ist alles wieder im Lot?«

»O ja.«

Reggie wirkte leicht eingeschnappt. Auch wer sich sagt, er bedürfe keines Dankes, denn es sei ihm ein Vergnügen gewesen und so weiter, weiß eine kleine Würdigung seiner Freundschaftsdienste zu schätzen.

»Du wirkst nicht gerade erfreut«, bemerkte er kühl.

»Reggie«, erwiderte Monty, »der schlimmste Fall ist eingetreten. Die Blossom hat Gertrudes Maus mitgenommen.«

»Maus?«

»Ja.«

»Eine weiße Maus?«

»Eine Mickymaus. Du erinnerst dich doch noch an die Mickymaus, die ich ihr geschenkt habe und die sie mir zurückgegeben hat ...«

»O ja.« Reggie schüttelte den Kopf ziemlich kritisch. »Du hättest Lottie wirklich nicht Gertrudes Maus schenken sollen, Alter.«

Monty hob den Blick zur Decke, als flehe er den Himmel an, es nicht zu bunt zu treiben mit ihm.

»Ich habe sie ihr nicht geschenkt.«

»Aber sie hat sie jetzt?«

»Ja.«

»Erzähl mir die Geschichte in deinen eigenen Worten«, sagte Reggie. »Bis jetzt klingt sie reichlich konfus.«

Doch als alles erzählt war, vermochte er keinen Trost zu spenden. Er hatte den Eindruck, sein Freund stecke in der Patsche, was er ihm auch umgehend mitteilte.

»Am besten holst du dir die Maus zurück«, schlug er vor.

»Ja«, sagte Monty, denn darauf war er auch schon selbst gekommen.

»Falls Gertrude sie in Lotties Besitz sieht ...«

»Ja«, sagte Monty.

»... wird sie ...«

»Ja«, sagte Monty.

Reggie schnalzte unwirsch mit der Zunge.

»Du mußt dir schon was Besseres einfallen lassen, als wie ein Frosch aus der Wäsche zu gucken und ständig ›ja‹ zu sagen, mein Teurer. Ich an deiner Stelle würde mich umgehend mit ihr in Verbindung setzen.«

»Aber ich bin doch mit Gertrude in der Bibliothek verabredet.«

»Na dann eben, sobald du dir diese vom Hals geschafft hast. Apropos Gertrude – was willst du ihr denn sagen, falls sie das Ding haben möchte?«

»Ich weiß nicht.«

»Du weißt nicht gerade viel, wie? Hör zu. Du sagst ihr folgendes. Nein«, sagte Reggie nach kurzer Überlegung, »das geht nicht. Und wie wär's damit? Nein, das geht auch nicht. Ich sage dir jetzt, was du tun mußt. Du verdrückst dich in eine Ecke und läßt dir was einfallen.«

Und mit diesen hilfreichen Worten verfügte sich Reggie Tennyson, dem plötzlich in den Sinn gekommen war, daß er die Shuffleboard-Partie mit Mabel Spence noch immer nicht gespielt hatte.

Monty wankte in Richtung Bibliothek davon.

Die Bibliothek war menschenleer. Gertrude war noch nicht zum Stelldichein erschienen, und selbst die fanatischsten Strickerinnen und Postkartenschreiber waren vom strahlenden Sonnenschein ins Freie gelockt worden. Monty ließ sich in einen Sessel sinken und hielt, um der Gedanken Fluß zu befördern, den Kopf mit beiden Händen umklammert. In dieser Haltung begann er sich das Hirn nach einem Schlachtplan zu zermartern.

Die Maus – wie konnte er sie zurückerlangen?

Das würde kein leichtes Unterfangen werden, soviel stand fest. Wenn Monty je Liebe auf den ersten Blick gesehen hatte, dann in den Augen von Lotus Blossom, als sie in seine Kabine getreten und jenes Stofftiers ansichtig geworden war. Sie hatte es geradezu angeschmachtet. Und jetzt, da es das Schicksal – mit tatkräftiger Unterstützung seines alten Kumpans Albert Peasemarch – in ihren Besitz gebracht hatte, würde sie es einfach kampflos preisgeben?

Monty hatte seine Zweifel. Ihre Haltung war unverkennbar die einer Frau gewesen, der man die Maus, nachdem sie sie erst einmal in den Klauen hatte, nur unter größten Schwierigkeiten würde entwinden können. Trotzdem …

Jawohl, es war nicht unmöglich. Diese Frau verfügte wahrscheinlich über ein Gewissen und hatte das ABC der Moral gelernt, sei es auf dem Schoß ihrer Mutter, sei es anderswo. Wenn er mit ihr in Kontakt treten und sie darauf hinweisen könnte, daß sie sich – indem sie aus Albert Peasemarchs Händen eine Mickymaus empfangen hatte, die wegzugeben er nicht befugt gewesen war, wie sie sehr wohl wußte – eines Vergehens schuldig gemacht hatte, das einem schweren Eigentumsdelikt gefährlich nahe kam, dann würde sie das Plüschtier vielleicht freiwillig herausrükken. Natürlich hing vieles davon ab, wie sehr Hollywood ihr Rechtsempfinden zerrüttet hatte. Hatte die Stadt es erheblich zerrüttet, war alles verloren. Hatte sie es dagegen eher schwach zerrüttet, würde ein Appell an ihr Gewissen ohne Zweifel …

Eine Stimme unterbrach seine Gedanken, als er gerade zaghafte Fortschritte zu machen glaubte.

»Grüß dich, Monty.«

Geistesabwesend blickte er auf.

»Ach, grüß dich«, sagte er.

Hätte jemand Monty Bodkin – beispielsweise am selben Morgen während der Rasur – gesagt, er würde sich, noch ehe die Sonne ihr Haupt zur süßen Ruh' gelegt, nicht darauf freuen, Gertrude Butterwick zu sehen, dann hätte er den so sich Äußernden in dieselbe geistige Schublade gesteckt wie Albert Peasemarch. Und doch empfand er jetzt nicht das geringste Prickeln, als ihre Blicke einander begegneten. Gertrude stellte bloß ein Hindernis zwischen ihm und der vor ihm liegenden Aufgabe dar, Lottie Blossom aufzuspüren und ihr die Maus zu entwinden. Er wollte nachdenken und sicher nicht reden, und sei's mit der holdesten Maid.

Gertrudes Augen schmolzen. Die Reue hatte sie milde gestimmt. Selbst ein Kind hätte ihr in diesem Moment einen Hockeyball abjagen können.

»Was für ein prächtiger Morgen!«

»Ja.«

»Hast du mein Briefchen gekriegt?«

»Ja.«

Ein besorgter Ausdruck schlich sich in Gertrudes leuchtende Augen. Ihre Phantasien über dieses Tête-à-tête hatten keinen gestrengen Monty vorgesehen – und auch keinen bierernsten Monty oder gar einen Monty, den ein guter Präparator ausgestopft zu haben schien. Vielmehr hatte sie ein Wesen erwartet, das strahlte und quasselte und regelrechte Luftsprünge vollführte. War es denkbar, so fragte sie sich, daß ein Bodkin kein Pardon gab?

»Monty«, stammelte sie, »du bist doch nicht etwa böse?«

»Böse?«

»Du wirkst so komisch.«

Jäh tauchte Monty aus seinen Tagträumen auf. Er riß sich zusammen, denn ihm war klargeworden, daß er vor lauter Sorgen einen goldenen Augenblick zu verschenken drohte. Was immer später geschehen mochte – es galt, die Gunst der Stunde zu nutzen.

»Oje, tut mir leid«, sagte er. »Ich habe gerade an etwas gedacht. Reflexionen angestellt, wenn du weißt, was ich meine.«

»Du bist nicht böse?«

»Nein, ich bin nicht böse.«

»Du hast aber ausgesehen, als seist du böse.«

»Ich bin aber nicht böse.«

»Ich hatte schon Angst, du könntest böse sein, weil ich so schlimme Sachen über dich gedacht habe. Kannst du mir je verzeihen, Liebling?«

»Verzeihen?«

»Offenbar stelle ich mich in einer Tour dumm an.«

»Nein, nein.«

»Mensch, bin ich froh, daß du nicht böse bist.«

»Nein, ich bin überhaupt nicht böse.«

»Monty!«

»Gertrude!«

Erst nach einiger Zeit hätte ein zufällig mit gezücktem Notizblock in der Nähe lauernder Reporter ein Gespräch aufschnappen können, das niedergeschrieben zu werden verdiente. Die beiden Protagonisten jedenfalls schienen instinktiv zu spüren, daß die Situation eher nach Taten als nach Worten verlangte. Als die Gefühlswallung endlich abgeklungen war, rückte Monty sich die Krawatte zurecht, strich Gertrude sich das Haar glatt, worauf das Gespräch seinen Fortgang nahm.

Gertrude tat gleich zur Eröffnung kund, daß Reginald Tennyson das Fell über die Ohren gezogen werden sollte, und zwar, wie sie ausführte, bei lebendigem Leibe. Und als ein Mädchen, das nicht kleckerte, sondern klotzte, gedachte sie ihn zusätzlich auch noch in siedendes Öl zu tauchen. Sie war der Ansicht, daß ihm dies eine Lehre sein würde.

Monty spürte einen Stich, ja ihn packte tiefes Mitleid mit seinem Freund. Mochte Reggie auch unbekümmert verkündet haben, auf Gertrudes Wertschätzung zu pfeifen, so konnte sich Monty doch nicht denken, daß er tatsächlich so empfand. Er selbst hätte eine Welt, in der Gertrude Butterwick sagte, man sollte ihm bei lebendigem Leibe das Fell über die Ohren ziehen und ihn in siedendes Öl tauchen, als reines Jammertal empfunden, und ihm war schleierhaft, wie das irgendwer anders sehen konnte.

»Reggie ist schon recht«, sagte er etwas gezwungen.

»Schon recht?« Gertrude klang, als wäre sie vom Blitz getroffen worden. »Nachdem er sich so verhalten hat?«

»Na ja.«

»Was heißt denn hier ›na ja‹?«

»Ich meine: *Sie schönees sawäh*«, antwortete Monty und bediente sich abermals einer urheberrechtlich nicht geschützten Wendung Peasemarchscher Provenienz. »Ich will damit sagen, daß er sich zwar saublöd angestellt hat, aber man nur einmal jung ist, falls du weißt, was ich meine.«

»Nein, ich weiß nicht, was du meinst. Für Reggies Verhalten gibt's keine Entschuldigung. Beinahe hätte er unser beider Glück zerstört. Ich begreife nicht, wie man sich so idiotisch aufführen kann. Als er mir erzählte, die Schrift an der Wand stamme von ihm, glaubte ich ihm zunächst kein Wort. Jane Passenger war sich sicher, daß sie von einer Frau stammt.«

Monty fuhr sich mit dem Finger in den Kragen. So perfekt dieses maßgeschneiderte Produkt von Londons nobelstem Hemdenmacher auch saß, fühlte es sich um den Hals jetzt doch recht eng an.

»Du solltest nicht auf Jane Passenger hören.«

»Ich hielt es ebenfalls für eine weibliche Handschrift, doch dann fiel es mir wieder ein.«

»Hm?«

»Plötzlich fiel mir wieder ein, daß Reggie als Knabe gern Sachen auf Mauern schrieb. Sachen wie …«

»Genau«, sagte Monty eifrig. »Ich weiß, was du meinst.«

»Sachen wie ›Tod dem verfluchten Blenkinsop‹.«

Monty kniff die Augen zusammen.

»Tod dem verfluchten *was?*«

»Wir hatten damals einen Butler namens Blenkinsop, der Reggie bezichtigte, am Marmeladenglas genascht zu haben, worauf diesem von seinem Vater der Hosenboden strammgezogen wurde. Darauf begab sich Reggie ins Freie und schrieb mit weißer Kreide ›Tod dem verfluchten Harold Blenkinsop‹ auf alle Mauern. Blenkinsop ärgerte sich grün und blau deswegen und behauptete, dies unterhöhle seine Autorität bei den gemeinen Bediensteten, zumal er diesen bis dahin geflissentlich verschwiegen hatte, daß er mit Vornamen Harold hieß. Tja, und als mir das wieder einfiel, wußte ich, daß Reggie an diesem Morgen die Wahrheit sagte.«

Eine stumme Dankadresse an H. Blenkinsop, auf welcher Insel des Friedens er seinen Lebensabend auch immer verbringen mochte, entstieg Montys Seele. Hätte dieser wackere Butler gegenüber Marmeladendieben nicht solch vortreffliche Strenge walten lassen …

»Ehrlich gesagt«, gab sich Gertrude nun versöhnlicher, »halte ich ihn einfach für meschugge. Aber verplempern wir unsere Zeit nicht länger mit Reggie. Ich habe nur noch eine Minute, weil Jane das ganze Team vor dem Lunch im Gymnastikraum zusammentrommeln will. Sie hat gesehen, wie Angela Prosser, unsere linke Innenverteidigerin, gestern abend nicht weniger als drei Desserts verdrückt hat, und befürchtet nun, wir könnten während der Überfahrt außer Form geraten. Wann bekomme ich denn nun meine Maus zurück?«

Wahrscheinlich hatte es Momente gegeben, in denen selbst ein Damokles das über seinem Kopf schwebende Schwert vergessen hatte. Während der letzten verzückten Minuten jedenfalls hatte Monty keinen Gedanken mehr an die dräuende Gefahr verschwendet. Nun trat sie ihm um so wuchtiger wieder ins Bewußtsein, so daß er vom Bug bis zum Heck erzitterte wie ein sturmgepeitschtes Schiff.

»M-m-m-aus?« fragte er mit kleinlauter, heiserer Stimme.

»Meine Mickymaus. Ich wäre froh, wenn du sie mir jetzt holen könntest. Erst wenn ich sie wiederhabe, glaube ich, daß alles in Butter ist.«

»Oh, ah«, sagte Monty. »Oh, ah, ja.«

»Ja«, sagte sie.

»Ich muß dir etwas gestehen«, sagte er.

Und dann hatte er zum zweitenmal in vier Tagen eine Eingebung – eine beispiellose Leistung in den Annalen der Bodkins. In deren Nähe kam höchstens noch Sir Hilary Bodkin, Zeitgenosse von Queen Anne. Dieser hatte, laut der von Generation zu Generation weitergereichten Familienlegende, kurz vor der Schlacht von Blenheim eine Idee gehabt – und eine zweite im folgenden Frühjahr.

»Tja, ich muß dir etwas gestehen«, sagte er. »Es tut mir furchtbar leid, aber ehrlich gesagt steht jene Maus momentan nicht zum Einsatz bereit.«

»Du hast sie doch nicht etwa verloren?«

»Nein, nein, verloren habe ich sie nicht. Aber ehrlich gesagt war ich, als du sie mir zurückgegeben hast, dermaßen sauer, daß ich ihr ehrlich gesagt einen kräftigen Tritt gab ... sie ist ehrlich gesagt durch die ganze Kabine geflogen ... und dabei fiel eins ihrer Beine ab.«

»Ich nähe es an.«

»Es wird bereits angenäht. Von der Stewardeß. Sie läßt sich aber Zeit. Sie läßt sich sogar sehr viel Zeit. Ich glaube nicht, daß sie sie kurzfristig wieder in Umlauf bringen wird ... kurz- und mittelfristig ... Ehrlich gesagt ...«

»Na ja, solange du weißt, wo sie ist.«

»Ich weiß, wo sie ist«, antwortete Monty.

Gertrude, die nur widerwillig ging, sich aber niemals taub stellte, wenn die Pflicht rief, entfernte sich, um zusammen mit ihren Kameradinnen vom englischen Frauenhockey-Nationalteam Dehn- und Streckübungen zu machen. Monty verharrte in seinem Sessel – vollkommen reglos, wenn man von sporadischen Zuckungen absah, die an Veitstanz erinnerten.

Etwa zwanzig Minuten lang saß er so da, doch plötzlich schoß er hoch wie ein junger hinduistischer Fakir mit empfindlicher Haut, der zum erstenmal Bekanntschaft mit einem Nagelbrett macht. Ihm war eben klargeworden, daß er wertvolle Zeit verschwendete. Hier zählte jeder Augenblick. Die kleinste Verzögerung bei der Kontaktaufnahme mit Lottie Blossom konnte die verheerendsten Folgen haben. Er stürzte aus dem Zimmer und begann alle Orte des Schiffes abzuklappern, an denen sie vermutet werden konnte. Nach zehn Minuten traf er sie auf dem Bootsdeck an, wo sie mit dem Schiffsarzt Ringe warf.

Die Angewohnheit von Schiffsärzten, sich stets das hübscheste Mädchen an Bord zu schnappen, um mit diesem Ringe zu werfen oder Decktennis zu spielen, gehört zu den bestürzendsten Phänomenen einer Seereise und hat schon manchen jungen Mann dazu veranlaßt, sich auf die Unterlippe zu beißen und die Augenbrauen finster zusammenzuziehen. Doch wenige junge Männer haben je mit größerer Verbitterung gebissen und zusammengezogen, als dies Monty nun tat. Er schlich herum und trat von einem Fuß auf den anderen, während sein Groll auf den frivolen Quacksalber, der die junge Frau davon abhielt, mit ihm ins Gespräch zu kommen, von Minute zu Minute bedrohlichere Ausmaße annahm.

Es gab tausenderlei, was der Kerl hätte tun sollen – Bedürftigen in den Hals schauen oder ihre Blinddärme entfernen, allerlei Mixturen in Flaschen abfüllen oder einfach in seiner Kabine über den Lehrbüchern brüten, um in seiner Disziplin nicht den Anschluß zu verlieren. Statt dessen stand er da, lachte über das ganze feiste Gesicht und warf mit Lottie Blossom Ringe auf einen Holzpflock.

Eine schöne Bescherung, fand Monty mit verständlichem Unmut.

Ihm fiel nichts Besseres ein, als sehr schnell an den beiden vorbeizugehen, heftig zu husten und vielsagend zu blicken, und dann abermals sehr schnell zurückzukommen, erneut heftig zu husten und vielsagend zu blicken. Und nachdem er dies sechsmal getan hatte, stellte er fest, daß die Behandlung langsam anschlug. Mitten in der siebten Runde bemerkte er, daß Lottie sich in leichtem Erstaunen regte. Die achte ließ sie eindeutig schwanken. Und als er Runde neun in Angriff nahm, starrte sie ihn mit unverhohlener Neugier an.

Genau wie der Arzt übrigens. Den Wurfring in der Hand, nahm er Monty ins Visier, und ein scharfer Beobachter hätte auf seiner Miene gewiß einen Anflug von Forschergeist entdeckt. Er, der stets hellhörig auf Krankheitssymptome bei den unter seiner Obhut stehenden Passagieren reagierte, glaubte an diesem jungen Mann deutliche Hinweise auf eine paranoische Disposition zu entdecken.

Doch ausgerechnet jetzt, da erste Anzeichen des Erfolgs zu erkennen waren, trat Gertrude Butterwick aus dem Gymnastikraum, das Gesicht puterrot von den Mühen der Leibesertüchtigung.

»Monty«, rief sie, und der so Angesprochene fuhr herum, als wäre dieses Wort eine in seinen Körper dringende Ahle. Ihm war ganz entfallen, daß auch der Gymnastikraum auf dem Bootsdeck lag.

»Ach, grüß dich, Liebling«, sagte er. »Schon fertig?«

»Was heißt denn hier ›schon‹?« fragte Gertrude. »Bald ist Essenszeit. Komm, wir machen einen Bummel. Ich muß dir etwas erzählen – in der Bibliothek bin ich gar nicht dazu gekommen.«

Mit einem kühlen Blick in Miss Blossoms Richtung führte sie ihn weg, und gemeinsam stiegen sie die Treppe hinunter zum Promenadendeck.

»Monty«, sagte Gertrude.

»Ja?«

Sie wirkte etwas zaghaft.

»Monty, findest du mich schrecklich dumm, wenn ich dich um etwas bitte?«

»Keineswegs.«

»Aber du weißt ja noch gar nicht, worum's geht. Ich wollte dich bitten, mir etwas zu versprechen.«

»Was immer du willst.«

»Es geht um Miss Blossom. Mir ist natürlich klar«, sagte Gertrude, als Monty die Arme schon gen Himmel werfen wollte, »daß zwischen euch nichts ist. Versprichst du mir trotzdem, daß du nie mehr mit ihr reden wirst, liebster Monty?«

Monty ging hinüber zur Reling und stützte sich schwach dagegen. Mit einer solchen Komplikation hatte er nicht gerechnet.

»Wie bitte?«

»Ja.«

»Ich soll nie mehr mit ihr reden?«

»Ja.«

»Aber …«

Eine leichte, fast unmerkliche Frostigkeit schlich sich in Gertrudes Haltung.

»Warum?« fragte sie. »Liegt dir so viel daran?«

»Nein, nein, durchaus nicht, aber …«

»Aber was?«

»Na ja, du weißt doch, wie sie ist.«

»Eben. Gerade deshalb sollst du ja auch nie mehr mit ihr reden.«

Monty tupfte sich die Stirn ab.

»Sie hat nun mal den ausgeprägten Hang, sich ihren Mitmenschen aufzudrängen, wenn du weißt, was ich meine. Kurz und gut: Was ist, wenn sie mit *mir* redet?«

»In diesem Falle verneigst du dich knapp und sagst ganz ruhig: ›Ich wünsche keinerlei Umgang mit Ihnen zu pflegen, Miss Blossom.‹«

»Wer, ich?« fragte Monty entsetzt.

»Und dann machst du auf dem Absatz kehrt. Sie ist eine brandgefähr-
liche Frau.«

»Ach was! Sie ist doch mit Ambrose verlobt.«

»Das behauptet sie.«

»Aber es stimmt. Das ist ein offenes Geheimnis.«

»Selbst wenn sie's ist, was ändert das schon? Solche Frauen geben sich
nie mit einem einzigen Mann zufrieden. Todsicher schäkert sie mit
jedem zweiten an Bord. Schau doch nur, wie sie dort oben mit dem
Arzt rumgemacht hat.«

Monty sah sich gezwungen, diese Aussage anzufechten.

»Jetzt mach mal 'nen Punkt! Sie hat mit dem Burschen doch nur Ringe
geworfen – und nach meinem Dafürhalten in äußerst züchtiger Weise.«

Die Frostigkeit in Gertrudes Haltung nahm zu.

»Auf deine Freunde läßt du wirklich nichts kommen.«

Monty gestikulierte abermals wild.

»Sie ist keine Freundin. Eine bloße Bekannte – wenn überhaupt.«

»Und so soll's auch bleiben«, entgegnete Gertrude. »Je überhaupter,
desto besser. Du versprichst mir also, nie mehr mit ihr zu reden?«

Monty antwortete nicht gleich. Als er es schließlich tat, lag in seiner
Stimme ein seltsamer, kratzender Ton.

»Na schön.«

»Prima.«

Ein Hornsignal schallte durch die Luft.

»Lunch!« sagte Gertrude dankbar. »Komm.«

Für einen jungen Mann, der mit einer jungen Frau in Verbindung zu
treten wünscht, seiner Verlobten indes versprochen hat, mit jener
Frau nicht zu reden, hält unsere moderne Zivilisation, mag man sonst
auch sehr viel Negatives über sie sagen, unbestreitbare Vorteile bereit,
auf die frühere Epochen verzichten mußten.

Wäre Monty Bodkin ein sich im Urschlamm suhlender Trilobit gewesen, hätte er mit Lottie Blossom unmöglich Kontakt aufnehmen können. Wäre er ein Cro-Magnon-Mensch gewesen, hätte er seine Gefühle nur durch das Bemalen von Höhlenwänden mit paläolithischen Büffeln ausdrücken können, und man weiß ja, wie unersprießlich das ist. Doch da er im 20. Jahrhundert lebte, standen ihm Bleistifte, Umschläge und Papier zur Verfügung, wovon er nun Gebrauch machen wollte.

Unmittelbar nach dem Lunch begab er sich, indem er einen weiten Bogen um die öffentlichen Räume des Schiffes machte, da er Gertrude nicht zu begegnen wünschte, in seine Kabine, bestens ausgerüstet mit Schreibwaren aller Art, und ab Viertel nach drei (Sommerzeit) kam die Bodkin-Blossom-Korrespondenz in geradezu halsbrecherischer Weise in Fahrt.

In solchen Angelegenheiten ist der erste Brief immer der schwerste, denn er legt den Ton fest. Da Monty nicht mit »Miss Blossom, Ihr Verhalten grenzt an ein Mysterium« beginnen konnte, weil er von Mr. Llewellyn schmählich im Stich gelassen worden war und immer noch nicht wußte, wie man ›Mysterium‹ schrieb, bediente er sich gewitzt der dritten Person.

Mr. Bodkin entbietet Miss Blossom seine freundlichsten Grüße und wäre sehr dankbar, wenn Miss Blossom Mr. Bodkins Mickymaus, die Miss Blossom aus der Hand des Hornochsen Albert Peasemarch erhalten hat, so bald als möglich retournieren könnte.

Er las die Zeilen durch und war zufrieden. Ihr Ton erschien ihm sowohl verständlich als auch würdevoll. Zwar hatte er noch nie eine diplomatische Note zu Gesicht bekommen, wie sie der Botschaftsvertreter einer Großmacht an denjenigen einer anderen Großmacht zu schicken pflegt, doch er stellte sich vor, daß eine solche Note in sehr ähnlichem

Stil abgefaßt wäre – höflich und zurückhaltend und doch schneidig zur Sache kommend.

Er drückte auf die Klingel und bat seinen Kabinensteward, Albert Peasemarch rufen zu lassen.

Jeder Austausch diplomatischer Noten bedarf zwingend eines Boten, und Monty war ganz entschieden der Meinung, daß Albert Peasemarch, der den ganzen Schlamassel angerichtet hatte, der ideale Kandidat hierfür sei. Ein kurzer Blick aufs Bootsdeck hatte ihm gezeigt, daß Lottie Blossom dort oben erneut Ringe warf, was bedeutete, daß der Herold sehr viel schweißtreibendes Treppensteigen vor sich hätte. Der Gedanke an einen im Schweiße seines Angesichts Treppen steigenden Albert Peasemarch entzückte Monty sehr.

Wenig später ertönte von draußen schwach »Ein Bäuerlein zur Hochzeit geht«, worauf der Steward eintrat.

»Servus, Peasemarch.«

»Guten Tag, Sir.«

»Ich möchte«, sagte Monty, »daß Sie Miss Blossom diesen Brief überbringen und mit ihrer Antwort wieder hierher kommen. Sie treffen sie auf dem Bootsdeck an.«

In den Zügen des Stewards lag ohnehin schon ein mißbilligender Ausdruck, denn Montys Ruf hatte ihn ereilt, als er gerade die Beine hatte hochlagern wollen, um eine Pfeife zu schmauchen. Diese Worte verstärkten die Mißbilligung noch. Er schürzte die Lippen in der Art einer Anstandsdame, eine Marotte, die Monty schon bestens kannte. Offensichtlich grämte sich der Steward über die moralischen Aspekte der Angelegenheit.

»Ist das klug, Sir?« fragte er ernst.

»Wie bitte?«

»Mir ist selbstredend klar«, fuhr Albert Peasemarch mit einer würdevollen Demut fort, die ihm prächtig stand, »daß ich mir weder Kritik noch Tadel anmaßen darf, doch erlaube ich mir die Bemerkung, daß ich im Laufe der Reise eine von tiefem Respekt getragene Bindung mit Ihnen eingegangen bin, Sir, und nur Ihr Bestes will. Und darum frage ich: Ist das klug? Wenn Sie darauf bestehen, daß ich Miss Blossom diesen Brief überbringe, werde ich das selbstverständlich tun, denn ich stehe stets zu Diensten, aber ich frage noch einmal: Ist das klug?«

»Peasemarch«, sagte Monty, »Sie sind ein Mondkalb.«

»Nein, Sir, davon kann, mit Verlaub, keine Rede sein, Sir. Ich verfüge über mehr Lebenserfahrung als wie Sie, Sir, wenn Sie mir die Bemerkung gestatten, und weiß, wovon ich rede. Mein Onkel Sidney, der als Handlungsreisender für eine Firma in Portsmouth tätig war, sagte oft zu mir: ›Leg dich niemals schriftlich fest, Albert‹, und Sie werden bemerken, daß es keine bessere Lebensmaxime gibt. Für meinen Onkel Sidney jedenfalls war sie die Rettung. Oh, ich weiß schon, was mit Ihnen los ist, Sir. Glauben Sie bloß nicht, ich verstehe das nicht. Diese Miss Blossom ist eine sogenannte Fahm fatall, und obwohl Sie mit einer grundanständigen jungen Britin verlobt sind, wenn Sie mir die Bemerkung gestatten, sind Sie ihren Reizen erlegen …«

»Hören Sie«, entgegnete Monty. »Sie zittern jetzt wie verlangt mit diesem Brief ab, und zwar ein bißchen dalli!«

»Sehr wohl, Sir«, sagte Albert Peasemarch mit einem Seufzen. »Wenn Sie darauf bestehen.«

Die ziemlich lange Pause zwischen Abgang und Rückkehr des Stewards füllte Monty, indem er im Raum auf- und abschritt. Wegen ihrer beschränkten Beinfreiheit eignen sich Kabinen von Ozeanriesen nur begrenzt für das Auf- und Abschreiten, doch Monty machte das Beste daraus und war noch immer in voller Fahrt, als die Tür aufging.

»Die Dame hat mir einen Brief mitgegeben, Sir«, sagte Albert Peasemarch mit einer Stimme, die ganz breiig und unmelodisch klang vor lauter Mißbilligung, der Hitze des Tages und der ungewohnten Anstrengung.

»Hat sie etwas gesagt?«

»Nein, Sir. Sie hat gelacht.«

Monty hörte das ausgesprochen ungern. Er konnte sich jenes Lachen genau vorstellen. Zweifellos eines von der spöttischen, hellen Sorte, die einen Mann in bestimmten Situationen aufwühlen kann, als wären seine inneren Organe mit einem Schneebesen traktiert worden. Deshalb öffnete er den Umschlag auch nicht in heiterer Stimmung, welcher Mangel an Zuversicht sich als durchaus adäquat erwies, da der Ton des Schreibens alles andere als aufmunternd war.

Miss Blossom entbietet Mr. Bodkin ihre freundlichsten Grüße und gedenkt allfällige Mickymäuse nur unter ganz bestimmten Voraussetzungen zu retournieren. Miss Blossom sagt: Kommen Sie hoch, dann können wir uns unterhalten.

Albert Peasemarch tupfte sich die erhitzte Stirn ab.

»Wäre das alles, Sir?«

»Alles?« Monty starrte ihn an. »Wir haben gerade erst angefangen.«

»Ich muß doch hoffentlich nicht nochmals all die Treppen hochsteigen?«

»Und ob!«

»Eigentlich sollte ich ›Ein Bäuerlein zur Hochzeit geht‹ üben, Sir.«

»Dann üben Sie eben beim Treppensteigen.«

Der Steward hätte weitergesprochen, doch Monty, der sich schon wieder in sein literarisches Schaffen vertieft hatte, winkte mit herrischer Geste ab. Die Stirn in tiefe Falten gelegt, las er das Geschriebene durch. Er hätte nicht zu sagen vermocht, was es daran noch zu verbessern gab. Es sei denn … Der Bleistift schwebte über dem Blatt.

»Sie wissen nicht zufällig, wie man ›Mysterium‹ schreibt, oder?« fragte er.

»Nein, Sir.«

Monty beschloß, auf den in Erwägung gezogenen Satz zu verzichten. Er las das Schreiben nochmals durch und spendierte dem Wort »Voraussetzungen« ein zweites S.

Mr. Bodkin entbietet Miss Blossom seine freundlichsten Grüße und wünscht von ihr darüber aufgeklärt zu werden, wie um alles in der Welt er hochkommen und sich mit ihr unterhalten kann, obschon er seiner Verlobten versprochen hat, nie wieder mit der in Frage stehenden Dame zu reden. Dieser Austausch diplomatischer Noten erfolgt doch gerade deshalb, weil es Mr. Bodkin nicht erlaubt ist, mit Miss Blossom zu reden.

Mr. Bodkin kann beim besten Willen nicht verstehen, was Miss Blossom mit »Voraussetzungen« meint. Mr. Bodkin möchte Miss Blossom höflich darauf hinweisen, daß der alleinige Gegenstand der Debatte das schlichte, schnurgerade Retournieren einer Mickymaus ist, deren rechtmäßige Eigentümerin Miss Butterwick heißt – und ganz entschieden *nicht* Miss Blossom.

Nun verstrich noch mehr Zeit bis zu Albert Peasemarchs Rückkehr, die sich aber schließlich durch ein schnaubendes Geräusch ankündigte. Der Steward überreichte Monty einen Umschlag und setzte sich, eine höfliche Entschuldigung murmelnd, aufs Bett, um ein ihn quälendes Hühnerauge zu massieren.

Monty öffnete den Umschlag, las dessen Inhalt durch und verharrte wie vom Donner gerührt. Daß Frauen so weit sinken konnten, war doch immer wieder verblüffend.

Miss Blossom entbietet Mr. Bodkin ihre freundlichsten Grüße. Dieser weiß haargenau, was sie mit »Voraussetzungen« meint. Wenn er seine Maus wiederhaben will, muß er sich eben zu Ikey Llewellyn bequemen, dessen Kontrakt unterschreiben und ihn dazu bringen, Ambrose ebenfalls einen Vertrag zu geben und also gnädig darüber hinwegzusehen, daß dieser nicht der Verfasser von »Der Knab' stund da, das Deck in Flammen« ist.

Miss Blossom bittet Mr. Bodkin, all die »Er« und »Ihn« auseinanderzuklamüsern, falls Miss Blossom diese durcheinandergebracht hat, und teilt Mr. Bodkin abschließend mit, daß sie, falls er nicht spurt, morgen mit fraglicher Mickymaus übers Promenadendeck paradieren wird, und wenn Miss Butterwick (Haha) ihr dabei begegnet und sie fragt: »Zum Henker, woher haben Sie diese Maus?«, dann wird Miss Blossom antworten: »Hihi, die hat mir Mr. Bodkin mit den besten Empfehlungen geschenkt.« Und falls darauf Miss Buttersplosh Mr. Bodkin nicht einen gewaltigen Tritt in den Hintern verpaßt und ihm den Laufpaß gibt, wäre Miss Blossom höchlichst überrascht.

PS: Halten Sie sich ran, Mann!

Monty erwachte aus der Trance. Sein Atem ging schwer. Er hatte beschlossen, sich nicht länger für dumm verkaufen zu lassen. Es gibt Momente, da muß ein Mann jede Ritterlichkeit hintanstellen und mit dem anderen Geschlecht Tacheles reden. Schon seinem Urahnen Sieur Pharamond war dies klargeworden, als er sehr viel früher als erwartet von den Kreuzzügen heimkehrte und sein Weib in ihrem Boudoir antraf, wo sie sich mit drei Troubadouren im mehrstimmigen Gesang übte.

Nun mußte Schluß sein mit all dem gedrechselten Zeug in der dritten Person. Gefordert war der kräftig zupackende Stil, klar und unverblümt. Flugs warf er eine einzige ätzende Zeile hin und überreichte sie Albert Peasemarch.

Sie lautete:

Wissen Sie, was Sie sind?

Miss Blossom antwortete:

Jawoll, Sir. Ich bin die stolze Besitzerin Ihrer Mickymaus.«

Monty hatte wenig übrig für solche Albereien und wurde strenger:

Sie sind eine Diebin!

Fünf Minuten später hinkte Albert Peasemarch mit folgender Botschaft ins Hauptquartier zurück:

Gütiger Himmel – nur das nicht!

Monty weigerte sich, auch nur ein Jota nachzugeben oder die Schwere des Vorwurfs abzumildern:

Doch, das sind Sie. Eine hundsgemeine Diebin.

Miss Blossom gab sich ziemlich abgeklärt:

Tja, deswegen werd' ich mir keine grauen Haare wachsen lassen.

Monty stellte ein Ultimatum:

Schicken Sie die Maus via Boten zurück, sonst wende ich mich an den Zahlmeister.

Doch als Albert Peasemarch, der keuchte wie ein gehetztes Reh, zurückkehrte, befand sich nicht etwa eine Maus in seiner Hand, sondern bloß ein Blatt Papier, auf dem ein einziges derbes Schmähwort stand. Monty las es mit finsterem Blick.

»Schön!« zischte er zwischen gefletschten Zähnen. »Schön und gut!«

17. Kapitel

Als die Zeiger der Schiffsuhr auf vier Uhr standen und die Stewards geschäftig hin- und hereilten, um ausgezehrte Passagiere, die seit halb drei keinen Bissen mehr zwischen die Zähne bekommen hatten, mit Tee und Kuchen zu versorgen, sah Reggie Tennyson, der schon das ganze Schiff nach Monty durchkämmt hatte, wie dieser aus dem Büro des Zahlmeisters trat.

Reggie war beileibe kein herzloser Mensch. Zwar hatte er Monty etwas abrupt verlassen, als dieser seines Rats und Zuspruchs am dringendsten bedurfte, was jedoch nur daran gelegen hatte, daß er unbedingt eine Partie Shuffleboard mit Mabel Spence spielen wollte. Mitnichten aber hatte er das schwere Los des Freundes aus seinen Gedanken verbannt, und so hielt er denn schon seit Abschluß des Lunchs und einer weiteren Partie Shuffleboard nach ihm Ausschau, wünschte er doch dringend zu erfahren, was sich inzwischen getan hatte.

Seine Suche verlief lange erfolglos, doch um vier wurde er für seine Mühe belohnt. Als er, wie bereits erwähnt, am Büro des Zahlmeisters vorbeikam, erblickte er den gerade heraustretenden Monty.

Monty war nicht allein. Neben ihm stand der Schiffsarzt, einen Arm um Montys Schulter gelegt, auf dem Gesicht einen freundlichen, teilnahmsvollen Ausdruck.

»Seien Sie ganz unbesorgt«, sagte er. »Legen Sie sich jetzt in Ihrer Kabine etwas hin. Ich schicke Ihnen einen Steward mit einem Mittelchen vorbei, das Sie alle zwei Stunden mit einem Schluck Wasser einnehmen wollen.«

Und diese Worte rundete der Schiffsarzt mit einem herzhaften Klaps auf die Schulter ab und entfernte sich, wobei er jene typische Haltung einnahm, die man an Schiffsärzten stets beobachtet, wenn sie sich anschicken, mit dem hübschesten Mädchen an Bord Ringe zu werfen.

Reggie begrüßte Monty mit einem freundlichen »Heda!«, und dieser drehte sich blinzelnd um. Er wirkte leicht benommen.

»Was«, erkundigte sich Reggie, »hat denn das werden sollen? Du bist doch nicht etwa an Lepra erkrankt?«

»Komm, wir gehen hinauf in den Rauchsalon«, antwortete Monty fiebrig. »Ich brauche was zu trinken.«

»Aber der Medikus hat doch gesagt, du sollst dich in deiner Kabine hinlegen.«

»Zur Hölle mit dem Medikus und zum Teufel mit der Kabine!« versetzte Monty erneut in seltsam fiebrigem Ton.

Reggie beschloß, alle weiteren Versuche, seinem Freund gut zuzureden, auf Eis zu legen. Was immer diesen quälen mochte: er schien nicht die Absicht zu haben, sich hinzulegen und alle zwei Stunden irgendwelche Mittelchen mit einem Schluck Wasser einzunehmen. Sein ganzes Trachten richtete sich eindeutig darauf, möglichst schnell in den Rauchsalon zu gelangen und sich einen unters Jackett zu brausen. Und da die Nachmittagshitze auch Reggie das Gefühl gab, eine kleine Erfrischung vertragen zu können, legte er seine Bemerkungen ad acta und folgte dem anderen zwar verwundert, aber wortlos.

Und erst nachdem sich Monty zwei hinter die Binde gegossen hatte – einen schnell, einen etwas gemächlicher –, schien er aus dem Nebelreich, in dem seine Seele gewandelt hatte, ins Diesseits zurückzukehren. Er betrachtete Reggie, als sähe er ihn zum erstenmal, und da sein Blick nun klar und ungetrübt und nicht weniger intelligent als sonst war, hielt es jener für angezeigt, den Faden dort wieder aufzunehmen, wo man ihn fallengelassen hatte.

»Was«, fragte er, »hat denn das werden sollen?«

Monty durchlief ein Schauer.

»Reggie«, sagte er, »ich habe mich unsterblich blamiert.«

»Wie denn?«

»Das verrate ich dir gleich. Wo ist der Steward?«

»Wozu brauchst du den Steward?«

»Wozu werde ich den Steward wohl brauchen?«

Mit dem aufgefüllten Glas als Halt begann sich Monty zu beruhigen. Zwar wirkte er noch immer leicht wacklig, und es ließ sich auch nicht übersehen, daß er eine schwere Prüfung hinter sich hatte, doch seine Stimme, wiewohl tonlos, klang ruhig.

»Mensch, Reggie, ich hab' vielleicht was durchgemacht!«

»Mit Lottie Blossom?«

»Mit dem Zahlmeister und dem Doktor und dem Schiffsdetektiv. Hast du gewußt, daß es auf Schiffen Detektive gibt? Ich nicht. Aber es gibt sie. Große Kerle mit Schnurrbärten. Bist du schon mal einem Oberfeldwebel begegnet? Dann kannst du es dir ja vorstellen.«

Er verfiel erneut in ein tranceartiges Schweigen, und Reggie gewann seine Aufmerksamkeit erst zurück, als er ihm sachte das glimmende Ende seiner Zigarette auf die Hand drückte.

»Autsch!« schrie Monty.

»Erzähl schon weiter, Alter«, sagte Reggie. »Ich bin ganz Ohr. Du hast gerade über Zahlmeister und Doktoren und Schiffsdetektive gesprochen.«

»Stimmt. Ja. Inzwischen ist mir natürlich klar«, sagte Monty, »daß ich nie hätte hingehen sollen.«

»Wohin denn?«

»Zum Zahlmeister. Aber da die Blossom eine solche Haltung an den Tag legte, schien mir das der einzige Weg zu sein.«

»Was für eine Haltung denn?«

»Das wollte ich eben sagen: eine miese, abscheuliche, rotzige, patzige …«

»Dann hast du also mit ihr geredet?«

»Nein, wir haben via Peasemarch korrespondiert.«

»Ach, du hast ihr geschrieben?«

»Und sie mir. Und Peasemarch ist hin und her geflitzt und hat ›Ein Bäuerlein zur Hochzeit geht‹ gesungen.«

»*Was* hat er gesungen?«

»Ach nichts. Eigentlich wollte ich nur sagen, daß ich von ihr schriftlich die umgehende Retournierung der Mickymaus verlangte, worauf sie mir – wie gesagt via Peasemarch – ihrerseits schriftlich mitteilte, daß sie, falls ich nicht zum alten Llewellyn gehen, bei ihm unterschreiben und ihn dazu bringen würde, Ambrose unter Vertrag zu nehmen, die Maus offen zur Schau stellen und Gertrude sagen würde, ich hätte sie ihr geschenkt.«

Reggie setzte eine ernste Miene auf.

»Daran habe ich gar nicht gedacht. Jawohl, ein solches Vorgehen sieht ihr ganz ähnlich. Dann setzt sie dir also die Pistole auf die Brust? Strategisch brillant, aber natürlich völlig abgefeimt. Tja, so sind die Frauen eben.«

»Nein, sind sie nicht. Jedenfalls nicht alle.«

»Vielleicht hast du recht«, lenkte Reggie ein. »Was hast du daraufhin getan?«

»Ich habe ihr die Meinung gegeigt und gesagt, ich würde mich an den Zahlmeister wenden.« Monty erschauerte leicht. »Und von diesem komme ich gerade.«

»Was ist denn vorgefallen?«

Monty versuchte die Contenance zu wahren, indem er an seinem Glas nippte. Offenbar schmerzte ihn jede Erinnerung an die jüngsten Ereignisse.

»Das war ein unkluges Manöver, Alter. Ich dachte, die Sache sei puppenleicht und werde wie geschmiert laufen – weit gefehlt.«

»Was ist denn vorgefallen?«

»Das will ich dir ja erzählen. Ich ging hinein und sagte: ›Könnte ich Sie sprechen?‹, und der Zahlmeister sagte, ja, ich könne ihn sprechen, und dann setzte ich mich und sagte: ›Ich muß Sie bitten, die Sache vertraulich zu behandeln‹, und er sagte: ›Was genau soll ich vertraulich behandeln?‹, und ich sagte: ›Das, was ich Ihnen gleich erzählen werde. Vertraulich zu behandeln, was ich Ihnen gleich erzählen werde – das zu tun muß ich Sie bitten‹, und er sagte: ›Klar doch‹, oder jedenfalls so was Ähnliches, und ich sagte: ›Zahlmeister, man hat mich beraubt!‹«

»Und das hat ihn bestürzt?«

»Ganz eindeutig, ja. Er drückte auf die Klingel und wirkte verstört. Er raufte sie sogar.«

»Die Klingel?«

»Die Haare. So hör mir doch zu! Wie gesagt, er raufte sich die Haare. Und nachdem er sich die Haare gerauft hatte, erzählte er, daß auf dem ganzen Schiff Anschläge angebracht seien, die die Passagiere ausdrücklich davor warnten, mit Unbekannten Karten zu spielen, doch dessenungeachtet habe er noch nie eine Überfahrt erlebt, vor deren Ende sich nicht Leute bei ihm beschwert hätten, weil sie von Falschspielern übers Ohr gehauen worden seien. Worauf ich sagte, ich sei nicht von Falschspielern übers Ohr gehauen, sondern beraubt worden. Und er raufte sich abermals die Haare und fragte, ob mir denn Wertgegenstände gestohlen worden seien, und ich sagte: ›Jawohl, genau so ist es.‹ Und in diesem Moment trat William das Walroß ein – zweifellos eine Reaktion auf die Klingel.«

»Und wer genau ist dieser Walroß-William?«

»Diese Frage stellte ich mir anfänglich auch, doch der Zahlmeister sagte: ›Das ist der Schiffsdetektiv‹, und forderte mich auf, diesem meine Geschichte zu erzählen, und dann sagte er noch: ›Mein Gott, das ist dem Ruf der Linie aber gar nicht zuträglich, wenn ständig Leute ausgeraubt werden, kaum setzen sie einen Fuß an Bord‹, worauf ich sagte: ›Guten Tag, Herr Detektiv, man hat mich beraubt.‹ Und der Detektiv sagte: ›Was Sie nicht sagen!‹, und ich sagte: ›Sie Rindvieh, genau das hab' ich doch eben gesagt.‹ Du mußt wissen, daß ich etwas überspannt war.«

»Verstehe.«

Monty nippte und fuhr fort.

»Und dann fingen Zahlmeister und Walroß an, im großen Stil zu konferieren. Der Zahlmeister fragte, ob dem Walroß irgendwelche Banden an Bord aufgefallen seien. Und das Walroß antwortete: ›Banden würde ich das nicht nennen.‹ Darauf sagte der Zahlmeister, das sei merkwürdig, weil solche großen Raubüberfälle normalerweise von international operierenden Verbrecherbanden verübt würden. Und dann konferierten sie noch ein bißchen weiter, bis das Walroß schließlich sagte, als erstes gelte es eine genaue Bestandsaufnahme der gestohlenen Wertgegenstände vorzunehmen, und dabei zückte er ein Notizbuch und sagte: ›Mr. Bodkin, vielleicht könnten Sie mir sämtliche verschwundenen Schmuckstücke nennen.‹ Und in diesem Moment, Alter, ging mir auf, wie unsterblich ich mich blamierte. Du weißt ja, wie es ist.«

Reggie nickte. Er wußte, wie es war.

»Erst da nämlich fiel es mir wie Schuppen von den Augen, daß es vielleicht ein bißchen merkwürdig wirkt, wenn einer SOS funkt und Schiffsdetektive zu sich bestellt, nur weil er eine braune Plüsch-Mickymaus verloren hat. Und merkwürdig fanden das auch die andern, denn kaum hatte ich mich erklärt, schluckte zuerst der Zahlmeister und dann das Walroß trocken, und anschließend schauten sich die beiden an, worauf der Zahlmeister hinausging und nach ein, zwei Minuten mit dem Doktor zurückkehrte, und dann stellte mir der Doktor allerlei Fragen: Ob mir schwindlig sei und ob vor meinen Augen lauter Pünktchen tanzten und ob man mich als kleines Kind einmal auf den Kopf habe fallen lassen und ob ich Stimmen hörte und mich verfolgt fühlte. Die Chose endete schließlich damit, daß er mich auf ekelhaft väterliche Art hinausführte – furchtbar nett und schonungsvoll, wenn du weißt, was ich meine – und mir sagte, ich solle mich hinlegen und die pralle Sonne unbedingt meiden und ein Mittelchen einnehmen, das er mir bringen lasse, und zwar alle zwei Stunden mit einem Schluck Wasser.«

Reggie Tennyson war ein heller, aufgeweckter Kopf. Er konnte zwischen den Zeilen lesen.

»Sie dachten also, du hättest einen Sprung in der Schüssel?«

»Dieser Eindruck drängte sich mir jedenfalls auf.«

»Hm … hat man dich als kleines Kind denn mal auf den Kopf fallen lassen?«

»Nicht daß ich wüßte.«

»War nur so 'ne Frage.«

Reggie sinnierte.

»Schön dumm«, sagte er.

»Allerdings«, pflichtete Monty bei.

»Und wenn sich der Nebel lichtet, stehst du mäusemäßig immer noch im Minus.«

»Ja.«

»Und Lottie blufft nicht einfach nur? Sie wird ihre Drohung wahr machen?«

»Ja.«

Reggie sinnierte erneut.

»Dir bleibt wahrscheinlich nichts anderes übrig, als auf ihre Bedingungen einzugehen.«

»Wie bitte, ich soll Filmschauspieler werden?«

»Darauf läuft's wohl hinaus.«

Ein Fieberanfall ließ Monty frösteln.

»Ich werde aber ums Verrecken kein Filmschauspieler werden! Schon beim bloßen Gedanken wird mir übel. Ich hasse die Schauspielerei. Selbst vor Laienaufführungen habe ich mich stets gedrückt. Wie oft wurde ich schon eingeladen, für zwei, drei Wochen in irgendein Herrenhaus zu kommen, und in letzter Sekunde erfuhr ich dann, daß man dort gerade ein Märchenspiel oder etwas Ähnliches einstudierte zwecks Anschaffung einer neuen Kirchenorgel, worauf ich einen blitzartigen Rückzieher machte. Bei mir ist das eine regelrechte Dingsbums.«

»Was meinst du mit Dingsbums?«

»Das Wort ist mir entfallen. Eins dieser Dinger mit Pho.«

»Phobie?«

»Genau. Es ist eine regelrechte Phobie.«

»Seltsam«, sagte Reggie nachdenklich. »Ich schauspielere gern. Hab' ich dir je erzählt …?«

»Ja.«

»Wann?«

»Irgendwann. Und überhaupt geht es hier um meine Maus.«

»Ja«, quittierte Reggie diesen Ordnungsruf, »so ist es. Freilich geht es um die. Tja, wenn du kein Filmschauspieler werden willst, stehen wir, wie mir scheint, wieder vor unserem Urproblem. Wie willst du die Maus auftreiben?«

»Hast du einen Vorschlag?«

»Na ja, mir ist gerade eingefallen – nein, das würde nicht hinhauen.«

»Was wolltest du sagen?«

Reggie schüttelte den Kopf.

»Verschwend keinen weiteren Gedanken daran.«

»Wie zum Teufel«, wollte Monty mit einigem Recht wissen, »soll ich keinen weiteren Gedanken daran verschwenden, wenn ich nicht einmal weiß, worum's geht? Was ist dir eingefallen?«

»Na ja, ich habe daran denken müssen, daß man, wenn jemand etwas hat, was man in seinen Besitz bringen möchte, den entsprechenden Gegenstand meistens zurückkaufen kann, und darum habe ich mich gefragt, ob sich dieser Maushandel nicht auf kommerzieller Basis abwickeln ließe.«

Monty merkte auf.

»Mensch!«

»Nur greift in diesem Fall leider ... wie lautet noch mal diese geistreiche Wendung, die du immer brauchst?«

Monty konnte ihm nicht weiterhelfen. Er vermittelte den Eindruck, daß das in Frage kommende Reservoir schlicht zu groß sei.

»Jetzt fällt's mir wieder ein. Rädchen. Leider greift in diesem Fall ein Rädchen ins andere. Es wäre zwecklos, Lottie Geld anzubieten. Sie will nichts anderes als einen Posten für Ambrose. Dessen Prinzipien sind so ehern, daß er sie nicht heiraten wird, falls er keinen solchen kriegt. Für deinen schnöden Mammon hätte sie nur Verachtung übrig.«

So leicht ließ sich Monty nicht entmutigen. Er fand die Idee gut. Ihm behagte die Vorstellung, die Sache mit einer finanziellen Transaktion zu regeln. Nur war er selber nicht draufgekommen.

»Wieviel schnöden Mammon würde sie denn deiner Meinung nach mit Verachtung strafen?« fragte er begierig. »Zweitausend Pfund?«

Reggie fuhr zusammen. Es schockierte ihn, wie man eine derart horrende Summe in solch beiläufigem Ton erwähnen konnte. Er kannte Monty schon sehr lange und hatte sich dermaßen an ihn gewöhnt, daß er manchmal ganz vergaß, wie betucht dieser war.

»Zweitausend Pfund? Das würdest du doch wohl nicht hinblättern?«

»Und ob ich das hinblättern würde. Aber wie du schon sagtest«, meinte Monty, dessen erste Welle der Begeisterung wieder abebbte, »ist es wohl zwecklos, darüber zu reden, verdammt noch mal!«

Ein merkwürdiger Glanz war in Reginald Tennysons Augen getreten. Seine Nase kitzelte. Mit unverhohlener Erregung stibitzte er eine Zigarette.

»Einen Moment noch«, sagte er. »Moment! Die Sache gewinnt langsam Konturen. Ich sehe ein gewisses Potential. Nur damit wir uns recht verstehen: Du behauptest im Ernst, daß dir diese Mickymaus zweitausend Pfund wert ist?«

»Selbstverständlich ist sie das.«

»Du würdest diesen exorbitanten Betrag tatsächlich demjenigen überreichen, der sie für dich zurückholt?«

»Auf die Hand. Schließlich habe ich Percy Pilbeam tausend gegeben, damit er mich als qualifizierten Mitarbeiter seiner Privatdetektei engagiert, nicht wahr? Und das hier ist von sehr viel größerer Bedeutung.«

Reggie holte tief Luft.

»Gut«, sagte er. »Dann stell den Scheck auf R. Tennyson aus.«

Montys Leitung war nicht die kürzeste.

»Hast *du* die Maus?«

»Natürlich nicht, Blödmann.«

»Und warum sagst du dann, du hättest sie?«

»Sage ich ja gar nicht. Aber ich werde sie besorgen.«

Reggie beugte sich vor. Schon früher in diesem Gespräch hatte er sich umgeschaut, um sicherzustellen, daß sich außer ihnen kein Mensch im Rauchsalon aufhielt, was um diese Tageszeit ja auch die Regel war. Dennoch senkte er die Stimme so sehr, daß Monty nichts als ein verworrenes Zischeln vernahm, aus dem er mit Mühe und Not die Worte »Mabel Spence« herausfilterte.

»Sprich lauter«, bat er leicht unwirsch.

Reggies Stimme wurde vernehmlicher.

»Die Sache ist die, alter Knabe. Du siehst vor dir, ich sag's ganz offen, einen Mann am Scheideweg. Kennst du Mabel Spence?«

»Natürlich.«

»Ich liebe sie.«

»Und weiter?«

Reggie wirkte leicht pikiert, beschloß aber, ohne weiteren Kommentar fortzufahren.

»Ich liebe Mabel, und in achtundvierzig Stunden wird sie sich nach Hollywood aufmachen, derweil ich Kurs auf Montreal nehme. Und darum habe ich mich folgendes gefragt: ›Soll ich ihr nach Hollywood folgen oder aber plangemäß nach Montreal gehen?‹ Die zweite Variante hat den Haken, daß ich mich vermutlich bis zum Umfallen nach Mabel verzehren würde, die erste dagegen, daß ich in Hollywood mit etwa fünf Pfund in der Tasche und keinerlei Aussicht auf Arbeit eintreffen würde. Noch vor zwei Minuten«, gestand Reggie freimütig, »hätte ich eine Quote von hundert zu acht gegen den goldenen Westen angeboten. Mag man auch noch so verliebt sein – etwas futtern muß der Mensch, oder nicht?«

Monty sagte, er glaube schon. In seiner momentanen Drangsal konnte er sich zwar nicht vorstellen, daß er selbst je wieder einen Bissen hinunterbringen würde, doch vermutete er, daß andere dies mit Genuß taten.

»Aber was du mir da erzählst«, sagte Reggie, »ändert die Sache von Grund auf. Mit zweitausend Mücken im Sparstrumpf kann ich bedenkenlos gen Westen ziehen. Lottie Blossom hat mir mal erzählt, in Hollywood kriegt man für acht Dollar in der Woche ein Zimmer und für fünf einen Gebrauchtwagen. Und wenn man auf dem Quivive ist, kommt man spielend mit den Häppchen über die Runden, die man auf den Cocktailpartys anderer Leute verdrückt. Also ehrlich, mit zweitausend Pfund könnte ich mich locker zwanzig Jahre über Wasser halten.«

Montys Interesse galt weniger der Lebensgestaltung seines Freundes während der nächsten zwei Dezennien als der Methode, mit der sich dieser in eine Position zu bringen trachtete, die ihm die Reise nach Kalifornien ermöglichen würde. Deshalb kehrte er zum Hauptthema zurück.

»Jetzt mal im Ernst, Reggie: Du kannst diese Maus gar nicht besorgen, oder?«

»O doch.«

»Und wie?«

»Ganz einfach. Sie muß in Lotties Kabine liegen.«

»Du meinst, du willst hineingehen und sie suchen?«

»Logisch. Ein Klacks. In zehn Minuten hab' ich's hinter mir.«

Nicht zum erstenmal fand sich Monty Bodkin in der Rolle des Kapitalisten wieder, der Handlanger dingt, die für ihn die Drecksarbeit erledigen. Erst vor wenigen Wochen hatte er im Rauchsalon von Blandings Castle den gräßlichen Privatdetektiv Percy Pilbeam beauftragt, das Manuskript der sagenumwobenen Memoiren des Honourable Galahad Threepwood zu entwenden. Daß er sich nun nachdenklich auf die Unterlippe biß, geschah also nicht etwa, weil ihn die Idee neu und bizarr anmutete. Vielmehr lag dies daran, daß er Reggie mochte und von den gleichen Gefühlen übermannt wurde, die er auch gehabt hätte, wenn ihn dieser davon in Kenntnis gesetzt hätte, in einen Tigerkäfig steigen zu wollen.

»Aber wenn sie dich erwischt?« fragte er und erschauerte angesichts dieser Schreckensvision.

»Aah!« sagte Reggie. »Der Gedanke ist mir auch schon gekommen. Just dies gilt es im Auge zu behalten. Eine aufgereizte Lottie neigt vermutlich zu Handgreiflichkeiten. Jawohl, diesen Aspekt dürfen wir nicht vernachlässigen. Weißt du was? Ich spaziere jetzt kurz das Deck hinauf und hinunter und zerbreche mir den Kopf.«

Im Laufe des Nachmittags hatte sich Monty schon mehrmals über das von Albert Peasemarch angeschlagene Schneckentempo ärgern müssen, doch im Vergleich zu Reggie mutete ihn der Steward trotz Atemnot und Hühneraugenhandicap als wahrer Flammenblitz an. Stunden schienen zu verstreichen, bis die vertraute Gestalt wieder in der Tür des Rauchsalons auftauchte.

Doch Reggie zerstreute schleunigst jedweden Argwohn, er könnte getrödelt haben. Weder Tagträume noch Plauderstündchen mit anderen Passagieren waren für seine Säumigkeit verantwortlich.

»Keine Sorge«, sagte er. »Ich habe mich mit Lottie unterhalten. Es ist alles geregelt.«

Monty verstand kein Wort.

»Wozu hast du denn mit ihr reden wollen?«

»Aus strategischen Gründen, mein Lieber«, sagte Reggie mit leisem Stolz. »Ich habe ihr gesagt, ich sei von dir zum Vermittler bestallt worden. Du hättest mir alles erzählt und mich ermächtigt, ihr für die Maus hundert Pfund anzubieten.«

Monty war ratloser denn je. Die Selbstgefälligkeit, mit der sein Freund offenbar vermitteln wollte, daß er einen brillanten diplomatischen Coup gelandet hatte, irritierte ihn.

»Aber wozu hat das gut sein sollen? Sie hat sich doch bestimmt gekugelt vor Lachen, oder nicht?«

»Einen leicht amüsierten Eindruck hat sie schon gemacht. Wie von mir vorausgesagt, meinte sie, Geld sei kein Thema. Um was es ihr gehe und was sie todsicher auch kriegen werde, sei eine Stelle für Ambrose. Ich tat so, als würde ich ihr gut zureden, und sagte zum Schluß, den ich mit durchtriebener Akribie angesteuert hatte: ›Hör zu, könntest du Monty nicht heute abend treffen, um die Sache zu erörtern?‹ Und sie sagte, das werde sie tun, um Punkt zehn.«

»Na hör mal …«

»Du triffst sie also zu genannter Stunde.«

»Na hör mal, verdammt …«

Reggie machte eine abwehrende Handbewegung.

»Schon gut, ich weiß, was dich beschäftigt. Du denkst an das Risiko, von Gertrude im Gespräch mit Lottie ertappt zu werden. Ist es das?«

Monty sagte, genau das sei es.

»Nur keine Sorge. Du glaubst doch wohl nicht, daß ich das vergessen habe? Ich habe jedes Risiko aus dem Weg geräumt. Das Stelldichein ist auf dem Promenadendeck der zweiten Klasse anberaumt. Behalt die Uhr im Auge, wir arbeiten strikt nach Zeitplan. Schlag zehn.«

»Promenadendeck zweite Klasse«, sagte Monty versonnen. »Jawohl, das müßte klappen.«

»Natürlich klappt es. Wie sollte dich Gertrude sehen können? Passagiere der ersten Klasse spazieren nicht in der zweiten herum. Es wird alles wie am Schnürchen laufen. Um zehn triffst du Lottie auf dem Promenadendeck der zweiten Klasse, nachdem sie Ambrose mitgeteilt hat, sie habe Kopfschmerzen und lege sich früh schlafen, und dort nimmst du sie dann eine Viertelstunde in Beschlag, indem du irgendwelchen Kokolores verzapfst, der allerdings nicht so hanebüchen sein darf, daß dir dein Publikum davonläuft. Bis zum Ablauf dieser Zeitspanne werde ich ihre Kabine gründlich durchforstet und die Maus aufgespürt haben. Wir wissen ja, daß sie dort sein muß, und in einer Kabine gibt es schließlich nicht allzu viele Verstecke für eine voluminöse Mickymaus – voilà. Siehst du irgendeinen Fehler im ganzen Prozedere?«

»Nicht den geringsten.«

»Ich auch nicht, da es schlicht keinen gibt. Das nenne ich leicht verdientes Geld. Sag es noch einmal, ich hör's so gern: Du gibst mir tatsächlich …«

»Zweitausend Pfund?«

»Zweitausend Pfund«, murmelte Reggie und ließ sich jede Silbe auf der Zunge zergehen.

»Ja, die gehören dir.«

»Sag nicht ›die‹, Alter. Sag bitte weiterhin ›zweitausend Pfund‹. Das ist für mich die reinste Sphärenmusik. Weißt du eigentlich, daß es nichts gibt, was ich nicht erreichen kann, wenn ich mit zweitausend Pfund in der Tasche in Hollywood eintrudle?«

»Ach nein?«

»Buchstäblich nichts. Ich rechne damit, daß mir der ganze Laden binnen Jahresfrist gehört. Zweitausend Pfund! Du könntest das nicht zufällig singen, oder? Ich würde mir das ja so gerne vorsingen lassen.«

18. Kapitel

Mit Ausnahme einer ganz bestimmten Zigarette – von der laut Reklame selbst ein vor einer Woche Verblichener bloß einen Zug nehmen muß, um von der Totenbahre aufzuspringen und eine Rumba zu tanzen – möbelt wahrscheinlich nichts eine junge Frau so zuverlässig auf wie die Versöhnung mit ihrem Geliebten. Als Gertrude Butterwick an diesem Abend nach dem Dinner auf ihre Kabine zutrippelte, um ein dort liegengelassenes Taschentuch zu holen, kam sie dem Schweben in der Luft so nahe, wie es einer Frau nur möglich ist, die nach jahrelangem Muskelaufbau mittels Hockey und anderer Freiluftsportarten sechzig Kilo Nettogewicht auf die Waage bringt. Nach einem Nachmittag voller rosiger Träume, einem warmen Salzwasserbad sowie einer kräftigen Mahlzeit fühlte sie sich munter wie ein Fisch. Ihr Schritt war beschwingt. Ihre Augen funkelten. Sie strotzte vor Gesundheit.

Entschieden anders sah das Gebaren von Albert Peasemarch aus, der bei ihrem Eintreten gerade die Kabine für die Nacht herrichtete. Der Steward schnaufte schwer, und auf seiner Miene lag ein bänglicher, besorgter Ausdruck, als hätte er eben aus einem Bullauge gelugt und auf einem Eisberg seine Mutter nach ihrer Brille suchen sehen.

So ausgeprägt war seine Schwermut, daß Gertrude sich gedrängt fühlte, danach zu fragen. Seine Erscheinung schockierte sie regelrecht. Bislang hatte sie den Steward stets als heiter und – bei allem Respekt – putzmunter empfunden, um nicht zu sagen: als fleischgewordenen Sonnenstrahl. Nun aber glaubte sie, einen neuen und unvertrauten Albert Peasemarch vor sich zu haben, einen Peasemarch mithin, dem der Dolch der Verzweiflung ins Herz gedrungen war.

»Stimmt etwas nicht?« fragte sie.

Albert Peasemarch seufzte schwer.

»Nichts, wogegen Sie etwas tun könnten, Miss«, antwortete er, hob einen Schuh auf, hauchte ihn an und verstaute ihn in einem Schrank.

»Sie scheinen sich Sorgen zu machen.«

»Jawohl, Miss, ich mache mir Sorgen.«

»Sind Sie sicher, daß ich nicht helfen kann?«

»Ganz sicher, Miss. Schicksal ist Schicksal«, sagte Albert Peasemarch und begab sich geknickt ins Badezimmer, um Frotteetücher zusammenzulegen.

Gertrude verharrte unschlüssig in der Türöffnung. Das Taschentuch, welches zu holen sie gekommen war, hatte sie inzwischen an sich genommen, doch sie spürte, daß es unmenschlich gewesen wäre, wegzugehen und diesen armen Teufel sich selbst zu überlassen. Augenscheinlich zerfurchten Schmerz und Pein die Stirn des Albert Peasemarch, und wer in der Schule je die Werke des Dichters Scott gelesen hat, hätte unmöglich übersehen können, welche Pflichten einer Frau hier oblagen. Die ohnehin gutherzige Gertrude Butterwick war an diesem Abend mehr denn je in Stimmung, als Engel der Barmherzigkeit in Erscheinung zu treten.

Noch während sie zögernd dastand, stöhnte der Steward plötzlich laut auf. Es ließ sich nicht überhören, daß er Todesqualen litt. Gertrude beschloß, zu bleiben und Erste Hilfe zu leisten, obschon er ihr mitgeteilt hatte, daß sie ihm nicht helfen könne.

»Was haben Sie eben gesagt?« fragte sie, als er herauskam.

»Wann, Miss?«

»Ich dachte, ich hätte Sie etwas sagen hören.«

»Da drin im Badezimmer?«

»Ja.«

»Nur daß ich der Bandollero bin, Miss«, antwortete Albert Peasemarch noch immer mit geballter Schwermut.

Gertrude war verwirrt. Das Wort kam ihr bekannt vor, doch wußte sie nicht, woher.

»Der Bandollero?«

»Jawohl, Miss.«

»Was ist denn ein Bandollero?«

»Da bin ich überfragt, Miss. Ich glaube, das ist so 'ne Art spanischer Brigant oder Bandit.«

Gertrude ging ein Licht auf.

»Ach so, Sie meinen Bandolero, nicht? Sie haben dieses Lied gesungen – ›Der Bandolero‹. Ich habe es nicht gleich erkannt. Das ist eines von Mr. Bodkins Lieblingsliedern. Ich kenne es auswendig.«

Albert Peasemarchs Miene verzog sich bis zur Entstellung.

»Wenn ich das von mir nur auch behaupten könnte!« sagte er wehmütig. »Ständig vergesse ich die zweite Strophe.«

Gertrudes Verwirrung kehrte zurück.

»Aber stört Sie das denn?«

»Jawohl, Miss.«

»Ich meine, warum summen Sie sie nicht einfach?«

»Summen reicht nicht aus, Miss. Das Publikum hat höhere Ansprüche. Ich muß sie singen.«

»Wie denn – vor Publikum?«

»Jawohl, Miss. Am Abend, im Zweite-Klasse-Konzert. O ja, schon heute abend ist es soweit. Kurz vor zehn werde ich im Salon der zweiten Klasse auf die Bühne treten und die Sache hinter mich bringen. Was aber wird aus mir, wenn ich das Wort nicht aussprechen, geschweige denn die zweite Strophe behalten kann? Sie behaupten, daß es nicht Bandollero heißt?«

»Ich *weiß*, daß es nicht Bandollero heißt.«

»Aber woher soll man wissen, ob man Bandol-*ero* oder Bandol-*airo* sagt?«

»Versuchen Sie beides.«

Albert Peasemarch stöhnte abermals schwer.

»Haben Sie schon mal den unergründlichen Wegen des Schicksals

244

nachgesonnen, Miss? Gibt einem ganz schön zu denken. Wie kommt es, daß ich heute beim Zweite-Klasse-Konzert den ›Bandollero‹ beziehungsweise › …lero‹ oder › …lairo‹ singen muß? Einzig und allein deshalb, weil es sich ein gewisser J. G. Garges in den Kopf gesetzt hat, an Bord dieses Schiffes zu reisen.«

»Das verstehe ich nicht.«

»Es ist ja auch disifil«, pflichtete Albert Peasemarch mit grämlicher Genugtuung bei. »Andererseits ist es, falls Sie mir folgen können, überhaupt nicht disifil, sondern ganz einfach. Befände sich Mr. J. G. Garges nicht an Bord, wäre ich nicht in meiner jetzigen Lage. Und wenn man bedenkt, was für mannigfaltige Dinge – man könnte auch schlicht von einer Verkettung von Umständen sprechen – passieren mußten, um ihn genau zu diesem Zeitpunkt an Bord zu bringen … tja, da wird einem wieder mal klar, daß wir nur der Spielball eines unbarmherzigen …«

»Wer ist Mr. Garges?«

»Ein Zweite-Klasse-Passagier, Miss. Mehr weiß ich nicht über ihn zu sagen, denn für mich ist er ein bloßer Name. Und doch reist er im zweiten Passagierraum unseres Schiffes mit, und ich möchte Ihnen demonstrieren, wie das Schicksal dies ins Werk gesetzt hat, Miss. Nehmen Sie einen einfachen Aspekt: J. G. Garges hat als Knabe bestimmt einmal Krupp oder Masern oder irgendwas Ähnliches gehabt … Das werden Sie doch einräumen, Miss?«

»Wird wohl so sein.«

»Gut – also weiter im Text. Was wäre, wenn ihn die Krankheit dahingerafft hätte? Wäre er dann an Bord dieses Schiffes? Nein. Oder etwa doch, Miss?«

»Ich wüßte nicht, wie er das hätte schaffen sollen.«

»Genau. Oder nehmen wir einen noch simpleren Fall. Mal angenommen, er hätte sich, was gar nicht so unwahrscheinlich ist, im Laufe seines Lebens Asthma oder Bronchitis oder ein anderes Leiden zugezogen, das auf die Lunge schlägt. Was wäre dann? Wäre es ihm möglich, heute abend beim Zweite-Klasse-Konzert ›Ein Bäuerlein zur Hochzeit geht‹ zu singen? Nein. Das werden Sie doch nicht bestreiten, oder, Miss?«

»Nein.«

»Selbstverständlich nicht. Und warum wäre es ihm nicht möglich? Weil es ihm nicht im Traum einfallen würde, jene Zeile in Angriff zu nehmen, in der man alle Luft, die man überhaupt schöpfen kann, in Reserve hält und einfach auf das Beste hofft. Kennen Sie das Lied ›Ein Bäuerlein zur Hochzeit geht‹, Miss? Es klingt so.«

Albert Peasemarch fixierte Gertrude mit Augen, die sie an einen Fisch gemahnten, den sie einmal in einem Aquarium gesehen hatte, holte ungeheure Mengen Luft, blähte die Brust und sang mit einer merkwürdig grollenden Stimme, die an Donner im Hochgebirge erinnerte, folgende Worte:

> »Bim, bam, bim, bam, bim, bam,
> ich eil' zu Euch, Madame.
> Vom Kirchturm schallt's in hellen Tön',
> die Braut so hold an dem großen Tag,
> unserm Freudentag,
> macht sich schön, macht sich schö-hö-höööööööööööööööön.«

Er hielt inne und schien aus den tiefsten Tiefen aufzutauchen. Wie ein kräftiger Schwimmer in höchster Not japste er nach Luft.

»Verstehen Sie, was ich meine, Miss?«

Gertrude verstand. Ein asthmatischer Garges hätte diese letzte Zeile unmöglich hingekriegt. In ihrer übersteigerten Phantasie hatte diese mindestens zehn Minuten gedauert.

»Aber eins begreife ich nicht«, sagte sie. »Wieso stört es Sie, daß Mr. Garges dieses Lied singt?«

246

Albert Peasemarchs Stirn verdüsterte sich. Offensichtlich glaubte er, ihm sei schweres Unrecht geschehen.

»Weil es mein Lied ist, Miss. Mein ureigenstes Lied, von mir zum Vortrag gebracht an zwei von drei Abendkonzerten, seit ich auf diesem Schiff meinen Dienst verrichte. Es hat inzwischen einen festen Platz im Repertoire – Solo: ›Ein Bäuerlein zur Hochzeit geht‹ – A. E. Peasemarch. Meine Mutter freut sich jedesmal, wenn ich ihr nach Abschluß der Überfahrt das Programmblatt überreiche. Sie klebt sie alle in ein Album. Und wenn ich Ihnen verrate, daß kein geringerer als der Zahlmeister einmal zu mir gesagt hat, und zwar gewiß im Scherz und ohne böse Hintergedanken: ›Mir wäre ungleich mehr gedient, wenn Sie sich selber etwas mehr beeilen könnten, Peasemarch, anstatt nur immer davon zu singen‹, werden Sie begreifen, daß ich mich mit ›Ein Bäuerlein zur Hochzeit geht‹ inzwischen schon fast zur Legende gemausert habe, um es einmal so auszudrücken.«

»Verstehe.«

»Als mich heute morgen Nummer eins zu sich rief und dazu abkommandierte, beim Zweite-Klasse-Konzert ein Lied zum Vortrag zu bringen, da sich wieder einmal nicht genügend Freiwillige gemeldet hatten, sagte ich wie immer: ›Jawohl, Sir, sehr wohl, Sir. Natürlich wieder das gute alte ‚Bäuerlein‘, nicht wahr, Sir?‹, und als er dies zähneknirschend bejahte, da war die Welt noch in Ordnung. Doch dann, so um halber fünfe, läßt er mich erneut zu sich kommen, und mich trifft fast der Schlag, als er mir sagt, ›Ein Bäuerlein zur Hochzeit geht‹ sei gestrichen, soweit es meinen Vortrag betreffe, da nämlich ein Passagier namens J. G. Garges jenes Lied zu singen wünsche. Und dabei reicht er mir diesen elenden ›Bandolero‹ und sagt: ›Schmettern Sie sich den von der Brust, Sie Gockel.‹ Und als ich mich sträube und ihm sage, man könne von einem Künstler unmöglich verlangen, daß er in letzter Minute eine neue Nummer übernehme, da droht er mir an, meinen Lohn um einen Tagessatz zu kürzen. Und so stehe ich nun da mit diesem ›Bandolero‹ und habe nur noch eine Stunde Zeit. Begreifen Sie jetzt, weshalb ich so kribbelig bin, Miss?«

Gertrudes weiches Herz fühlte tiefes Mitleid mit diesem Mann. Bisher hatte sie das unbeschwerte, behütete Leben einer jungen Durchschnittsbritin geführt, die die wahren Tragödien nur vom Hörensagen kennt.

»So ein Pech!«

»Vielen Dank, Miss. Ihr Mitgefühl ehrt Sie. Ich koinzidiere gern, daß ich ein bißchen Mitgefühl gut brauchen kann. Wenn ich im Logis meinem Kummer Luft mache, schmeißen mir meine Kollegen immer irgendwelche Gegenstände an den Kopf.«

»Nur keine Angst«, redete ihm Gertrude gut zu. »Bestimmt feiern Sie einen Bombenerfolg. ›Der Bandolero‹ ist erste Sahne. Ich höre immer gern zu, wenn Mr. Bodkin dieses Lied singt. Es swingt kolossal.«

»Ja, swingen tut es«, räumte Albert Peasemarch ein.

Einen Moment lang schien sich die Wolkenbank, die seine Stirn verdüstert hatte, zu lichten. Aber nur einen Moment lang. Dann wurden seine Augen, die aufzuleuchten begonnen hatten, wieder ganz glasig.

»Aber was ist mit dem Text? Haben Sie sich das auch schon überlegt, Miss? Mal angenommen, der Text entfällt mir?«

»Dann singen Sie einfach seelenruhig weiter: ›Ich bin der Bandolero, o ja, o ja, ich bin, ich bin der Bandolero‹, oder etwas in der Art. Kein Mensch wird was merken. Von einem spanischen Lied erwartet man zuletzt, daß es irgendeinen Sinn ergibt. Man wird glauben, das sei Atmosphäre.«

Albert Peasemarch zuckte zusammen. Offenbar hatte ihn seine Gesprächspartnerin auf einen völlig neuen Gedanken gebracht.

»Ich bin der Band, ich bin der Band«, begann er zu singen.

»Jawohl, genau. Mr. Bodkin macht das oft so. Und natürlich *caramba*.«

»Miss?«

»*Caramba*. Das ist spanisch. Wie übrigens auch *mañana*. Wenn Ihnen die Ideen ausgehen, würde ich an Ihrer Stelle immer wieder diese Wörter singen. Ich kann mich noch gut an die letzten Weihnachten erinnern, da hat Mr. Bodkin den ›Bandolero‹ am Dorfkonzert gegeben. Die zweite Strophe bestand fast zur Gänze aus *carambas* und *mañanas*. Nie war ihm ein schönerer Erfolg vergönnt.«

Albert Peasemarch holte so tief Luft, wie er es sonst nur für »Ein Bäuerlein zur Hochzeit geht« tat.

»Miss«, sagte er und schaute sie an wie ein treuherziger Hund, »Sie machen mir wieder Mut.«

»Da bin ich aber froh. Bestimmt landen Sie den Hit des Abends.«

»Ich habe ein gutes Ohr für Musik und kann mir Melodien ruck, zuck merken, aber mit dem Text hapert es immer ein bißchen. Herrje! Ich weiß noch, wie ich mich bei meinen ersten sechs Bäuerlein-Auftritten andauernd vertat. Ich sang nämlich immer ›vom Kirchturm tönt's in hellem Schall‹, was dem Reim doch recht abträglich war.«

Er hielt inne. Er zauderte. Nervös nestelte er mit den Fingern.

»Ich frage mich, Miss … keine Sorge, dank all der *carambas* und *mañanas* bin ich jetzt bestimmt aus dem Schneider, aber ich frage mich, Miss … ich möchte auf keinen Fall aufdringlich erscheinen, und zweifellos haben Sie eine Menge um die Ohren … aber ich habe mich gerade gefragt, ob Sie vielleicht …«

»… ob ich kommen könnte, um mein Scherflein Applaus beizutragen?«

»Sie nehmen mir die Worte aus dem Mund, Miss.«

»Aber natürlich komme ich! Wann treten Sie noch mal auf die Bühne?«

»Mein Auftritt ist auf Schlag zehn anberaumt, Miss.«

»Ich werde da sein.«

Albert Peasemarch fehlten die Worte. Er konnte nur schwärmerisch gucken.

In unserer von Selbstsucht geprägten Welt tun sich notleidende Menschen sehr schwer mit der Einsicht, daß auch andere ihr Kreuz zu tragen haben: Hätte jemand Albert Peasemarch in dieser entscheidenden Phase seiner Sängerkarriere erzählt, sein Lampenfieber sei mitnichten das heftigste an Bord der R.M.S. *Atlantic*, so hätte er mit Erstaunen und Skepsis reagiert. Ganz gleich, ob ihm nun ein »Manometer!« oder ein »Caramba!« entschlüpft wäre – jedenfalls hätte er der Aussage keinen Glauben geschenkt. Und doch verhielt es sich exakt so.

Die quälende Warterei auf den Zehn-Uhr-Termin, deren schlimme Auswirkungen auf das Nervenkostüm des Stewards wir bereits beobachtet haben, war auch an Monty Bodkin nicht spurlos vorübergegangen. Um zwanzig vor zehn konnte er kaum noch ruhig sitzen. Er hockte an einem Tisch im Rauchsalon und starrte ins Leere. Bisweilen scharrte er mit den Füßen, bisweilen zupfte er an seiner Krawatte. Vor ihm stand ein Whisky-Soda, doch da er mit seinen Gedanken ganz woanders war, hatte er das Glas noch kaum angerührt.

Dabei quälte Monty die gleiche Angst, die schon Albert Peasemarch zugesetzt hatte. Er fürchtete, mitten im Text steckenzubleiben.

Als Reggie Tennyson ihm gesagt hatte, er brauche nichts weiter zu tun, als Lottie Blossom auf dem Promenadendeck der zweiten Klasse eine Viertelstunde lang in ein Gespräch zu verwickeln, derweil er, Reggie, deren Kabine gründlich durchsuche, da war ihm der Auftrag kinderleicht erschienen. Er hatte ihn angenommen, ohne mit der Wimper zu zucken. Erst jetzt, da er den Mißerfolg in Betracht zu ziehen begann, fragte er sich, mit welch magischen Worten er eine Frau von Lotties rastlosem Naturell fünfzehn Minuten auf einem zugigen Deck festhalten könnte. In dieser finsteren Stunde des Selbstzweifels erkannte er hierin eine Aufgabe, bei der selbst dem zungenfertigsten Redner schwindlig werden mußte.

Sein Fall war natürlich weitaus delikater als derjenige des Albert Peasemarch. Diesem blieb dank Gertrudes freundlichem Ratschlag immerhin der Trost, im schlimmsten Fall, dem des vollkommenen Versagens nämlich, wenigstens ein paar *mañanas* einstreuen zu können. Ein solch beruhigender Gedanke war Monty nicht vergönnt. Mit einem Wort: Ihm fehlten die *mañanas*. Nicht nur plausibel mußte er klingen, sondern auch noch interessant. Und beileibe nicht einfach interessant, sondern packend, ergreifend, mitreißend.

Als er angesichts solcher Perspektiven schon verzagen wollte, ließ sich plötzlich ein Festkörper in den Sessel gegenüber sinken, und Monty erkannte, daß seine Ungestörtheit durch Ivor Llewellyn beendet worden war.

»Gestatten Sie?« fragte Mr. Llewellyn.

»Oh, klar doch«, antwortete Monty, wenn auch nicht sehr herzlich.

»Möchte nur 'n bißchen plaudern«, sagte Mr. Llewellyn.

Wer je Generaldirektor eines großen Filmstudios werden möchte, sollte vor allem über eine herausragende Eigenschaft verfügen, nämlich über Beharrlichkeit, also jene halsstarrige Einstellung, die sich niemals geschlagen gibt. Diese besaß Ivor Llewellyn in hohem Maße.

Viele Menschen, die es mit einem verstockten Zollspitzel zu tun gehabt hätten, der die Aufforderung, mit ihnen am gleichen Strang zu ziehen, schnöde zurückgewiesen hatte, wären vollkommen entmutigt gewesen. Sie hätten sich benommen wie ein Albert Peasemarch, der sich in den Fängen eines grausamen Schicksals wähnte – erbittert, vergrätzt, aber auch resigniert. Sie hätten sich gesagt, daß jede weitere Anstrengung verlorene Liebesmüh wäre.

Und genau das hatte sich auch Ivor Llewellyn einen Nachmittag und Abend lang gesagt.

Doch das Dinner hatte einen wundersamen Sinneswandel bewirkt. Nun war er wieder energisch wie ehedem. Verzehrt hatte er folgendes: Nudelsuppe, Steinbutt mit Salzkartoffeln, zwei Portionen Hühnereintopf, eine Scheibe Eberkopf, ein zusätzlich bestelltes Soufflé, Sardellen-Eier-Toast und etwa ein Pfund Eiscreme – und zum krönenden Abschluß dann Kaffee und Brandy im Foyer. Ein beherzter Mann kann sich unmöglich auf solche Art mästen, ohne daß irgendwas passiert. In Mr. Llewellyns Fall war dies das Heraufdämmern von Hoffnung gewesen. Als er, zum Platzen voll, im Foyer saß, kam ihm die Idee, daß Montys Weigerung, für die Superba-Llewellyn zu arbeiten, womöglich daher rührte, daß der für ein Sondierungsgespräch zu ihm abgesandte Botschafter seinen Part gründlich vermasselt hatte.

Je genauer er diese Theorie prüfte, desto plausibler erschien sie ihm. Einmal abgesehen davon, daß er der falsche Tennyson war, fehlte es Ambrose einfach an Charme. Mr. Llewellyn fiel auch wieder ein, daß der Bursche unleidlich, mürrisch und grüblerisch aus der Wäsche geguckt hatte, als er zu Monty geschickt worden war, um diesem das Angebot der Superba-Llewellyn zu unterbreiten. Als er die Verhandlungen mit Monty aufgenommen hatte, war er gewiß allzu schroff oder unklar oder wie auch immer aufgetreten. Es war das alte Lied, dachte Mr. Llewellyn – kein Engagement. Vonnöten wäre nun eine von ihm höchstpersönlich vorgetragene Bitte. Das würde alles ins Lot bringen. Und genau zu diesem Zwecke war er hier.

Er hätte kaum einen ungünstigeren Moment erwischen können. Dem ohnehin schon sehr fahrigen Monty ging diese Störung mächtig gegen den Strich. Wie er bereits Ambrose gesagt hatte, kannte er Mr. Llewellyn kaum, wenn man einmal von orthographischen Erörterungen absah, und in einem Moment wie diesem hätte er selbst die Gesellschaft seines engsten Freundes leicht entbehren können. Er wollte allein sein, um ungestört darüber nachzudenken, was zum Teufel er Lottie Blossom sagen sollte, damit sie eine Viertelstunde vor Ort verharrte.

Gereizt holte er eine Zigarette aus der Tasche und zündete sie an.

»Herrlich!« sagte Mr. Llewellyn.

»Wie bitte?«

»Herrlich!« wiederholte Mr. Llewellyn und nickte geradezu enthusiasmiert, als hätte ihm jemand die Mona Lisa gezeigt. »Wie Sie eben die Zigarette angezündet haben. Graziös ... leger ... disti-Dingsbums. Wie Leslie Howard.«

Es war nicht Ivor Llewellyns Art, Menschen zu schmeicheln, die er einzustellen hoffte. Sein übliches Vorgehen bestand vielmehr in einer Reihe von ernsthaften Versuchen, im Gegenüber einen Minderwertigkeitskomplex zu erzeugen, der bei der Klärung der Gehaltsfrage oft gute Dienste leistete. Doch dieser Fall lag anders, handelte es sich doch offenkundig um eine jener raren Gelegenheiten, in denen nur der möglichst klafterweise Einsatz des altbewährten Süßholzes weiterhalf.

»Bestimmt finden Sie«, fuhr er fort und hofierte den anderen unbeirrt weiter, »daß man davon nicht allzuviel Trara machen sollte – Sie zünden sich eine Zigarette an, basta! Aber ich will Ihnen verraten, daß man genau an diesen Details erkennt, ob einer wirklich Leinwandpräsenz hat. Sie haben sie. Jawoll, Sir. Da, genau!« begeisterte sich Mr. Llewellyn erneut. »Wie Sie eben an dem Whisky genippt haben. Toll. Wie Ronald Colman!«

Erfreut ob des gelungenen Starts und überzeugt, die Hefe bald aufgehen zu sehen, hielt er kurz inne, damit die Lobrede ihre Wirkung entfalten konnte. Voller Bewunderung betrachtete er seinen hochtalentierten jungen Gesprächspartner auf der anderen Seite des Tisches und ließ sich keineswegs verunsichern, als ihm ein Blick entgegenschlug, der einen anderen hätte im Erdboden versinken lassen. Er dagegen schien sich regelrecht zu weiden daran. Jawohl, selbst über jenen erbosten Blick hatte er noch etwas Gutes zu sagen.

»Clark Gable spielt sehr ähnlich mit den Augen«, bemerkte er, »wenn auch nicht ganz so gekonnt.«

Monty überkamen einige der Gefühle, die wohl auch ein schüchterner Goldfisch kennt. Er schien überhaupt nichts tun zu können, ohne daß dies kritisch gewürdigt wurde. Daß jene kritischen Würdigungen bisher durch die Bank positiv ausgefallen waren, machte die Sache auch nicht besser. Ihn kitzelte die Nase, doch er verzichtete darauf, sie zu kratzen, wie er es unter glücklicheren Umständen getan hätte, mußte er doch befürchten, daß Mr. Llewellyn seine Technik mit derjenigen von Jimmy »der Zinken« Durante verglich – oder welcher Mime sich seiner blühenden Phantasie sonst aufdrängen mochte.

Großer Zorn loderte in ihm auf. Allmählich, so sagte er sich, hatte er genug von all dem Quatsch. Erst Ambrose, dann Lotus Blossom und nun auch noch Ivor Llewellyn … Zudringlicher ging's ja nun wirklich nicht.

»He, Sie«, sagte er hitzig, »falls das auf die Frage hinauslaufen sollte, ob ich ein verdammter Filmschauspieler werden möchte, können Sie sich jedes weitere Wort sparen. Den Teufel werde ich tun!«

Mr. Llewellyn verlor den Mut ein bißchen, ließ aber noch nicht locker. Trotz dieser Bockigkeit konnte er einfach nicht glauben, daß es einen Mann gab, der das Angebot ausschlug, bei der Superba-Llewellyn zu arbeiten.

»So hören Sie doch«, setzte er an.

»Ich will aber nichts hören«, erwiderte Monty schrill. »Mir hängt die ganze vermaledeite Sache zum Hals raus. Von morgens bis abends muß ich mir Leute vom Leibe halten, die mich dazu breitschlagen wollen, Filmschauspieler zu werden. Ich habe Ambrose Tennyson gesagt, daß ich's nicht tun werde. Ich habe Lotus Blossom gesagt, daß ich's nicht tun werde. Und jetzt, da ich mich gerade voll darauf konzen… da ich mich gerade voll konzentrieren will, schneien Sie herein, so daß ich mich nicht länger konzentrieren kann, sondern Ihnen sagen muß, daß ich's nicht tun werde. Ich hab' die Faxen dicke, verstanden?«

»Aber wollen Sie denn«, fragte Mr. Llewellyn mit bebender Stimme, »Ihren Namen nicht in Leuchtschrift lesen?«

»Nein.«

»Wollen Sie nicht von einer Million Autogrammjägerinnen verfolgt werden?«

»Nein.«

So optimistisch ihn der Hühnereintopf gestimmt hatte, mußte sich Mr. Llewellyn doch eingestehen, daß er keinen Schritt vorankam.

»Wollen Sie nicht Louella Parsons kennenlernen?«

»Nein.«

»Wollen Sie nicht an Jean Harlows Seite spielen?«

»Nein, ich will nicht einmal an Kleopatras Seite spielen.«

Mr. Llewellyn hatte eine zündende Idee. Er glaubte zu wissen, wo das Problem lag.

»Jetzt begreife ich«, rief er laut. »Jetzt wird mir alles klar. Was Ihnen widerstrebt, ist die Schauspielerei. Na, dann machen Sie eben was anderes. Was würden Sie sagen, wenn ich Sie zum Produktionsexperten ernenne?«

»Weshalb sollten Sie mich zum Produktionsexperten ernennen? Dazu bin ich schlicht nicht kompetent.«

»So inkompetent ist keiner, daß er nicht zum Produktionsexperten taugt«, antwortete Mr. Llewellyn und wollte diese Lebensweisheit auch schon durch den Hinweis untermauern, daß sein Schwager George ein solcher sei, als Monty nach einem kurzen Blick auf die Armbanduhr einen gellenden Schrei ausstieß und aus seinem Sessel sprang. So sehr hatte ihn der andere mit seinem Thema gefesselt, daß er die Zeit völlig aus den Augen verloren hatte. Die Zeiger seiner Uhr standen gefährlich nahe bei zehn.

»Ich muß los«, sagte er. »Gute Nacht.«

»He, warten Sie.«

»Ich kann aber nicht warten.«

»So hören Sie doch«, bettelte Mr. Llewellyn, dem klar war, daß kein Wort von seiner Seite diesen personifizierten Wüstenwind noch aufhalten konnte. »Lassen Sie sich's mal durch den Kopf gehen, okay? Denken Sie in einer ruhigen Minute darüber nach, und falls Sie Lust haben, mit mir am gleichen Strang zu ziehen, dann lassen Sie es mich wissen, damit wir einen Termin vereinbaren können.«

Trotz aller inneren Hektik war Monty sehr gerührt, denn er fand es ganz reizend, daß sich dieser knallharte Geschäftsmann, den man sich nach jahrelangem Kampf mit skrupellosen Konkurrenten eher abgestumpft und blasiert vorgestellt hätte, die Seele eines Kindes bewahrt hatte, das am liebsten mit anderen dem Seilziehen frönte. Er hielt inne und betrachtete Mr. Llewellyn mit gütigerem Auge.

»Oh, durchaus«, sagte er. »Abgemacht.«

»Freut mich.«

»Gar nicht ausgeschlossen, daß ich in den nächsten Tagen mal mit Ihnen am gleichen Strang ziehen werde.«

»Wunderbar«, sagte Mr. Llewellyn. »Und überlegen Sie sich die Sache mit dem Produktionsexperten noch mal.«

»Das müssen wir später einmal besprechen – wenn ich mehr Zeit habe. Bye-bye einstweilen«, sagte Monty. »Ich muß mich auf die Socken machen.«

Er verließ den Rauchsalon und begab sich zum anderen Ende des Schiffs. Dabei legte er die Strecke von A nach B so rasant zurück, daß er schon nach einer knappen Minute auf dem schummrig beleuchteten Promenadendeck der zweiten Klasse stand. Als er sich umschaute, stellte er erleichtert fest, daß kein Mensch zu sehen war. Lottie Blossom hatte sich also noch nicht zum Rendezvous eingefunden.

Er zündete sich eine Zigarette an und dachte wieder über das anstehende Gespräch nach. Doch abermals wurde er in seinen Überlegungen gestört, noch ehe sein Gehirnkasten richtig auf Touren kam. Musik drang an seine Ohren.

Offensichtlich ging ganz in der Nähe irgendeine Fete über die Bühne. Ein Klavier klimperte, und kurz darauf legte eine Stimme los, die sich im Kern nur unwesentlich vom schiffseigenen Nebelhorn unterschied. Die peinigende Angelegenheit dauerte ein hübsches Weilchen. Schließlich verstummte die Stimme, worauf ein unsichtbares Publikum tosend Beifall klatschte.

Doch obschon die Nummer zu Ende war, klang die Melodie nach. Das lag schlicht daran, daß Monty sie weitersummte, denn dies war ein Lied, das er kannte, ein Lied, das er selbst schon oft zum Vortrag gebracht hatte, ein Lied, das zarte Erinnerungen weckte, mit einem Wort: »Der Bandolero«.

Innige Gefühle schwellten ihm die Brust. Seit seinen frühesten Studientagen war er ein Bandolero-Fan gewesen – und eines der brennendsten Probleme seines engsten Freundeskreises bestand damals darin, wie man ihn davon abhielt, dieses Lied anzustimmen –, doch in jüngster Zeit war es in seinen Gedanken untrennbar mit Gertrude Butterwick verbunden.

Schon an zwei Dorffesten hatte er es, von ihr begleitet, zum besten gegeben, und diese beiden Anlässe waren ihm, zusammen mit den vorangegangenen Proben, in lebhafter Erinnerung geblieben. Wenn er heute den »Bandolero« hörte oder an den »Bandolero« dachte oder in der Badewanne ein paar Takte des »Bandolero« sang, schien Gertrudes liebliches Antlitz vor ihm zu schweben.

Auch jetzt schien es vor ihm zu schweben – und wahrhaftig: Es schwebte vor ihm. Gertrude war gerade aus einer nahen Tür getreten und starrte ihn in offener Verwunderung an. Und der Gedanke an eine im nächsten Moment aus der Nacht schießende und ihr kleines Duett in ein Trio verwandelnde Lottie Blossom erfüllte ihn mit einem derartigen Grauen, daß er zurücktaumelte, als hätte ihm seine Geliebte einen Hockeystock über die Rübe gezogen.

Gertrude hatte sich als erste wieder gefaßt. Die Hautevolee der ersten Klasse dringt normalerweise nicht in den Zweite-Klasse-Sektor eines Ozeanriesen vor, weshalb sie zunächst über Montys Anblick genauso erstaunt gewesen war wie er über ihren. Doch ihr war die Lösung aufgegangen.

»Ach, grüß dich, lieber Monty«, sagte sie. »Hast du es dir auch anhören wollen?«

»Hä?«

»Albert Peasemarchs Lied.«

Kein Ertrinkender, den die Wellen endgültig zu verschlingen drohen, hat je dankbarer nach dem Rettungsring gegriffen, als Monty es nun mit dem lebensrettenden Vorschlag tat.

»Ja«, sagte er. »Stimmt genau. Albert Peasemarchs Lied.«

Gertrude lachte nachsichtig.

»Mensch, war der Ärmste nervös! Er hat mich gebeten, zu kommen und ihm zu applaudieren.«

All die alten Ressentiments gegen Albert Peasemarch, die Monty Bodkins Blut nach dem hirnverbrannten Umgang des Stewards mit der Mickymaus in Wallung gebracht hatten, kochten wieder hoch, als er Gertrude diese Worte sagen hörte. Deshalb also war sie hier! Weil Albert Peasemarch sie gebeten hatte, zu kommen und seinem erbärmlichen Gesang zu applaudieren!

Monty wurde ganz blümerant, was nicht allein der ekelerregenden Eitelkeit des Burschen geschuldet war. Nach Applaus heischte der Knilch also – unerhört! Warum beschied er sich nicht wie ein echter Künstler damit, sein Bestes zu geben und nicht des Lobs und Tadels der Welt zu achten? Nein, sein Unwohlsein gründete tiefer. Keinem von uns ist Aberglaube ganz fremd, und Monty mutete es deshalb immer schauerlicher und unheimlicher an, wie dieser Peasemarch ständig seine Wege kreuzte. Die Sache erinnerte beinahe an einen Familienfluch. Wo Dings einen kopflosen Mönch gehabt hatte und Bums einen Geisterhund, da hatte er seinen Albert Peasemarch.

In einem grellen Blitz geistiger Erleuchtung erkannte Monty diesen Albert Peasemarch erstmals als das, was er war – nämlich nicht bloß ein Steward, sondern das offizielle Hausgespenst der Bodkins.

»Du hast ihn knapp verpaßt«, sagte Gertrude. »Gerade vorhin hat er sein Lied zu Ende gesungen. Es kam recht gut an. Sehr gut sogar. Aber niemand singt den ›Bandolero‹ wie du, Monty.«

Dies war ein reizendes Kompliment, das Monty unter erfreulicheren Umständen durchaus geschätzt hätte. Doch so heftig war in diesem Moment seine Seelenqual, daß er es kaum wahrnahm. Unruhig blickte er sich um wie Macbeth, der das Auftauchen von Banquos Geist erwartet. Punkt zehn, hatte Reggie gesagt, als er die Modalitäten der Bodkin-Blossom-Zusammenkunft umrissen hatte, und nun war es bereits etliche Minuten nach Punkt zehn. Jeden Moment mußte damit gerechnet werden, daß Lotus Blossom mit rotem Haar und allen Schikanen aus dem Dunkel auftauchte.

Und was war dann?

»Hör mal«, sagte er fiebrig, »wie spät hast du es?«

»Warum?«

»Ich weiß auch nicht. Ich habe mich nur gefragt, ob meine Uhr richtig geht.«

»Wie spät hast du es denn?«

»Fünf nach zehn.«

Gertrude konsultierte den schmucken Chronometer an ihrem Handgelenk.

»Dann wird deine vorgehen. Ich habe fünf vor.«

Monty schnaubte erleichtert auf.

»Komm, wir verkrümeln uns«, drängte er.

»Aber warum denn? Es ist doch lustig hier.«

»Lustig?«

»Man kommt sich vor wie auf einem anderen Schiff.«

»Ich kann's nicht ausstehen.«

»Warum?«

»Es ist … äh … so dunkel.«

»Ich hab's gern dunkel. Abgesehen davon muß ich auf Peasemarch warten.«

»Wieso denn das?«

»Um ihm zu gratulieren. Er ist wirklich recht gut angekommen, und dabei war er doch so nervös, weil man ihm in letzter Minute ein anderes Lied aufgetragen hatte. Bestimmt ist er froh, daß alles gutgegangen ist. Es würde ihn sicher kränken, wenn ich ihm nicht sage, wie gut er war.«

Monty, der schon wieder schnauben wollte, riß sich jäh am Riemen. »Stimmt«, sagte er. »Natürlich. Durchaus. Ja. Da hast du völlig recht. Warte hier. Ich geh' ihn holen.«

»Du brauchst ihn doch nicht zu holen.«

»Und ob! Schließlich könnte er auf verschlungenen Pfaden in die erste Klasse zurückkehren. Du weißt schon: durch Passagen und wasserdichte Abteilungen und so weiter.«

»Daran habe ich gar nicht gedacht. Also schön. Aber bring ihn nicht hierher, sondern sag ihm, er soll mir aus meiner Kabine einen Schal holen.«

»Wird erledigt.«

»Oder soll ich mitkommen?«

»Nein«, antwortete Monty. »Nein. Nein. Spar dir die Mühe. Nein, wirklich nicht.«

Bis zu seiner Rückkehr verstrichen etliche Minuten. Sein Gebaren hatte in der Zwischenzeit einen merklichen Wandel zum Besseren durchgemacht. Die Stirn war wieder glatt, und er wischte sie auch nicht mehr ständig ab. Vielmehr wirkte er wie ein Mann, der durchs Feuer gegangen ist und sich nun in kühlerem Ambiente entspannen will.

»Prima ist's hier draußen«, sagte er. »Man kommt sich vor wie auf einem anderen Schiff.«

»Meine Rede.«

»Ja, da hast du völlig recht.«

»Und daß es dunkel ist, stört dich nicht mehr?«

»Es ist mir sogar lieber.«

»Hast du Peasemarch gesehen?«

»O ja. Er trank gerade sein Bier leer, das ihm ein paar Freunde und Bewunderer ausgegeben hatten.«

»Er war doch bestimmt froh, daß er mit seinem Lied so reüssiert hat, oder?«

»Kann man wohl sagen. Offensichtlich will er den ›Bandolero‹ in sein Repertoire aufnehmen. Bisher scheint er sich fast ganz auf ›Ein Bäuerlein zur Hochzeit geht‹ beschränkt zu haben.«

»Ja. Hast du ihm gesagt, daß er mir einen Schal bringen soll?«

»Ja. Ich habe ihm entsprechende Anweisungen gegeben und rechne damit, daß sie bald Früchte tragen werden.«

Da jeder Mensch seine kleinen Geheimnisse hat, ließ er unerwähnt, daß er Albert Peasemarch außerdem angewiesen hatte, sich vor der Erledigung jenes Auftrags zum Knotenpunkt zwischen dem Deck der ersten und zweiten Klasse zu begeben und dort gegen Lottie Blossoms Einmarsch die Stellung genau so zu halten, wie Horatius Cocles einst seine Brücke gehalten hatte. Und just dieses Manöver hatte das Fieber in seiner Seele abklingen lassen. Er glaubte, nun sei alles im Lot. Auch wenn er, wie wir gesehen haben, den Steward nicht für einen der Meisterdenker der Weltgeschichte hielt, durfte man selbst von diesem erwarten, daß er einen solch simplen, unkomplizierten Auftrag nicht verpatzen würde.

Monty sog die würzige Atlantikluft tief in die Lunge hinunter und kam sich vor wie ein General nach siegreichem Feldzug. Zärtlich küßte er Gertrude – und zwar nicht einmal, sondern x-fach.

Daß er damit gut ankam, stand außer Frage. Sie wußte dies sichtlich zu schätzen. Dennoch schien sie sich der Wonne des Augenblicks nicht vollends hingeben zu können. Ihre Haltung verriet eine gewisse Reserve, und als sie sprach, lag in ihrer Stimme jene leichte Tonlosigkeit, die davon kündet, daß jemandem nicht ganz wohl ist.

»Monty«, sagte sie.

»Jaaa?«

Eine Pause trat ein.

»Monty, erinnerst du dich noch an unser Gespräch vor dem Lunch?«

»Hm?«

»Darüber, daß du nicht mehr mit Miss Blossom reden sollst.«

»Oh, ah, ja.«

»Du hast es doch nicht etwa getan, oder?«

Montys Brust schwoll. Hätte er ein steifes Hemd angehabt und nicht eins dieser neumodischen Dinger aus weichem Pikee, dann hätte dieses Hemd jetzt geknackt. Keine Brust schwillt so mächtig wie die eines Mannes mit gutem Gewissen.

»Keineswegs.«

»Da bin ich aber froh.«

»Nicht einmal gesehen habe ich sie.«

Die leichte Tonlosigkeit kehrte in Gertrudes Stimme zurück.

»Ach so. Du hättest also schon mit ihr geredet, wenn du sie gesehen hättest?«

»Nein, nein. Nicht doch, o nein. Ich möchte bezweifeln, ob ich mich auch nur verbeugt hätte.«

»O doch, verbeugt hättest du dich bestimmt.«

»Nein.«

»Von mir aus darfst du dich ruhig verbeugen.«

»Na schön, vielleicht hätte ich mich verbeugt – wenn auch kühl.«

»Aber nicht mehr.«

»Keinen Millimeter mehr.«

»Da bin ich aber froh. Sie ist keine nette Frau.«

»Nein.«

»Das Leben in Hollywood hat sie wahrscheinlich so gemacht.«

»Würde mich nicht wundern.«

»Oder ihre roten Haare.«

»Durchaus möglich, ja.«

»Aber du hast nicht mit ihr geredet?«

»Keine Silbe.«

»Da bin ich aber froh … Monty!«

»Gertrude!«

»Nein, bitte nicht. Da kommt jemand.«

Eine Gestalt in weißer Jacke näherte sich ihnen in der Dunkelheit. Das ziemlich schwere Schnaufen und so mancher Verweis auf den »Bandolero« zerstreuten jeden Zweifel an der Identität des Nahenden.

»Peasemarch?« fragte Gertrude.

»Ach, da sind Sie ja, Miss«, antwortete der Steward erfreut. »Ich habe Ihren Schal mitgebracht, Miss.«

»Herzlichen Dank.«

»Ob's der richtige oder der falsche ist, entzieht sich meiner Kenntnis, jedenfalls hing er in Ihrem Schrank. Er ist flauschig in seiner Konsistenz und von blauer Färbung.«

»Genau den habe ich gewollt. Wie klug von Ihnen! Danke vielmals. Ich bin schön froh, ist Ihr Lied so gut angekommen, Peasemarch.«

»Vielen Dank, Miss. Ja, anscheinend habe ich voll eingeschlagen. Man hat nicht gegeizt mit Applaus. Es ist eine gute Nummer, Miss. Wie Sie selbst sagten – sie swingt kolossal. Ich gedenke sie in Zukunft öfters vorzutragen.«

»Das hat mir Mr. Bodkin eben erzählt.«

Der Steward linste ins Dämmerlicht.

»Ach, ist das Mr. Bodkin neben Ihnen, Miss? Ich habe ihn gar nicht erkannt. Ich habe eine Nachricht für Sie, Sir«, sagte Albert Peasemarch gesellig. »Ich habe Miss Blossom abgefangen, wie Sie's mir aufgetragen haben, und ihr mitgeteilt, daß Sie sie leider nicht, wie ursprünglich vereinbart, hier treffen können, und darauf hat sie mich gebeten, Ihnen mitzuteilen, das sei in Ordnung, Sie sollten doch einfach zwischen elf und Mitternacht bei ihr in der Kabine vorbeischauen.«

19. Kapitel

Auf leisen Sohlen durch Korridore, auf Zehenspitzen treppab, jäh zusammenzuckend vor Stewards und schuldbewußt dem Blick von Stewardessen und Mitreisenden ausweichend, denen er *en route* begegnete: Auf solche Weise erreichte Reggie Tennyson, der das große Foyer genau um zehn verlassen hatte, dreieinhalb Minuten nach zehn Lottie Blossoms Kabine. Sein Herz pochte wild und fühlte sich an, als wäre es zu gefährlicher Größe angeschwollen. Die Wirbelsäule hatte sich unter seiner Smokingjacke wie eine Schlange zu winden begonnen. Zum letzten Mal Atem geholt hatte er vor so langer Zeit, daß er kaum noch wußte, wie das ging. Wie Monty Bodkin, der die Aufgabe fürchtete, Miss Blossom in ein längeres Gespräch zu verwickeln, wie Albert Peasemarch, der sich ängstlich vor den namenlosen Gefahren des »Bandolero« duckte, so bekam auch Reginald Tennyson beim Gedanken an die vor ihm liegenden Strapazen schreckliches Lampenfieber.

Angetreten hatte er seine Mission mit dem festen Vorsatz, diese auf lässige, nonchalante Art hinter sich zu bringen – wie ein unbeschwerter junger Mann, der sich nach dem Dinner ohne bestimmtes Ziel vor Augen auf einen kleinen Bummel begibt. Doch mit jedem Schritt verlor dieses Idealbild an Überzeugungskraft, und als er schließlich stehenblieb und verstohlen den leeren Korridor hinauf- und hinunterschaute – wobei das unheimliche Knarren des Holzes sein Unwohlsein noch verstärkte –, schien er zu einem ganz neuen Rollenverständnis gefunden zu haben. In diesem Moment nämlich vermittelte er das perfekte Abbild jener Menschen, die die Polizei wegen dringenden Verdachts auf Vorbereitung einer Straftat festzunehmen pflegt. Wäre tatsächlich ein Gesetzeshüter zugegen gewesen, hätte dieser zwar kaum exakt sagen können, ob Reggie nun eher Mord, Brandstiftung, Raub in Tateinheit mit Körperverletzung oder den Kauf von Pralinen nach 20 Uhr im Schilde führte, aber er hätte bestimmt gewußt, daß es sich um etwas ziemlich Schandbares handelte.

Etwa vierzig Sekunden lang verharrte der junge Mann reglos – wenn man seine wild umherschießenden Augen einmal außer acht ließ –, doch als es schon danach aussah, als würde das nun endlos so weitergehen, schien plötzlich ein Gedanke in seine grauen Zellen vorzudringen, ein Gedanke, der ihm Energie und Mut und seinen Gliedern neue Geschmeidigkeit gab. Die Miene spannte sich, das Rückgrat tat es ihr gleich, die Schultern hingen nicht länger hinab, und die Lippen bewegten sich stumm. Eine innere Stimme schien ihm die Worte »Zweitausend Pfund!« zugeflüstert und die Antwort erhalten zu haben: »Ich weiß, ich weiß. Das habe ich nicht vergessen.« Mit einer flinken, nervösen Handbewegung drehte er den Türgriff und trat ein.

Wenn man bedenkt, daß ihm die Eigentümerin dieser Kabine einst sehr nahegestanden hatte und er einmal soweit gegangen war, um ihre Hand anzuhalten, hätte man eigentlich erwarten sollen, daß Reggie Tennyson beim Anblick all der intimen Objekte in ihrem Schlafgemach eine gewisse Sentimentalität packen und er eine Haarbürste in die Hand nehmen und diese mit einem zärtlichen Seufzer an die Lippen drücken oder einen Moment lang ein Maniküréstäbchen oder eine Augenbrauenpinzette liebkosen würde.

Dies war jedoch nicht der Fall. Seine Emotionen deckten sich hundertprozentig mit denen von Desmond Carruthers, dem Helden des Buches, das er sich an diesem Morgen aus der Schiffsbibliothek geholt hatte. Desmond nämlich hatte sich, als er den Hindutempel betrat, um den großen Saphir zu stehlen, der das Auge des Götzenbildes bildete, strikt auf das Geschäftliche konzentriert, und Reggie eiferte ihm darin nach. Seine ungeteilte Aufmerksamkeit galt dem Überseekoffer in der Ecke. Und als er bei genauerer Prüfung feststellte, daß dieser abgeschlossen war, empfand er ganz ähnlich wie Desmond Carruthers angesichts des Umstands, daß ein pfiffiger Priester zwischen ihm und dem Götzenbild zwei Riesenkobras plaziert hatte. Es handelte sich um jenes flaue Gefühl, das einen befällt, wenn man feststellt, daß man über den Löffel balbiert worden ist.

Zunächst stand er ratlos da.

Doch seine Ratlosigkeit war nicht von Dauer. Wo ein Überseekoffer ist, ist auch ein Schlüssel, sagte ihm die Vernunft, während ihn die Intuition auf die Frisierkommode zugehen ließ. Die Schlüssel lagen in der ersten Schublade, die er aufzog, und er griff eilends hinein und wollte schon zum Koffer zurückschleichen, als sein Blick auf eine Fotografie fiel, die in einem Silberrahmen vor dem Spiegel stand – ein *en face* aufgenommenes Porträt seines pfeiferauchenden Bruders Ambrose.

Romanciers der maskulinen Schule sollten sich von Rechts wegen nicht mit Pfeife im Mund ablichten lassen, denn das ist einfach nicht fair gegenüber einem Publikum, das ihrer unverhofft ansichtig wird. Die Pfeife läßt sie so streng und grimmig dreinblicken, daß der Beobachter unweigerlich einen Riesenschrecken bekommt. Reggie jedenfalls bekam einen. Die Verbissenheit, mit der Ambrose auf seiner Pfeife herumkaute, fand er ganz entsetzlich. Beim Gedanken daran, daß dieser Rohling frei auf dem Schiff herumlief und möglicherweise vorbeikommen und ihn hier antreffen würde, liefen Reggie Tennyson kalte Schauer über den Rücken, und einen Moment lang blieb er wie angewurzelt stehen.

Doch dann flüsterte ihm die innere Stimme erneut »Zweitausend Pfund!« zu, und so schüttelte er die vorübergehende Schwäche ab. Er kehrte zum Koffer zurück, fand den Schlüssel, der ins Schloß paßte, und begann fieberhaft in dem sich öffnenden Schlund zu suchen.

Eigentlich hätte er sich den ganzen elenden Nervenkitzel sparen können. Schon der flüchtigste Blick zeigte ihm klar und deutlich, daß sich die Mickymaus in *einem* Behältnis ganz gewiß nicht verbarg, nämlich in Lottie Blossoms Überseekoffer. Die schiere Beschaffenheit einer Mickymaus läßt den nach ihr Fahndenden schnell und unkompliziert feststellen, ob sie an einem bestimmten Ort ist oder nicht. Anders als der Rubin eines Maharadschas oder ein Geheimdokument, welche beide unter einem Mieder stecken und dem Auge verborgen bleiben können, hat eine Mickymaus Volumen. Wenn man eine Schublade aufzieht und sie nicht auf Anhieb findet, ist sie schlicht nicht in der Schublade. Es wäre müßig, die Negligés und Pantoffeln danach zu durchstöbern.

Und doch setzte Reggie sein Stöbern noch qualvolle Minuten fort. Ein Mann, für den so viel auf dem Spiel steht, wirft nicht so schnell das Handtuch. Jene innere Stimme – deren einziger Fehler darin bestand, sehr monothematisch zu argumentieren – flüsterte schon wieder »Zweitausend Pfund!«, und diese Worte wirkten denn auch wie Sporen, die ihn auf Trab hielten. Selbst wenn er einer jener Zollinspektoren gewesen wäre, die Ivor Llewellyns Albträume zu bevölkern pflegten, hätte er nicht geflissentlicher stöbern können.

Er fand es schlicht unglaublich, daß dieser Koffer die Ware nicht preisgab und ihm so das Happy-End verweigerte. Wo sonst in dieser verflixten Kabine konnte die Mickymaus stecken?

In den Schubladen der Frisierkommode hatte er bereits nachgesehen. Sie lag in keiner von ihnen. Er hatte den Schrank durchsucht. Sie lag nicht darin. Er hatte hinter den Rettungsring auf dem Schrank gegriffen. Auch dort nicht. Und ein einziger Rundblick in der Behausung hatte ihm in hinreichender Deutlichkeit klargemacht, daß das Ding auch nicht auf einem Stuhl liegengeblieben oder achtlos aufs Bett geworfen worden war. Es mußte einfach in diesem scheußlichen Koffer stecken, sagte er sich, als er mit nervösen Fingern in Taschentüchern, Halstüchern, Gürteln, Wollpullovern, Seidenpullovern, grünen Pullovern, roten Pullovern, komischen Dingern mit Bändern, komischen Dingern ohne Bänder sowie einem Kleidungsstück wühlte, bei dem es sich, so sagte ihm die Lebenserfahrung, um knielange Unterwäsche handeln mußte.

Es hatte keinen Zweck. Er mußte die Suche aufgeben. Widerstrebend und mit schmachtendem Blick schloß er den Koffer, legte die Schlüssel in die Schublade zurück, versuchte Ambrose' Konterfei nicht in die Augen zu sehen (was ihm nicht gelang), erschauerte und begann sich schließlich – er stand inzwischen in der Kabinenmitte – langsam um die eigene Achse zu drehen, den Blick auf den Teppich geheftet, als hoffte er, darunter Falltüren und Geheimverliese zu entdecken.

Und plötzlich ließ neue Glut und Inbrunst seine Miene aufleuchten. Er hatte etwas gesehen. Zwar handelte es sich weder um Falltüren noch um Geheimverliese, doch verborgen neben dem Bett – und von Reggie deshalb bis jetzt übersehen – stand ein Weidenkorb, eher klein, aber nicht zu klein, ja im Grunde genau die Sorte von Weidenkorb, in der eine findige Frau, die eine braune Plüsch-Mickymaus zu verstecken hatte, diese hätte verstecken können.

»Hussa!« rief die innere Stimme, die endlich eine neue Platte aufgelegt hatte.

»Halali!« erwiderte Reggie Tennyson.

»Zweitausend Pfund!« verfiel die innere Stimme schon wieder in den alten Trott.

»Allerdings!« sagte Reggie.

Vor sonnigster Zuversicht strotzend, machte er einen Satz nach vorn. Er erreichte den Weidenkorb. Er beugte sich darüber. Er hob den Deckel – und schwups! tauchte seine Hand hinein.

Es war auf die Minute Viertel nach zehn.

Lottie Blossom hatte sich mit Ambrose nach Abschluß des Dinners auf einen Kaffee im Foyer verzogen, um dort mehr als eine Stunde an seiner Seite zu bleiben, wobei sie seine Schwermut mit behutsamen Worten zu zerstreuen suchte – und behutsam mußten sie sein –, und zwar des Gehalts, daß nicht alles verloren sei und sich vielleicht doch ein Ausweg aus der Klemme finde, in der man steckte. In diesem Stil brachte sie die Zeit herum, bis ihr ein Blick auf die Armbanduhr verriet, daß es zehn Uhr war, just die Stunde, da sie mit Monty auf dem Promenadendeck der zweiten Klasse verabredet war, um alles gründlich zu erörtern.

Da sie sich um keinen Preis von der schicksalhaften Maus trennen wollte, solange Monty die von ihr diktierten Bedingungen nicht erfüllt hatte, empfand sie ein Gespräch mit ihm eigentlich als pure Zeitverschwendung. Doch sie hatte ihr Wort schon gegeben und legte also um eins nach zehn eine Hand an die Stirn, mimte mit routiniertem Geschick Pein und teilte Ambrose mit, sie habe Kopfschmerzen und werde nun in ihre Kabine gehen, um sich hinzulegen.

Diese Mitteilung durchfuhr Ambrose selbstredend wie ein Dolch, und bis Lottie seine Besorgnis abgemildert, seine Ängste beschwichtigt und ihn davon überzeugt hatte, daß die Unpäßlichkeit zwar lästig, aber doch ungefährlich sei, verstrichen noch einmal fünf Minuten. Aus diesem Grund konnte sie erst um sieben nach zehn aufbrechen. Dafür schritt sie nun äußerst schneidig los und langte nach einer Minute und sechsunddreißig Sekunden beim Knotenpunkt zwischen dem Deck der ersten und zweiten Klasse an, wo sie wie bereits erwähnt Albert Peasemarch antraf, der ihr wie der Riese im Märchen breitbeinig den Weg versperrte.

Ihre Unterredung mit Albert dauerte nur kurz, was freilich nicht am Steward lag, denn dieser hätte sich – wozu er auch schon Anstalten machte – gerne erschöpfend über seine Triumphe auf der Konzertbühne verbreitet. Jahrelange Erfahrung in Hollywood-Studios hatte Lotus Blossom jedoch zu einer wahren Meisterin in der Kunst gemacht, all jenen in die Parade zu fahren, die ihr zu erzählen versuchten, was für tolle Hechte sie doch seien. Um zwölf nach zehn richtete Albert Peasemarch Montys Botschaft aus und verschwand in der

Nacht. Miss Blossom machte auf dem Absatz kehrt, um sich in ihre Kabine zu begeben.

Sie war erbost – und nicht ohne Grund. Es wurmte sie, sich zu solch früher Stunde in der Kabine vergraben zu müssen, war sie doch eine Frau, die sowohl in Großstädten wie auf Schiffen das Nachtleben schätzte und nie heiterer und ausgelassener war als morgens um halb fünf. Allerdings hatte sie sich jeder Alternative beraubt. Ausgerechnet wegen der Kunstfertigkeit, mit der sie die Rolle der hinfälligen Kranken, deren Schläfen von schlimmen Schmerzen zermartert wurden, gespielt hatte, konnte sie nun nicht mehr in das von Licht und Musik erfüllte Foyer zurückkehren, denn hätte sie dies getan, wäre Ambrose unweigerlich auf die Idee gekommen, sie spiele die Tapfere und leide stumm vor sich hin, nur um ihn zu unterhalten und aus der Einsamkeit zu erlösen, wogegen sich sein ritterliches Gemüt aufgebäumt hätte. Wie ein Schäfer sein krankes Lamm, so hätte er sie bemuttert und wohl trotzdem zu Bett geschickt. Dieser Weg stand ihr also nicht offen.

Nein, es blieb ihr nur die Kabine, so lächerlich jung der Abend noch war: Als sie in den Korridor einbog, standen die Zeiger ihrer Armbanduhr erst auf vierzehn Minuten nach zehn! Mit einem stummen Fluch, den sie einst von einem Regisseur aufgeschnappt hatte, dem sie im größten Trubel der Dreharbeiten davongelaufen war, näherte sie sich der Tür. Doch als ihre Finger den Griff berührten, riß sie sie eilends wieder weg, als wäre dieser glühend heiß.

Ein gellender, qualvoller Schrei hatte im Zimmer jäh die Stille zerrissen.

Sie zögerte keine Sekunde. Lottie Blossom mochte ihre Fehler haben – Gertrude Butterwick hätte gleich Dutzende aufzählen können –, doch Mutlosigkeit gehörte entschieden nicht dazu. Zwar war sie, als sie den Schrei vernommen hatte, etwa zwei Handbreit in die Höhe gesprungen, doch die meisten Frauen in ihrer Lage hätten einen mindestens doppelt so hohen Satz gemacht. Als sie wieder festen Boden unter den Füßen hatte, schritt sie sogleich zur Tat. Sie war nicht bewaffnet, und da in ihrer Kabine gerade jemand ermordet worden war, sprach einiges dafür, daß sich dort drin sowohl ein Mörder wie eine Leiche befanden, doch riß sie die Tür ohne eine Sekunde des Zögerns auf.

Sie erblickte ihren alten Freund Reginald Tennyson. Dieser steppte gerade wie ein von der Tarantel gestochener Fred Astaire durch den Raum, im Mund den kleinen Finger der rechten Hand.

Eine Frau, für die alles darauf hindeutet, daß sich in ihrem Schlafgemach ein Satan in Menschengestalt aufhält, und die an seiner Statt einen jungen Mann erblickt, mit dem sie schon oft soupiert, diniert oder das Tanzbein geschwungen hat, neigt dazu, nur unter erheblichen Schwierigkeiten Worte zu finden, die ihre Überraschung angemessen ausdrücken. Welche Schwierigkeiten keineswegs nachlassen, wenn sie feststellt, daß er durchs Zimmer tanzt und an einem Finger saugt. Entsprechend sperrte Lottie Blossom in den ersten Sekunden dieser unerwarteten Begegnung bloß den Mund auf und verharrte im Türrahmen.

Doch auch Reggie gab sich nicht gesprächiger. Zwar hatte er bei ihrem Anblick aufgehört herumzuwirbeln, doch blieb er stumm. Als er sich auf den Weg zu dieser Kabine gemacht hatte, war ihm immer wieder die Frage durch den Kopf gegangen, was er sagen sollte, falls deren Bewohnerin unverhofft eintrat und ihn auf frischer Tat ertappte. Nun aber, da just dieser Fall eingetreten war, schwieg er. Sein Finger schmerzte recht empfindlich, und er saugte weiterhin stumm daran.

Lottie fand die Sprache als erste wieder.

»He, Reg-GEE!« sagte sie.

Reginald Tennyson zog den Finger aus dem Mund. Er hätte allen Grund gehabt, eine schuldbewußte und zerknirschte Miene aufzusetzen, doch tat er dies nicht. Sein Gebaren erinnerte eher an einen

Mann, der vor gerechtem Zorn fast platzt, einen Mann, dem man einen Tort angetan hat und der dies entsprechend krummnimmt.

»Was zum Teufel«, wollte er hitzig wissen, »hast du da in dem Korb?«

Lottie ging ein Licht auf. Die Überraschung wich der Belustigung. Ihr schlichtes, unverdorbenes Gemüt hatte eine Schwäche für ebenso schlichten, harmlosen Klamauk, und so ergötzte sie sich stets an der Reaktion jener Mitmenschen, die ihren kleinen Weidenkorb öffneten.

»Das«, antwortete sie, »ist Wilfred, mein Alligator.«

»Dein *was?*«

»Alligator. Weißt du nicht, was ein Alligator ist? Na ja, irgendwann wirst du das schon noch erfahren.«

Die Lösung des Rätsels vermochte Reggie keineswegs zu besänftigen.

»Alligator? Wozu machst du die Gegend mit elenden Alligatoren unsicher? Was hat das verfluchte Ding in einer zivilisierten Kabine verloren?«

Lottie Blossom brannte darauf, zur entscheidenden Untersuchung respektive Sondierung vorzurücken, mußte aber erkennen, daß sie die Aufmerksamkeit ihres Gastes unmöglich gewinnen konnte, bevor sie ihm diesen Punkt befriedigend erklärt hatte.

»Das ist bloß ein Reklametrick. Mein Presseagent hat gedacht, so was möbelt mein Image auf. Zuerst schwankte er zwischen dem und einem Mungo und dann zwischen dem und meiner Porträtierung als heimlicher Stubenhockerin, die sich am liebsten in ihren Büchern vergräbt, doch schließlich fiel seine Wahl auf die Alligatorenmasche, was mir ganz recht war, denn bei einem Alligator kriegt man wenigstens was fürs Geld. Jawoll, Sir, so isses. Das nenne ich Reklame, und wer nicht aus eigener Erfahrung weiß, wie es ist, mit einem Alligator in einem kleinen Weidenkorb auf Reisen zu gehen, hat einfach keinen Schimmer, welch harmloses Vergnügen man daraus ziehen kann. Was ist denn passiert? Hat Wilfred nach dir geschnappt?«

»Fast den Arm abgerissen hat er mir, verdammt!«

»Du hättest ihn eben nicht reizen sollen.«

»Ich habe ihn nicht gereizt.«

»Dann wird er dich halt mit einer Fliege verwechselt haben.«

»Dieses Viech ist wohl nicht bei Trost. Sehe ich aus wie eine Fliege?«

Lottie Blossom hatte ihr seliges, heiteres Lächeln aufgesetzt, das stets ihren Mund umspielte, wenn sie mit Leuten plauderte, die kurz zuvor den Deckel von Wilfreds Weidenkorb hochgehoben hatten. Besagtes Lächeln erstarb nun auf ihren Lippen, was diesen einen recht angespannten und verkniffenen Ausdruck gab.

»Willst du wissen, wie du aussiehst?«

»Wie denn?«

»Du siehst aus«, sagte Miss Blossom ruhig und doch furchteinflößend, »wie ein Mann, der mir gleich verraten wird, was er in meiner Kabine zu suchen hat.«

Schon seit Beginn der Unterredung hatte Reggie das ungute Gefühl, früher oder später dazu aufgefordert zu werden, Licht in genau dieses Dunkel zu bringen. Und jetzt, da der Moment gekommen war, verflüchtigte sich das ungute Gefühl nicht im geringsten. Ihm war klar, daß er sich in einer höchst prekären Position befand, und wie die meisten Männer, denen klar ist, daß sie sich in einer höchst prekären Position befinden, spuckte er große Töne.

»Das tut nichts zur Sache! Davon wollen wir gar nicht erst reden. Wir wollen vielmehr über dein verdammtes Menschenfresserkrokodil reden. Schau mal, was es mit meinem Finger angestellt hat. Wenn das keine üble Schürfwunde ist! Krokodile, also ehrlich!« sagte Reggie voller Ingrimm, denn in solchen Dingen verstand er keinen Spaß.

Lottie Blossom korrigierte ihn.

»Doch, genau darüber reden wir. Darüber reden wir hier und jetzt. Was treibst du in meiner Kabine, du Schandfleck in der Landschaft? Du rückst jetzt besser mit der Sprache raus, du miese Tennyson-Ratte, sonst werde ich ganz andere Saiten aufziehen.«

Reggie hustete. Da er immer noch am kleinen Finger seiner rechten Hand saugte, benützte er den Zeigefinger der linken, um seinen Hemdkragen zu lockern. Er hustete abermals.

»Na?«

Reggie faßte sich ein Herz. Wäre er der Meinung gewesen, das Spucken großer Töne bringe ihn irgendwie weiter, hätte er bestimmt nicht davon abgelassen, doch ein einziger Blick auf seine Gastgeberin machte ihm hinlänglich klar, daß ihn das keinen Millimeter weiterbringen würde. Lottie Blossom verströmte nun nichts mehr von jener Leutseligkeit, die sie in glücklicheren Zeiten zu einer so charmanten Gesprächspartnerin an der abendlichen Tafel gemacht hatte. Sie wirkte wie ein Mädchen, das eisern entschlossen ist, zur Sache zu kommen und keine weiteren Ausflüchte zu dulden. Er bemerkte das Glitzern in ihren Augen, das Ragende ihres vorgereckten Kinns, das unheilvolle Fletschen ihrer scharfen Schneidezähne. Eine seltsame Form von optischer Täuschung – die zweifellos von der heillosen Panik rührte, die dieses Phänomen ausgelöst hatte – gab ihm sogar das Gefühl, ihr Haar sei plötzlich noch röter geworden.

Er entschied sich für rückhaltlose Offenheit.

»Hör zu, Lottie.«

»Ja?«

»Ich sage dir alles.«

»Das möchte ich dir auch raten.«

»Ich bin hierhergekommen, um Montys Maus zu suchen.«

»Ach!«

»Diejenige, die du ihm geklaut hast, na, du weißt schon. Ich sollte sie für ihn zurückholen.«

Lottie Blossom lächelte erneut, nur handelte es sich diesmal um ein grimmiges Lächeln, das ihrem Antlitz mitnichten seine Bedrohlichkeit nahm. Die Enthüllung überraschte sie keineswegs. Ihr Verstand war durchaus in der Lage, sich aus den vorliegenden Indizien einen Reim zu machen, und sie hatte schon längst angefangen, in Monty Bodkin den eigentlichen Strippenzieher zu vermuten.

»Ach«, sagte sie. »Und, hast du sie gefunden?«

»Nein.«

»Kein Glück, wie?«

»Nein.«

»Aha. Dafür hast du sie jetzt ja gefunden.«

Und mit diesen Worten zog sie unter dem Schal, den sie um ihren Arm geschlungen hatte, die Mickymaus hervor.

»Allmächtiger!«

»Du hast mich doch hoffentlich nicht für so behämmert gehalten, sie in meiner Kabine herumliegen zu lassen, während Ganoven wie du herumstreunen?«

Reggie glotzte mit unverhohlener Gier auf die Maus. Seine Augen rotierten regelrecht in den Höhlen.

»Lottie!« rief er. »Gib mir die Maus!«

Lottie Blossom starrte ihn ungläubig an. Ihre lange und enge Bekanntschaft mit Reginald Tennyson hatte sie nie daran zweifeln lassen, daß die Chuzpe dieses jungen Mannes fast grenzenlos war, doch daß sie ein solches Ausmaß annehmen könnte, hätte sie dann doch nicht geglaubt.

»Wie bitte? *Geben* soll ich sie dir?«

»Ja.«

»Da lachen ja die Hühner«, sagte Lottie. »Du hast vielleicht Nerven! Geben soll ich sie dir? Das ist ja doll. Wofür hältst du mich eigentlich?«

Reggie vollführte mit seinem Arm eine leidenschaftliche Geste.

»Für einen Kumpel!« rief er. »Lottie, altes Haus, du weißt nicht, was es für mich bedeutet, sie zu bekommen.«

»Reggie, alte Schaluppe, und du weißt nicht, was es für mich bedeutet, sie zu behalten.«

»Aber Lottie, sei kein Unmensch! Ich erzähle dir die ganze Geschichte. Ich bin verliebt.«

»Ich wüßte nicht, wann du das einmal nicht gewesen wärst.«

»Aber diesmal ist es das einzig Wahre – das ganz große Los!«

»Wer ist die Glückliche?«

»Mabel Spence.«

»Eine gute Haut«, sagte Lottie herzlich. »Ich habe Mabel schon immer gemocht. Hast du's dir schriftlich geben lassen?«

»Nein, warum sollte ich?«

»Weil sie zuviel Köpfchen hat.«

Reggie gestikulierte wild.

»Sie hat *nicht* zuviel Köpfchen, jedenfalls will ich's nicht hoffen. Aber ich kann überhaupt nichts unternehmen, solange ich die Maus nicht in die Finger kriege. Ich pfeife aus dem letzten Loch. Falls ich bei Mabel richtig landen will, muß ich an die Maus rankommen und sie Monty überreichen. Sollte mir das gelingen, will er mir zweitausend Mücken geben …«

»Wie bitte?«

»Ja. Und wenn ich die erst in der Tasche habe, kann ich nach Hollywood gehen und Mabel in einer Tour die Cour machen. Andernfalls aber muß ich nach Montreal abzotteln, um bis an mein Lebensende in einem elenden Büro zu versauern.«

Das Funkeln in Lottie Blossoms Augen war erloschen. Ihre Lippen hatten nichts Verkniffenes mehr, sondern bebten regelrecht. So schnell den Hoboken-Murphys die Galle überlief, so schnell doch auch ihr Herz.

»Oh, Reggie!«

»Begreifst du jetzt, worum's geht?«

»Klar.«

»Na also, wie sieht's denn nun aus?«

Reuevoll schüttelte Lottie Blossom ihren Flammenkopf.

»Ich kann nicht.«

»Lottie!«

»Es hat keinen Zweck, ›Lottie!‹ zu rufen. Ich kann nicht. Wenn dich Bodkin über diese Mausszene ins Bild gesetzt hat, wirst du wissen, wie's bei mir aussieht. Ich möchte Ambrose die Stelle zuschanzen, und die Maus ist der einzige Trumpf, den ich in der Hand halte. Es hat übrigens auch keinen Zweck, mich so anzuschauen. Ich habe das gleiche Recht, Ambrose heiraten zu wollen, wie du Mabel, oder? Und wenn er keine Stelle hat, wird er mich nicht heiraten. Ergo muß ich Bodkin die Pistole auf die Brust setzen.«

»Dir ist wohl klar, daß das an Erpressung grenzt?«

»Was heißt denn hier ›grenzt‹? Es *ist* Erpressung«, versicherte sie ihm. »Und falls es dir und ihm ein Trost ist, kann ich euch sagen, daß ich mich dafür hasse und verachte. Aber ich hasse und verachte mich immer noch tausendmal lieber, als daß mir mein Ammie durch die Lappen geht. Oh, Reggie, mein Süßer, du weißt genau, daß es kaum etwas gibt, was ich nicht für dich tun würde. Ich habe dir gegenüber stets die Gefühle einer Mutter gegenüber ihrem debilen Söhnchen gehegt. Aber du verlangst da das einzige, was ich nicht tun kann. Ich kann dir die Maus nicht geben – ich kann nicht, ich kann nicht. Das siehst du doch ein, oder?«

Reggie nickte, denn er wußte, wann er geschlagen war.

»Na schön.«

»Mach doch nicht so eine Leichenbittermiene, mein liebster Reggie. Ich halte das nicht aus. Warum kannst du diesen bescheuerten Bodkin nicht breitschlagen, bei Ikey Llewellyn zu unterschreiben? Wenn er das täte, wäre doch alles in Butter. Er könnte Ikey zwingen, Ambrose ruck, zuck wieder aufzunehmen.«

»Keine Chance, fürchte ich. Monty schwört, daß ihn nichts dazu bewegen kann, Schauspieler zu werden. Er hat mir erzählt, das sei bei ihm eins dieser Pho-Dinger.«

»Der Kerl steht mir bis hierhin.«

»Mir auch. Aber so ist es nun mal. Tja«, sagte Reggie, »ich mach mich jetzt besser auf die Socken. Danke für den reizenden Abend.«

Er begab sich zur Tür, wobei er versonnen an seinem Finger saugte und einen despektierlichen Blick auf den Weidenkorb warf. Die Tür ging zu. Lottie ließ ihn ziehen. Es gab für sie nichts mehr zu tun oder zu sagen.

Sie setzte sich aufs Bett. War sie sonst je allein in ihrer Kabine, so lüftete sie den Deckel des Weidenkorbs und zirpte dem Insassen etwas zu, nur damit dieser spürte, daß er unter Freunden und nicht vergessen worden war. Doch aufgewühlt von der vorangegangenen qualvollen Szene, war ihr jetzt nicht danach, Alligatoren etwas zuzuzirpen. Mit starrem Blick saß sie da und hätte wohl jenen Tränen freien Lauf gelassen, die sich bei ihr in aufgewühlter Stimmung nie weit von der Oberfläche befanden, wäre sie nicht durch ein Klopfen an der Tür aus ihren Gedanken gerissen worden.

Sie erhob sich. Ihre Augen, welche zu schwimmen begonnen hatten, wurden trocken und hart. Ihr schwante, daß dies wohl Albert Peasemarch war, der vorgeblich Staubflusen vom Teppich zupfen und die Kabine in Ordnung bringen, in Wahrheit aber nur eines seiner langen, gemütlichen Schwätzchen halten wollte, denen er sich so leidenschaftlich hingab. Und sie war genau in der richtigen Stimmung, um jedwedem Steward, der ihr den Kopf vollzuquatschen versuchte, dessen eigenen abzureißen.

»Herein!« rief sie.

Die Tür ging auf, doch auf der Schwelle stand nicht Albert Peasemarch, sondern Ambrose Tennyson.

Eine Flasche lag in Ambrose Tennysons Hand, eine zweite guckte aus einer Tasche, denn ein Verliebter, der die Angebetete gerade hat davonwanken sehen – die Hand an der Stirn und die Lippen vor fast unerträglichem Schmerz fest zusammengepreßt –, hockt nicht weiter gemütlich im Sessel und schmaucht seine Zigarre, sondern eilt spornstreichs zum Schiffsarzt, um Kopfschmerzmittel zu beschaffen. Ambrose Tennyson hatte dies unmittelbar nach Lotties Abschied im

Foyer getan. Während stolz zu Roß sie aufs Promenadendeck der zweiten Klasse ritt, schritt zu Fuß er schnurgerade in die Apotheke, welche in des Schiffes tiefsten Eingeweiden lag.

Danach trat eine kleine Verzögerung ein, da der Arzt zuerst gefunden werden mußte. Tagsüber pflegen Schiffsärzte mit dem hübschesten Mädchen an Bord Ringe zu werfen. Nach dem Dinner aber schnappen sie sich das hübscheste Mädchen an Bord – oder, falls unabkömmlich, das zweithübscheste – und spielen eine gemütliche Partie Backgammon. Schließlich tauchte er aber doch auf und überreichte Ambrose alsbald zwei höchst probate Mittelchen. Und nun also war dieser gekommen, um sie auszuhändigen.

»Na«, fragte er, »wie fühlst du dich?«

Der unvermutete Anblick des Mannes, den sie liebte, hatte auf Lottie Blossom einen merkwürdigen Effekt. Ihn anstelle des erwarteten Albert Peasemarch zu sehen warf sie vorübergehend aus dem Konzept. Eine jähe, zärtliche Sehnsucht durchströmte sie, zauberte in ihre Kehle einen Frosch und in ihre Augen jene Tränen, die schon vorhin fast über die Ufer getreten wären. Sie sackte in sich zusammen.

»Schnief«, schluchzte sie. »Schnief.«

Wir haben bereits erwähnt, daß einem Mann, in dessen Gegenwart eine junge Frau zu schniefen beginnt, nur ein Weg offensteht – nämlich das sanfte Tätscheln von Kopf oder Schulter der Betreffenden. Dies hat jedoch nur Gültigkeit für Mitglieder des männlichen Geschlechts, die besagtem Wesen nicht sehr nahestehen. Ist der Beobachter dagegen ein Mann, der die Schniefende liebt und von dieser geliebt wird, bedarf es einer weit emphatischeren Geste. Die Pflicht verlangt von ihm, daß er sie umarmt und herzt, die Tränen wegküßt, neben ihr auf die Knie sinkt und mit gebrochener Stimme etwas murmelt.

Ambrose Tennyson tat nichts dergleichen. Er blieb reglos stehen, die eine Flasche in der Hand, die andere in der Tasche. Seine Miene war kalt und unbewegt.

»Ich habe dir was mitgebracht«, sagte er tonlos. »Gegen deine Kopfschmerzen.«

Obwohl sich Lottie Blossom noch keineswegs ausgeweint hatte, setzte sie sich auf und tupfte sich die Augen trocken. Sie war erstaunt. Daß Ambrose sie hatte weinen sehen, ohne auch nur vorzutreten und ihre Hand zu umfassen, war so unerhört, daß ihre Tränen versiegten, als hätte man einen Wasserhahn zugedreht.

»Ammie!« rief sie laut.

Ambrose blieb unvermindert höflich und reserviert.

»Ich wäre schon früher gekommen«, sagte er, »aber ich mußte auf den Arzt warten.«

Er stockte. Seine Miene war ausdruckslos.

»Und als ich hier ankam«, sagte er, »habe ich dich mit einem Mann reden hören und angenommen, du wollest nicht gestört werden.«

Er stellte die Flaschen auf die Frisierkommode und wandte sich zur Tür, mußte jedoch feststellen, daß Lottie davorstand. Sie hatte nun nichts Tränenreiches mehr an sich, sondern wirkte forsch und entschlossen.

»Moment, Ambrose. Nur ein Momentchen, sei so gut.«

Ambrose' kalte Fassade bekam Risse. Sein Mienenspiel wurde bewegter. Er hatte kaum noch Ähnlichkeit mit dem Foto im Silberrahmen. Hätte er eine Pfeife im Mund gehabt, wäre sie ihm hinausgefallen.

»Du hast mir doch gesagt, du hättest Kopfschmerzen!«

»Ich weiß.«

»Und dann hast du dich hierhergeschlichen …«

»Hör zu, Ammie«, sagte Lottie. »Wenn du mir eine winzige Chance gibst, werde ich dir alles erklären. Erspar uns doch bitte einen weiteren Streit. Ein ordentlicher Knatsch gehört für mich ja wahrhaftig zum Leben wie Speis und Trank. Aber nicht jetzt. Nimm Platz, dann setze ich dich ins Bild.«

20. Kapitel

Nach seinem Rückzug aus Lottie Blossoms Gemach begab sich Reggie Tennyson nicht sofort zu seinem Herrn und Gebieter, um die jüngsten Ereignisse zu rapportieren. Im ersten lähmenden Schrecken der Enttäuschung, die ein Mensch erlebt, wenn ihm all die schönen Luftschlösser, die er gebaut hat, um die Ohren fliegen, und er das Gefühl hat, seine Seele sei zu einem dicken Knoten geschlungen und durch die Mangel gedreht worden, zieht es ihn instinktiv in die Einsamkeit. Reggie wollte allein sein, um seine Wunden zu lecken – und dies keineswegs nur im übertragenen Sinn. Da Wilfred der Alligator so begriffsstutzig war, daß er nicht zwischen einem alten Etonianer und einer Fliege zu unterscheiden vermochte, bedurfte die Haut an Reggies kleinem Finger weiterhin der Pflege.

Er suchte zuerst Zuflucht im Salon, wo er jedoch nicht lange blieb. Dieser war zwar erfreulich leer, aber auch recht stickig, verströmte er doch jenes seltsame, schwer faßbare Aroma, das für Salons auf Ozeanriesen typisch ist: immer kurz davor, richtig streng zu riechen, ohne dieses ehrgeizige Ziel je ganz zu erreichen. Da Reggie glaubte, dadurch in noch tiefere Depressionen gerissen zu werden, trat er hinaus aufs offene Deck.

Dies entpuppte sich als kluge Wahl. Die sanfte Abendluft erfrischte und stärkte ihn. Zwar hätte er immer noch lieber allein für sich gegrübelt, doch konnte er jetzt wenigstens ohne wirklichen Brechreiz den Gedanken ins Auge fassen, sich mit Monty hinzusetzen, um alles zu besprechen, und so ging er zwanzig Minuten nach Verlassen von Lotties Kabine aufs B-Deck hinunter, um eben dies zu tun.

Er war gerade vor Montys Tür angelangt, als diese mit einer Abruptheit aufging, als habe ein von starken Gefühlen Überwältigter am Griff gerissen. Sein Bruder Ambrose trat mit abgespannter Miene und verhärmtem Blick hinaus. Benommen schaute er Reggie kurz an und ging dann wortlos davon. Reggie starrte ihm nach, bis er entschwunden war, und begab sich in die Kabine. Doch was er dort, kaum war er über die Schwelle getreten, als erstes sah, ließ ihn auf dem Absatz zurücktaumeln, als hätten Alligatoren nach ihm geschnappt.

Monty Bodkin saß auf dem Bett. In der Hand hielt er die Mickymaus. Geistesabwesend schraubte er ihren Kopf an und ab.

»Ach, grüß dich, Reggie«, sagte er tonlos. Er schraubte den Kopf der Mickymaus ab, schraubte ihn wieder an und begann ihn erneut abzuschrauben.

Reggie Tennyson wurde von jenem Gefühl übermannt, das man sonst nur aus Träumen kennt, dem Gefühl nämlich, daß etwas überhaupt keinen Sinn ergibt. Vor ihm saß Monty Bodkin, und dort, in Montys Besitz – sofern man seinen Augen trauen konnte –, war die leibhaftige Mickymaus, die Schicksalsmaus, just jene Maus also, die das ganze Theater ausgelöst hatte. Und trotzdem wirkte Monty wie ein Klumpen Kitt: sein Gebaren apathisch, seine Gesamterscheinung ohne jeden Glanz. Es gab nur ein Wort, das den Zustand angemessen ausdrückte – das Wort »Mysterium«.

»Was ... was ...?« rief er schwach und zeigte mit zitterndem Finger auf die Maus.

Monty machte weiterhin einen höchst kittartigen Eindruck.

»Ach ja«, sagte er. »Ich hab' sie wieder. Ambrose hat sie mir gerade zurückgebracht.«

Reggie ließ sich auf einen Stuhl sinken. Er umklammerte die Armlehne. Diese schien ihm Halt zu geben.

»Ambrose?«

»Ja.«

»Du behauptest, Ambrose habe diese Maus zurückgegeben?«

»Ja. Offensichtlich hat ihm die Blossom erzählt, sie habe sie sich gekrallt und setze mich damit unter Druck, und da machte Ambrose von seinem Vetorecht Gebrauch. Er war strikt dagegen und sagte ihr, Leute mit Mickymäusen unter Druck zu setzen sei nicht die feine Art, woraufhin er sich die Maus aushändigen ließ und mir überbrachte.«

Reggie klammerte sich noch fester an den Stuhl. Die Vernunft hatte auf ihrem Thron schon zuvor gewankt, doch diese sensationelle Kunde stürzte sie fast hinunter.

»Das ist wohl nicht dein Ernst?«

»Doch.«

»Er hat ihr gesagt, das sei nicht die feine Art?«

»Ja.«

»Und allein kraft seines Charismas hat er sie dazu gebracht, die Maus rauszurücken?«

Reggie holte tief Luft. Er hegte gegenüber seinem Bruder Ambrose Gefühle, die er noch nie gehegt hatte. Als toleranter Mensch hatte er den Burschen zwar immer gemocht, aber von Bewunderung konnte keine Rede sein. Jedenfalls war ihm Ambrose nie auch nur ansatzweise als Übermensch erschienen. Doch falls es diesem, wie verlautbart, tatsächlich gelungen war, auf Lottie Blossoms Gemüt einzuwirken, als sich dieses gerade darauf versteift hatte, zu abgefeimtesten Mitteln zu greifen, gehörte er zweifellos in die Übermensch-Schublade. Soviel stand fest, keine Frage. Er paßte perfekt hinein, zusammen mit Napoleon, Sir Stafford Cripps und all den anderen Burschen.

»Manometer!« sagte Reggie wie ein entgeisterter Albert Peasemarch.

»Das war hochanständig von unserem Ambrose«, sagte Monty und zeigte zum erstenmal Gefühle. »Es gibt nichts daran zu deuteln, daß ihm das zur Ehre gereicht. Manch einer hätte sich zurückgelehnt, seelenruhig zugeschaut und seinen Nutzen daraus gezogen. Nicht so unser Ambrose.«

»Prachtjunge«, pflichtete Reggie bei.

»Er war strikt dagegen. Eiste das Ding von ihr los. Ich fand das hochanständig, was ich ihm auch mitteilte.«

Eine Pause trat ein. Monty schraubte den Kopf der Mickymaus an, schraubte ihn wieder ab und begann ihn erneut anzuschrauben.

»Aber hör mal ...«, sagte Reggie.

»Ja?«

»Was hast du denn?«

»Ich?«

»Ja. Warum strahlst du nicht wie ein Honigkuchenpferd? Was sitzt du da und machst ein Gesicht wie sieben Tage Regenwetter, wo du das Ding doch wiederhast? Warum kein Jubelgeschrei? Warum keine Freudentänze?«

Monty stieß ein knappes, bitteres, bellendes Lachen aus.

»Oh, ich? Ich habe nichts zu jubeln. Daß ich diese Maus wiederhabe, nützt mir überhaupt nichts. Alles ist futsch.«

»Fffff-utsch?« Das Wort schoß mit einem scharfen Luftstoß aus Reggie Tennysons Mund, als hätte man ihm einen Tritt in den Bauch gegeben. »Alles ist futsch?« Seine Augen weiteten sich. Falls der Ausdruck tatsächlich bedeutete, was er vermutete, dann war dies das Ende. Im Eimer wären seine zweitausend Pfund. Und seine Träume, ein allseits bekanntes und beliebtes Mitglied von Hollywoods Neuvermählten zu werden, könnte er sich auch abschminken. »Alles ist futsch?« sagte er tonlos und klammerte sich, des Schutzes bedürftig, an seinen Stuhl.

»Doch nicht etwa zwischen dir und Gertrude?«

»Doch.«

»Aber wieso denn?«

Monty schraubte den Kopf der Mickymaus ab, schraubte ihn wieder an und begann ihn erneut abzuschrauben.

»Das will ich dir sagen«, antwortete er. »Als du den ach so pfiffigen Plan ausgeheckt hast, meine Wenigkeit mit der Blossom auf dem Promenadendeck der zweiten Klasse zusammenzuführen, hast du das Zweite-Klasse-Konzert nicht mit einkalkuliert, das heute abend dort stattgefunden hat. Dir war nicht bewußt, daß Albert Peasemarch in diesem Konzert auftreten und Gertrude bitten würde, eine Claque zu bilden …«

»Allmächtiger! Und Gertrude ist hingegangen?«

»O ja.«

»Und hat dich mit Lottie erwischt?«

»Nein. Ich habe Albert Peasemarch aufgespürt und ihm den Auftrag erteilt, Lottie abzufangen, was er auch prompt tat, doch wenig später, als ich mit Gertrude am Plaudern war, tänzelte er auf mich zu, grüßte auf Seemannsart und verkündete stolz, es sei alles in Butter, denn er habe Miss Blossom mitgeteilt, ich könne sie im Moment nicht sehen, worauf sie gesagt habe, das begreife sie gut und ich solle doch einfach so um elf in ihre Kabine kommen.«

»Wie bitte?«

»Ja.«

»Heiliges Kanonenrohr!«

»Ja.«

»Was für ein kolossales Rindvieh!«

»Stimmt, sein Savoir-faire läßt eher zu wünschen übrig«, pflichtete Monty bei. »Die Wirkung dieser knappen Worte auf Gertrude ließ sich nicht übersehen. Manchmal liest man doch Schlagzeilen wie: GASEXPLOSION IN LONDON – BILANZ: 4 TOTE! Die Sache spielte sich etwa in dieser Dimension ab. Ich werde dir nicht wörtlich rapportieren, was sie gesagt hat, weil ich ehrlich gesagt nicht länger bei diesem Thema verweilen möchte. Aber eins kannst du mir glauben: Alles ist futsch – endgültig, abschließend und unwiderruflich.«

In der Kabine machte sich Stille breit. Reggie hielt die Armlehne seines Stuhls umklammert. Monty schraubte den Kopf der Mickymaus an, schraubte ihn wieder ab und begann ihn erneut anzuschrauben.

»Das tut mir leid«, sagte Reggie schließlich.

»Vielen Dank«, antwortete Monty. »Ja, gerade erfreulich ist das nicht.«

»Kann man wohl sagen. Tja, dann spaziere ich jetzt mal ein bißchen übers Bootsdeck«, sagte Reggie und erhob sich.

Ein paar Minuten nach seinem Abgang klopfte es an der Tür. Mabel Spence trat ein.

»Hoffentlich störe ich nicht«, sagte Mabel. »Ich suche Reggie Tennyson.«

»Ist soeben rausgegangen«, antwortete Monty. »Bootsdeck.«

»Gut«, sagte Mabel.

Auf dem Bootsdeck herrschten recht angenehme Bedingungen; jedenfalls hätte dies jeder so empfunden, dessen Leben nicht zugrunde gerichtet worden war, dessen Hoffnungen nicht in Trümmern lagen. Es wehte eine sanfte Brise, und die Sterne schienen friedlich vom wolkenlosen Himmel herunter. Reggie spürte die Brise kaum und hatte auch für die Sterne keine Augen. Er umklammerte die Reling so, wie er vorhin seinen Stuhl umklammert hatte. Nur robustes Holz vermag einem Mann in solchen Momenten Halt zu geben.

Und in genau dieser Haltung traf ihn Mabel Spence an. Das Geräusch ihrer Schritte ließ ihn herumfahren. Er löste die Hand vom Geländer und starrte sie an.

Es ist nie einfach, auf einem nächtlichen Bootsdeck etwas zu erkennen, doch die Liebe schärft den Blick, so daß Reggie trotz der samtenen Schwärze, die Mabel Spence umhüllte, klar ausmachen konnte, daß sie zum Reinbeißen aussah. Als Naturmensch hielt sie viel von frischer Luft und deren gesundheitsfördernder Wirkung auf die Haut, weshalb sie auch keinen Schal trug. Hals und Arme schimmerten weißlich unter den Sternen. Und die Erkenntnis, daß diese ganze Pracht binnen kurzem ins südliche Kalifornien abzwitschern würde, derweil er sich in Montreal zu verzehren hätte, kam Reggie dermaßen bitter an, daß das Deck unter seinen Füßen zu schwanken schien wie ein Moorboden und er unwillkürlich aufstöhnte.

Mabel wirkte besorgt.

»Stimmt was nicht?«

»Nein, nein.«

»An einem solchen Abend wirst du doch nicht seekrank werden, oder?«

»Ich bin nicht seekrank. Es ist nur …«

»Ja?«

»Ach, ich weiß nicht.«

»Liebe?«

Reggie klammerte sich abermals an die Reling.

»Was?«

Mabel Spence gehörte zu den Frauen, die mit Weitschweifigkeiten wenig anfangen konnten. Sie redete nie um den heißen Brei herum. Wenn ein dringendes Thema auf der Tagesordnung stand, pflegte sie es unverzüglich anzuschneiden, und zwar auf jene ruhige, effiziente Art, die ihrem Schwager Ivor Llewellyn nie behagt hatte, von den meisten ihrer Bekannten aber als große Stärke verbucht wurde.

»Ich habe mich gerade mit Lottie Blossom unterhalten. Du sollst ihr erzählt haben, daß du in mich verliebt bist.«

Reggie versuchte etwas zu sagen, mußte jedoch feststellen, daß seine Stimmbänder streikten.

»Und da habe ich nach dir Ausschau gehalten, um abzuklären, ob das offiziell ist. Tja, ist es das?«

»Hm?«

»Stimmt es?«

Die Torheit dieser Frage fuchste Reggie dermaßen, daß er seine Sprache auf wundersame Weise wiederfand. Wirklich höchst einfältig fand er das: ihn so was zu fragen, nachdem er sich seit Tagen alle erdenkliche Mühe gab, Mabel seine Gefühle unmißverständlich zu zeigen. Einer intelligenten jungen Frau wie ihr mußte doch aufgefallen sein, daß ein Mann sie nicht ansah, wie er sie angesehen hatte, ihre Hand nicht drückte, wie er ihre Hand gedrückt hatte, und sie nicht auf schummrigen Decks küßte, wie er sie auf schummrigen Decks geküßt hatte, wenn er damit nicht irgend etwas ausdrücken wollte.

»Selbstverständlich stimmt es. Das weißt du doch.«

»Ach ja?«

»Jedenfalls solltest du es wissen. Habe ich dich nicht seit Tagen angeglotzt?«

»Jawohl, angeglotzt hast du mich.«

»Und dir die Hand gedrückt?«

»Jawohl, die Hand gedrückt hast du mir.«

»Und dich geküßt?«

»Jawohl, auch das hast du getan.«

»Na also.«

»Ach, ich weiß doch, wie ihr aalglatten Großstädter seid. Achtlos spielt ihr mit den Gefühlen eines armen werktätigen Mädchens.«

Ein entgeisterter Reggie prallte mit dem Rücken gegen die Reling.

»Wie bitte?«

»Du hast mich schon verstanden.«

»Du hältst mich doch nicht etwa …?«

»Ja?«

»Du hältst mich doch nicht etwa für einen dieser Schmetterlinge, über die meine Cousine Gertrude ständig redet?«

»Redet deine Cousine Gertrude über Schmetterlinge?«

»Jawohl, sie kann die Dinger nicht verputzen, weil sie flattern und naschen. Aber ich bin nicht so. Ich hab' dich zum Fressen gern.«

»Freut mich.«

»Ich liebe dich, seit du mir am allerersten Tag fast das Genick gebrochen hast.«

»Prima.«

»Meine Verehrung hat genau in jenem Moment eingesetzt.«

»Toll.«

»Und seither ist es Tag für Tag und Schlag auf Schlag ständig schlimmer geworden.«

»Du meinst wohl besser, nicht?«

»Nein, ich meine nicht besser. Ich meine schlimmer. Und warum? Weil alles so verfahren ist. Verfahren«, wiederholte Reggie und haute auf die Reling. »Vollkommen verfahren, verdammt!«

Mabel Spence legte ihm sanft die Hand auf den Arm.

»Verfahren?« fragte sie. »Warum denn? Falls du Angst hast, ich könnte dich nicht lieben – schlag dir die gleich aus dem Kopf. Ich bin verrückt nach dir.«

»Ach ja?«

»Verknallt.«

»Würdest du mich heiraten, wenn ich dich frage?«

»Ich würde dich sogar heiraten, wenn du mich nicht fragst«, antwortete Mabel.

Sie sprach mit einer glückseligen Heiterkeit, die vielen Menschen – etwa Reggies Onkel John oder auch Ivor Llewellyn – ganz unbegreiflich gewesen wäre. Die Welt wimmelte von Leuten, die überhaupt nicht begriffen hätten, wie jemand in diesem fröhlichen, unbekümmerten Tonfall über eine Heirat mit Reginald Tennyson sprechen konnte.

Ihre Worte bewirkten bei Reggie, daß er sich wie ein Pferd aufbäumte, so als wollte er gleich den Kopf an die Reling schlagen. Er war tief bewegt.

»Aber genau das wirst du nicht, verflixt und zugenäht. Darum geht's doch gerade. Begreifst du denn nicht? Ich bin arm wie eine Kirchenmaus. Da kann ich doch nicht aufs Geratewohl heiraten.«

»Aber …«

»Ich weiß. Du hast genug für zwei, nicht wahr?«

»Mehr als genug.«

»Und das wäre, als würde man eine Millionenerbin heiraten und so weiter. Ich weiß, ich weiß. Aber es geht nicht.«

»Reggie!«

»Es geht nicht.«

»Reggie, mein Lieber!«

»Führe mich nicht in Versuchung. Wie gesagt, es geht nicht. Ich werde mich nicht von dir aushalten lassen. Ich hätte Ambrose' Edelmut zwar nie für ansteckend gehalten, aber genau das ist er, wie sich herausgestellt hat. Mich hat's inzwischen auch erwischt.«

»Wie meinst du das?«

»Das will ich dir verraten. Als ich Ambrose auf dem Schiff herumspazieren sah, und merkte, wie ihm die Ehre aus allen Poren tropfte, wurde ich zu einem anderen Menschen. Wenn du mich noch gestern mit der Frage konfrontiert hättest: ›Sind die Tennysons Männer von Ehre?‹, hätte ich gesagt: ›Manche sind's, manche nicht‹, doch inzwischen sehe ich mich gezwungen zu antworten: ›Jawoll, jeder einzelne von ihnen, verdammt!‹ Ich liebe dich, süße Mabel, ich liebe dich ganz grauenhaft, doch nicht ums Verrecken werde ich mich für den Rest meines Lebens an deinem Eingemachten mästen. Und damit basta, selbst wenn ich an gebrochenem Herzen sterben sollte.«

Mabel seufzte.

»Das wär's also, wie?«

»O ja, das wär's.«

»Du könntest deine Rechtschaffenheit nicht ein bißchen zurückkurbeln?«

»Keinen Millimeter.«

»Verstehe. Selbstverständlich respektiere ich deine Entscheidung.«

»Wovon ich mir auch nichts kaufen kann! Ich möchte nicht respektiert werden. Ich möchte geheiratet werden. Ich möchte dir beim Frühstück gegenübersitzen und mir Kaffee nachgießen lassen ...«

»... derweil ich dir erzähle, was Klein Reggie wieder Lustiges zum Kindermädchen gesagt hat.«

»Haargenau. Wo du die Sache schon ansprichst, kann ich es ja sagen:

Auch in meinem Hinterkopf sind schemenhafte Vorstellungen einer solchen Möglichkeit herumgegeistert.«

»Aber du glaubst immer noch, daß du rechtschaffen sein mußt?«

»Tut mir leid, altes Haus, es geht nicht anders. Aus einem Paulus wird nie mehr ein Saulus.«

»Verstehe.«

Stille trat ein. Reggie zog Mabel Spence zu sich und legte ihr einen Arm um die Taille. Dabei brach er ihr fast eine Rippe, was ihr aber genausowenig Trost verschaffte wie ihm.

»Verantwortlich für diesen gräßlichen Schaum vor meinem Mund«, beendete er verdrossen die lange Pause, »ist die Tatsache, daß heute morgen beinahe alles ins Lot gekommen wäre. Du erinnerst dich bestimmt an Llewellyns britische Szenen. Hätte er mich verpflichtet, diese zu begutachten, könnte ich dich jetzt vom Fleck weg heiraten. Und um ein Haar hätte er das ja auch getan, wäre er wegen der Sache mit Ambrose nicht so in Rage geraten.«

»Würdest du wirklich sagen ›um ein Haar‹?«

»Na ja, vielleicht nicht gerade um ein Haar, aber rumgekriegt hätten wir ihn bestimmt. Macht dich der Gedanke nicht auch krank, daß dein gräßlicher Schwager, dieser Llewellyn, uns von allen Sorgen befreien könnte, wenn er nur wollte, und wir es nicht fertigbringen, ihn günstig zu stimmen? Oder bringen wir es fertig? Was meinst du, hätte es einen Zweck, auf ihn einzuwirken?«

»Einzuwirken?«

»Na ja, du weißt schon. Ihn zu umschwärmen und mit kleinen Gefälligkeiten zu erfreuen. Den alten Ziegenbock zu bezirzen.«

»Überhaupt nicht.«

»Nein, wahrscheinlich nicht. Aber wie wär's, wenn er in unserer Schuld stünde? Indem wir ihm das Leben retten, zum Beispiel, oder sonst was ... Ihm zu Hilfe eilen, wenn sein Gaul durchgeht ...«

»Reggie!«

Mabel Spence stieß einen gellenden Schrei aus – genau wie Reggie. In ihrer Erregung nämlich hatte Mabel seinen Arm umkrallt, und ihre zierlichen Finger, durch jahrelange Osteopathie gestählt, schienen in sein Fleisch einzudringen wie eine Kneifzange.

»Entschuldigung«, sagte Mabel und löste den Griff. »Entschuldigung. Aber daß du plötzlich mit solcher Intelligenz brillierst, hat mich einfach verblüfft. Reggie, weißt du, was du da sagst? Die lautere Wahrheit. Genau das werden wir tun.«

»Wir eilen Llewellyn zu Hilfe, wenn sein Gaul durchgeht?« Ungeachtet seines optimistischen Naturells und des angeborenen Willens, alles einmal auszuprobieren, wirkte Reggie skeptisch. »Das ist gar nicht so einfach auf einem Ozeanriesen, oder?«

»Nein, nein, ich will sagen, du könntest etwas für Ikey tun, so daß er dir keinen Wunsch abschlagen kann. Komm, wir gehen ihn jetzt suchen und unterbreiten ihm den Vorschlag. Wahrscheinlich ist er in seiner Kabine.«

»Ja, aber was …?«

»Das erkläre ich dir unterwegs.«

»Wir sprechen doch hoffentlich nicht von Mord?«

»Na komm schon.«

»Ja, aber …«

Mabel fuhr ihre Kralle aus.

»Soll ich dich noch einmal in den Arm kneifen?«

»Nein.«

»Dann spute dich.«

Mr. Llewellyn hielt sich nicht in seiner Kabine auf, welche beim Eintreffen der beiden nur von Albert Peasemarch besetzt war. Dieser zeigte sich entzückt, sie zu sehen, und ließ sogleich durchblicken, daß es ihm ein Vergnügen wäre, von seinen jüngsten Triumphen zu berichten. Doch Mabels Umgang mit Leuten, die sie mit ihren Triumphen belemmern wollten, war nicht weniger resolut als derjenige Lottie Blossoms. Kaum hatte der Steward von Zweite-Klasse-Konzerten und Bandoleros zu schwadronieren begonnen, sah er sich auch schon aufs Abstellgleis geschoben. Ein kurzes »Ja, ja« und ein paar höfliche Worte des Gehalts, er solle ihr doch unbedingt später einmal alles haarklein erzählen, denn sie könne es kaum erwarten, und schon hatte ihn Mabel abkommandiert, ihren Schwager ausfindig zu machen. Kurz darauf erschien der fahrig wirkende Mr. Llewellyn. Nervös veranlagte Verschwörer wirken immer etwas fahrig, wenn man ihnen mitteilt, eine Mitverschwörerin wolle unverzüglich etwas äußerst Dringendes mit ihnen besprechen.

Als er Reggie sah, mischten sich in seine Erregung andere Gefühle. Er hielt im Türrahmen inne und starrte ihn herausfordernd an.

Mabel ignorierte sein Starren.

»Komm schon rein, Ikey«, sagte sie auf ihre wunderbar flotte Art. »Steh doch nicht da wie die Statue DIE FILMINDUSTRIE ERLEUCHTET DIE WELT. Schau mal kurz im Korridor nach, ob dieser Steward nicht lauscht, und dann komm rein und schließ die Tür.«

Mr. Llewellyn tat wie geheißen, wenn auch mit größtem Widerwillen. Seine Haltung war unvermindert die eines Mannes, der im Begriff stand, eine befriedigende Erklärung für Reggies Anwesenheit zu verlangen.

»Jetzt hör mal zu, Ikey. Ich habe Reggie gerade von Grayce' Kollier erzählt, das du durch den Zoll schmuggeln wirst.«

Zwischen den Lippen des Filmmoguls brach sich ein gespenstisches Heulen Bahn, das Reggie zusammenzucken und mißbilligend die Stirn runzeln ließ.

»Singen Sie nicht, Llewellyn. Nicht jetzt. Später vielleicht, wenn's unbedingt sein muß.«

»Du – du hast es ihm erzählt?«

Reggie reckte die Schultern.

»Jawohl, Llewellyn, sie hat es mir erzählt. Ich weiß alles, mein teurer

Llewellyn. Ich bin von A bis Z im Bild – das Kollier, Ihre Gewissensbisse in bezug auf dessen Durchschmuggeln, mit einem Wort: alles. Und gegen bestimmte Zugeständnisse von Ihrer Seite habe ich mich bereit erklärt, Ihnen den Auftrag in toto abzunehmen.«

»Was!?«

»Ich habe gesagt, gegen bestimmte Zugeständnisse von Ihrer Seite sei ich bereit, Ihnen den Auftrag in toto abzunehmen. *Ich* werde das Kollier schmuggeln. Also Kopf hoch, Llewellyn. Klatschen Sie in die Hände, machen Sie Freudensprünge und zeigen Sie uns Ihr strahlendes Lächeln, von dem alle Welt so schwärmt.«

Nichts in dem Blick, den Mr. Llewellyn ihm nun zuwarf, gab Reggie noch Anlaß zur Kritik, denn dieser Blick war vollkommen frei von dem glubschäugigen Abscheu, an dem der junge Mann in der Frühphase dieser Konferenz so starken Anstoß genommen hatte. Im Gegenteil, es handelte sich um jene Sorte von Blick, die einst wohl auch der frierende Bettler dem heiligen Martin zugeworfen hatte.

»Das ist doch wohl nicht Ihr Ernst?«

»Und ob es mein Ernst ist, Llewellyn. Gegen bestimmte …«

»Worüber wir heute morgen gesprochen haben, Ikey«, erläuterte Mabel. »Reggie möchte per Vertrag zum Begutachter deiner britischen Szenen bestallt werden.«

»Für drei Jahre.«

»Fünf Jahre. Zu einem Gehalt von …«

»Siebenhundertfünfzig …«

»Tausend.«

»Aber natürlich. Wie recht du doch hast. Ist eine viel hübschere Summe.«

»Runder.«

»Genau. Und auch viel einprägsamer. Dann notieren Sie also als wöchentliches Gehalt tausend Dollar, Llewellyn.«

»Und keine deiner Optionen.«

»Was«, wollte Reggie wissen, »sind Optionen?«

»Das tut nichts zur Sache«, antwortete Mabel. »Jedenfalls werden in deinem Vertrag keine solchen stehen. Ich kenne Ikeys Optionen.«

Ungeachtet all der Dankbarkeit und Erleichterung, die Mr. Llewellyn erfüllte, konnte er sich eines leisen Widerworts gegen diese schimpfliche Vorbedingung doch nicht enthalten. Das wenige an Seele, das ein Filmmogul besitzt, wird stets gegen die ketzerische Idee eines optionslosen Vertrages rebellieren.

»Keine Optionen?« fragte er wehmütig, denn er liebte die kleinen Dinger.

»Keine einzige«, erwiderte Mabel.

Einen Moment lang zögerte Ivor Llewellyn, doch dabei stieg vor seinem inneren Auge ein Bild auf. Es handelte sich um das Bild eines Mannes mit spitzer Mütze und einem Kaugummi im Mund, und dieser Mann stand auf dem New Yorker Dock und kontrollierte sein Gepäck. In besagtem Gepäck aber gab es rein gar nichts, was selbst den diensteifrigsten Zollinspektor zu einem vorwurfsvollen Stirnrunzeln provoziert hätte. Er zögerte nicht länger.

»Also schön«, sagte er resigniert.

»Dann gebe ich dir am besten gleich einen Füllfederhalter und ein Blatt Papier«, sagte Mabel. »Wir wollen das lieber schriftlich festhalten.«

Nachdem der Handel abgeschlossen, die Tür hinter den beiden zugegangen und Mr. Llewellyn allein zurückgeblieben war, um in seinen rosaroten Pyjama zu schlüpfen und sich auf den ersten ruhigen Schlaf seit Beginn der Schiffsreise zu freuen, erschien Mabel eine neuerliche Besichtigung des Bootsdecks angeraten.

Dagegen mußte Reggie Widerspruch anmelden, obwohl er es in seiner Liebe zum Bootsdeck mit jedem hätte aufnehmen können. Sein Gewissen erlaubte es ihm nicht, das vorgeschlagene Programm abzusegnen. An diesem Abend hatte er aufgehört, der sorglose, selbstische junge

Mann zu sein, der nur an sein eigenes Vergnügen denkt. Geläutert im Feuer einer leidenschaftlichen Liebe, hatte sich Reggie Tennyson in einen Altruisten verwandelt.

»Du hüpfst schon mal hoch«, sagte er, »und ich stoße in Kürze zu dir. Ich muß noch was Kleines erledigen.«

»Erledigen?«

»Etwas Diplomatisches. Zwei junge Herzen wollen zusammengeführt werden. Der gute alte Monty Bodkin hat hauptsächlich durch meine Schuld – hinter der allerdings keine böse Absicht stand – Knatsch mit meiner Cousine Gertrude ...«

»Ist das die mit dem Schmetterlingstick?«

»Haargenau. Hauptsächlich durch meine Schuld – und obwohl meine Absichten wie gesagt untadelig waren – hat sie es sich in den Kopf gesetzt, Monty sei ein Schmetterling. Bevor ich übers Bootsdeck flaniere, muß ich deshalb diese Ansicht korrigieren. Ich kann doch den guten alten Monty nicht in der Tinte sitzen lassen, oder?«

»Nicht einmal bis morgen?«

»Nicht einmal bis morgen«, entgegnete Reggie bestimmt. »Ohne diese gute Tat könnte ich nicht frohen Herzens auf dem Bootsdeck in die Vollen gehen. Dank unseres Happy-Ends funkelt nämlich inzwischen so viel Sonne in meinem Herzen, daß ich die ganze Menschheit damit wärmen will.«

»Aber mach nicht zu lange.«

»In fünf Minuten bin ich wieder bei dir. Es sei denn, ich kann Gertrude nicht auf Anhieb lokalisieren. Aber wahrscheinlich finde ich sie im Foyer. Mir ist aufgefallen, daß sich die holde Weiblichkeit um diese Stunde gern dort versammelt.«

Seine Intuition hatte ihn nicht getäuscht. Gertrude saß in einer Ecke des Foyers, und zwar zusammen mit Miss Passenger, der Spielführerin des englischen Frauenhockey-Nationalteams, und ihrer Stellvertreterin, Miss Purdue.

Sie betrachtete ihn abschätzig, als er sich ihr näherte, hatte sie doch, wie wir gesehen haben, von Reggie keine hohe Meinung mehr. Auf den Punkt gebracht: Sie hielt Reggie für einen elenden Krawallbruder.

»Na?« fragte sie hochnäsig.

Wem vor kurzem eine Lottie Blossom dasselbe Wort zwischen gefletschten Zähnen zugezischt hat, der wird vor dem »Na?« einer mickrigen Cousine kaum erzittern.

»Steig schon aus deinem Rahmen, Mona Lisa«, sagte Reggie forsch. »Ich möchte ein paar Takte mit dir reden.«

Indem er ihre Hand packte, riß er sie aus dem Sessel und zog sie beiseite.

»Also, Gertrudchen«, sagte er streng, »was soll der Quatsch mit dir und Monty?«

Gertrude erstarrte.

»Darüber möchte ich nicht reden.«

Unwirsch schnalzte Reggie mit der Zunge.

»Worüber du reden willst und worüber du reden wirst, das sind zwei Paar Stiefel. Und abgesehen davon mußt du gar nicht reden – du brauchst nur die Ohren zu spitzen und aufzuschnappen, was ich jetzt sagen werde. Gertrude, du bist nicht ganz dicht. Mein armes Dummerchen, du sitzt auf dem falschen Dampfer. Wenn je ein Mädchen einen Burschen falsch eingeschätzt hat, dann du den guten alten Monty.«

»Ich …«

»Schweig jetzt«, wehrte Reggie ab. »Hör zu.« Er sprach mit Nachdruck. Nicht eine Sekunde ließ er dabei aus den Augen, daß die Zeit drängte. Inzwischen stand Mabel Spence bestimmt schon oben auf dem Bootsdeck und lehnte im Sternenlicht an der Reling. Nie hatte jemandem der Boden heftiger unter den Füßen gebrannt als Reginald Tennyson in diesem Moment. »Das ist das einzige, was du tun mußt – zuhören. Es folgt die Wahrheit über Monty. Schreib sie dir hinter die Ohren.«

Niemand hätte eine klarere Darlegung des Sachverhalts abliefern können, als er es tat. Obwohl er, wie bereits erwähnt, in Eile war und ihm, noch während er sprach, die einsam auf dem Bootsdeck wartende Mabel Spence ständig vor das innere Auge trat, erzählte er seine Geschichte keineswegs schludrig. Gewissenhaft ließ er nichts aus und führte Gertrude Schritt für Schritt durch die Szenenfolge.

»Da hast du's also«, kam er zum Schluß. »Du wirst Monty in seiner Kabine antreffen. Sollte er seine Hüllen noch nicht fallen gelassen haben, gehst du hinein und wirfst dich ihm an den Hals. Hat er sich aber schon zur Ruhe begeben, schreist du ihm durchs Schlüsselloch ein munteres ›Servus!‹ zu und sagst ihm, es sei alles in Ordnung, er solle dich doch gleich morgen früh zur großen Versöhnungsszene auf dem Bootsdeck treffen. Und jetzt ...«

Gertrude Butterwick stieß ein tiefes, hartes, bitteres, höhnisches Lachen aus.

»Ach?« sagte sie.

»Was heißt denn hier ›Ach‹?« wollte Reggie mit verständlichem Groll wissen. Diese Unterhaltung, für die er eigentlich nur fünf Minuten eingeplant hatte, dauerte nun schon fast zehn, und Mabel Spence mußte die Sterne noch immer mutterseelenallein betrachten. In einem solchen Moment hört man sich von Cousinen nur sehr ungern ein »Ach« an.

Gertrude lachte abermals.

»Das ist eine erstklassige Geschichte«, sagte sie. »Besonders angetan hat es mir die Stelle, wo Miss Blossom die Maus klaut. Für so schlau hätte ich dich und Monty gar nicht gehalten.«

Reggie sperrte den Mund auf. Daß sie ihm nicht glauben würde, hatte er nicht erwartet.

»Du willst hoffentlich nicht andeuten, daß ich lüge, oder?«

»Das tust du doch fast gewohnheitsmäßig, nicht?«

»Ehrenwort, die Geschichte stimmt bis auf die dritte Stelle hinter dem Komma.«

»Ach?«

»Du glaubst mir also nicht?«

»Wie sollte ich dir irgendwas glauben nach allem, was ich über dich erfahren habe? Gute Nacht. Ich lege mich jetzt schlafen.«

»Momentchen noch …«

»Gute Nacht!«

Gertrude rauschte stolz aus dem Foyer. In der Ecke, in der sie gesessen hatte, schaute Miss Purdue mit hochgezogenen Augenbrauen Miss Passenger an.

»Butterwick ist offenbar 'ne Laus über die Leber gelaufen«, sagte Miss Purdue.

Miss Passenger seufzte.

»Butterwick ist verliebt. Und der Mann hat mit der Ärmsten Schluß gemacht.«

»Tatsächlich?«

»Mit Pauken und Trompeten. Arme Butterwick!«

»Arme Butterwick!« echote Miss Purdue. »Ein Jammer. Nimm dir noch 'nen Glimmstengel und erzähl mir die ganze Geschichte.«

21. Kapitel

Wenn sie nicht gerade durch höhere Gewalt – etwa in Form von Taifunen und Seehosen – aufgehalten oder en passant durch Meuterei auf hoher See und Piraterie gebremst wurde, war die R.M.S. *Atlantic* ein Vier-Tages-Schiff, wie der im Überseeverkehr gebräuchliche Terminus lautet. Mit anderen Worten: Sie legte die Überfahrt in sechs Tagen und ein paar Zerquetschten zurück. Im vorliegenden Fall wurde der Ozeanriese, der in England an einem Mittwoch um 12 Uhr mittags abgelegt hatte, im New Yorker Hafen am folgenden Dienstag kurz nach der Lunchpause erwartet. Und das Publikum sah sich in dieser Erwartung auch keineswegs getäuscht, denn pünktlich auf die Minute kam das Schiff angedampft.

In der Schlußphase der Fahrt hatte alles planmäßig geklappt. Das Erste-Klasse-Konzert (Nr. 6, Solo: »Der Bandolero« – E. A. Pease-march) war gegeben worden. Das letzte Dinner war verzehrt worden. Die Morgenzeitungen waren an Bord gebracht worden und hatten allen Staatsbürgern, die über längere Zeit fern der heimatlichen Gestade geweilt hatten, die tröstliche Gewißheit verschafft, daß die Durchschnittsamerikanerin nicht vom schönen alten Brauch abgelassen hatte, dem Herrn Gemahl einen Hammer aufs Haupt zu schlagen, und daß sogenannte Sugardaddys auch weiterhin in Liebesnestern aufgegriffen wurden. Beamte der Hafenbehörde waren erschienen und hatten Einreisegenehmigungen verteilt, und zwar mit jener recht grimmigen Miene, die für Beamte der New Yorker Hafenbehörde so typisch ist und zur Annahme verleitet, sie hätten widerwillig beschlossen, fünfe gerade sein zu lassen, unter der Bedingung freilich, daß so etwas nie mehr vorkomme. Und nun waren die Reisenden von Bord gegangen und warteten im Zollhaus darauf, daß man ihr Gepäck kontrollierte.

Für die festen Angestellten eines Ozeanriesen ist Freude stets das vorherrschende Gefühl beim Einlaufen des Schiffes in den Zielhafen. Der Kapitän ist glücklich, weil er die quälende Sorge los ist, dieses Mal die falsche Abzweigung erwischt zu haben und unverhofft in Afrika zu landen. Der Zahlmeister ist glücklich, weil er sich für ein Weilchen aus dem Dunstkreis von Typen wie Monty Bodkin entfernen kann. Der Arzt beglückwünscht sich dazu, eine weitere wüste Orgie des Ringewerfens und Backgammonspielens hinter sich gebracht zu haben, ohne ernsthafte Verpflichtungen eingegangen zu sein. Die Mannschaft freut sich auf ein paar Tage Ruhe und Erholung, und die Stewards frohlocken aus demselben Grund – derweil jene unter ihnen, die sich als Bigamisten betätigen, den Schmerz des Abschieds von Weib und Kind in Southampton längst verwunden haben und es kaum erwarten können, Weib und Kind in New York wiederzusehen.

Bei den Passagieren dagegen fallen die Gefühle gemischter aus, je nach persönlicher Befindlichkeit. In der Menschenmenge, die sich an diesem Tag im Zollhaus drängte, befanden sich manche, denen leicht, und andere, denen schwer ums Herz war.

Ambrose Tennyson etwa gehörte zu den Schwergewichtlern. Die legendäre Skyline von New York hatte ihm kein Vergnügen bereitet, und auch dem Zollhaus konnte er wenig abgewinnen. Im Gegensatz dazu fühlte sich Reggie Tennyson, mochte ihn auch Montys zerbrochenes Liebesglück insgeheim betrüben, in einsamer Hochform. Er hatte Mabel Spence während der Einfahrt in den Hafen fast ununterbrochen geküßt und ihr gesagt, daß er ihre Hochhäuser ganz wunderbar finde.

Ebenfalls zur flotten Truppe gehörte Ivor Llewellyn. Seit jenem denkwürdigen Vormittag, an dem er der Non-Plus-Ultra-Zizzbaum nicht weniger als drei Stars und einen tschechoslowakischen Regisseur abgejagt hatte, war ihm nie mehr so wohl ums Herz gewesen. Da er sich wegen des Kolliers keine Sorgen mehr zu machen brauchte, konnte er seine geballte Geisteskraft auf Schwager George und den Rippenstoß richten, mit dem er dessen Schulterklopfen zu quittieren gedachte.

Besagten Rippenstoß applizierte er denn auch in der ihm vorschwebenden Manier, worauf George wie ein Zollstock zusammenklappte und fast sein Gebiß verschluckte. Inzwischen verbreitete sich der Mogul vor Zeitungsreportern über »Ideale und die Zukunft der Filmkunst«.

Fällt unser Blick auf Monty Bodkin, so erkennen wir abermals Trübsinn. Die New Yorker Skyline hatte Monty so kaltgelassen wie Ambrose. In seiner stockfinsteren Gemütslage war sie ihm höchstens als stinknormale Skyline erschienen, und der Anblick der Freiheitsstatue hatte bei ihm bloß Erinnerungen an eine grauenhafte Revuetänzerin namens Bella Sowieso aus dem Hippodrome geweckt, mit der er sich einst bei einem nachmittäglichen Theaterempfang hatte herumschlagen müssen. Mürrisch hielt er die Mickymaus umklammert, die Albert Peasemarch über Nacht in braunes Packpapier eingeschlagen und ordentlich verschnürt hatte, und öffnete seine Koffer für die Inspektion. Dabei wirkte sich der Umstand, daß er mit Gertrude Butterwick praktisch Wange an Wange stand, da ihre Namen beide mit B anfingen, keineswegs besänftigend auf sein Nervenkostüm aus.

Einen flüchtigen Moment lang sah er ihr in die Augen. Diese durchbohrten ihn, kalt und stolz. Zu seiner großen Erleichterung schoben sich schließlich einige Mitreisende namens Burgess, Bostock und Billington-Todd samt Koffern dazwischen und verstellten ihm den Blick auf Gertrude.

Doch auch diese war nicht heiter gestimmt. Die große Nähe zu dem von ihr einst so geliebten Mann hatte der Depression, die quälend auf ihr lastete, seit sie an diesem Morgen aus dem Bett gestiegen war, noch den vorletzten Schliff verpaßt. Um den letzten jedoch war seit zehn Minuten Albert Peasemarch besorgt, der um sie herumscharwenzelte wie ein weiß berockter Grashüpfer.

Albert Peasemarch nämlich war ein Mann, der seine Pflichten ungeheuer ernst nahm. Er gehörte nicht zu den Stewards, die am letzten Morgen ihr Trinkgeld einsacken und auf Nimmerwiedersehen verschwinden. Beim Anlegen des Schiffes pflegte er seine Kunden aufzuspüren und ihnen behilflich zu sein. Auch Gertrude half er, wie wir gesehen haben, schon seit zehn Minuten, und ihr sonst so sanftes Gemüt glich inzwischen dem einer bösartigen Elefantenkuh. Es gibt Momente, da ist man in Stimmung für lockeres Geplauder mit Stewards, und andere, da ist man es nicht. Gertrude hätte sich wirklich gern einmal umgedreht, ohne Albert Peasemarch zu erblicken.

Und genau dieses Wunder geschah völlig unvermittelt. Albert verschwand. Gerade noch hatte er mitten in einer Anekdote über den Hund eines Freundes in Southampton gesteckt, und schon im nächsten Moment war er weg. Die von Gertrude herbeigesehnte Einsamkeit war Wirklichkeit geworden.

Allerdings nicht lange. Der Seufzer der Erleichterung hatte noch kaum ihre Lippen verlassen, da stand er schon wieder da.

»Bitte verzeihen Sie, Miss, daß ich so plötzlich davongerannt bin«, entschuldigte er sich wie ein wahrer Gentleman, als er wieder zum Vorschein kam, als wäre er ein Kaninchen im Hut eines Zauberers. »Man hat mir ein Handzeichen gegeben.«

»Lassen Sie sich von mir nicht in Ihrer Arbeit aufhalten«, bat ihn Gertrude.

Albert Peasemarch setzte ein ritterliches Lächeln auf.

»So viel Arbeit habe ich nie, als daß ich einer Dame nicht behilflich wäre, Miss«, sagte er galant. »Ich sah vorhin aus dem Augenwinkel, wie Mr. Bodkin mir ein Handzeichen gab. Darum rannte ich davon. Ich habe eine Botschaft von Mr. Bodkin, Miss. Mr. Bodkin entbietet seine Grüße und wünscht zu wissen, ob er Ihre Zeit kurz in Anspruch nehmen dürfe.«

Gertrude erbebte. Sie lief rot an, und ihr Blick wurde hart, als hätte man ihr in einem entscheidenden Spiel ein Tor aberkannt.

»Nein!«

»Nein, Miss?«

»Nein!«

»Sie wünschen Mr. Bodkin nicht zu sprechen?«

»Nein!«

»Sehr wohl, Miss. Dann husche ich jetzt zurück und übermittle die Nachricht.«

»Schafskopf!«

»Sir?«

»Nicht Sie«, sagte Reggie Tennyson, denn kein anderer hatte gesprochen. Er war aus der T-Sektion herübergekommen und hatte die beiden von hinten überrascht. »Ich habe mein Wort an Miss Butterwick gerichtet.«

»Sehr wohl, Sir«, antwortete Albert Peasemarch und entschwand.

Reggie betrachtete Gertrude mit vetternhafter Strenge.

»Schafskopf!« wiederholte er. »Warum redest du nicht mit Monty?«

»Weil ich nicht will.«

»Kamel! Mondkalb! Dumme Ziege!« sagte Reggie.

Zweifelsohne gibt es auf der Welt Mädchen, die sich von ihren Cousins solche Behandlung klaglos gefallen lassen, doch Gertrude Butterwick gehörte nicht zu ihnen. Ihr bereits erhitztes Gesicht färbte sich noch röter.

»Untersteh dich, so mit mir zu reden!« rief sie laut.

»So und nicht anders«, erwiderte Reggie mit unverminderter Strenge, obwohl er vorsichtshalber hinter einem großen Überseekoffer Schutz suchte, »werde ich mit dir reden. Ich bin in der Hoffnung gekommen, du könntest nach reiflicher Überlegung Vernunft angenommen haben, höre dich aber als erstes einem Steward sagen, du wünschest mit dem guten alten Monty nicht zu reden. Du machst mich krank, Gertrudchen.«

»Hau ab!«

»Ich werde nicht abhauen. Willst du mir etwa erzählen, daß du, nachdem du zwei Tage Zeit hattest, dir deine Gedanken zu machen, die Fakten gründlich zu prüfen und das eine gegen das andere abzuwägen, immer noch nicht glaubst, daß ich dir an jenem Abend die Wahrheit gesagt habe? Herrgott, so schau doch nur, wie perfekt alles zusammenpaßt! Es ist wie mit der Unausweichlichkeit in den griechischen Tragödien, die wir in der Schule immer pauken mußten. Was ich damit sagen will: Eins führt zum anderen. Lottie Blossom stiehlt Montys Maus … Damit ich ihre Kabine in Ruhe durchsuchen kann, lockt er sie zu einem Rendezvous auf das Promenadendeck der zweiten Klasse …«

»Ich weiß, ich weiß.«

»Na also.«

»Ich glaub' dir kein Wort.«

Reggie Tennyson schnaubte laut.

»Gertrudchen«, sagte er, »dein Geschlecht schützt dich. Nur deshalb lasse ich dir das Veilchen nicht angedeihen, nach dem jedes deiner Worte heischt. Aber ich sage dir, was ich jetzt tun werde. Ich werde Ambrose holen. Vielleicht schenkst du ihm ja Gehör.«

»Nein, tu ich nicht.«

»Du glaubst, daß du's nicht tust«, stellte Reggie richtig, »aber du tust es todsicher. Warte hier und rühr dich nicht vom Fleck.«

»Ich werde nicht hier warten.«

»Und ob du hier warten wirst«, versetzte Reggie. »Dein Gepäck ist nämlich noch nicht kontrolliert worden. Da staunste, was, Gertrudchen?«

Nach seinem Abgang blieb Gertrude noch ein Weilchen stehen, wankte sanft und starrte mit stumpfem Blick auf den Hinterkopf eines gewissen Billington-Todd, den der Zollinspektor wegen einer Kiste Zigarren piesackte. Die unschöne Szene von vorhin schien Gertrude in frühere Zeiten versetzt zu haben. Sie kam sich vor wie ein kleines Mädchen und schäumte vor Wut, wie sie es damals im Kinderzimmer jeweils getan hatte, wenn Reggie im verwandtschaftlichen Disput die Oberhand behielt. Wie Blitzstrahlen über den stürmischen Himmel, so schossen ihr all die bitteren, scharfsinnigen Repliken durch den Kopf, die sie angebracht hätte, wenn sie ihr nur rechtzeitig eingefallen wären.

Als käme sie aus einer Trance, gewahrte sie nun neben sich ihre Freundin Miss Passenger. Auf Miss Passengers Miene lag ein ernster, freundlicher, besorgter Ausdruck, in ihrer sehnigen Hand aber ein in braunes Papier geschlagenes Paket.

»Na, Butterwick?«

»Ach, grüß dich, Jane.«

In Gertrudes Stimme schwang nichts Herzliches mit. Sie mochte Miss Passenger als Frau und respektierte sie als Spielführerin und spritzigen rechten Flügel, aber im Moment hätte sie lieber auf ihre Gesellschaft verzichtet. Sie fürchtete …

»Dein junger Mann, Butterwick …«

Genau dies hatte Gertrude gefürchtet: Daß Miss Passenger ihr das rostige Messer im Gedärm herumdrehen würde, indem sie auf Monty zu sprechen kam. Seitdem sie so unvorsichtig gewesen war, die Spielführerin des englischen Frauenhockey-Nationalteams in ihre auf Grund gelaufene Liebesaffäre einzuweihen, hatte diese immer wieder unerfreuliche Anstalten gemacht, das Gespräch, kaum waren die beiden allein, auf besagtes Thema zu lenken.

»Ach, Jane!«

»Ich habe mich gerade mit ihm unterhalten. Eigentlich wollte ich nur nachschauen, ob du gut vorankommst, und da rief er mich zu sich. Angeblich willst du nicht mit ihm reden.«

»Nein, will ich nicht.«

Miss Passenger seufzte. So rauh ihre Schale, so weich war doch ihr Kern, weswegen dieser Bruch eines jungen Liebesglücks sie sowohl als Mensch wie als Hockey-Spielführerin betrübte. Als Mensch war sie Gertrude schon seit Jahren treu ergeben – um genau zu sein seit den rauschenden Kakaofeten im Schlafsaal des guten alten Internats –, weshalb es ihr weh tat, sie so bedrückt zu sehen. Und als Hockey-Spielführerin fürchtete sie, der Liebeskummer könnte sich nachteilig auf ihr Spiel auswirken.

Es wäre nicht das erste Mal gewesen, daß Miss Passenger solches erlebte. Sie hatte das Spiel in der Regionalliga nicht vergessen, in dem ihre Torhüterin, die kurz zuvor mit dem Mann ihrer Wahl Schluß gemacht hatte, drei Minuten vor Ende der Partie und beim Stand von eins zu eins während einer Druckphase im Torraum plötzlich in Tränen ausbrach, die Hände vors Gesicht schlug und ein schlappes Schüßchen an sich vorbei ins Netz rollen ließ.

»Du machst da einen Fehler, Butterwick.«

»Ach, Jane!«

»Doch, wirklich.«

»Ich möchte nicht darüber reden.«

Miss Passenger seufzte abermals.

»Wie du meinst«, sagte sie bedauernd. »Eigentlich wollte ich nur sagen, daß ich dir im Auftrag deines Bodkin dieses Paket überreichen soll. Ich nehme an, es enthält deine Mickymaus.«

Nicht einmal die Mitteilung, das in braunes Papier eingeschlagene Paket enthalte eine lebendige Maus, hätte Gertrude wohl mit tieferem Abscheu zurückweichen lassen.

»Ich will sie aber nicht!«

»Und doch hast du sie jetzt offenbar.«

»Die Mickymaus gehört nicht mir, sondern Mr. Bodkin. Bring sie ihm zurück.«

»Er ist schon weg.«

»Dann renn ihm nach.«

»Kommt nicht in die Tüte!« erwiderte Miss Passenger. Sie mochte ja liebenswürdig sein, aber alles hatte seine Grenzen. »Ich werde doch nicht jungen Männern durch den Zoll nachjagen! Für solche Scherze ist das Leben einfach zu kurz.«

»Du glaubst ja wohl nicht, daß ich diese Maus behalten werde, oder?«

»Ich wüßte nicht, was du sonst tun solltest.«

Gertrude biß sich auf die Lippen.

»Möchtest du sie, Jane?«

»Nein«, sagte Miss Passenger energisch. »Nein, Butterwick, das möchte ich nicht.«

Durch die Menge drängte sich Albert Peasemarch und verströmte Hilfsbereitschaft.

»Peasemarch!« rief Gertrude.

»Miss?«

»Möchten Sie eine Maus?«

»Nein, Miss.«

»Wissen Sie wenigstens, in welchem Hotel Mr. Bodkin absteigt?«

»Im Piazza, Miss. Ich habe es ihm empfohlen. Ein hübsches, modern eingerichtetes Hotel, das über sämtlichen Komfort verfügt und in unmittelbarer Nähe aller Theater und Amüsierlokale liegt.«

»Haben Sie vielen Dank.«

»Haben *Sie* vielen Dank, Miss. Kann ich sonst noch etwas für Sie tun?«

»Nein, vielen Dank.«

»Sehr wohl, Miss«, sagte Albert Peasemarch und ging davon, um andere mit seiner Hilfsbereitschaft zu erfreuen.

»Jane«, sagte Gertrude, »ich komme nicht mit dem Rest des Teams ins Hotel. Ich gehe ins Piazza.«

»Was!? Warum?«

Gertrudes Zähne schlugen mit einem unschönen Klacken zusammen.

»Weil«, sagte sie, »Mr. Bodkin dort ist und ich ihm diese Mickymaus zurückgeben werde, selbst wenn ich sie ihm in den Rachen stopfen muß.«

Zum drittenmal seit Beginn ihrer Unterhaltung konnte sich Miss Passenger einen Seufzer nicht verkneifen.

»Stell dich nicht so blöd an, Butterwick.«

»Ich stelle mich nicht blöd an.«

»O doch, altes Haus, und ob du das tust. Ich weiß, wie dir zumute ist. Du bist sauer und hast allen Grund dazu. Aber warum läßt du die Vergangenheit nicht ruhen? Wir Frauen bereuen es am Schluß immer, wenn wir nicht Gnade vor Recht ergehen lassen. Ich habe dir nie davon erzählt, aber ich war einmal mit einem ganz lieben Kerl verlobt, dem phänomenalsten Mittelfeldspieler, den man sich denken kann, und ich machte Schluß mit ihm, weil er es eines Nachmittags, als wir auf dem Land in einem gemischten Team spielten, immer wieder auf eigene Faust versuchte, anstatt mir einen Paß auf den Flügel zu geben. ›Egoistisches Ekel‹ nannte ich ihn danach und gab ihm den Ring zurück. Schon am nächsten Tag bereute ich es natürlich, doch idiotischerweise war ich zu stolz, ihm das zu sagen, weshalb wir uns trennten, und zwei Monate später führte er ein Mädchen heim, das für Girton als linke Außenverteidigerin spielte. Deshalb flehe ich dich an, Alte: Nimm Vernunft an. Sag das Match nicht ab. Verzeih Bodkin!«

»Nein!«

»Du mußt!«

»Niemals!«

»Butterwick, du bist einer meiner ältesten Kumpel, aber ich sag's dir ganz offen: Du führst dich auf wie eine dumme Gans.«

»Ich führe mich nicht auf wie eine dumme Gans!«

»Das magst du dir ja einbilden«, ertönte Reggie Tennysons Stimme dicht neben ihr. »In Wahrheit führst du dich auf wie die dümmste junge Gans, die je geschnattert hat. Gertrude«, sagte Reggie, »Ambrose möchte mit dir reden.«

22. Kapitel

Während diese Gespräche in der B-Sektion des Zollhauses noch in vollem Gange waren, stand Lottie Blossom bereits auf der Straße, auf welche die Reisenden vom White Star Pier aus treten, und wartete auf Ambrose.

Da die Seele des New Yorker Zollinspektors jenes widerliche, argwöhnische Ding ist, das sie eben ist, empfindet eine aus Europa in ihre Heimat zurückkehrende Filmdiva die Kontrolle ihres Gepäcks als recht zähe Prozedur. An diesem Tag aber war Lottie im Nu durch. Der zur Überprüfung ihrer Habseligkeiten abkommandierte Beamte überprüfte als erstes den kleinen Weidenkorb, den sie bei sich trug, und schien anschließend seiner Arbeit nicht mehr mit der gleichen Tatkraft und Gründlichkeit nachgehen zu können. Immerhin reichte sein Pflichtgefühl noch dazu aus, von ihr das Aufschließen der Koffer zu verlangen, doch während er diese durchsuchte, verriet seine ganze Haltung, daß er die Lektion gelernt hatte und vorsichtig geworden war. Das Wort »larifari« umschreibt sein Gebaren ziemlich treffend.

Dies hätte Lottie eigentlich glücklich stimmen sollen, zumal sie feststellen durfte, daß sie bei einer Gruppe herumlungernder Dockarbeiter und Müßiggänger auf offene Bewunderung stieß; sie hielt sich nämlich nur ungern in Zollhäusern auf, schätzte dafür aber die Bewunderung noch der Geringsten. Dennoch stand ihr Barometer auf Sturm. Tiefe Falten zerfurchten ihr die Stirn, und von Zeit zu Zeit versetzte sie dem Gehsteig einen wütenden Tritt. Langsam war sie des Wartens auf Ambrose müde.

Und tatsächlich wollte sie ihn schon aufgeben und ein Taxi rufen, das sie ins Hotel Piazza bringen sollte, wo sie während ihrer Aufenthalte in New York abzusteigen pflegte, als Mabel Spence auf die Straße trat.

»Ach, da bist du ja, Lottie«, sagte Mabel. »Ich muß dir von Ambrose Tennyson etwas ausrichten. Er sagt, du sollst nicht auf ihn warten.«

»Ach, so stellt er sich das also vor?« erwiderte Lottie. »Was glaubt der Dussel eigentlich, was ich seit zehn Minuten hier tue? Wo bleibt er denn?«

»Er und Reggie liegen im Clinch mit der kleinen Butterwick ...«

»Und wer gewinnt?«

»Bildlich gesprochen«, korrigierte Mabel. »Ich konnte nur ganz kurz mit Reggie sprechen, bevor er sich wieder in den Ring stürzte, aber die beiden wollen Miss Butterwick offensichtlich dazu bringen, Mr. Bodkin zu vergeben.«

»Was hat Mr. Bodkin denn getan?«

»Das solltest du am besten wissen. Du warst doch der Stein des Anstoßes.«

Verwunderung ließ Lottie Blossoms schöne Augen aufleuchten. Sie starrte ins Leere wie eine verdutzte junge Frau, die ihre Hände in Unschuld wäscht.

»Ich?«

»Das hat mir Reggie jedenfalls erzählt.«

»Aber ich habe das Bürschchen doch nicht mal angerührt.«

»Deine Weste ist also blütenweiß, wie?«

»Blütenweiß ist gar kein Ausdruck. Vielleicht bin ich mal in seine Kabine spaziert, um die Zeit totzuschlagen, aber sonst, ogottogottchen …«

»Schon gut«, sagte Mabel. »Mich brauchst du nicht zu überzeugen. Ich bin nur eine unbeteiligte Beobachterin. Jedenfalls sieht die Chose so aus, und Reggie ist außer sich deswegen. Er mag Mr. Bodkin. Tja, es ist auf alle Fälle zwecklos, daß du hier draußen den Asphalt trittst. Die Sache kann sich noch eine Ewigkeit hinziehen. Wo steigst du denn ab?«

»Im Piazza.«

»Dann kann ich dich nicht mitnehmen. Ich gehe zur Advokatur. Muß einen Rechtsanwalt konsultieren.«

»Einen *was*?«

»Einen Rechtsanwalt. Einen Mann, der sich aufs Recht versteht. Kurzum: Ich bedarf des juristischen Beistands.«

»Wozu denn? Hat Reggie schon einen Rückzieher gemacht? Willst du ihn auf Bruch des Eheversprechens verklagen?«

Mabels Augen funkelten einen Moment lang etwas weniger entschlossen und wurden ganz sanft und verträumt.

»Reggie ist ein treuherziges rosig-weißes Lämmlein …«

»Igitt!« sagte Lottie angewidert.

»… und er ist genauso verrückt nach mir wie ich nach ihm. Nein, zu den Rechtsanwälten gehe ich wegen seines Vertrags. Natürlich habe ich diesen Brief, aber …«

»Vertrag? Wovon redest du überhaupt?«

»Hat dir Reggie denn nichts erzählt? Ikey hat ihn für fünf Jahre verpflichtet, seine britischen Szenen zu begutachten, und bis jetzt haben wir nichts in der Hand außer den paar Zeilen, welche auf einen Fetzen Papier zu kritzeln ich ihn gezwungen habe. Da ich meinen Ikey aber kenne, möchte ich einen hieb- und stichfesten Vertrag aufsetzen lassen – mit so vielen Siegeln, wie nur Platz haben. Ikey wäre es durchaus zuzutrauen, daß er diesen Brief mit unsichtbarer Tinte geschrieben hat. He, Taxi«, sagte Mabel.

Es geschah nicht oft, daß Lottie Blossom jenen, mit denen sie sich gerade unterhielt, die Absonderung einer so langen Rede gestattete, wie sie sie gerade erduldet hatte, doch der verblüffende Gehalt, der in Mabels Worten steckte, hatte eine Unterbrechung unmöglich gemacht. Lottie konnte nur ungläubig den Mund aufsperren. Erst als Mabel ins Taxi gestiegen war und die Tür zugeworfen hatte, brachte sie endlich etwas heraus.

»Moment!« rief sie und fand mit der Sprache auch ihre alte Agilität wieder. Sie machte einen Satz nach vorn und faßte den oberen Fensterrand. »Was hast du gesagt? Ikey hat Reggie einen Vertrag gegeben?«

»Ja. Als Begutachter seiner britischen Szenen.«

»Aber …«

»Ich muß wirklich los«, sagte Mabel. »Durchaus möglich, daß ich den ganzen Nachmittag bei diesen Leuten festsitze. Du kennst doch die Anwälte.«

Sanft, aber bestimmt löste sie Lotties Finger von der Scheibe und wies den Fahrer an, aufs Gaspedal zu treten, was er denn auch prompt tat. Das Taxi brauste davon, und Lottie blieb nichts anderes übrig, als allein über die kuriose Episode nachzugrübeln.

Ihr Geist geriet in Aufruhr. Wenn dies stimmte, mußte Ivor Llewellyn Seltsames zugestoßen sein. Es war offensichtlich, daß kein zurechnungsfähiger Mensch einen Reggie anstellte. Mit Ausnahme des Weihnachtsmanns wäre solches niemandem auch nur im Traum eingefallen. Die einzige Erklärung, die sich anbot, lautete folglich, daß sich Mr. Llewellyn schlagartig in einen Weihnachtsmann verwandelt hatte. Er mußte einen jener komischen Anfälle umfassendster Herzensgüte erlitten haben, die man sonst nur aus Dickens-Romanen kennt. Aber warum nur? Heiligabend stand doch nicht vor der Tür, und somit konnte er auch keine Weihnachtssänger gehört haben.

Doch halt! Jawohl, jetzt fiel es ihr wieder ein. Als sie noch Revuegirl in Musicals gewesen war, hatte sie in der Garderobe einmal eine skurrile Geschichte über einen prominenten Theaterdirektor gehört, der sich bei einem Autounfall eine eiförmige Beule am Kopf geholt hatte und seither wie ausgewechselt war, ja sage und schreibe bewußt darauf verzichtete, einem Autor die Filmtantiemen abzuschwindeln. Genau dies aber mußte mit Ivor Llewellyn passiert sein, irgend etwas in der Art. Vielleicht hatte er sich ja beim Tasten nach einem heruntergefallenen Kragenknopf den Schädel an der Kommode angestoßen.

Sie bebte vor freudiger Erregung. Wenn Ivor Llewellyn sich derart schlimm gestoßen hatte, daß er einen Reggie mit Fünfjahresverträgen eindeckte, dann war er bestimmt in der geistigen Verfassung, für Ambrose dasselbe zu tun. Die Chancen standen gut und wollten, so fand sie, beim Schopf gepackt werden. Unverzüglich mußte sie den Geschäftssitz der Superba-Llewellyn an der Seventh Avenue aufsuchen (wohin dieser Mensch jeweils wie eine Brieftaube abschwirrte, kaum hatte er festen Boden unter den Füßen), um das Eisen zu schmieden, solange es heiß war – oder anders ausgedrückt: um ihn zu übertölpeln, bevor er wieder klar im Kopf war.

Ihre Reise zur Seventh Avenue sollte sich jedoch als überflüssig entpuppen, denn in diesem Moment trat der von ihr so dringend Herbeigesehnte in Begleitung eines kofferbefrachteten Gepäckträgers auf die Straße hinaus und passierte Lottie mit einem schwungvollen Winken jener Hand, die seinen Schwager George vorher hatte einknicken lassen. Dieser winkenden Handbewegung fügte Mr. Llewellyn, der offensichtlich mit seiner Güte nicht geizen wollte, noch ein freundliches Lächeln und ein »Grüß dich, Lottie« bei – und zwar ein dermaßen freundliches Lächeln und ein derart heiteres und herzliches »Grüß dich, Lottie«, daß sie spornstreichs zu einem ihrer Tigersprünge ansetzte und ihn am

Revers packte. Sie war sich sicher: Ivor Llewellyn, vormals ein Zehn-Minuten-Ei, hatte sich zum barmherzigen Samariter gemausert.

»He, Ikey!« rief sie und strahlte ihn mit dem Selbstvertrauen einer süßen kleinen Tochter an, die den ihr vollends ergebenen Vater um Schokolade anbetteln will. »Sag mal, Ikey, was höre ich da?«

»Hä?«

»Von Mabel. Mabel hat mir eben von deiner Vereinbarung mit Reggie Tennyson erzählt.«

Die Heiterkeit wich aus Mr. Llewellyns Zügen, als wäre sie mit einem Fensterwischer weggefegt worden. Auf einen Schlag wirkte er ange-spannt, besorgt, verschreckt – wie eine Fliege beim Betrachten eines Fliegenfängers.

»Was hat sie dir denn erzählt?«

»Daß du ihm einen Fünfjahresvertrag gegeben hast.«

Mr. Llewellyns Anspannung löste sich.

»Ach so? Ja, das stimmt.«

»Tja, und was ist mit Ambrose?«

»Wie meinst du das?«

»Du weißt genau, wie ich das meine. Wenn du den Tennyson-Clan schon mit Fünfjahresverträgen eindeckst, warum sollte Ambrose dann leer ausgehen?«

Mr. Llewellyns Miene verdüsterte sich. Lotties Worte hatten einen wun-den Punkt berührt. Andere mochten es ja als läßliche Sünde betrachten, daß einer nicht ›Der Knab' stund da, das Deck in Flammen‹ verfaßt hatte, doch Ivor Llewellyn konnte es Ambrose Tennyson unmöglich ver-zeihen, daß er dies unterlassen hatte. Zumindest konnte er ihm nicht verzeihen, daß er nicht der richtige Tennyson war. Über den Themen-komplex »Richtigkeit und Unrichtigkeit der Tennysons« würde der Generaldirektor der Superba-Llewellyn erst in ferner Zukunft wieder mit Gleichmut nachdenken können.

»Pah!« rief er laut und bewegt.

»Was?«

»Ich kann den Kerl nicht brauchen.«

»Ikey!«

»Ich würde ihn nicht mal ins Studio lassen«, sagte Mr. Llewellyn sehr bewegt, »wenn du mir dafür was zahlst.«

Er löste ihre Finger – Lottie kam sich vor, als würden ihr an diesem Nachmittag von aller Welt die Finger gelöst – und stürzte sich mit einer Hurtigkeit, die jeden überrascht hätte, der nicht wußte, wie hurtig selbst der korpulenteste Filmmogul sein kann, wenn es Menschen auszuweichen gilt, die von ihm einen Gefallen erbitten, ins Taxi, das ihn wegbeförderte.

Und genau in diesem Moment trat Monty Bodkin auf die Straße.

Zugegeben, rund um den Eingang zum White Star Pier zeigt sich New York nicht unbedingt von seiner besten Seite, und es ist im Grunde erstaunlich, daß bisher noch kein Komitee patriotisch gesinnter Bürger eins dieser vor allem in der Provinz so beliebten Schilder aufgestellt hat, die den Besucher auffordern, vom Bahnhof bitte keine Rückschlüsse auf den Ort selbst zu ziehen. Trotzdem verfügt dieses eher heruntergekommene Viertel über eine Eigenschaft, die anderen, prunkvolleren Bezirken der Stadt abgeht.

Streng genommen befindet sich ja schon das Zollhaus auf amerikanischem Boden und müßte bei jedem, der zum erstenmal in die Vereinigten Staaten reist, die vielfältigsten Emotionen wachrufen. In Wirklichkeit aber sagt sich der Betreffende erst nach Durchschreiten der Tür am Fuße jener Rodelbahn, durch die man das leichte Gepäck runtersausen läßt: »Geschafft!« Dann – aber wirklich erst dann – fühlt er sich richtig in Amerika und glaubt, ein neues Leben anfangen zu können.

Als Monty in der Tür stand, packte ihn besagtes Gefühl mit besonderer Heftigkeit. Noch mehr als der gewöhnliche Einwanderer schlug er ein neues Kapitel auf und sah plötzlich die Zukunft wie ein unbeschriebenes Blatt vor sich. Mit der Rückgabe der Mickymaus an Gertrude

Butterwick schien er unter eine bestimmte Lebensphase sein »Finis« gesetzt zu haben. Dies war ein symbolischer Akt gewesen. Zwar hatte er nicht gerade »Auf Nimmerwiedersehen« gesagt, aber darauf lief es wohl hinaus.

Er befand sich in einer neuen Welt und hatte keinerlei Pläne. Er konnte irgendwas tun. Er konnte Trost suchen auf einer dieser Kreuzfahrten rund um den Globus. Er konnte den Rocky Mountains einen Besuch abstatten und auf Bärenjagd gehen. Er konnte sich auf eine ferne Südseeinsel zurückziehen und Kopra anpflanzen oder fangen – je nachdem, ob es sich dabei (denn dies herauszufinden war ihm bisher nicht gelungen) um ein Gemüse oder eine Art Fisch handelte. Oder er konnte in ein Kloster eintreten. Noch war nichts entschieden.

Vorderhand aber schnupperte er an New York und fand, daß es komisch roch.

Und während er noch so dastand und schnupperte, fegte plötzlich ein Wirbelwind um ihn, und kurz darauf sah er sich Lottie Blossoms strahlendem Blick ausgesetzt.

»He!« sagte sie und schien von einer mächtigen Gefühlswallung bewegt zu werden. Sie heftete sich an sein Revers. »He, hören Sie mal!«

Montys Anblick hatte Lottie tief beeindruckt. Im ganzen Trubel der jüngsten Ereignisse hatte sie nie aus den Augen verloren, daß es – selbst wenn Ivor Llewellyn die Milch der frommen Denkungsart in seinem Busen auch noch so abrupt versiegen ließ – weiterhin einen Mann gab, der sie wieder zum Fließen bringen konnte. Und just dieser Mann stand nun vor ihr. Sowohl Reggie wie Ambrose hatten ihr glaubhaft versichert, daß Ivor Llewellyn die künstlerischen Dienste dieses Bodkin-Knilchs in Anspruch nehmen wollte und jede Bedingung einzugehen bereit war, solange er ihn damit zur Vertragsunterzeichnung bewegen konnte. Deshalb ließ sie sich von ihren letzten nicht gerade erfolgreichen Klammerbemühungen an Mr. Llewellyns Revers auch nicht entmutigen, sondern klammerte sich unverzagt an dasjenige Montys.

»He, hören Sie mal!« rief sie laut. »Sie müssen es tun! Sie müssen einfach, klar?«

Es hatte eine Zeit gegeben – erst wenige Tage war das her –, da hätte Monty, kaum wäre ihm bewußt geworden, daß Lottie Blossom an seinem Revers hing, sie sogleich wegzuschieben versucht. Nun aber machte er keinerlei Anstalten dazu. Er blieb träge und teilnahmslos. Es spielte ja, dachte er mit unendlicher Schwermut, keine Rolle mehr, ob ihn von Kopf bis Fuß eine Lottie-Blossom-Girlande schmückte.

»Was denn?« fragte er.

»Sie müssen Ikey Llewellyn dazu bringen, Ambrose die Stelle zurückzugeben. Wenn Sie auch nur den leisesten Funken Anstand in sich haben, können Sie mir das nicht abschlagen. Bedenken Sie doch, was Ammie in dieser Minute für Sie tut.«

»Hä?«

»Ich habe gesagt: ›Bedenken …‹«

»Ich weiß. Und ich habe ›Hä?‹ gesagt und damit gemeint: ›Was tut er denn?‹«

»Er haut Sie bei Ihrer Buttersplosh raus.«

Monty erstarrte.

»Ihr Name ist Butter*wick*.«

»Dann eben Butterwick. In dieser Minute steht Ambrose dort drüben im Zollhaus und schuftet sich krumm, damit zwischen Ihnen und dieser Butterwick-Trine wieder alles ins Lot kommt.«

Monty erstarrte abermals.

»Ich wäre Ihnen sehr verbunden, wenn Sie Miss Butterwick nicht als Biene bezeichnen würden.«

»Trine.«

»Trine oder Biene, das ist doch Jacke wie Hose. Und leider wird Ambrose, dessen Ritterlichkeit ich selbstverständlich zu schätzen weiß, unweigerlich auf die Nase fallen mit seiner Ins-Lot-Bringerei. Alles ist perdu. Sie …« Seine Stimme bebte. »Sie redet nicht mehr mit mir.«

»Ach, das wird schon wieder. Ambrose renkt die Chose ein.«

Monty schüttelte den Kopf.

»Nein, hier gibt es nichts mehr einzurenken. Der Laufpaß wurde klipp und klar gegeben. Aber wie gesagt: Daß der alte Ambrose sein Glück versucht, ist hochanständig.«

»Ammie ist in solchen Dingen einfach wunderbar.«

»Ja.«

»Was für ein Kumpel!«

»Der redlichste Kerl, den ich kenne«, pflichtete Monty versonnen bei.

»Es gibt nichts, was er für einen Freund nicht tun würde.«

»Nein, wahrscheinlich nicht.«

»Na also«, sagte Miss Blossom schmeichlerisch und klammerte sich fester ans Revers, »wollen Sie ihm denn nicht diesen kleinen Gefallen tun? Wollen Sie nicht zu Ikey gehen und ihm sagen, bevor Sie die Feder aufs Papier setzen, müsse Ambrose ebenfalls einen Vertrag kriegen? Oh, ich weiß schon, wie Sie darüber denken. Ihnen wird übel beim Gedanken, als Filmschauspieler zu arbeiten. Aber überlegen Sie mal: Wahrscheinlich werden Sie ohnehin so grauenhaft sein, daß man Sie spätestens nach einer Woche abfinden und in hohem Bogen rauswerfen wird. Ich meine damit, daß Sie der Schauspielerei ja nicht treu bleiben müßten …«

»Das«, sagte Monty, »ist gar nicht das Problem. Llewellyn hat gesagt, ich könne Produktionsexperte werden.«

»Na toll!«

»Die Sache ist nur, daß ich mir ernsthaft überlegt habe, in ein Kloster einzutreten.«

»Davon würde ich die Finger lassen.«

»Vielleicht haben Sie recht.«

»Und noch was«, sagte Miss Blossom mit Nachdruck. »Ich glaube nicht, daß Sie auf dem neuesten Stand sind. Es ist nämlich so: Wenn Ammie keine Stelle kriegt, können er und ich nicht heiraten.«

»Was? Und warum nicht?«

»Tja, offenbar sprudeln seine Bucheinkünfte nicht übermäßig, weshalb ich dann wohl die Ernährerin spielen müßte, und er sträubt sich gegen die Vorstellung, als einer dieser Hollywood-Gatteriche zu enden, die vom Gehalt ihres Frauchens leben und sich Kost und Logis verdienen, indem sie den Hund bürsten und kleinere Arbeiten rund ums Haus verrichten. Und das kann ich ihm auch gar nicht verdenken. Trotzdem macht es jedwedem Eheglück den Garaus. Deshalb muß er seine Stelle kriegen. Er muß einfach. Sie werden doch zu Ikey gehen, nicht?«

Monty starrte sie entgeistert an. Nicht im Traum hätte er gedacht, daß das Glück zweier Menschen tatsächlich davon abhängen könnte, ob er Mr. Llewellyns Wünschen entsprach – daß man ihm mit anderen Worten auf Gedeih und Verderb ausgeliefert war.

»Das meinen Sie doch wohl nicht im Ernst?«

»Was soll ich nicht im Ernst meinen?«

»Mit meinem ›Das meinen Sie doch wohl nicht im Ernst?‹ meinte ich nicht, daß Sie das nicht im Ernst meinen könnten. Ich meinte vielmehr ... na ja, was ich eigentlich meinte, ist einfach, daß mich diese Nachricht wie ein linker Haken getroffen hat. Ich hatte ja keine Ahnung, daß es so aussieht.«

»Tut es aber. Ambrose ist ein Ausbund an Stolz.«

»Wie grauenhaft für Sie! Selbstverständlich werde ich zu Ikey gehen.«

»Tatsächlich?«

»Aber ja. Ich habe im Moment nichts vor – ich meine damit: keine Pläne oder so. Ehrlich gesagt habe ich vorhin gerade darüber nachgedacht, wie frei und ungebunden ich im Grunde bin. Bis vorgestern war ich eine Art Angestellter bei einer Detektei ... Argus ... ich weiß nicht, ob Sie schon mal von ihr gehört haben ... die Telegrammadresse lautet Pilgus, Piccy, London ... aber das lag bloß am Ineinandergreifen verschiedener Rädchen. Um Gertrude heiraten zu können, mußte ich eine Arbeitsstelle bekleiden. Aber als mir Gertrude auf dem Promenadendeck der zweiten

Klasse den Laufpaß gab, erschien es mir sinnlos, damit fortzufahren, weshalb ich diesem Detektivheini ein Telegramm schickte und demissionierte. Wodurch ich nun vollkommen frei bin. Und da habe ich mir also gedacht, daß ich ja in ein Kloster eintreten könnte – auch Südseeinseln oder die Rocky Mountains befanden sich unter den denkbaren Destinationen. Aber eigentlich kann ich mich genausogut in Hollywood als Produktionsexperte verdingen.«

»Am liebsten würde ich Ihnen einen Kuß geben!«

»Wenn's Ihnen Spaß macht. Es ist ja nun alles egal. Ich schnappe mir jetzt ein Taxi und suche diesen Llewellyn auf, einverstanden? Wo finde ich ihn denn?«

»Er wird in seinem Büro hocken.«

»Sobald ich in meinem Hotel die Stechuhr gedrückt habe ...«

»Wo steigen Sie denn ab?«

»Im Piazza. Albert Peasemarch schwärmt davon.«

»So ein Zufall! Auch ich bin im Piazza. Dann machen wir's doch so: Ich setze Sie bei Ikey ab und fahre dann weiter, um ein Zimmer für Sie zu reservieren ... Oder zieht Ihr Millionäre Suiten vor?«

»Eine Suite wäre mir recht.«

»Also schön, eine Suite. Und dort warte ich dann auf Sie.«

»Alles klar.«

Lottie ließ Montys Revers los, trat einen Schritt zurück und sah ihn voller Bewunderung an.

»Bruder Bodkin, Sie sind ein Engel!«

»Aber woher denn!«

»Doch, doch. Sie haben mir das Leben gerettet. Und Ambrose auch. Und ich bin sicher, daß Sie das nicht bereuen werden. Bestimmt gefällt Ihnen Hollywood. Na ja, nehmen wir mal an, Ihre Trine ...«

»Nicht Trine.«

»Nehmen wir mal an, Ihre Buttersplosh ...«

»...wick.«

»Nehmen wir mal an, Ihre Butterwick hat Sie wirklich in die Wüste geschickt – na und? Denken Sie nur an die Hunderten von Mädchen, die Sie in Hollywood kennenlernen werden!«

Monty schüttelte den Kopf.

»Die werden mich kaltlassen. Ich werde Gertrude ewig treu bleiben.«

»Tja, das muß ich Ihnen überlassen«, meinte Miss Blossom. »Ich sage bloß, daß Ihnen Hollywood, falls Sie die Vergangenheit wirklich ruhen lassen wollen, alle nötigen Ingredienzen zur Verfügung stellt. He, Taxi! Zum Piazza.«

In der Zwischenzeit war Ivor Llewellyn – Zigarre im Mund, Zufriedenheit im Herzen und den Hut keck auf dem Kopf – in den prunkvollen Räumlichkeiten des Unternehmens angelangt, als dessen hochverehrter Generaldirektor er amtierte. Die Unterhaltung mit Lottie Blossom hatte ihn zwar aus der Fassung gebracht, doch dauerte es nicht lange, bis seine Moral wiederhergestellt war. Die Straßen von New York haben etwas ungemein Erfrischendes, und nur ein hoffnungslos verzagter Mann wird sich an einem schönen Sommernachmittag nicht von einer Fahrt im offenen Taxi erquicken und aufmuntern lassen. Lottie und ihre Aufdringlichkeiten verblaßten in Mr. Llewellyns Gedächtnis, und so hatte er schon mehrere Blocks vor seinem Reiseziel damit begonnen, Ohrwürmer aus alten Musikfilmen der Superba-Llewellyn nachzusummen. Als er ausstieg und sein Fahrgeld entrichtete, summte er noch immer, und mit einer Titelmelodie auf den Lippen betrat er schließlich sein altvertrautes Büro. Sein Herz hatte Ivor Llewellyn zwar an Südkalifornien verschenkt, doch das Büro in New York war ihm ebenfalls lieb und teuer.

Der Staatsempfang zweiter Klasse, den Filmstudios ihren heimkehrenden Generaldirektoren zu bereiten pflegen, nahm zwar einige Zeit in Anspruch, doch irgendwann hatten sich auch die letzten Jasager zurückgezogen, so daß er wieder allein mit seinen Gedanken war.

Angenehmere Gesellschaft hätte er sich gar nicht wünschen können. Gleich würde sich, so sinnierte er, Reggie Tennyson zum Rapport melden, so daß die ganze leidige Affäre rund um Grayce' elendes Kollier ad acta gelegt werden konnte. Und als ein paar Minuten später das Telefon auf seinem Schreibtisch klingelte, vernahm er mit einem wohligen Stöhnen, daß draußen ein Herr warte, der ihn zu sprechen wünsche.

»Schicken Sie ihn sofort zu mir«, sagte er, lehnte sich in seinem Bürosessel zurück und formte den Mund zu einem Willkommenslächeln.

Schon im nächsten Augenblick war jenes Lächeln verschwunden. Nicht etwa Reggie Tennyson stand vor ihm, sondern der Spitzel Bodkin. Mr. Llewellyn kippte den Stuhl nach vorn, richtete die Zigarre kampflustig auf und betrachtete Bodkin.

Zwischen der Art, wie ein Zollspitzel von einem Filmmogul betrachtet wird, der sich auf einem Ozeanriesen aufhält und das Fünfzigtausend-Dollar-Kollier seiner Frau in der eigenen Kabine weiß, und der Art, wie selbiger betrachtet wird, wenn der Filmmogul an Land in seinem Büro sitzt und das Kollier ebenfalls an Land weiß, liegt ein feiner und doch recht markanter Unterschied. In Mr. Llewellyns Fall war er sogar eher markant denn fein. Er warf Monty einen derart grimmigen und feindseligen Blick zu, daß nicht einmal dieser ihn übersehen konnte. Auch wenn Monty von seinem gebrochenen Herzen ganz in Anspruch genommen wurde, mußte er erkennen, daß der Generaldirektor der Superba-Llewellyn einen Sinneswandel durchgemacht hatte. Hier saß nicht mehr der überschäumende, joviale Mann, der im Rauchsalon der *R.M.S. Atlantic* auf ihn eingeredet und ihm solch artige Komplimente für die Beherrschung der schwierigen Kunst des Zigarettenanzündens und Whiskykippens gemacht hatte. Die vor ihm sitzende Person ließ eher an den bösen Bruder des erwähnten Mannes denken.

Er fühlte sich recht mutlos.

»Äh … Tag«, setzte er zaghaft an.

Mr. Llewellyn sagte »Ja?«

»Ich … äh … ich habe mir gedacht, ich schaue mal vorbei«, sagte Monty.

Mr. Llewellyn sagte abermals »Ja?«

»Und … äh … da wäre ich also«, sagte Monty.

»Und was zum Teufel«, erkundigte sich Mr. Llewellyn, »wollen Sie hier?«

Die Frage hätte sich wohl auch freundlicher formulieren lassen – Monty fielen spontan gleich mehrere Varianten ein, mit denen der Sprecher ihr mehr Verbindlichkeit und Feinschliff hätte geben können. Doch hier zählte nur, daß sie gestellt worden war, denn sie ermöglichte es Monty, in medias res zu gehen.

»Ich hab' es mir überlegt«, sagte er. »Ich werde den Vertrag nun doch unterschreiben.« Mr. Llewellyn verschob seine Zigarre von einem Mundwinkel in den anderen, wobei die Reise links begann und rechts endete.

»Tatsächlich? Auch ich hab' es mir überlegt«, erwiderte er. »In *meinem* Büro werden Sie keinen Vertrag unterschreiben.«

»Und wo soll ich ihn sonst unterschreiben?« fragte Monty konziliant.

Mr. Llewellyns Zigarre wanderte zum Ausgangspunkt zurück, und zwar noch um einen Sekundenbruchteil zackiger.

»Hören Sie«, sagte er, »vergessen Sie alle Verträge.«

»Vergessen soll ich sie?«

»Es gibt keine Verträge«, wurde Mr. Llewellyn deutlicher.

Monty war ratlos.

»Aber auf dem Schiff haben Sie doch gesagt …«

»Was ich auf dem Schiff gesagt habe, tut nichts zur Sache.«

»Aber Sie wollten mich doch zum Produktionsexperten machen.«

»Inzwischen will ich das nicht mehr.«

»Sie wollen mich nicht zum Produktionsexperten machen?«

»Ich möchte Sie nicht einmal zum Tellerwäscher in der Kantine machen – jedenfalls nicht in der Kantine der Superba-Llewellyn.«

Monty überlegte. Er rieb sich die Nase. Das viele Nachdenken hatte sein Oberstübchen in dichten Nebel gehüllt, doch nach und nach dämmerte ihm, daß sein Gegenüber wenig Bedarf für seine Dienste hatte.

»Oh?« sagte er.

»Nein«, sagte Mr. Llewellyn.

Monty kratzte sich am Kinn.

»Verstehe.«

»Das freut mich.«

Monty rieb sich die Nase, kratzte sich am Kinn und befingerte sein linkes Ohr.

»Na dann, alles klar«, sagte er.

Mr. Llewellyn sagte nichts, sondern betrachtete Monty so, als wäre dieser ein Käfer im Salat. Dabei schickte er seine Zigarre abermals über die Rennbahn.

»Na dann, alles klar«, sagte Monty. »Und was ist mit Ambrose?«

»Hm?«

»Ambrose Tennyson.«

»Was soll mit dem sein?«

»Werden Sie *ihm* eine Stelle geben?«

»Klar.«

»Das freut mich.«

»Er kann die Spitze des Empire State Building erklimmen und runterspringen«, sagte Mr. Llewellyn. »Den zeitlichen Aufwand würde ich ihm selbstverständlich vergüten.«

»Dann wollen Sie also auch Ambrose nicht?«

»Sie haben's erkannt.«

»Verstehe.«

Monty rieb sich die Nase, kratzte sich am Kinn, befingerte sein linkes Ohr und scheuerte mit der Spitze des einen Schuhs gegen den Absatz des anderen.

»Wenn das so ist … äh … dann tschüs.«

»Sie finden bestimmt allein hinaus«, sagte Mr. Llewellyn. »Die Tür ist gleich hinter Ihnen. Einfach am Griff drehen.«

Die Methode des Rückzugs aus dem Büro des Generaldirektors der Superba-Llewellyn erwies sich als genauso simpel und unkompliziert wie von dessen Besitzer geschildert, so daß Monty – wiewohl er glaubte, starke Männer hätten ihm Sandsäcke um die Ohren gehauen – der Abgang auf Anhieb glückte. Nachdem er entschwunden war, erhob sich Mr. Llewellyn aus seinem Sessel und begann stolz im Büro auf- und abzuschreiten – stilles Behagen in jeder Wölbung seiner drei Kinne. Ihm war, als hätte er gerade eine Klapperschlange unter seinem Absatz zerquetscht, und nichts möbelt den Organismus zuverlässiger auf als das schneidige Zerquetschen von Klapperschlangen.

Er schritt noch immer stolz dahin, als man ihm Mabel Spence ankündigte, und das Leuchten in seinen Augen und die Elastizität seines Gangs verflüchtigten sich selbst dann nicht, als Mabel ihm postwendend einen mit Siegeln vollgekleisterten Vertrag hinpfefferte, der in New Yorks ausgekochtester Anwaltskanzlei von einem der Partner aufgesetzt und von den beiden anderen Partnern geprüft und abgesegnet worden war. Hätte Mr. Llewellyn die Wahl gehabt, wäre es ihm zweifellos lieber gewesen, sich weniger bindend als Reggie Tennysons Lohnherr zu verpflichten, doch hatte er sich längst damit abgefunden, daß er diese Wahl nicht hatte. Reggie war in seinen Augen die bittere Medizin auf dem Zuckerwürfel. Gelassen, wenn auch nicht mit überschäumender Bonhomie setzte er seine Unterschrift unter das Dokument.

»Vielen Dank«, sagte Mabel, als die vier Zeugen, auf deren Mitwirkung sie bestanden hatte, wieder verschwunden waren. »Tja, damit wäre Reggie aus dem Schneider. Magst du auch ein bess'rer Mann sein denn die meisten, Gunga Din, wüßte ich nicht, wie du dich da wieder rauswinden willst.«

»Wer möchte sich denn rauswinden?« fragte Mr. Llewellyn ziemlich unwirsch.

»Na ja, man kann nie wissen. Ich sage bloß, es ist beruhigend, daß du das nicht kannst. Falls du je einen guten Anwalt brauchst, Ikey, bist du dort an der richtigen Adresse. Ungeheuer gründlich und gewissenhaft. Du hättest schön schmunzeln müssen, wenn du gesehen hättest, wie diesen Leuten immer neue Strafklauseln einfielen. Sie konnten gar nicht genug davon kriegen. So wie sie's am Schluß formuliert haben, wird dich Reggie schon auf ein saftiges Schmerzensgeld verklagen können, falls du ihm mal keinen Gutenachtkuß gibst, wenn du ihn warm zudecken gehst. Prima«, sagte Mabel und verstaute das Dokument mit einer Wonne in ihrem Kosmetiktäschchen, die Mr. Llewellyn nicht zu teilen vermochte.

»Na, Ikey, was gibt's Neues? Hast du Reggie schon gesehen?«

»Nein«, antwortete Mr. Llewellyn muffig. »Und das will mir nicht in den Kopf. Er hätte schon vor einer halben Stunde hier sein sollen.«

»Oh, ich weiß. Natürlich. Er hatte noch was zu besprechen mit seiner Cousine, einer gewissen Miss Butterwick.«

»Wozu denn? Er hatte kein Recht …«

»Das spielt doch jetzt keine Rolle mehr. Schließlich hat er das Kollier sicher durchgeschleust.«

»Und woher weißt du das?«

»Ich stand neben ihm, als sein Gepäck kontrolliert wurde, und man ließ ihn ohne Murren durch.«

»Wo hatte er das Ding denn versteckt?«

»Das wollte mir der alte Geheimniskrämer nicht verraten.«

»Mir wäre es lieber …«

Seine Bemerkung wurde durch das Klingeln des Telefons unterbrochen. Er griff zum Hörer.

»Ist das Reggie?« fragte Mabel.

Mr. Llewellyn nickte knapp. Er lauschte gebannt. Und noch während er lauschte, traten seine Augen langsam aus den Höhlen, und sein

Teint nahm jene purpurrote Färbung an, die ihn im Zustand höchster Erregung zu einer solchen Augenweide machte. Kurz darauf begann er wirr vor sich hin zu stammeln.

»Was ist denn los, Ikey?« erkundigte sich Mabel Spence fast beklommen. Sie war ihrem Schwager zwar nicht besonders gewogen, doch wenn er in ihrem Beisein einen Schlaganfall zu erleiden drohte, machte sie sich doch Sorgen.

Mr. Llewellyn legte den Hörer wieder auf und ließ sich in seinen Sessel zurücksinken. Er atmete röchelnd.

»Das war dein Reggie!«

»Ach, das liebe Herzchen!«

»Ach, der blöde Hund!« stellte Mr. Llewellyn umgehend richtig. Er sprach mit schwerer Zunge: »Weißt du, was er angestellt hat?«

»Etwas furchtbar Kluges?«

Mr. Llewellyn erbebte. Seine Zigarre, die ohnehin nur noch an einem seidenen Faden an der Unterlippe geklebt hatte, löste sich nun ganz und fiel ihm in den Schoß.

»Etwas furchtbar Kluges! Jawohl, etwas ganz furchtbar Kluges. Er sagt, er habe lange überlegt, wie man das Kollier am besten durch den Zoll schleusen könne, und am Schluß habe er sich dafür entschieden, es in eine braune Plüsch-Mickymaus zu stecken, die diesem Bodkin-Knilch gehört. Und niemand anderer als Bodkin hat sie jetzt!«

23. Kapitel

Der Zorn, der schon im Zollhaus in Gertrude Butterwicks Busen gelodert hatte, loderte noch immer hell, als diese im Hotel Piazza eintraf, nach einem Zimmer verlangte, sich dorthin begab und ihren Hut abnahm. Von friedfertigem Naturell, reizten sie in der Regel nur korrupte oder parteiische Hockey-Schiedsrichter, die ihr eine Abseitsposition unterstellten, wo von einer solchen keine Rede sein konnte. Doch noch der sanftesten jungen Frau muß man die Flammen nachsehen, die ihr aus den Nasenlöchern schießen, wenn man sie so vor den Kopf gestoßen hat.

Die Kaltschnäuzigkeit, mit der Montague Bodkin ihr nach allem, was passiert war, jene Mickymaus zurückgegeben hatte, um davonzuflitzen, bevor sie noch Gelegenheit hatte, sie ihm verächtlich vor die Füße zu werfen, bereitete ihr einen geradezu körperlichen Schmerz. Sie empfing aus den Händen des Pagen, welchem viel daran zu liegen schien, einen Krug Eiswasser, doch mit dem Kopf war sie nicht beim Eiswasser. An der Rezeption hatte sie die Nummer von Montys Suite in Erfahrung gebracht, und sie sagte sich nun, daß sie, sobald das livrierte Bürschchen die Flatter gemacht hatte, hinuntergehen – die Suite befand sich auf der nächsttieferen Etage – und die Maus so überreichen würde, wie sie überreicht zu werden verdiente. Der eine Blick, den sie Monty zuzuwerfen gedachte, derweil sie ihm die Maus in die Hand drückte, würde mühelos ausreichen, ihm den ihm gebührenden Platz zuzuweisen und selbst einem schwachen Intellekt wie dem seinen den Grad an Wertschätzung zu signalisieren, in dem er bei G. Butterwick vom englischen Frauenhockey-Nationalteam stand.

Kaum hatte sich der Page also entfernt, ergriff sie die Mickymaus und machte sich auf den Weg. Und kurz darauf klopfte sie an die Tür, hinter der sich, wie sie in Erfahrung gebracht hatte, sein Zimmer befand.

Ganz gegen ihren Willen ließ das Geräusch von Schritten im Inneren ihr Herz schneller schlagen. Und sie sagte sich schon, daß sie stark und unbeirrt sein müsse, als die Tür aufging und Lottie Blossom ihr von Angesicht zu Angesicht gegenüberstand.

»Hallöchen!« sagte Lottie in freundlichstem Ton, als wäre Gertrude ein hochwillkommener und sehnlichst erwarteter Gast. »Hereinspaziert!«

Und so unwiderstehlich war ihr Charisma, daß Gertrude tatsächlich hineinspazierte.

»Nehmen Sie doch Platz.«

Gertrude nahm Platz. Noch immer fehlten ihr die Worte, denn obwohl Monty ihr nichts mehr bedeutete, schien sich das schwelende Feuer in ihr inzwischen zum wahren Weltenbrand gemausert zu haben. Der Anblick dieser Frau, die quietschfidel in Montys Suite hockte und sich wie eine Gastgeberin aufführte, überraschte sie nicht. Er erhärtete lediglich die bereits bekannten Indizien. Trotzdem war er peinigend. Sie umklammerte die Mickymaus und litt.

»Bodkin ist nicht da«, sagte Lottie. »Er spricht gerade mit Ikey Llewellyn über einen Vertrag für Ambrose. Mensch, der wird sich schön freuen, wenn er Sie bei seiner Rückkehr hier antrifft! Freude empfinde übrigens auch ich, wenn Sie mir die Bemerkung gestatten. Bruder Bodkin mag ja nicht zu meinen engsten Vertrauten gehören, aber er ist eine ehrliche Haut, und Reggie hat mir erzählt, wie furchtbar es ihm an die Nieren gegangen ist, daß Sie ihn auf diese Weise an die frische Luft gesetzt haben. Um so mehr freut es mich, daß Sie es sich noch einmal überlegt und beschlossen haben, jene harschen Worte zurückzunehmen. Heiliger Strohsack«, sagte Lottie mit Verve, »was bringt es schon, sich mit dem Mann, den man liebt, in die Haare zu geraten? Ich habe das mit Ambrose auch schon getan, werde in Zukunft aber darauf verzichten. Ich bin geheilt. Im Moment mag man ja seinen Spaß daran haben, aber es lohnt sich einfach nicht. Wenn man, wie ich, den Angebeteten um ein Haar verloren hätte, gibt einem das schon zu denken. Beim Barte des Sam Goldwyn, jawoll! Noch vor einer Stunde hat es ganz so ausgesehen, als müßten Ambrose und ich die Gründung eines eigenen Hausstands auf den Sankt-Nimmerleins-Tag verschieben, und ich hätte heulen können wie ein Schloßhund. Immer wieder mußte ich daran denken, wie schlecht ich ihn manchmal behandelt hatte, und genau das werden Sie sich wohl auch in bezug auf Bruder Bodkin gedacht haben.« Sie verstummte. Ein helles Leuchten trat in ihre Augen. »Sagen Sie mal, Sie ziehen wohl nicht in Betracht, sich von dieser Maus zu trennen, oder?«

Endlich fand Gertrude die Sprache wieder.

»Ich bin hier, um sie zurückzugeben.«

»Wem – Bodkin?« Lottie nickte resigniert. »Dann ist wohl nichts zu machen. Der wird sie um keinen Preis rausrücken. Bisher jedenfalls hat er das nicht getan. Er hat Ihnen doch wohl erzählt, wie ich sie geklaut habe, oder?«

Gertrude schreckte auf. Bislang hatte sie den Bemerkungen ihrer Gesprächspartnerin wenig Beachtung geschenkt, doch diese Worte verfehlten ihr Ziel nicht.

»Was!?«

»Jawoll, ich hab' sie geklaut. Wußten Sie das nicht? Ambrose bestand darauf, daß ich sie Bodkin zurückgebe.«

»Was!?«

»Na ja, ›klauen‹ ist wohl leicht übertrieben – eigentlich war's ja so: Steward Peasemarch hielt sie für meine und steckte sie mir zu, und ich gab sie nicht mehr her. Ich sagte Bodkin, falls er nicht zu Ikey gehe und Ambrose zu einem Vertrag verhelfe, würde ich Ihnen vorgaukeln, daß er sie mir geschenkt habe. Sagen Sie jetzt bloß nicht, das sei kein schmutziger Trick gewesen! Inzwischen sehe ich das ja selber ein, aber damals fand ich es eine Bombenidee. Erst als mir Ambrose wie ein Beichtvater ins Gewissen redete, erkannte ich die Verworfenheit meiner Tat.«

Gertrude blieb die Luft weg. Ein merkwürdiges Kribbeln lief ihr den Rücken hinauf und hinunter. Das angehäufte Beweismaterial ließ sie nicht unbeeindruckt. »Was ich dir dreimal sage, das stimmt«, verkündet der Ausrufer in *Die Jagd nach dem Schnark,* und dies war das dritte Mal, daß sie die Geschichte der Maus vernahm. Reggie hatte sie erzählt. Ambrose hatte sie erzählt. Und nun kam auch noch Lotus Blossoms Zeugenaussage hinzu.

»Wollen Sie … wollen Sie damit sagen, daß das alles stimmt?«

Lottie wirkte überrascht.

»Daß was stimmt?«

»Was mir alle Welt erzählt … Reggie … und Ambrose.«

»Über Reggie möchte ich mir kein Urteil anmaßen«, entgegnete Lottie, »doch was immer mein Ammie Ihnen erzählt hat, können Sie für bare Münze nehmen. Aber warum fragen Sie überhaupt?« erkundigte sich Lottie verdutzt. »Wußten Sie denn nicht, daß es stimmt?«

»Ich habe es nicht wahrhaben wollen.«

»Dann müssen Sie ja eine ganz dumme Gans sein, wenn Sie mir die Feststellung gestatten. Als Sie vorhin an der Tür kratzten, nahm ich selbstverständlich an, Ihnen sei ein Licht aufgegangen und Sie seien gekommen, um Bruder Bodkin über die Einstellung der Kampfhandlungen zu informieren. Sie sind doch nicht etwa nur hier, um die nächste Runde einzuläuten?«

»Ich wollte ihm die Maus zurückgeben.«

»Um ihm zu zeigen, daß alles aus ist?«

»Ja«, sagte Gertrude kleinlaut.

Die verdutzte Lottie Blossom rang nach Atem.

»In aller Freundschaft, Buttersplosh, Sie gehen mir auf den Keks. So was Beklopptes aber auch! Dann haben Sie also tatsächlich geglaubt, zwischen Ihrem Bodkin und mir sei irgendwas Anrüchiges vorgefallen?«

»Inzwischen glaube ich das nicht mehr.«

»Zum Kuckuck, ich will auch hoffen, daß Sie so was Blödes nicht mehr glauben, verdammt! Bodkin!? Da lachen ja die Hühner. Ich würde Ihren Bodkin nicht mal anrühren, wenn Sie ihn mir an einem Bratspieß zu Sauce béarnaise servierten. Er könnte mit mir wochenlang in der Gegend rumkurven, ohne ein einziges Mal aussteigen und zu Fuß weitergehen zu müssen. Und warum? Weil es für mich nur einen gibt – meinen Ammie. Mensch, wie ich diesen Goldschatz liebe!«

»Nicht mehr als ich meinen Monty«, sagte Gertrude. Obwohl sie mit den Tränen kämpfte, klang sie sehr energisch. Zwar hüpfte ihr das Herz im Leibe, weil diese Frau nun doch keine Rivalin war, doch an ihrer Bemerkung, wonach sie an Monty nicht einmal Gefallen finden könnte, wenn man ihr diesen an einem Bratspieß zu Sauce béarnaise servierte, hatte sie gar keine Freude.

»Na toll«, sagte Lottie. »An Ihrer Stelle würde ich ihm das sagen.«

»Werde ich auch. Aber … glauben Sie denn, er wird mir je verzeihen?«

»Wegen Ihrer haltlosen Unterstellungen? Aber sicher. Männer sind in dieser Beziehung einfach goldig. Man kann sie wie den letzten Dreck behandeln, doch wenn's auf die Schlußumarmung mit Abblende zugeht, ist auf ihre putzmuntere Präsenz Verlaß. Ich an Ihrer Stelle würde ihm entgegenrennen und ihn abküssen.«

»Wird erledigt.«

»Grätschen Sie kräftig rein und sagen Sie dazu irgendwas wie: ›Ach, mein liebster Monty.‹«

»Wird erledigt.«

»Dann machen Sie sich jetzt auf die Socken!« sagte Lottie Blossom. »Das wird er nämlich sein.«

Es klingelte, noch während sie sprach. Sie ging zur Tür und öffnete. Gertrudes Anspannung löste sich, denn nicht Monty trat ein, sondern Ambrose Tennyson mit seinem Bruder Reggie.

Reggie wirkte überaus zielstrebig – wie ein vielbeschäftigter Mann, der seine Zeit nicht gestohlen hat.

»Wo ist Monty?« fragte er. »Ach, grüß dich, Gertrudchen. Na, auch hier?«

»Klar«, sagte Lottie. »Sie wartet auf Mr. Bodkin. Alles picobello.«

»Dann ist der Groschen also gefallen?«

»So ist es.«

»Höchste Zeit! Was für eine trübe Tasse!« sagte Reggie mit der ganzen Strenge eines Vetters. Er wandte sich von Gertrude ab und kehrte zum Hauptthema zurück. »Wo ist Monty?«

»Drüben bei Ikey. Er schaukelt die Sache mit deinem Vertrag, Ammie.«

»Was!?«

»Ja. Ich habe – im übertragenen Sinn, versteht sich – schwer mit ihm gerungen, und er ist dort, um das Geschäft über die Bühne zu bringen. Inzwischen ist wohl alles geregelt.«

Ambrose Tennyson schwoll an wie ein Fesselballon.

»Lottie!«

Er konnte nicht weiterreden, sondern drückte Miss Blossom an seine Brust. Reggie schnalzte mißbilligend mit der Zunge.

»Schon gut«, sagte er zwar nicht gerade unwirsch, aber doch mit der Ungeduld eines Geschäftsmanns, der nichts übrig hat für zärtlichere Gefühle. »Wann kommt er zurück? Ich muß ihn unbedingt sprechen.«

»Und warum willst ihn sprechen?«

»Ich will ihn – und zwar unverzüglich – sprechen wegen einer gewissen ... Allmächtiger! Da ist sie ja die ganze Zeit und sagt nichts! Gertrude«, versetzte Reggie flott, »schieb mir doch mal die Mickymaus rüber, mit der du da hoppe, hoppe Reiter machst.«

Sein Verhalten während der Überfahrt, vor allem aber sein äußerst ehrenrühriges Gebaren im Zollhaus hatten in Gertrude Butterwick die innige Zuneigung zu Reggie – eine Zuneigung gegenüber nahen Verwandten, die man an jungen Frauen so gern sieht – fast gänzlich erstickt. Diese Worte trugen nichts zu ihrer Reanimation bei.

»Kommt nicht in die Tüte!« rief sie laut.

Reggie stampfte auf.

»Gertrude, ich brauche diese Maus.«

»Du kriegst sie aber nicht.«

»Wozu willst du sie denn?« fragte Ambrose mit jenem Anflug von Schroffheit, den große Brüder im Gespräch mit kleinen oft an den Tag legen.

Reggie gab sich reserviert. Er wirkte wie ein junger Botschafter, von dem man die Preisgabe von Staatsgeheimnissen verlangt.

»Das kann ich euch nicht verraten. Meine Lippen sind versiegelt. Aber ein Rädchen greift ins andere, und ich muß sie einfach haben.«

Gertrudes Lippen versteiften sich. Dasselbe galt für ihren Griff um das Streitobjekt.

»Das ist Montys Maus«, sagte sie, »und ich werde sie ihm zurückgeben. Anschließend wird er sie mir zurückgeben.«

»Worauf ich sie haben kann?« fragte Reggie wie ein Mann, der stets den Kompromiß suchte.

»Nein!«

»Tscha!« sagte Reggie, ein Ausdruck, den er nicht sehr oft brauchte, in dieser Situation aber angebracht fand. Und noch während er ihn ausstieß, klingelte es an der Tür.

Lottie Blossom hatte Gertrude Butterwick geraten, Monty entgegenzurennen und ihn abzuküssen, und genau dies tat sie, kaum war die Tür aufgegangen. Obwohl ihr für eine solch innige Szene ein privater Rahmen lieber gewesen wäre, erlegte sie sich auch vor Publikum keine Zurückhaltung auf. Sie küßte Monty ab und ließ einen bußfertigen Redeschwall über ihn ergehen. Parallel dazu wollte Reggie von Monty wissen, ob er die Maus haben könne, während Ambrose und Lottie ihn fragten, ob seine Verhandlungen mit Mr. Llewellyn von Erfolg gekrönt gewesen seien. All dies verwirrte Monty, der bereits vorher recht verwirrt gewesen war, nur noch mehr.

Lottie bemerkte als erste, daß der Neuankömmling nach Luft rang.

»So laßt ihn doch in Ruhe«, bat sie. »Schön einer nach dem andern, verdammt! Also gut, Buttersplosh«, fuhr sie fort, denn sie war kein Unmensch und respektierte das Vorfahrtsrecht der Liebe. »Sie haben das Wort. Aber machen Sie's kurz.«

»Liebster Monty«, sagte Gertrude und beugte sich sanft über den Sessel, in den er gesunken war, »ich verstehe voll und ganz.«

»Ach ja?« sagte Monty benommen.

»Miss Blossom hat mir alles erklärt.«

»Ach?« sagte Monty.

»Ich liebe dich.«

»Ja?« sagte Monty.

Reggie trat vor.

»Schön«, sagte er forsch. »Sie liebt dich. Das wäre geklärt. Und jetzt, alter Knabe, wollen wir die Mickymaus aufs Tapet bringen …«

»Was ist mit Ambrose' Vertrag?« fragte Lottie.

Ein jäher Schmerz entstellte Montys Züge.

»Hat er ihn unterschrieben?«

»Nein.«

»Was!?«

»Nein, er weigert sich.«

»Er weigert sich?«

Lottie starrte Ambrose an. Ambrose starrte Lottie an. Die Augen der beiden rundeten sich vor Bestürzung.

»Grundgütiger Himmel!« rief Ambrose. »Ich habe gedacht …«

»Ach du heilige Suppenterrine!« rief Lottie. »Sie haben mir doch gesagt …«

»Ich weiß.«

»Sie haben mir versprochen, Sie würden Ikey sagen, daß Sie bei ihm unterschreiben …«

»Ich weiß. Aber er will auch mich nicht.«

»Was!?«

»Es ist mir nicht gestattet«, knüpfte Reggie an seine früheren Bemerkungen an, »zu enthüllen, weshalb ich diese Mickymaus brauche, da meine Lippen versiegelt sind, aber …«

»Er will auch Sie nicht?«

»Nein.«

»Das verstehe ich nicht«, sagte Gertrude. »Wolltest du dich vertraglich verpflichten, nach Hollywood zu gehen?«

»Ja, das wollte ich.«

»Aber liebster Monty, wie hättest du nach Hollywood gehen können? Du arbeitest doch in Mr. Pilbeams Detektei.«

Abermals entstellte jäher Schmerz Montys Züge.

»Das war einmal. Ich habe gekündigt.«

»Gekündigt?«

»Ja. Nachdem du mir den Laufpaß gabst, schickte ich Pilbeam ein Telegramm.«

»Monty!«

Ambrose, Lottie und Reggie mischten sich ein.

»Aber Llewellyn hat mir doch klar und deutlich gesagt …«

»Aber Ikey ist doch wie der Leibhaftige rumgerannt und hat alle Welt angefleht, Sie breitzuschlagen …«

»Diese Mickymaus …«

»Aber Monty«, stieß Gertrude hervor, »willst du damit sagen, du bist schon wieder stellenlos?«

»Ja.«

»Aber wenn du keine Stelle hast, können wir nicht heiraten. Vater wird uns das nicht erlauben.«

Reggie haute auf den Tisch.

»Gertrude!«

»Was willst denn *du*?«

»Ich will«, antwortete Reggie, um Fassung bemüht, »von dir keinen solchen Stuß mehr hören. Du blockierst die Diskussion mit Trivialitäten und lenkst Monty von den wirklich essentiellen Fragen ab. Dein Vater wird euch nicht erlauben zu heiraten? So was Behämmertes habe ich noch nie gehört. Du willst uns doch nicht weismachen, daß es in unserer aufgeklärten Zeit noch junge Frauen gibt, die sich auch nur einen Deut um die Meinung ihres Vaters scheren?«

»Ich kann ohne Vaters Erlaubnis nicht heiraten.«

»Ach!« Reggies Stimme überschlug sich. »Ach, dann machst du Montys Glück also abhängig von den Mucken meines glubschäugigen Onkels John?«

»Nenn Vater nicht deinen glubschäugigen Onkel John!«

»Und ob ich ihn so nenne, schließlich ist er mein glubschäugiger Onkel John. Wessen glubschäugiger Onkel John sollte er sonst sein?« fragte er mit bestechender Logik. »Außer natürlich der von Ambrose.«

»Worum geht's?« fragte Ambrose, den der Klang seines Namens aus den finsteren Träumen gerissen hatte, in die er abgetaucht war.

Reggie wandte sich an ihn, als wäre er froh, sich mit einem vernunftbegabten Wesen unterhalten zu können.

»Ich flehe dich an, alter Knabe. Da steht dieses gräßliche Gertrudchen und behauptet, sie könne Monty nur heiraten, falls Onkel John seinen Segen gibt. Sag selbst, ist das nicht bekloppt?«

»Wenn ich ohne Vaters Segen heirate, bringt ihn das ins Grab.«

»Quatsch!«

»Das ist kein Quatsch. Vater hat ein schwaches Herz.«

»Quatsch mit Soße!«

»Das ist nicht Quatsch mit Soße.«

»Und ob das Quatsch mit Soße ist. Wenn wir keine Damen unter uns hätten, würde ich noch zu weit drastischeren Formulierungen greifen. Ein schwaches Herz, daß ich nicht lache! Der alte Zausel hat sowohl die Visage wie die Konstitution eines Ackergauls.«

»Vater hat nicht die Visage eines Ackergauls.«

»Mit Verlaub …«

»Hört mal«, sagte Lottie Blossom, »ich möchte ja nicht in einen Familienkrach funken und würde auch liebend gern erfahren, wie Ihr Vater tatsächlich aussieht, aber es klingelt an der Tür, und ich stelle den Antrag, daß wir die Debatte vertagen, bis wir herausgefunden haben, wer draußen ist.«

Ambrose stand der Tür am nächsten. Er öffnete sie ganz entrückt, denn er war in seine Träume zurückgesunken.

Mabel Spence trat ein, gefolgt von Ivor Llewellyn.

24. Kapitel

Als Mr. Llewellyn ins Zimmer stolperte, zeugte nichts in seiner Haltung von dem psychischen und physischen Zusammenbruch, den er am Telefon erlitten hatte. Jene kurzfristige Schwäche war inzwischen verflogen. Generaldirektoren großer Filmstudios sind wahre Stehaufmännchen. Sie kommen schnell wieder auf die Beine. Ivor Llewellyn mochte ja dazu gebracht werden, purpurrot anzulaufen, doch sein Kampfgeist ließ sich nicht kleinkriegen. Er war ein Mann, der ebensogut einstecken wie austeilen konnte. Durch jahrelanges hartes Training hatte er die Fähigkeit erlangt, jedweden Schicksalsschlag zu verschmerzen und anschließend über sich hinauszuwachsen und allein durch sein Genie noch die bitterste Schmach in einen Sieg zu verwandeln.

Und genau in dieser Absicht war er gekommen. In einer eilends einberufenen Konferenz mit Mabel hatte er Ränke geschmiedet und Pläne ausgeheckt. Daß hierfür eine völlige Umkehrung seiner Politik des Zerquetschens von Klapperschlangen nötig wäre und er diese Klapperschlangen als allererstes besänftigen und mit ihnen fraternisieren müßte, störte ihn keineswegs. Die 180-Grad-Wende hat noch keinen Filmmogul je gestört.

»Halli hallo, Mr. Bodkin!« feuerte er krachend den ersten Schuß aus seiner Kanone.

So tief steckte Monty in seinem Sumpf der Verzweiflung, daß ihn nur etwas völlig Neues und Überraschendes aus diesem zu reißen vermochte. Mr. Llewellyns unversehene Vergnügtheit brachte dies zustande. Monty machte große Augen.

»Ach, hallo«, erwiderte er.

»Mr. Bodkin, ich schulde Ihnen noch eine Erklärung.« Ivor Llewellyn hielt inne. Seine Aufmerksamkeit schien vorübergehend abgelenkt.

»Mensch, ist die süß!« sagte er und zeigte auf das Stofftier. »Die Maus da – gehört die Ihnen?«

»Nein, Miss Butterwick.«

»Ich glaube nicht, daß ich schon das Vergnügen hatte, Miss Butterwick kennenzulernen.«

»Ach, tut mir leid. Miss Butterwick, meine Verlobte, Mr. Llewellyn.«

»Angenehm.«

»Ganz meinerseits«, antwortete Gertrude.

»Da sind ja auch beide Mr. Tennysons, die ich kenne, und natürlich Lottie. Sieh mal einer an«, dröhnte Mr. Llewellyn herzlich, »lauter alte Bekannte, wie? Haha.«

»Haha«, sagte Monty.

»Haha«, sagte Gertrude.

Lottie, Ambrose und Reggie sagten nicht »Haha«, doch Mr. Llewellyn wirkte ganz zufrieden mit den »Hahas«, die er entgegennehmen durfte. Offensichtlich glaubte er, alles stünde nun auf dem soliden Fundament umfassendster Kameraderie. Er strahlte noch ein bißchen weiter, ließ sein Lächeln dann aber dahinschwinden und einer ernsten, besorgten Miene Platz machen.

»Hören Sie mal, Mr. Bodkin. Ich habe gesagt, ich schulde Ihnen eine Erklärung. Die Sache ist die: Nachdem Sie mein Büro verlassen hatten, schneite meine Schwägerin rein, worauf ich ihr unsere kleine Unterhaltung schilderte, doch was sie mir nun sagte, ließ mich die Sache in völlig neuem Licht betrachten. Als ich ihr zuhörte, fiel mir plötzlich ein, daß Sie gedacht haben könnten, ich hätte es ernst gemeint mit dem Ton, den ich Ihnen gegenüber anschlug. Und da packte mich das schlechte Gewissen. Ich war ganz aufgewühlt, stimmt's, Mabel?«

»Ja«, antwortete Mabel Spence. Obwohl sie im allgemeinen keine Jasagerin war, wußte sie, daß man ums Jasagen manchmal nicht herumkam.

»Wie gesagt, ich war ganz aufgewühlt«, fuhr Mr. Llewellyn fort, »denn ich hätte nicht im Traum gedacht, daß Sie den ganzen Schamott ernst nehmen könnten. Ich glaubte, Sie hätten von Anfang an gemerkt, daß ich Sie auf den Arm nahm. Aber natürlich! Auf die Schippe, wie man so schön sagt. Wenn Sie erst ein Weilchen auf dieser Seite des großen Teichs gelebt haben, werden auch Sie den amerikanischen Hang zum Schabernack verstehen. Mannomann!« sagte Mr. Llewellyn ehrlich überrascht. »Bis Mabel mir die Augen öffnete, wäre mir nie im Leben eingefallen, daß Sie glauben könnten, ich hätte rechtsumkehrt gemacht und wolle Sie nicht mehr bei der S.-L. haben. Nein, Sir, das Hü und Hott ist nicht meine Art. In unserer Branche verdient man keinen müden Dollar, wenn man sich darüber nicht im klaren ist. Habe ich erst einmal eine Entscheidung getroffen, dann bleibt diese Entscheidung auch getroffen.«

Monty spürte, daß ihm ganz eng ums Herz wurde. Er schluckte leer. So beschränkt seine Auffassungsgabe auch war, so ließ ihn etwas in den Worten des anderen doch hoffnungsfroh erzittern.

»Dann wollen Sie ...«

»Ja?«

»Dann wollen Sie mich also doch in Hollywood haben?«

»Na klar«, antwortete Mr. Llewellyn markig.

»Und Ambrose?« fragte Lottie Blossom.

»Na klar«, antwortete Mr. Llewellyn mit unverminderter Markigkeit.

»Du unterzeichnest einen Vertrag?«

»Na klar. Selbstverständlich werde ich das tun. Wann immer die Herren in meinem Büro vorbeischauen. Hier geht das natürlich nicht«, sagte Mr. Llewellyn und kicherte amüsiert über die putzige Idee, Verträge in Hotelzimmern zu unterzeichnen.

Mabel Spence stellte dies sogleich richtig.

»O doch, das geht«, beruhigte sie ihn und öffnete ihr Kosmetiktäschchen. »Ich habe hier Reggies Vertrag. Reggie und ich können ihn abschreiben, während ihr euer Gespräch fortsetzt, und du kannst ihn unterzeichnen, bevor du gehst, womit dann alles geritzt wäre.«

Mr. Llewellyn hörte auf zu kichern. Er hatte nicht vorgehabt, während seines Aufenthalts in diesem Zimmer etwas anderes als unbändigste Heiterkeit zu verbreiten, doch bei diesem Vorschlag hätte ein scharfer Beobachter in seinem Gebaren einen deutlichen Hinweis auf ein Gefühl entdeckt, das dem Schmerz sehr nahekam.

»Stimmt, so ist es«, sagte er.

Er sprach nicht länger in dröhnendem Ton, sondern langsam und heiser, als wäre ihm etwas Kantiges in die Luftröhre geraten. Gleichzeitig warf er seiner Schwägerin einen jener Blicke zu, die Männer angeheirateten Verwandten zuzuwerfen pflegen, deren Taktgefühl in ihren Augen zu wünschen übrigläßt.

Mabel Spence schien diesem Blick keine Beachtung zu schenken.

»Logisch«, sagte sie gutgelaunt. »Man braucht ja auch nur ein, zwei Zeilen zu ändern. Du willst Mr. Bodkin als Produktionsexperten engagieren und Mr. Tennyson als Autor. Paß also gut auf, Reggie, wenn du zu den entsprechenden Stellen kommst.«

»Klar«, sagte Reggie. »Produktionsexperte … Autor. Kapiert.«

»Dann müssen wir nur noch über die Bedingungen sprechen«, sagte Mabel. »Die Strafklauseln und all den Zinnober können wir ja wörtlich übernehmen.«

»Ja«, sagte Reggie.

»Ja«, sagte Ambrose.

»Ja«, sagte Mr. Llewellyn. Noch immer schien ihn das Objekt in der Luftröhre zu plagen.

»Ich würde vorschlagen …«

»Moment mal …«

»Wegen Ambrose brauchen wir uns wohl nicht zu streiten«, betonte Reggie. »Da ist ja schon alles geklärt, nicht? Er kriegt die bereits vereinbarten fünfzehnhundert.«

»Selbstverständlich. Und Mr. Bodkin …?«

»Wie wär's mit tausend? Ist 'ne hübsche runde Summe, darauf haben wir uns doch geeinigt.«

»Moment mal«, sagte Mr. Llewellyn mit bebender Stimme. »Tausend ist viel Geld. Ich zahle selbst Genevieve, der Cousine meiner Frau, nur dreihundertfünfzig, und Genevieve ist ja nun wirklich eine sehr wertvolle Arbeitskraft … Und dann wäre da noch die Wirtschaftskrise … Und auch die Lage im Filmgeschäft ist alles andere als rosig …«

»Ach, sagen wir doch einfach tausend«, meinte Reggie, der keine Lust auf Haarspaltereien hatte. »Du bist doch bereit, tausend zu nehmen, Monty?«

»Ja.« Monty ging es wie Mr. Llewellyn – seine Luftröhre machte ihm zu schaffen. »Ja, tausend würde ich schon nehmen.«

»Gut. Dann wäre ja alles geklärt. Legen wir los.«

Die beiden Skribenten begaben sich zum Sekretär, und ihr Rückzug aus der Arena ließ die Unterhaltung stocken. Daß er dank seiner übereifrigen Schwägerin, einer Frau, die er noch nie gemocht hatte, diese Verträge würde unterzeichnen müssen, bevor er die Maus kriegte, anstatt die Maus zu kriegen und anschließend die Unterzeichnung irgendwelcher Verträge schlicht zu verweigern, hatte Mr. Llewellyn in eine schweigsame, nachdenkliche Stimmung versinken lassen. Und da offenbar auch all die anderen nichts mehr auf Lager hatten, was der unverzüglichen Artikulation bedurfte, trat Stille ein – eine Stille, die nur von dem Kratzen der Federn gestört wurde, welches Mr. Llewellyn zu überhören versuchte.

Reggie und Mabel waren tüchtige Schreiber. Schon sehr bald hatten sie ihre Aufgabe erledigt und konnten das Ergebnis der ersten Vertragspartei vorlegen.

»Da hast du einen Füllfederhalter«, sagte Mabel.

»Und genau da unterschreiben Sie«, sagte Reggie. »Wo ich meinen Daumen hinhalte.«

»Aber bitte nicht den Daumen unterschreiben«, sagte Mabel. »Haha.«

»Haha«, sagte Reggie.

Die beiden behandelten die Sache mit größter Unbeschwertheit, und ihr Frohsinn schien sich wie Vitriol in Ivor Llewellyns Seele zu brennen. Als er unterschrieb, war seine Drangsal so unübersehbar, daß Mabel Spence einen Stich verspürte und beschloß, daß nun Sonnenschein den Regen vergessen machen sollte, der ins Leben ihres Schwagers gefallen war.

»Das ist aber eine niedliche Maus, Miss Butterwick«, sagte sie, worauf Mr. Llewellyn vor lauter Erregung einen Klecks machte. »Die würden Sie wohl nicht zufällig hergeben, oder?«

»Großer Gott, nein!« schrie Monty entsetzt auf.

»O nein, das könnte ich unmöglich«, sagte Gertrude.

Mabel nickte.

»Das habe ich fast befürchtet«, sagte sie. »Ikey, ich hatte eigentlich gehofft, wir könnten Josephine diese Maus mitbringen.«

»Ach ja?« sagte Mr. Llewellyn vorsichtig. Von dieser Josephine hörte er zum erstenmal.

»Ikey«, erläuterte Mabel, »hat nämlich eine gelähmte kleine Nichte, und nichts wünscht sie sich sehnlicher als eine Mickymaus.«

Gertrude wurde unruhig. Monty wurde unruhig. Mr. Llewellyn wurde optimistisch. Mabel mochte er nicht, ihr Vorgehen dagegen schon. Er betrachtete sie plötzlich voller Bewunderung. Das Wort »gelähmt«. Haargenau der Dreh, den die Story brauchte, um beim Publikum einzuschlagen.

»Gelähmt?« fragte Monty.

»Gelä-lä-lähmt?« fragte Gertrude.

»Sie ist letztes Jahr unter ein Auto gekommen.«

»Unter einen Rolls-Royce«, ergänzte Mr. Llewellyn, der gern Nägel mit Köpfen machte.

»Und seither ist sie ans Bett gefesselt. Na schön«, sagte Mabel mit einem Seufzer, »dann muß ich mich eben in den Läden umschauen.

Obwohl die kaum das Richtige haben werden. Es ist ja so schwierig, genau das zu finden, was sich die Kleine wünscht. Sie wissen ja, wie schrullig Kinder sind, die krank darniederliegen ...«

»Sie hat goldenes Haar«, sagte Mr. Llewellyn.

»Monty«, sagte Reggie, der wußte, daß Dienstfertigkeit bei seinem Brotherrn großgeschrieben wurde, »bist du wirklich ein solch elender Schuft, daß du diesem armen, bemitleidenswürdigen Geschöpf die Maus vorenthalten willst?«

»Und blaue Augen«, sagte Mr. Llewellyn.

»Monty!« rief Gertrude in flehendem Ton.

»Klar«, sagte Monty.

»Selbstverständlich soll das arme Wurm die Maus haben«, sagte Gertrude. »Ich würde nicht im Traum daran denken, sie zu behalten.«

»Gut gebrüllt, meine kleine Hockey-Klopperin«, sagte Reggie freundlich, aber vielleicht eine Spur zu gönnerhaft.

»Sind Sie sicher?« fragte Mabel.

»Aber natürlich«, antwortete Gertrude, die Reggie einen ziemlich garstigen Blick zugeworfen hatte. »Da haben Sie sie, Mr. Llewellyn.«

Es fiel ihr sichtlich schwer, sich von dem kostbaren Objekt zu trennen, welches ein wirklich liebenswürdiger Mensch wohl mit einer gewissen Zögerlichkeit und Zurückhaltung in Empfang genommen hätte. Nicht so Mr. Llewellyn: Er stürzte sich darauf wie der Affe auf die Kokosnuß. Und gleich anschließend ging er rückwärts auf die Tür zu, als fürchte er einen Sinneswandel.

Dort angelangt, schien ihm jedoch aufzufallen, daß er es an Höflichkeit und Herzenstakt hatte fehlen lassen.

»Äh, Sie ...«, setzte er an.

Vermutlich drechselte er an einer hochtrabenden Dankesrede. Doch die passenden Worte wollten ihm nicht einfallen. Er blieb kurz stehen und lächelte unsicher. Doch schon im nächsten Moment war er verschwunden. Als die Tür hinter ihm zuging, klingelte das Telefon.

Reggie nahm ab.

»Ja? … Gut. Schicken Sie ihn hoch. Albert Peasemarch ist unten«, sagte er, »und bittet um eine Audienz.«

Monty schlug sich an die Stirn.

»Großer Gott! Ich habe ihm kein Trinkgeld gegeben! Und dabei habe ich die halbe Überfahrt in seiner Kabine verbracht.«

In der Zeit, die zwischen der Ankündigung Albert Peasemarchs und dem leibhaftigen Auftritt Albert Peasemarchs verstrich, entzündete sich in der Hotelsuite ein informeller Disput darüber, ob sich so etwas zieme. Lottie Blossom sprach sich kontra Peasemarch aus. Falls man, so machte sie geltend, ein solches Verhalten klaglos dulde oder gar fördere – falls man es also Stewards von Ozeanriesen gestatte, zerstreute Passagiere bis in New Yorker Hotels zu verfolgen, habe man demnächst bestimmt auch damit zu rechnen, daß einen diese mit Hunden durch ganz Amerika hetzten. Der nachsichtigere Reggie dagegen meinte, schon der mindeste bürgerliche Anstand hätte von Monty verlangt, dem Burschen etwas zuzustecken. Und Monty mühte sich gerade, einen Zehner gegen zwei Fünfer einzutauschen.

Als Albert Peasemarch schließlich eintrat, lag auf seinem Gesicht der altvertraute Ausdruck respektvollen Tadels. Er betrachtete Monty wie einen auf die schiefe Bahn geratenen Sohn.

»Sir«, sagte er.

»Ich weiß, ich weiß.«

»Es war nicht richtig von Ihnen, so etwas zu tun, Sir …«

Monty hatte inzwischen alle Hoffnung fahrenlassen, für seinen Zehner zwei Fünfer zu bekommen. Als er in jene vorwurfsvollen Augen sah und jene vorwurfsvolle Stimme vernahm, erfüllte ihn brennende Scham und Reue, und so stürzte er mit dem Zehner in der Hand auf Albert Peasemarch zu.

»Ich weiß, ich weiß«, sagte er. »Sie haben ja so recht. Es ist mir unerklärlich, wie ich das vergessen konnte. Ich war wohl mit dem Kopf woanders. Da, bitte sehr.«

Beim Anblick der Banknote schien Albert Peasemarchs Strenge vorübergehend zu schmelzen.

»Vielen Dank, Sir.«

»Keine Ursache.«

»Sehr großzügig von Ihnen, Sir.«

»Nicht der Rede wert.«

»Ich bin Ihnen sehr verbunden für diese Aufmerksamkeit und die darin zum Ausdruck kommende Kurtoasie«, sagte Albert Peasemarch. Er faltete die Note zusammen und steckte sie sich in die Socke. »Damit habe ich nicht gerechnet, und es fällt mir schwer, jetzt noch zu sagen, was ich sagen wollte. Dennoch, Sir, fühle ich mich dazu verpflichtet. Wie gesagt, Sir, es war nicht richtig von Ihnen, so etwas zu tun. Entweder ist etwas richtig oder es ist nicht richtig, und wenn es nicht richtig ist, verlangt die Pflicht – namentlich dann, wenn man sich dem Betreffenden so herzlich zugetan fühlt wie ich Ihnen, wenn Sie mir die Bemerkung gestatten, denn ich will nur Ihr Bestes und wünsche, daß Sie Wohlstand und Glück …«

Es gab auf der ganzen Welt nur wenige Personen, die einen auf vollen Touren laufenden Albert Peasemarch zu bremsen vermochten, doch ein glücklicher Zufall wollte es, daß sich eine von ihnen im Raum aufhielt.

»Heda!« sagte Lottie Blossom.

»Miss?«

Lottie blieb streng.

»Sie Hornochse, wie kommen Sie dazu«, fragte sie ungestüm, »in einen gemütlichen Plausch unter Freunden zu platzen und Makulatur zu reden? Was glauben Sie eigentlich, wo Sie hier sind? In einem Varieté, das Sie gemietet haben? Oder an einer akademischen Feier, bei der Sie die Doktorhüte verteilen?«

»Ich kann Ihnen nicht ganz folgen, Miss.«

»Dann werde ich eben deutlicher: Wer hat Sie von der Leine gelassen? Was haben Sie hier zu suchen? Wozu spucken Sie so große Töne? Und wann gedenken Sie uns zu verraten, wovon Sie reden?«

Ihr Verhalten schmerzte Albert Peasemarch.

»Mr. Bodkin weiß, wovon ich rede, Miss.«

»Tatsächlich?« fragte Lottie, an Monty gewandt.

»Nein«, antwortete Monty. »Das habe ich mich eben selbst gefragt.«

»Na, na, Sir«, sagte Albert Peasemarch. »Werfen Sie einen Blick in Ihr Herz, Sir.«

»In mein …?«

»Erforschen Sie Ihr Gewissen. Bekanntlich gibt es Dinge«, sagte Albert Peasemarch und faßte mühelos wieder Tritt, »über die ein Gentleman lieber nicht im Beisein anderer spricht, aber das ist noch lange nicht das gleiche, wie wenn Sie behaupten, Sie wüßten nicht, wovon ich rede. Werfen Sie einen Blick in Ihr Herz, Sir. Lesen Sie, was darin steht. Denken Sie nach, Sir … Überlegen Sie …«

»Steward«, sagte Lottie.

»Miss?«

»Mr. Llewellyn hat Mr. Tennyson einen Fünfjahresvertrag gegeben, damit er in Hollywood für ihn Drehbücher schreibt, und Mr. Tennyson und ich werden in Bälde den Bund fürs Leben schließen.«

»Wie mich das freut, Miss!«

»Das sollte es auch, denn nichts anderes hält mich davon ab, Ihnen ein paar hinter die Löffel zu geben, die Sie bis ans Ende Ihrer Tage nicht mehr vergessen würden. Wenn ich nicht so glücklich wäre, würde man Sie schon in dieser Minute mit Blaulicht ins Krankenhaus chauffieren. Also, Steward, herhören! Wollen Sie uns jetzt – spitzen Sie die Ohren, Steward! – in knappen Worten – beachten Sie auch diese Klausel – erzählen, was Sie sich von Ihrer saudummen Seele zu reden versuchen?«

Albert Peasemarch, der das schöne Geschlecht stets mit ausgesuchter Höflichkeit behandelte, senkte das Haupt.

»Gewiß, Miss, falls Mr. Bodkin nichts einzuwenden hat.«

»Es wäre mir ein Vergnügen«, sagte Monty.

»Nun, Miss, ich beziehe mich auf Mr. Bodkins ruchlosen Versuch, ein wertvolles Perlenkollier durch den New Yorker Zoll zu schleusen, ohne die dafür gesetzlich festgelegten Abgaben zu entrichten.«

»Was!?«

»Jawohl, Miss.«

»Ist das wahr?« fragte Lottie.

»Kein Wort«, antwortete Monty. »Der Mann ist meschugge.«

»Dann können Sie mir vielleicht erklären, Sir«, sagte Albert Pease-march mit stiller Genugtuung, »warum das Kollier in der Mickymaus lag, die ich gestern abend für Sie verpacken mußte?«

»Was!?«

»Genau das habe auch ich mir gesagt, Sir: Was!? Gestern abend«, sagte Albert Peasemarch und wandte sich an alle Versammelten, »klingelte Mr. Bodkin nach seinem Steward und wies ihn an, mich in seine Kabine zu bitten, und als ich eintrat, sagte Mr. Bodkin: ›Peasemarch‹, und ich sagte: ›Sir?‹, und Mr. Bodkin sagte: ›Peasemarch, ich habe hier eine Plüsch-Mickymaus, wo ich Ihnen dankbar wäre, wenn Sie sie in Packpapier wickeln könnten‹, und ich sagte: ›Selbstverständlich, Sir‹, und nahm sie mit, um sie zu verpacken, doch kaum hatte ich damit angefangen, sagte ich mir: ›Hallo!‹, sagte ich mir, ›da ist was drin in der Maus‹, und weitere Nachforschungen ergaben denn auch prompt, daß mein Argwohn berechtigt gewesen war, denn als ich den Kopf des Tiers abschraubte, entdeckte ich darin dieses wertvolle Perlenkollier, das ich bereits erwähnt habe. ›Hoho!‹ sagte ich mir. Ich war verblüfft, Sir«, sagte Albert Peasemarch und betrachtete Monty mit dem Blick einer Gouvernante. »Verblüfft und traurig.«

»Na, hören Sie mal …«

»Doch, Sir«, wiederholte Albert Peasemarch resolut. »Verblüfft und traurig.«

»Na, hören Sie mal, ich weiß nichts …«

Reggie fühlte sich gezwungen einzugreifen.

»Dieser Kasus – so lautet doch deine Formulierung, alter Knabe, oder nicht? – dieser Kasus läßt sich leicht erklären. Das Kollier gehört dem alten Llewellyn. Gegen bestimmte Zugeständnisse von seiner Seite habe ich mich bereit erklärt, es für ihn durchzuschmuggeln. Als ich neulich abends, wir plauderten gerade in deiner Kabine, beobachtet habe, wie du ständig den Kopf der Maus an- und abgeschraubt hast, ist mir die Idee gekommen …«

»Und deshalb«, sagte Mabel, »wollte Ikey vorhin die Maus so dringend an sich bringen.«

Albert Peasemarch zeigte wenig Interesse an diesem Wortwechsel.

»Jawohl, Sir«, fuhr er fort, »da sagte ich mir ›Hoho!‹ und war verblüfft und traurig, denn Schmuggel ist nicht gesetzeskonform, und ich hätte Ihnen so etwas nie zugetraut, Sir. Deshalb sagte ich mir …«

»Ersparen Sie uns, was Sie sich sagten«, warf Lottie ein. »Was haben Sie mit dem Ding angestellt?«

»Es gibt eine verbindliche Weisung, die jeder Angehörige des Stewardcorps strikt zu befolgen hat, Miss. Diese besagt, daß sämtliche gefundenen oder anderweitig aufgespürten Wertgegenstände unverzüglich dem Zahlmeister zu übergeben sind.«

»O Gott!« sagte Lottie.

Sie wandte sich den anderen zu und las aus ihren Augen, daß der Ausruf auch deren Gefühlslage wiedergab.

Mabel ergriff als erste das Wort.

»Der arme Ikey!«

Reggie schloß sich dieser Meinung an.

»Allerdings. Ich will nicht behaupten, daß ich mir den alten Llewellyn unbedingt als Begleiter für einen ausgedehnten Spaziergang aussuchen würde, aber ganz versagen kann ich ihm mein Mitleid nicht.«

»Dann wird er also doch Zoll zahlen müssen«, sagte Mabel.

»Ikey kann es sich leisten, Zoll zu zahlen«, gab Lottie zu bedenken.

»Klar. Aber Grayce hat es ihm untersagt. Da liegt der Hase im Pfeffer. Ich fürchte, das wird Grayce mächtig fuchsen. Du kennst sie doch.«

Lottie nickte. Mrs. Ivor Llewellyn war für sie keine Unbekannte.

»Ich würde ihr durchaus zutrauen, daß sie in Paris schnurstracks eine Scheidung *à la française* einreicht.«

»Stimmt.«

»Kommt hinzu«, ergänzte Reggie, »daß der alte Llewellyn, kaum ist er im Bilde, explodieren könnte. Wie ihr bestimmt wißt, pflegen Männer mit einem Hang zur Korpulenz unter dem Einfluß eines jähen Schocks ins Gras zu beißen. Sie erleiden sogenannte Schlaganfälle. Sie greifen sich an die Kehle und kippen aus den Latschen.«

»Stimmt«, sagte Lottie.

»Und ob sie das tun«, bestätigte Mabel.

»Wenn Llewellyn«, räsonierte Reggie, »erst einmal merkt, daß er mich per Vertrag zum Begutachter seiner britischen Szenen und Ambrose per Vertrag zum Drehbuchautor und Monty per Vertrag zum Produktionsexperten bestallt hat – alle zu fürstlichen Salären, alle für eine Frist von fünf Jahren und alle vollkommen für die Katz –, dann wird unweigerlich eine Art Selbstzündung eintreten.«

»Und deshalb sagte ich mir ›Hoho!‹«, fuhr Albert Peasemarch fort, der die Grabesstille, die diesen Bemerkungen folgte, dazu nutzte, das Heft wieder an sich zu reißen. »›Hoho!‹ sagte ich mir. Und dann dachte ich kurz nach und sagte mir: ›Hmh!‹ Und dann dachte ich nochmals kurz nach und sagte mir: ›Jawohl!‹, sagte ich. ›Ich werde es tun‹, sagte ich mir. ›Für jeden würde ich es nicht tun‹, sagte ich mir, ›aber für Mr. Bodkin tu ich's, denn ich habe ihn als netten, umgänglichen jungen Gentleman erlebt, dem man gern einen kleinen Gefallen tut.‹ Der langen Rede kurzer Sinn: Ich habe das Kollier, entgegen unserer verbindlichen Weisung, nicht zum Zahlmeister gebracht, sondern kurzerhand eingesteckt. Voilà!«

Und mit diesen Worten zog er aus seiner Hosentasche einen Bleistift, eine Rolle Schnur, einen Radiergummi, drei bronzene Pencestücke, das Kollier, ein Päckchen Kaugummi, zwei Knöpfe und eine Hustenpastille, welchselbe Gegenstände er nun alle auf dem Tisch ausbreitete. Dann nahm er den Bleistift, die Rolle Schnur, den Radiergummi, die drei Pencestücke, die Kaugummis, die Knöpfe und die Pastille wieder in die Hand und ließ sie verschwinden.

Es dauerte eine Weile, bis einer der Anwesenden sich zu äußern vermochte. Schließlich brach Monty das Schweigen.

»Mensch!« sagte Monty. »Wenn man doch nur das Zeug auch hier drüben bekäme!«

»Welches Zeug denn, Liebster?« fragte Gertrude.

»Schampus«, antwortete Monty. »Ich finde, die Situation schreit förmlich nach sechs Flaschen vom Feinsten. Bei dir und mir ist alles im Lot, bei Ambrose und Miss Blossom ist alles im Lot, bei Reggie und Miss Spence ist alles im Lot – und was Albert Peasemarch betrifft, so gedenke ich ihn, mag er auch ein gigantisches Mondkalb sein, mit Gold zu überhäufen. Nur einen Wermutstropfen hat die Sache: Wir können unser Glück bloß mit Ginger-Ale begießen. In Amerika«, erklärte er Gertrude, »gibt es nämlich etwas ganz, ganz Furchtbares, die sogenannte Prohibition, die es einem verbie…«

Lottie starrte ihn an und konnte es kaum fassen, daß es Menschen gab, die so ahnungslos durchs Leben tappten.

»Sie Armleuchter, die Prohibition wurde doch schon vor Jahren abgeschafft.«

»Tatsächlich?« Monty war verblüfft. »Das ist mir neu.«

»Klar doch. Wenn Sie dort drüben zum Telefonhörer greifen und den Zimmerservice verlangen, kriegen Sie soviel Schampus, wie Sie nur wollen.«

Einen Moment lang verharrte der immer noch leicht benommene Monty auf der Stelle. Dann aber begab er sich festen Schrittes zum Telefon.

»Zimmerservice!« sagte er.